学与思丛书

洛特曼文本诗学理论：
跨文化之旅

ON LOTMAN'S TEXTUAL POETICS THEORY:
A CROSS-CULTURE PERSPECTIVE

焦丽梅 / 著

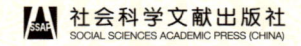

社会科学文献出版社
SOCIAL SCIENCES ACADEMIC PRESS (CHINA)

国家社科基金一般项目：赫拉普钦科马克思主义历史诗学研究，编号：17BWW045

哈尔滨师范大学博士启动基金项目：洛特曼文化符号学理论研究，编号：1102120085

目录

导　论 …………………………………………………………… 1

第一章　洛特曼其人其学 …………………………………… 5
第一节　中外研究现状述评 ………………………………… 10
第二节　洛特曼文本诗学的理论研究视角 ………………… 15
第三节　洛特曼文本诗学的发育语境 ……………………… 22
第四节　本书解读设想与创新点 …………………………… 33

第二章　结构主义作为方法论 ……………………………… 38
第一节　艺术文本的结构 …………………………………… 41
第二节　文本功能 …………………………………………… 51

第三章　文学文本 …………………………………………… 61
第一节　洛特曼文学文本思想的理论渊源 ………………… 64
第二节　艺术语言与信息增殖 ……………………………… 74
第三节　文学文本意义构建机制——对立美学 …………… 81
第四节　诗歌文本 …………………………………………… 94
第五节　小说文本 …………………………………………… 112

第四章　文化文本 …………………………………………… 129
第一节　跨越时空的符号学对话 …………………………… 132
第二节　文化文本的存在空间——符号域 ………………… 143

第三节　文化文本的交际模式——对话机制 …………………… 148
第四节　风俗礼仪文化文本 …………………………………………… 155
第五节　历史文化文本 ………………………………………………… 160
第六节　民族文化文本 ………………………………………………… 169

第五章　洛特曼文本诗学理论的跨文化之旅 ……………………… 177
第一节　洛特曼与什克洛夫斯基在俄国形式主义上的对话 …… 177
第二节　跨文化视界下洛特曼文本诗学比较研究 ……………… 191

第六章　中国语境视阈下洛特曼文本诗学理论的价值与意义 …… 214
第一节　洛特曼在中国 ………………………………………………… 214
第二节　我国文本"话语"的缺失与反思 ………………………… 221
第三节　洛特曼文本诗学理论对中国文论的启示意义 ………… 226

参考文献 …………………………………………………………………… 236
附　录　洛特曼年谱 …………………………………………………… 253
后　记 ……………………………………………………………………… 255

导　论

　　洛特曼文本诗学理论的形成经历了相当漫长的过程，从20世纪60年代开始，文本始终是他反复思考的核心问题，这一发展轨迹可以从他不同时期的论著清晰地体现出来。早期洛特曼将生物学和信息学理论引入文本学研究，他认为，艺术文本是有生命的物体，生命是活生物体主要的特征。那么艺术文本的生命是什么呢？艺术文本的生命就体现在艺术语言能以极小的篇幅集中惊人的信息量。正是这种生命，使得艺术文本成为一个无尽的信息源，而其他类型的文本都无法与之相比，这就是艺术文本的魅力所在。[①] 请比较契诃夫的短篇小说与心理学教科书。一本教科书无论是什么专业的，一般都有20万字左右，它所传达的信息量也都限定在特定的范围之内，就是经典的教科书，也会被新的教科书取代。而一篇优秀的短篇小说，如契诃夫的、果戈理的……它的篇幅大概就几千字，但它可以向读者提供的信息却是无穷尽的，它的艺术魅力历久弥新，它那独特的审美价值永远无法取代！信息即意义，一部作品包含的信息量越多，意义就越丰富，它的审美价值就越高。相反，它包含的信息量越少，意义就越小，它的审美价值就越低。因此，"美就是信息"。[②]

　　将文本视为一种结构，是洛特曼始终不渝的理念。无论早期的文学文本理论还是后期的文化文本理论，洛特曼始终从结构主义这一基点出发。他认为，艺术文本是一个具有层级性、系统性的整体，在这个整体结构中，某一结构要素只有在与其他结构要素的联系中才有意义，艺术文本整体结构蕴含的信息量远远大于该文本中各层次结构要素信息量的总和。为

[①] 〔苏〕尤·米·洛特曼：《艺术文本的结构》，王坤译，中山大学出版社，2003，第2页。
[②] 〔苏〕尤·米·洛特曼：《艺术文本的结构》，王坤译，中山大学出版社，2003，第3页。

此，洛特曼重点考察文本结构与外文本结构的相互关系，进而探索整体文学作品的建构过程。他指出，研究任何一个文本都应该在一定的背景中进行，艺术只有在与非艺术现象的对比中才能更好地被读者理解。艺术作品具有巨大审美价值的主要根源就在于外文本的存在，如果抛开文本与外文本的联系，那么文本将失去意义。这里的外文本指的是文学作品产生的社会文化语境，即政治、经济、宗教、文化等多种因素的影响。"洛特曼的研究方法既分析文学文本的内部结构，又分析文本和社会—文化环境的外部关系。既跳出了内部研究的窠臼，又避免了外部研究的缺憾，成功地将文学的内部机制与外部客观世界联系起来，并加以理论化，为填平文艺的外部研究与内部研究之间的鸿沟，迈出了坚实的一步，这的确是文学研究中的一场哥白尼革命。"[①] 洛特曼对新型文艺批评理论和方法的重新建构，引起了国际文艺学界和符号学界的普遍关注。

在具体构建文学文本理论时，洛特曼主要运用的是结构主义语言学的研究方法。洛特曼将语言划分为两种模式：第一模式系统和第二模式系统。第一模式系统包括自然语言和人工语言——科学语言、约定俗成的信号语言等；第二模式系统是比自然语言复杂得多的、建筑在自然语言基础之上的交际符号系统。艺术属于第二模式系统。洛特曼指出，艺术语言的内容所传达的信息固然重要，但艺术语言的本身也具有十分重要的独立审美价值，其中语音及其他语言要素（如韵律等）的运用也负载着审美信息。为此，他提出"对立美学"和"同一美学"的理论，并运用"对立美学"原则去分析诗歌文本意义的结构机制，指出诗歌文本就是意义的生成器。此外，洛特曼十分重视文本的能动性，他认为文本不是某种被动的容器，而是一个发生器。文本本身并不体现含义，而是生成含义。但是，生成过程的文本不仅在于结构的扩展，而且相当大的程度上还在于各种结构的相互作用。文本是符号的天池，不同语言在其中交互作用、渗透，进行多层次的组合，进而赋予文本巨大的语义增殖潜力。读者由于着眼点不同，所接受的信息组合也不相同。所以，文本永远比语言更丰富。

[①] 〔荷兰〕佛克马、易布斯：《二十世纪文学理论》，林叔武、陈圣生等译，生活·读书·新知三联书店，1988，第 50 页。

随着洛特曼学术思想的逐渐成熟，他的文本诗学理论也获得了不断地丰富和发展。后期，文本的概念从早期的意义型发展为功能型。为此，洛特曼将文本定义为："文本是完整意义和完整功能的携带者。从这个意义讲，文本是文化的第一要素。"① 洛特曼指出，文本具有传递信息、生成信息和记忆信息的完整功能。所谓信息传递功能是指信息发送者将信息传递给接收者。在信息传递过程中，由于双方文化传统背景的不同，以及接收者个性因素的差异，导致文本编码与读者解码不完全等同，因此在信息传递过程中不可避免地会产生信息增殖现象。所谓信息生成功能是指文本是由多种语言构成的，文本系统内部不同子结构之间有对话和游戏的功能，它们之间的复杂关系构成了文本意义的生成机制。所谓文本记忆功能是指文本具有的积累信息、保存历史文化语境的能力。由此可以看出，信息的文化定义能够启示我们把整个历史文化现象看作一个开放的大文本，从而用符号学的方法给予研究。显然，洛特曼后期的文本诗学理论与前期相比获得了极大的丰富与拓展，洛特曼的文本概念由前期的意义型扩展为后期的功能型。

20世纪以后，对文学语言的研究突然成为西方文艺学和美学最热、最显要的问题。但是在80年代以后，西方的文论家开始认识到，人类的历史不仅是语言文本的书写，而且在语言文本的背后存在着一个与意识形态权力话语密切相关的文化背景。因此，语言文本首先是文化的文本。如果说，20世纪前半期西方文论界得益于"语言论转向"，那么20世纪后期西方文论界又开始了"文化哲学转向"，语言批判逐渐转向新的文化批判。应该说，洛特曼在研究结构语言学理论的同时，也从未停止过对文化符号学理论的思索与探究。早在20世纪60年代末70年代初，洛特曼就逐渐把研究的重心由文学文本转向文化文本。洛特曼力图通过对整体文化语境系统的探讨来把握文艺现象，在他对文化符号学理论的研究范畴中，不仅包含文学文本、艺术表现等理论问题，同时，社会历史、现实生活、文化现象等问题也囊括其中。洛特曼的研究目的就是通过对各种功能的关

---

① 康澄：《文本——洛特曼文化符号学的核心概念》，《当代外国文学》2005年第4期，第42页。

联系统的研究，进而揭示其中某一功能的特征。因此，洛特曼的"文化文本转向"其实就是由语言环境的分析转向了对文化语境的分析。

综观西方主要的文本理论家，他们对文本理论思想的研究大多不超过3至5年时间，而洛特曼毕生从事对文本理论的探索，其研究兴趣极其广泛，吸收了结构语言学、俄国形式主义、结构主义、解构主义、马克思主义、精神分析学、后现代主义等理论的合理内核，并融系统论、控制论、信息论、生物学、数学、拓扑学、文艺学、美学、文化学、历史学、社会学为一体。洛特曼指出，"文本"不仅指用自然语言写成的文字作品，可以说，任何一个被赋予完整意义的客体都可以称为文本，例如，一幅绘画、一部戏剧、一种仪式、一个符号，甚至一个口头传达都可以称为文本。文化本身也是一个文本，整个世界也可以看成一个文本。从文学文本扩展到文化文本，体现了洛特曼深厚的学识和创造性的思考。

第一章　洛特曼其人其学

尤里·米哈伊洛维奇·洛特曼（Ю. М. Лотман，1922～1993），苏联时期家喻户晓的伟大学者之一，莫斯科—塔尔图符号学派重要的奠基者和领袖人物，曾担任国际符号学研究协会第一、二、三届副主席。洛特曼是苏联继巴赫金之后又一位人文科学领域的理论巨擘，他以卓越而丰富的理论建树、文本分析与写作实践成为苏联和整个西方最有影响力的文艺学家、符号学家、文化学家。他是塔尔图大学教授、语言学博士，并被授予爱沙尼亚科学院院士、英国科学院通信院士、不列颠科学院外籍院士、挪威皇家科学院院士、瑞典科学院院士，世界多所大学的荣誉博士。洛特曼一生勤于思考，笔耕不辍，他的论、译、编著多达550余种，其中用俄语出版的专著10余种，译成英文的著作有11种，学术论文发表在国外50余种刊物上。其中许多著作被译成多种文字，他的研究方法和研究对象极为丰富，涉猎美学、诗歌、艺术、电影、神话、历史和文化等众多领域，其开阔的学术视野，使其可以与众多学科对话。

1922年11月28日洛特曼出生于列宁格勒（今天的圣彼得堡）的一个犹太知识分子家庭，父亲是当地颇负盛名的律师，母亲是医生，还有三个姐姐。洛特曼的家庭生活并不富裕，但是十分和睦。在父亲的熏陶下，洛特曼经常去参观"艾尔米达日"和俄国博物馆，由此对俄罗斯文化和世界文化产生了浓厚的兴趣。学校生活给洛特曼留下了深刻的印象，当时，社会动荡不安，洛特曼就读的班级至少有1/3以上的学生家长被枪毙。1939年洛特曼以优异的成绩中学毕业，作为优秀毕业生被免试保送到列宁格勒大学（现彼得堡大学）语文系学习苏联文学。20世纪30年代的列宁格勒大学是该地区的文化和学术研究中心，这里聚集了一大批在学术界声誉卓著的人物，如莫尔多夫琴科、古科夫斯基、阿扎多夫斯基、普罗普、托马舍夫斯基、艾亨鲍姆、吉皮乌斯、多里宁、马克西莫夫等，语文系的著名教授还有申什马廖夫、泽列宁、日尔蒙斯基、谢尔巴等。在一所大学聚集这么多世界级的专家学者，可谓空前绝后。这些世界级的知名学者师德高尚、诲人不倦，即便是一个一年级的新生也可以随时随地向任何一位教授请教问题，并与之探讨。洛特曼在这里受到了良好的熏陶，为他以后学术思想的形成打下了坚实的基础。

1940 年卫国战争爆发，洛特曼被迫中断学业，应征入伍，在战争中获得了两枚勋章、七枚奖章，战争结束后重回母校继续学业。1950 年大学毕业，并获得优秀毕业证书。由于当时苏联国内"世界主义"运动正处在高涨时期，洛特曼因犹太人的身份既不允许报考研究生也无法在列宁格勒找到工作，几经周折，后来在塔尔图大学俄罗斯文学教研室谋得兼职教师之职，并在此工作了一生。1951 年，洛特曼与大学时代便已结识的扎拉·格里高里耶夫娜·明茨结婚，妻子也是一位颇具才华的文艺学家，成为洛特曼学术道路上的忠实伴侣。1960 年洛特曼在列宁格勒大学通过了题为《十二月党人以前的俄国文学发展道路》博士学位论文答辩，成为当时最年轻的文学理论专业的语文学博士，并开始担任塔尔图大学俄罗斯文学教研室主任一职。洛特曼早期致力于俄罗斯经典文学的研究，他关注的领域主要是 18 世纪后半期到 19 世纪中期的俄国文学，例如拉季谢夫、卡拉姆津、十二月党人作家、普希金、果戈理等多位作家的作品他都悉心研究过。通过对俄罗斯经典文学的研究，洛特曼逐渐形成了自己的研究思路和方法。

从 20 世纪 60 年代初起，洛特曼借鉴索绪尔共时性语言学的研究方法，运用了西方结构主义的某些学术成果，创造性地构建了自己的结构主义诗学理论。1964 年，洛特曼的成名作《结构诗学讲义》发表，这本书奠定了俄国结构主义诗学的理论基础。在《结构诗学讲义》中洛特曼一改列宁格勒学派传统的历史—文学分析方法，采用了全新的结构主义诗学的批评方法，在充分论述艺术理论问题的基础上分析了诗歌结构。

1970 年，洛特曼的代表作《艺术文本的结构》出版。这本书成为俄国结构主义诗学纲领性的著作。在作品中，洛特曼反对把文艺现象做内容与形式的割裂,他指出,艺术文本是具有系统性的整体,并且这个整体结构提供的信息量要大于该文本各个结构要素信息量的总和。此外,洛特曼还提出了以下一些问题:艺术代码的多样性,文本的概念及分级建构,噪音与艺术信息,文本的组合轴与聚合轴,重复的艺术内涵,艺术的空间、情节、文本的视角等。在论述艺术与现实生活的关系时,洛特曼认为艺术与现实的关系是"有限世界对无限世界的反映模式",是艺术真实对社会现实的反映,即永远是一种"翻译"。在研究文本边界(以区别于非文本)的意义时,洛特曼引入了"边框"这一概念,书中还提到了舞台、银幕、电影中的"镜头"、音乐作品的开头和结尾等。由此可见,洛特曼这里所说的文本其涵盖面要比艺术文本宽泛得多,这为他后期提出文化文本的内涵奠定了理论基础。此外,该书还提出了文本结构与外文本结构的问题。外文本结构把文本的外部语境纳入对文本整体结构的分析中,这在很大程度上避免了俄国形式主义纯文本分析的弊端。

1972年《诗歌文本结构分析》发表,这本书是论述洛特曼结构主义诗学理论最为详尽的著作,它代表苏联的文艺研究由结构主义发展到符号学以及信息论的最高成就。洛特曼指出:"诗歌是一个系统整体,是建立在语义、语音、节奏、句法和音调五大层次上的统一体。"[1] 他还进一步指出:"诗歌作为一个结构统一体绝不等于各组成成分的机械总和,其中任何一个词语的含义都是在与其他词语和诗歌结构整体互动中激发而产生。"[2] 在作品中,将诗歌作品的所有因素,从主题思想到音位的区别性特征都纳入诗歌的整体结构之中,并进一步提出"同一美学"与"对立美学"的范畴。这种分析方法在当时表现出明显的科学性和先进性,即使是在40多年后的今天,仍然值得我们学习和借鉴。

进入20世纪70年代以后,洛特曼的兴趣扩大到更为广阔的文化研究领域,他开始把结构主义符号学的方法运用于更广泛的文化系统研究,从而形成了以文学研究为中心,向电影、绘画等其他艺术门类延伸,进而渗透到文化学和历史学研究领域,对苏联学术界产生了广泛影响。洛特曼的

---

[1] 〔苏〕尤·米·洛特曼《诗歌文本分析》,圣彼得堡:艺术出版社,1996,第97页。
[2] 〔苏〕尤·米·洛特曼《诗歌文本分析》,圣彼得堡:艺术出版社,1996,第97页。

文化符号学理论研究涉猎极其广泛：一方面运用符号学分析方法探究文化文本的意义建构机制，涉及人脑功能、人工智能模式问题，以及从文化记忆到机器人的活动问题；另一方面在了解文化这一运转机制的基础上，进一步运用文化符号学方法研究文学艺术、风俗礼仪和日常行为等文化门类，力图构建一个总体的文化模式体系。洛特曼在这两方面做出了独到的贡献。文化符号学是洛特曼学术成就的顶峰和学术价值的最高体现。20世纪70~80年代，他专门研究过文化与文本、文本生成与认知、文化智能与模拟等许多艺术与语言交叉的理论问题。1973年，全苏斯拉夫学研究大会上洛特曼和鲍·乌斯宾斯基、维亚切·伊万诺夫、弗·托波罗夫、阿·皮亚季戈尔斯基首次提出文化符号学概念，发表具有标志性意义的《文化符号学研究纲要》。有学者称"这一年也被国际符号学界公认为是文化符号学诞生的一年"。这个时期最有代表性的著作有《文化类型学论文集》第一卷（1970）、《文化类型学论文集》第二卷（1973）。在《文化类型学论文集》中洛特曼提出了文化系统中的两种交际模式："我—他"型交际和"我—我"型交际。洛特曼认为，"我—他"型交际模式中，信息由"我"传到"他"处，在这里，信息和代码是常量，改变的只是信息的拥有者，即由"我"转移到"他"。而在"我—我"型交际模式中，信息的载体并没有发生改变，但信息与代码在交际过程中被重组并获得新的意义。由于语境发生变化，会导致一些新的语码的加入，使得信息在语码结构单位内进行重新编码，从而形成一个不同的、新的信息。洛特曼运用这两种交际模式解释了艺术创造和文化创新等问题。洛特曼从信息交际理论出发，将文本看作一种交际模式，并称之为派生的模式系统。洛特曼认为，一种交际模式与另一种交际模式之间、派生系统与原生系统之间存在着千丝万缕的联系，它们互相影响、互相作用，无论哪一种模式或系统都不可能封闭、孤立地存在。因此可以说，洛特曼的结构主义诗学研究在侧重对文本内结构规则研究的同时，时刻关注着文本外系统的文化和历史，后来发展成独具特色的俄国结构主义文化学，便是自然而然的事了。

1990年《思维的世界》是洛特曼最富有洞见的一本书，令人耳目一新。此书论述的中心思想是：文本自身就是一个意义生成的机制。文化在发展过程中形成的大量文本，在文化交流和对话过程中，携带着不同历史记忆和文化记忆的文本之间只能实现部分的翻译，也就是说文本之间完全的理解是不可能的。在作品中，洛特曼提出了符号域的概念。符号域是文化文本存在和活动的空间；符号域的结构是非对称的，存在着"中心"文化与"边缘"文化的对立；符号域的所有要素始终处于不断运动变化之中，"中心"文化与"边缘"文化也是相互转移的；符号域内部各种结构的非同质性是文化文本产生新信息的机制。洛特曼指出，应把整个符号域（即文化）看成一个统一的机制，只有这样才能理解文化文本的多样性、文化文本的类型、文化文本之间的对话及互动机制等问题。不同类型的文化文本、文化代码之间相互影响被看作文化文本发展的内部机制，文化文本间的交流与互换就是文化文本意义生成的机制。符号域作为文化文本的抽象存在空间，它里面充满了不同的符号结构系统和由不同语言形成的界限，不同的文化文本在这一空间中相互渗透、相互对话，共同促进了整体文化系统的发展。

1992 年《文化与爆发》是洛特曼写的最后一本书，也是文化符号学理论的经典之作。进入 90 年代之后，由于超负荷的工作，洛特曼的身体每况愈下，最后不得不住院治疗，更不幸的是，在住院期间洛特曼双目失明。就是在这样的状况下，洛特曼以口述的方式写完了《文化与爆发》。洛特曼在此书中对经历了几百年并导致 20 世纪俄罗斯历史发生灾难性巨变的文化历史原因做出了独具特色的解释。洛特曼指出，在俄罗斯历史文化发展过程中偶然性因素起到了不可忽视的作用。他把俄罗斯文化看作二元对立结构，二元结构中对立因素的爆发可能会中断连续发展的链条，这必然导致深刻的危机和剧烈的变革，而三元结构中对立因素的爆发只中断部分文化层。他认为后苏联时期的文化发展体现出多元结构系统的动向。为此，洛特曼提出文化发展的两条途径：渐进与突变，以彰显文化系统的复杂性、矛盾性和张力。该书对文化传承与创新的悖论展开论述，体现了洛特曼对文化发展的深入思考。

1993 年 10 月 28 日，洛特曼逝于塔尔图，享年 71 岁。俄国文坛上一颗巨星陨落，此后，这位伟大的文学理论家、符号学家的影响与日俱增并超越国界。他在美学、文学理论、符号学理论等许多领域中做出的建树被称作具有"认识论革命"的意义。洛特曼一生勤勉治学，孜孜不倦，学术著述硕果累累。洛特曼学识渊博，思想敏锐，目光深邃，从来没有拘囿于自己已形成的理论体系中，一生总是在不断探索、不断创新、不断进取。洛特曼研究的起点是艺术文本，之后扩展到神话学、电影和绘画艺术等领域，最后走向对文化文本的研究，堪称其学术成就的顶峰。洛特曼在文化研究中独树一帜，从符号学的角度做出自己独特的贡献，他吸收了控制论、信息论、系统论等学科的方法，对文化现象和文化发展的规律做出独到的阐释，为我们研究文化及其运作提供了新的视角。这种新视角和新方法具有极大的启发性，并体现出很高的方法论价值。

"一个真正学者的品性在于——他常毁坏自己的创作，找到与合乎逻辑的系统不相协调的论据。"[①] 洛特曼临终前的这段话为他本人的学术研究做了最好的诠释。洛特曼的一生是不断质疑、不断否定、不断探索、不断创新的一生。洛特曼学术思想不是一个自我封闭的系统，而是一个开放的、不断发展的体系。洛特曼学术思想的活的灵魂，就在于它善于将人类历史上创造的一切积极成果来丰富和发展自己，以永葆青春。

第一节　中外研究现状述评

一　俄罗斯本土研究现状述评

在俄国，洛特曼的名字是不需要介绍的，几乎每个知识分子家庭都有他的著作。但是在洛特曼文本诗学理论产生初期，他的理论并没有在本土得到重视。当时的文学深受政治影响，文论界盛行粉饰太平的风气，热衷于塑造"高、大、全"的正面人物形象。社会历史学派的研究方法占主导地位，文艺学研究主要集中在主题和思想内容方面。在此基础上，洛特曼提出了结构的概念，并倡导精确的研究方法，在分析中应用统计学、信息理论、数学、逻辑等方法，这一方法的科学性和先进性在当时表现得尤

[①] 康澄：《洛特曼语言观的嬗变及其意义》，《解放军外国语学院学报》2007 年第 3 期，第 18 页。

为突出，可以说，这种跨学科的结合为传统文艺学的研究开辟了广阔的道路。可是一些学者由于自身的无知而指责结构主义。有学者认为，洛特曼的结构分析方法过分强调文本内部因素，而忽视了对文本外部因素的研究。事实上，洛特曼的结构诗学理论研究在经历了初级阶段的"共时性"分析后很快就转向了"历时性"研究。

直到1975年关于结构主义争论的资料汇编——《结构主义："赞成"与"反对"》在莫斯科进步出版社出版，逐渐扭转了文论界对洛特曼文本诗学的批判。20世纪90年代，洛特曼文本诗学理论研究达至高峰。1992年《洛特曼研究论文集》出版，为纪念洛特曼诞辰70周年；1994年《洛特曼与莫斯科—塔尔图符号学派》出版发行；1995～1997年《洛特曼论丛》进行编撰；1998年《莫斯科—塔尔图符号学派：历史、回忆、思索》出版发行；1999年叶戈罗夫的《洛特曼的生平与创作》问世；20世纪90年代，《洛特曼研究文集》多卷本在莫斯科出版发行。值得一提的是，以洛特曼为核心的塔尔图学派是当今世界最大的符号学研究中心之一。该中心主办的杂志《符号系统研究》在世界学术界占有重要地位。塔尔图符号学研究中心于1992年、2002年举办过以符号学为主题的国际会议。为纪念洛特曼诞辰80周年，2002年该中心召开了国际学术会议——"文化符号学：文化机制、边界与个性特征"。

综观洛特曼文本诗学理论在俄国本土的接受状况，能够看出洛特曼文本诗学理论在根基牢固的历史诗学基础上，试图建立一种科学诗学，其理论从排斥到认同的过程代表了形式与内容的有机融合、内部与外部互动共生的研究范式，为文本诗学的发展拓宽了理论空间。洛特曼文本诗学理论经历了初期的冷遇，而后逐渐广泛传播的转变过程，标志着俄国人文科学领域的研究摒弃"独白主义"，显示出各种文论流派多元开放、兼容并蓄的崭新局面。

二 欧美国家研究现状述评

洛特曼的文本诗学理论一直受到国际学界的普遍关注，它是苏联文论界最早产生广泛国际影响的重要理论。20世纪60年代，洛特曼的文本诗学理论一经产生就迅速风靡整个西方世界，在整个西方文论界关于"苏联结构主义"以及"苏联符号学"的评论中,洛特曼及其领导的"塔尔图符号学派"始终是评论重点。法国是最早翻译洛特曼文本诗学理论的国家,1973年洛特曼的《艺术文本的结构》法译本出版。法国文论家塔迪埃在《20世纪的文学批评》一书中高度评价了洛特曼的这部著作:"该书涉猎的学科之广,表述之清楚,堪称符号学领域最重要的著述之一,同时也堪称我们时代的巨著之一。"① 洛特曼的《结构主义诗学讲义》于1968年在美国出版并引起了强烈的反响,在其序言中指出,这是对文艺学的一个重要贡献。1967年意大利出版了莫斯科—塔尔图符号学派成员的论文选。荷兰的刊物《俄罗斯文学》也曾多次推出关于洛特曼的专号。60年代末洛特曼符号学理论在德国不断得到翻译出版,德国一所大学建立了一个以洛特曼命名的研究所。1977年佛克马在其著作《二十世纪文学理论》中对洛特曼的符号学理论进行阐述,同年,英国牛津大学的安·舒克曼教授出版了《文学与符号学:洛特曼著作研究》,这是西方国家研究洛特曼文本诗学理论的第一部专著。1984年,美国路易斯安那大学路特弗拉赫曼以《文本·符号·结构——尤里·洛特曼的诗学》为题成功完成自己的博士学位论文。2003年,韩国学者金苏匡的著作《尤里·洛特曼的创作演变的主要方面》以俄文形式在莫斯科出版发行。同年,加拿大学者艾德纳·安朱斯的《与洛特曼的对话:语言、文学、认知中的文化符号学》出版发行,对洛特曼后期文化符号学思想进行了专门论述。该书把洛特曼的符号域理论、文化交际模式等问题与美国符号学家西比奥克等人的理论进行了比较研究,并指出,洛特曼最重要的贡献就是运用富有活力的文化符号学理论来阐释文化和文化文本。洛特曼的文本诗学理论建树早已受到当代文论大家的关注,洛特曼创建"莫斯科—塔尔图符号学派"时曾得到雅各布森的鼎力支持;著名的意大利符号学家埃科曾为洛特曼著作的英译本作序;伊格尔顿在作品《文学理论:导论》中以洛特曼的符号学理论研究作为例证,阐述其在文学研究进程中符号学分析的历史贡献。洛特曼的著作《艺术文本的结构》《诗歌文本结构分析》早已被译成日本、韩国、英、法、德、西班牙、波兰、意大利、捷

---

① 〔法〕塔迪埃:《20世纪的文学批评》,史忠义译,百花文艺出版社,1998,第253页。

克、罗马尼亚、塞尔维亚、瑞典等多种文字。近几年，以洛特曼遗产为主题的国际学术研讨会相继在法国、意大利、英国、芬兰、俄罗斯等国的大学举行。美国密歇根大学于1999年10月以"跨学科语境中的洛特曼的著作"为题举行了研讨会。众所周知，"莫斯科—塔尔图符号学派"已被公认为当代重要的俄罗斯文论学派。

三　国内研究现状述评

在我国学术界，对洛特曼文本诗学理论的研究长期处于隐而不彰的状况。有关他论著的翻译相当滞后，迄今为止，仅出版一本洛特曼的代表作《艺术文本的结构》以及10篇译文，而且这些译文大多是由英文转译过来的。纵观其研究历程，可以说经历了由初步引入到逐步深入的过程。从数量来看，截至2017年3月，据中国知网统计，以洛特曼为关键词的研究专著6本，博士学位论文8篇，硕士学位论文5篇，学术论文共计215篇，国内外相关会议6次，会议论文集1本。由此可以看出，对洛特曼的理论研究正逐渐打开局面，近五年的学术成果累计已经达到过去20余年的总和。

从研究角度看，国内学者对洛特曼的文本诗学理论研究主要体现在两个方面：一是对洛特曼结构文艺符号学的研究。如被誉为中国研究洛特曼符号学理论第一人的凌继尧先生曾先后三次撰文全面引介洛特曼的理论及塔尔图学派。1988年5月《外国文学报道》第1期以专栏形式刊登了有关洛特曼文本诗学理论的一篇评论《文艺结构符号的探索者——尤·米·洛特曼及其文艺学思想》，同时还刊登了四篇译文：《文本的类型学课题》《〈模式系统行列中的艺术〉课题提纲》《论艺术文本中"结尾"和"开端"的模式意义》《〈我们已经分手，但你的小影……〉结构分析》。张冰于1994年在《外国文学评论》上发表文章《尤·米·洛特曼和他的结构诗学》，对洛特曼的结构文艺符号学理论做了专门探讨。我国第一部系统阐述苏联文艺学的理论著作《苏联文艺学学派》于1999年6月出版。同年，孙静云撰写《洛特曼的结构文艺学》专章，对洛特曼的文本诗学理论以及相关的哲学、历史渊源进行了深入系统的研究，这可以说是我国早期洛特曼文本诗学理论研究的重要成果。2004年12月由张杰、康澄共同完成的著作《结构文艺符号学》由外语教学与研究出版社出版，这是我国研究洛特曼文本诗学理论思想近 20 年来的第一部专著，笔者认为这部著作是我国洛特曼文学文本理论研究的集大成者。二是对洛特曼文化符号学理论的研究。特别值得一提的是，目前国内对洛特曼文化符号学理论的研究已经成为热点，其中以北京外国语大学俄语系白春仁教授的解读为代表。白春仁教授认为，洛特曼是以符号观和结构观来分析阐释文化，进而演绎出一个完整的文化结构理论体系，可以说较为全面地勾画出洛特曼文化诗学理论的全貌。在白春仁教授的带领下，国内有一批青年学者开始了脚踏实地的洛特曼学术思想的理论研究工作，并取得了丰硕的成果。近年来，关于文化符号学理论的研究已有 8 篇博士学位论文发表，如 2002 年北京外国语大学李肃的博士学位论文《文化创新机制的研究——文化符号学视角的考察》，通过对文本的传播过程、接受过程和互动过程的研究论述，提出积极构建文化创新机制的重要意义；2003 年北京外国语大学白茜的博士学位论文《文化文本意义的生成》，以文本意义作为视角，从文化思维的基本机制出发，结合具体作品，例如对语言文本、艺术文本、历史文本和风俗礼仪文本的意义问题进行了系统的阐述，并从结构主义角度对文化文本进行探究；2005 年南京师范大学康澄的博士学位论文《文化生存与发展的空间——关于洛特曼文化符号学中符号圈理论的研究》，通过对洛特曼与巴赫金、德里达等学者之间的对比分析，探讨洛特曼对巴赫金对话机制的继承与创新，并进一步系统地审视整理及揭示文化符号学理论独特的对话性机制；2006 年北京外国语大学郑文东的博士学位论文《文化符号域理论研究》，重点梳理了洛特曼文化符号学理论的方法论来源，系统论证了新兴的科学方法，如生物学、信息学、拓扑学、耗散结构理论、人脑智能结构等给予洛特曼的重大启示；2007 年北京外国语大学陈戈的博士学位论文《不同民族文化互动理论的研究——洛特曼文化符号学视角分析》，以文化交流史上的重大事件作为案例，将洛特曼文化互动理论与跨文化交流学和比较文学进行对比，突出洛特曼文化符号学理论在民族文化互动领域中的重要贡献；2007 年山东师范大学张海燕的博士学位论文《洛特曼的文化符号诗学理论研究》，从文化符号学理论视角出发，对文化的内在发展机制如符号思维、文化的动力模式、文化记忆与文化空间等问题进行了全面阐释，并深入分析了洛特曼文化符号学理论对文艺学研究的适用性，此外还对洛特曼的电影符号学理论进行了深层研究，指出文化符号诗学理论在电影领域的实际应用和发展；2011年中山大学李薇的博士学位论文《洛特曼差异美学理论建构及其现代意义》，重点揭示洛特曼"差异美学"的理论来源及理论要旨，通过与阿多诺倡导的"否定美学"的横向比较着重阐释洛特曼差异美学的现代意义；2015年南京师范大学张祎的博士学位论文《洛特曼诗歌文本分析的符号学研究》，他把诗歌看作一种传达意义的特殊机制，采用归纳法、纵横比较和历时论述等研究方法，对诗歌文本意义展开了具体深入的研究与探析。

综上所述，相对于国外的研究状况而言，我国对洛特曼文本诗学理论的研究较晚，在译介方面还相当滞后，而且就总的研究来看，较为零散、缺乏系统性。洛特曼的文本诗学理论是跨学科、跨文化的综合批评话语，可是目前国内的大部分学者主要热衷于从结构文艺符号学和文化符号学两个视角进行探求，还没有出现关于文本诗学理论研究的专门性著作，其研究视野相对来说比较狭窄。因此，如何拓宽其研究领域，如何以多元的、动态的视角对其文本理论进行全面系统地研究，可以说是目前国内研究者应该努力的方向之一。事实上，洛特曼的结构文艺符号学与文化符号学研究并不存在泾渭分明的界线，他们都属于文本诗学理论发展的不同阶段，文化符号学理论是在结构文艺符号学的基础上发展建立起来的，虽然其中有矛盾，但是如何准确翔实地介绍、解读洛特曼文本诗学理论的演变轨迹及整体面貌，应该说是目前国内研究者亟须解决的重要问题。

第二节 洛特曼文本诗学的理论研究视角

一 走向文本的综合研究

众所周知，20世纪西方文论在文本理论方面的研究取得了长足的发展，不同文论流派纷纷登场，针对文本理论的各种问题，从不同角度、运用不同的方法，发表了各自不同的见解，从而形成一种"八仙过海，各显其能"的多元局面。例如，俄国形式主义学派首先从语言学角度发声，大谈文学语言"陌生化"的特征；与此同时，英美"新批评"学派立足于严格的文本中心主义立场，反对把文本看作独立封闭的系统，试图构建新的文本语言结构，主张文本要向读者开放，力求通过读者的阅读来实现文本的意义与价值。同样，当结构主义文论家正打算为一切文学作品营造普适性的文本结构时，接受美学家已经从读者的角度宣称文本意义只能具体存在于读者对文本结构的解读和接受之中。当接受美学家的理论还未广泛传播，解构主义学家们又匆匆登场，他们认为所谓的文本结构、中心、意义等都是不确定的，是无止境的"延异"，而读者阅读就是徜徉于文本内部的一种语言游戏。伴随着解构主义学说的盛行，可以说，20世纪形式主义文本理论的研究道路终于走到尽头。于是，又出现了新的逆转，即西方马克思主义、新历史主义、女权主义等新的研究逐渐兴盛，他们主张把文学文本的研究重新与社会、历史、政治、文化等外部因素相结合。很显然，这是一个值得深思的转变，这种转变与洛特曼后期的文化文本理论研究具有异曲同工之妙。

　　由此可见，20世纪文本理论的研究，的确出现了一个多元并举、多元竞争的局面，但是并没有一个流派能够长久地占据中心地位，往往是你方唱罢我登场，这种情况至今仍在继续，而且有愈演愈烈之势。虽然说多元化格局是学术繁荣发展的表征，但是事情总有两面性，上述种种迹象表明，从20世纪70年代开始，西方学术研究（包括文学研究）已经陷入因标新立异而造成的困境与危机之中。值得欣慰的是，近20年来，西方学术界已经自觉意识到这种危机的存在，并且开始思考如何克服这种危机。60年代初韦勒克在谈到后期结构主义文论家的成就时就说过："他们把纯粹的形式主义研究与社会学和意识形态方法结合在一起"，"正是这种现代语言学和现代哲学的密切合作中，我们看到了具有远大前程的文学研究的萌芽"，"他们一方面反映了某种对综合研究的大胆地思考，对深入的哲学探索的新的愿望；另一方面还反映出某种从总体性和整体性上越来越贴近细致地分析文学作品的新的愿望。"[1] 韦勒克凭借自己敏锐的洞

---

① 〔美〕R. 韦勒克：《批评的诸种概念》，丁泓、余徵译，四川文艺出版社，1988，第263页。

察力已经预见到这种综合的"文学研究的萌芽"已经产生,并且已经成为一种"新的意愿"。事实上,这种多角度、多方法的综合研究,到 80 年代已经汇集成为一种颇有气势的学术研究新趋向,那种企图以"一言而为天下法"的研究方法将一去不复返。20 世纪 80 年代开始,西方学术的总体态势从连续不断的突变式的多元分化,走向了多向度的整合和综合。我们有理由这样说,西方学术发展多元综合的新时代已经到来。

19 世纪,俄国文论界以社会历史方法作为文艺学的主要研究方法。20 世纪初,形式主义研究方法活跃一时,但是由于它把内容与形式相割裂,将形式绝对化,摒弃内容,因而受到严厉的批判。此后,俄国文论界的研究方法滑向了另一个极端——庸俗社会学。"庸俗社会学是出于片面地解释马克思主义关于意识形态的阶级制约性原理,从而导致文学史过程简单化和公式化。"[①] 从 20 世纪 50 年代中期,俄国文论界开始着手纠正这种弊端,重点清算庸俗社会学犯的错误。进入 60 年代,俄国文论界把对方法论问题的研究提高到首要位置。一大批著名学者,如尤·鲍列夫、叶果罗夫、卡冈、彼得罗夫、斯托洛维奇、赫拉普钦柯、马尔科夫等人,开始致力于对新方法的研究,并发表了很多重要的专著。在实践上大量介绍各种研究方法,出版专门刊物,设立专门机构,逐渐开展综合研究和应用研究,最终使庸俗社会学在文学、美学研究领域得到了彻底清算,并把方法论的研究推向了新阶段。20 世纪 60 年代末,苏联科学院成立了艺术创作综合研究专门委员会,他们在 70 年代初提出"综合考察和系统研究方法相符合"的思想,从而使许多著名学者转向综合研究,并致力于实践应用。例如,鲍列夫和斯塔菲茨卡娅的著作《社会学、理论和文学批评方法》于 1980 年发表,作品指出归纳综合的研究方法已经成为当时学术界不可逆转的趋势。卡冈的文章《对艺术作综合研究的系统方法》和《作为系统的艺术文化》等,对综合研究方法的重要性给予充分肯定,很显然,这些文章成为综合研究方法论的智慧结晶。

俄国人文思想的整体性特点,早已受到俄罗斯学者的关注。瓦·津科夫斯塞在首部具有系统和全面性的《俄国哲学史》中指出:"俄国哲人,

---

① 〔苏〕柯静采夫:《文艺学中的庸俗社会学》,《文艺理论研究》1982 年第 3 期。

除极个别的例外，追求的恰恰是整体性，即形形色色之世间现实与人类所有精神活动的融合统一。"① 因此，中俄文化在整体上的可比性，不妨用下列引文进一步印证："俄国文化本身普遍地具有综合性。语言学同文学密不可分，故有语文学之称；语言学又与哲学相依相生，文学融汇着哲学和宗教，艺术内部也是互相渗透。20世纪初的一代精英，更有意地进行综合性的文化创造……那时的学者文人多是通才，学术多是门类交叉，新思想多来自学科汇通。"② 从洛特曼的文本诗学理论的整个发展脉络来看，其理论思想主要发育于语言学、诗学、哲学、美学、心理学、社会学、人类文化学诸多学科的交融之中，体现出对不同学科兼容并蓄的特点。洛特曼文本诗学理论建构于语言哲学、符号学、修辞学、现象学、阐释学、话语诗学、文学、人类学等诸多学科的交接点上，其理论疆界之宽广不受限于任何学科和方法论。洛特曼文本诗学理论穿越在民族、国界、语言、文化的跨文化之旅中，可以说是当代文学理论综合研究的最具典型性个案。

二 诗学与科学的交相辉映

19世纪以前，自然科学与人文科学的研究呈对峙局面。直到20世纪90年代美国的昂利·拜尔仍主张："任何一门科学也不能按照另一门科学的样子来裁剪；科学的进步在于它们相互之间的独立性，这种独立性使它们每一门服从于它所研究的对象。文学史要想具有一点科学性，首先就应该避免滑稽可笑地模仿任何个别的科学。"③ 虽然我们承认自然科学与人文科学都各自具有鲜明的独特性，但是我们不能因此就把自然科学与人文科学对立起来，而是应该努力寻求二者的结合点，促使二者在学术理论研究中的融会贯通。随着20世纪系统论、信息论、控制论、耗散结构理论、混沌学等新兴科学的问世，人们的思维方式发生了根本性的改变。科学研究"从绝对走向相对、从单义性走向多义性、从精确走向模糊、从因果

---

① 郭世强：《管窥中俄文化比较》引自《洛特曼学术思想研究》，王立业主编，黑龙江人民出版社，2006，第221页。
② 白春仁：《俄罗斯学呼唤沟通文化的自觉》，《中国俄语教学》2005年第3期。
③ 〔美〕昂利·拜尔：《方法、批评及文学史》，徐继曾译，中国社会科学出版社，1992，第13页。

性走向偶然性、从确定走向不确定、从可逆性走向不可逆性、从分析方法走向系统方法、从定域走向场论、从时空分离走向对空统一。"① 正是由于自然科学与人文科学的有机结合,许多新兴的边缘学科诞生了,自然科学与人文科学超越了各自学科的边界,致研究方法呈现出多元化与综合化的趋势,扩大了科学研究的版图。这一切都为结束300年来科学主义与人文主义彼此对峙的僵化局面奠定了坚实的思维基础。洛特曼的文本诗学理论鲜明地体现出自然科学与人文社会科学相互融合的特点:他对人脑智能、信息论、生物学、系统论、控制论,物理学、耗散理论、拓扑学等自然科学理论的深耕和借鉴,极大地拓展了文本学的疆界,为后期文化文本理论研究提供了新的视角。

　　文本学作为一门涉及宽广、富于洞见的基础学科,本身具有广泛的包容性及吸收借鉴能力。洛特曼文本诗学理论的研究目的不是要取代各门科学,而是主张从文本角度沟通各门科学,力求在自然科学与人文科学之间找到一个平衡点,进而打通人类的各种知识及其表达手段,从而在各门科学之间实现对话与统一,这样不仅有助于各门科学的创新发展,同时还能实现"存异求同"的共同繁荣局面。

　　洛特曼厚实的自然科学素养、开阔的科学视野、敏锐而又缜密的思维、一丝不苟又永不止息的探索精神,使他以科学的精神建立了与众不同的文本诗学理论。洛特曼文本诗学理论的目标是使文本学成为一门严格的科学,为此他寻求建立一种可以用来建立这样学科的可靠方法。洛特曼文本学受到实证主义、分析哲学,尤其是现象学等科学主义精神的启蒙、科学视野的开启、科学方法的烛照,首次将科学方法移植于文学的研究,并取得了令人仰慕的研究硕果,点燃了文艺学科学主义思潮的火炬。在《文艺学应当成为一门科学》一文中,洛特曼指出:"每种科学方法都有其认识论基础。"② 洛特曼努力促使文学研究科学化,主张科学地认识艺术特性,尝试建立一套行之有效的理论范畴。洛特曼指出,科学能够满足人类的求知本性,对人类思维的拓展就是科学人文精神的主要体现。因

---

① 宋健主编《现代科学技术基础知识》,科学出版社、中共中央党校出版社,1994,第48页。
② 〔苏〕尤·米·洛特曼:《文艺学应当成为一门科学》,《文化与诗学》2010年第1期。

此，洛特曼坚持文艺学就是科学，从而揭示出人文与科学并肩前行的美丽远景。

为此，洛特曼十分重视对人脑智能问题的研究，他通过多篇文章反复论证，由于大脑左右两半球功能不对称，所以人类思维主要包括离散型思维和浑成型思维，并由此把文本分为离散型文本与浑成型文本两种模式。当然，洛特曼对人脑智能问题的研究兴趣主要是建立在控制论和整体论的基础上。洛特曼的文本诗学理论体现了系统性与整体性的原则，洛特曼认为，文本系统是由具有层级式的子系统构成的有机整体，整体大于各部分的总和。文本系统中存在着无数的子系统，每个子系统的所有要素都具有意义，这些意义不仅是词汇意义，还包括社会、文化、现实等多重意义，它们对立统一于整个艺术文本中，因此无法用单一的代码进行解读。

自从1948年美国贝尔电话研究所的数学家克劳特·申农和诺伯特·维纳创立信息论之后，短短30年，信息论发展迅猛异常，遍及现代自然科学的一切部门，渗透到社会科学的许多领域。洛特曼借鉴美国申农的信息学理论，进一步指出艺术文本的语言与结构都是信息的载体。艺术文本尤其是诗歌文本最大的特点就是具有说不尽的言外之意。不同读者可以从同一艺术文本中读出不同的意义来，即一千个读者就有一千个哈姆莱特，而且越是优秀的艺术文本其意义与信息越是无穷尽的。相反，任何科学文本对信息的精确性都有极高的要求，与艺术文本相比，科学文本内容信息的可选择性是越少越好，艺术文本则恰恰相反。洛特曼研究了艺术文本信息的整个传递过程，他指出，由于艺术语言的多相性，使信息发出者与信息接收者在编码和解码的过程中，出现了信息传递的不完全等同现象，即使信息发出者和信息接收者使用同一套符号代码，他们得到的依然是两个文本，甚至是更多文本。由于交际双方各方面知识储备（经验、传统、对语言所指及语用的认识等）不同，组成个人意识内容的代码越有个性，就越不可能实现信息传递过程中信息编码与信息解码的完全等同。信息接收者的解码意识中只有信息发出者编码的一部分。因此，对于艺术文本的任何理解，都无法穷尽，只能是部分的、近似的。正是由于信息传递过程的这种不对等性，文本信息才出现了缺损或者增殖，这样才产生了更多的新文本，从而实现了文本意义的创新机制。

1984 年洛特曼借鉴生物学家 V. I. 维尔纳茨基的"生物域"（biosphere）概念，在《思维的世界》一书中提出"符号域"概念。洛特曼指出，任何存在都有具体的时空领域，文化也不例外，也会形成于一定的时空中。所谓的符号域就是一个民族文化多种符号系统产生、活动、发展的空间。洛特曼吸收了系统论的观点，把符号域看作文化的各种语言组成的一个多层级、有严整结构的大符号系统。20 世纪初，爱因斯坦把几何学与物理学统一起来，创立了狭义相对论和广义相对论，揭示了物质与时空的不可分离性，进一步革新了人们的时空观。20 世纪 60 年代，比利时化学家普里戈金创立了耗散结构理论，该理论表明，一个远离平衡的开放系统，在与外界不断进行物质和能量的交换过程中，能够由原来的混乱状态自动转化为一种有序状态。也就是说，宇宙总是朝着时间之不可逆的方向，从无序向有序，从混沌到平衡，生生不息地进行组织演化。在耗散结构理论中，既包括可逆的时间，也包括不可逆的时间，但是可逆的时间只在封闭的系统中适用。而在宇宙中，封闭的系统不仅极少，而且没有生命力。宇宙大部分是开放的系统，而开放系统的时间都是不可逆的。这样，耗散结构理论实现了"有历史意义的综合"。[1] 洛特曼引入耗散结构理论对符号域进行论述，他指出，符号域就如同"生物域"始终同外部系统进行能量交换一样，也需要同外部文化保持互动与交流。在这里，洛特曼将整个文化文本空间看成一个不断运动的、开放的系统。他指出，符号域的内部文化和外部文化之间、中心与边界之间不断进行着能量的交换与互动。因此，洛特曼把符号域内部的活动比作太阳爆发，这种爆发具有不可预测性，总是变化不定的。在洛特曼看来，静态的、封闭型的文化会逐渐衰落和消亡，文化只有在动态发展过程中相互激荡、交互作用才能具有永恒的生命力。

洛特曼的文本诗学理论倚重拓扑学的理论方法，尝试在空间结构基础上，建立一种文化类型研究的元语言，洛特曼尝试运用空间概念作为具体文本分析的工具语言，其根源就是来自拓扑学理论方法。洛特曼尤其看重

---

[1] 〔美〕阿尔文·托夫勒语，转引自《从混沌到有序：人与自然的新对话·前言》，曾庆宏译，上海译文出版社，1987，第 5 页。

对拓扑学的恒量研究,当我们面对杂乱纷繁的文化文本时,可以分门别类,透过诸多表面现象梳理各个子系统的恒量文本,进一步推断整体文化的恒量。洛特曼指出,不同类型的文化文本在思想精神上的相通点,就是整体文化的恒量。拓扑方法可以揭示不同文化文本类型之间的共性共相,而文化语言及文化系统的独特性,就是拓扑变形的结果。

洛特曼文本诗学理论在主张追求科学化进程中,还要求保留文艺学的人文内涵,同时放置于广阔的社会历史文化背景中,从而体现了从文学文本研究到文化文本研究,从单一学科到跨学科的文学理论变迁。在《文艺学应当成为一门科学》中,洛特曼指出,新型的文艺学家不仅是杰出的语言学家,而且还应该了解心理学,同时也应该是数学家。这样的文艺学家要不断培养自然科学的理性思维能力,同时也要保留人文学科的思想内涵。在文艺学如何借鉴其他学科,人文学科如何对科学成果有效整合、合理化运用等问题上,洛特曼的文本诗学提供了切实可行的实践路径。洛特曼的文本诗学理论研究预见了文本学今后的发展方向,即迈向一个愈加广阔、包罗万象的世界。泰瑞·伊格尔顿在《理论之后》一书提出这样的问题:在"文化理论的黄金时代已经过去"以后,文化研究的出路何在?[1] 我们可以从洛特曼的文本诗学理论上得到启示:向其他学科大胆敞开,也许才能最终解救文化之困。

第三节 洛特曼文本诗学的发育语境

鲍·叶戈罗夫将洛特曼与利哈乔夫、巴赫金并称为苏俄学界三位泰斗。但是在苏俄本土,洛特曼的文本诗学理论却经历了由冷至热的转变过程。在洛特曼文本诗学理论产生初期,他的理论并没有在本土境内得到广泛的传播。洛特曼的文本诗学思想发生于20世纪六七十年代,当时正值文学审美本质的大讨论,社会学派逐渐衰落,而形式主义被重新评定。所以说,洛特曼的文本诗学理论从诞生之日起就不可避免地受到形式主义、

---

[1] 〔英〕泰瑞·伊格尔顿:《理论之后:文化理论的当下与未来》,李尚远译,台北商周文化事业有限公司,2005,第12页。

社会批评流派以及审美批评流派的影响。洛特曼汲取俄国本土诗学丰厚养料，在传统理论平台上嫁接新思潮，使不同的文化传统异质共生。洛特曼努力克服传统社会学批评学派的弊端以及形式主义批评理论的封闭性，对俄国传统诗学观念做出准确而又切中要害的扬弃。事实上，以洛特曼为代表的塔尔图学派在俄国文学的批评潮流由政治化倾向为主转向以审美为主导的曲折进程中，起到积极的推动作用。

一　对形式主义学派的继承与超越

无论是在世界历史上还是在文学史上，20世纪初的俄国都极为引人注目。1917年十月革命震惊了整个世界，而几乎与此同时，彼得堡和莫斯科一群年轻的语文学家在文艺学，尤其是诗歌语言领域独树一帜的研究也举世瞩目，这便是俄国形式主义学派。它主要包括两个派别：彼得堡的"诗歌语言研究会"（ОПОЯЗ）和莫斯科的"语言学小组"（МЛК）。这两个学术团体中聚集了一大批在当时颇有名望且取得卓著成绩的语言学家和文艺学家。诗歌语言研究会的代表人物有雅库宾斯基、艾亨鲍姆、日尔蒙斯基、坦尼亚诺夫等人。莫斯科语言学小组的代表人物有雅各布森、维诺库尔、勃里克、托马舍夫斯等人。从历史上看，彼得堡的"诗歌语言研究会"和莫斯科的"语言学小组"的学术传统一直存在着很大的差异。从符号学领域来看，这两个学派分别形成了苏联符号学派的两个分支，即塔尔图符号学派和莫斯科符号学派。塔尔图符号学派以文艺学研究为主，而莫斯科符号学派以语言学为主要研究对象。但是这两个学派在学术交流过程中相互影响，相互碰撞。塔尔图符号学派在莫斯科符号学派的影响下，更加关注从语言学角度对艺术文本的形成机制进行探索研究；莫斯科符号学派通过与塔尔图符号学派的学术交流，开始重视文艺学的思想研究，对文本功能以及文本与文化之间的联系产生兴趣。

在俄国形式主义看来，确立文学（诗学）的科学道路，主要不是方法论问题，而是排除一切非文学的东西，使文学具有自己的立足点，成为一门独立的文学科学。为此，俄国形式主义确立了一条与传统研究根本对立的研究原则：在文学理论中从事的是其内部规律的研究。俄国形式主义强调诗学的科学性、独立性、结论的可靠性，为此将文学、诗学从社学、政治学、心理学、历史学、文化学等一切非文学的领域中悬置起来，进行纯文学的研究。认为文学的性质不取决于文学之外的任何非文学因素，只取决于它特有的内部规律。依据文学的特殊机制，建立一门独特的文学科学，回归文学本体，这就是俄国形式主义者全力奋斗的目标；为了突出纯文学的诗学本体，俄国形式主义更加彻底地实施了"中止判断"的方法，将文本从作家、读者和现实生活中悬置起来，它表明，文学是一个完全独立的、自足的封闭系统，文学就是文学，它只受文学自身内部规律决定，文学研究的唯一目的旨在揭示文学的内部规律；为了破译文本的文学性，俄国形式主义开辟了从艺术形式到艺术程序再到艺术语言研究的蹊径，使其研究以"形式主义"色彩而独树一帜。为了求得对文本分析的客观性与可靠性，俄国形式主义规定诗学的任务是研究文学作品的结构方式，有艺术价值的文学才是诗学的研究对象。研究的方法就是对现象进行描述、分类和解释。从以上简略比较可以看出，俄国形式主义成功地将自然科学方法运用于诗学领域。可以毫不夸张地说，诗学研究上的传统惯例、经典示范、预设的条框、信奉的观念都被俄国形式主义颠覆，代之以诗学的研究新领域、新观念、新思维、新方法，并闪耀着20世纪西方现代主义诗学的新曙光。

俄国形式主义在诗学研究上的科学实证主义立场对后来的洛特曼及其研究方法产生了很明显的影响。其实，洛特曼和莫斯科—塔尔图符号学派走的也是一条科学实证主义的道路，洛特曼主张建构一门以严格科学原则为基础的文学科学模式，从而使文学研究科学化。因此，他力图通过对具体作家创作文本的分析，来论证自己的诗学理论，以便达到科学论证的目的。

洛特曼与俄国形式主义在理论研究方法上都直接受到索绪尔语言学理论的影响。一般说来，索绪尔的学说建立在对19世纪历史比较语言学批判的基础上。他的理论研究往往把事物一分为二，确定其主要方面。具体地说，索绪尔把语言学分成内部语言学和外部语言学，以内部语言学为主；在内部语言学中又区分出共时性语言学和历时性语言学，以共时性语言学为主；在共时性语言学中又划分出语言和言语，其中又以语言为主；等等。俄国形式主义和洛特曼一样继承了索绪尔一分为二的辩证法，并把这种语言学的研究方法运用到文学研究领域中。形式主义学派把语言划分为实用语和诗语两种，洛特曼在此基础上进一步提出第一模式语言（自然语言）和第二模式语言（艺术语言）的划分，为文本诗学理论的论述做好铺垫。洛特曼的观点与形式主义学派的代表人物什克洛夫斯基比较相似，什克洛夫斯基认为，日常语言是文学语言的基础与直接来源。在形式主义文学批评理论中，强调诗歌音响要素的独立作用，诗歌创作的语义要素是次要的。洛特曼指出，诗歌的语义要素和音响要素是相互并存、不可分割的。诗歌语言的音响要素也能负载文本的语义或内容，也具有传递信息的功能。但是，洛特曼强调诗歌文本的音响要素不同于一般语言系统中的语音语调，它产生于语言结构的最高水平，诗歌韵脚的音乐性往往是与其中所蕴含的信息量和语义负荷密切相关的。

洛特曼像俄国形式主义研究者那样，注重艺术语言艺术性和陌生化效果，而且洛特曼比形式主义更加重视诗歌的结构及其内部各要素之间的关系。形式主义以前的诗学主要是从思想内容的角度去研究作品，忽略了对文学作品本身的研究。在形式主义批评家看来，这些诗学研究违背了"文学性"，真正的诗学研究应该是"文学性"的研究，即注重形式、结构、语言与艺术手法的研究。在形式主义诗学理论的基础上，洛特曼进一步提出"诗篇的结构也携带有重要的审美信息"，[1] 并对诗歌文本结构进行了深入的研究与分析，从语音、节奏、韵律、句法等不同的角度去探究诗歌文本的层级性、系统性，以及重复与平行对照的特点。洛特曼认识到诗歌文本结构是个有机统一的整体，整体意义高于各组成要素机械结合的意义，其中各要素紧密相连，牵一发而动全身。可以说，洛特曼借助于20世纪信息论、生物学、系统论和控制论等新兴科学，把形式主义诗学的理论认识向前推进了一步，发现了形式主义学家尚未发现的奥秘。

俄国形式主义的重要贡献是批判了艺术内容与艺术形式的二元论。二元论是西方哲学和科学思维奉行的思维方式，在这种思维方式下，美学、文艺学的基本问题都被纳入二元论的樊篱之中，许多文艺现象被机械地割裂为简单的两个部分，如主观与客观、本质与现象、内容与形式、理性与

---

[1] 〔苏〕尤·米·洛特曼：《艺术文本的结构》，王坤译，中山大学出版社，2003，第8页。

感性、理智与情感、生活与创作等。二元对立思维不可能正确解决二元对立双方的关系，要么固守二者的绝对分离，要么由二元对立走向一元独霸。传统的内容与形式二元论也讲内容与形式的统一，但这种统一是建立在内容决定形式、形式服从于内容的前提下，是以内容去统一形式。传统的内容形式观导致了轻视形式，甚至取消形式的严重后果。俄国形式主义破壁而立，将"内容决定形式"颠覆为"形式决定一切"。形式主义其实也强调内容与形式的不可分，只是形式主义者是把内容收归于或融化于形式，再把艺术作品归结于形式。由于强调形式的决定作用，俄国形式主义将现实在文学创作中的作用贬低为次要的、从属的作用。同样，对"思想"的理念也始终禁锢在形式决定内容的形式主义本体观上。强调语言媒介的重要性和语言艺术的独特性，应该说，这是俄国形式主义震古烁今的贡献。但因此而贬低"思想"的地位，甚至将思想与语言的关系本末倒置则有失偏颇。在传统文论中，现实、思想、作家的地位与作用都是处在主导地位上的，都有着举足轻重的作用。俄国形式主义恰恰对此釜底抽薪，来了一个头足倒立的颠覆。作家、现实和思想被从文学的中心位置排除出去，代之以艺术形式，足见其形式一元论的彻底性。这正体现出俄国形式主义的理论勇气和维护其流派理论主张的坚定性。矫枉过正，也是在情理之中的。在后期，俄国形式主义对自身一些较为极端的提法有所纠正。

洛特曼文本诗学理论的明显特征就是通过对艺术文本结构的研究进而实现文本内容与形式的有机统一。他完全赞同特尼亚诺夫的理论观点，即"形式+内容"不等于"杯子+红酒"。洛特曼不是以二元对立的思维把内容与形式割裂开来，而是强调它们之间的紧密联系。洛特曼认为，艺术作品的思想内容与艺术形式是不可能相脱离的。为此他强烈批判在中学教学实践中把作品"思想内容"和"艺术特色"分开考察的教学思想。因为这样容易导致学生对文学造成误解，即把文学作品的丰厚思想理解为可以用简明扼要的语言进行概括说明。如果是这样，读者就不需要花费时间去阅读长篇巨著，而只要读一读简要的概述就行了，很显然这种做法是错误的。为此，洛特曼进一步指出，艺术作品的思想内容与艺术形式就如同生命与生命机体的关系，生命是无法与生命机体分开的。所以说，艺术作品的思想内容与艺术形式应该是有机统一的。艺术形式本身负载意义，任何一部作品的艺术形式如果发生改变，思想内容也会随之改变。不同艺术形式的运用，也会给读者带来不同的理解与意义。正是在这一点上，洛特曼的文本诗学理论超越了俄国形式主义诗学。

形式主义诗学理论强调文学形式的独立自主性。形式主义学家认为技巧是一切创造活动的本质，各种艺术素材只有通过艺术技巧的处理，才可能变成令人赞叹不绝的艺术。艺术作品是技巧介入的产物，艺术价值也只能是由艺术技巧、反常化手法带来的文学性。可见，在形式主义那里艺术价值与形式美是同一概念，艺术价值就是由词语、结构、技巧构成的形式美。形式主义这一文学主张，使他们排斥一切与艺术本体无关的外在研究，即文学研究不能仅立足于对作家的个人经历、生平传记、逸闻趣事、政治哲学观点、个性心理、欣赏者心理、文化心理等因素的研究，更不能只依据文学的社会历史背景，而必须立足于文学性。尽管形式主义重视文学性、科学化，在形式技巧方面的研究提供了许多可取的经验和成果，但是，由于它将艺术与生活绝对地孤立起来，致使其研究范围越来越小，最后陷入语言的牢笼而不能自拔。

洛特曼和形式主义一样都是从结构主义视角研究文本的形式特征，但是形式主义学派把文学作品看作封闭的结构，而洛特曼认为，艺术作品是文本和外文本的有机统一，文本只有放置在外文本的广阔语境中才能获得正确理解。很显然，洛特曼在重视艺术文本内部结构的同时又将目光投向了外文本系统结构。洛特曼没有把文学与社会生活完全割裂开来，认为这样的研究才更符合客观实际，这也是洛特曼文本诗学比形式主义学派更为高明的地方。洛特曼的文本诗学理论既克服了传统文艺学没有足够重视艺术文本形式要素的缺点，又旗帜鲜明地批判了形式主义诗学理论忽视艺术文本内容要素的偏颇。因此，与其说把洛特曼的文本理论观点看成是形式主义诗学的对立面，还不如看作是对形式主义诗学的重要补充和修正。

二 与社会批评学派的对峙

20世纪20年代的俄罗斯文论显然不是"形式学派"独领风骚的年代，革命的十年应当被确认为俄罗斯文学史上最富有成果的时期，革命年代普遍的激奋也波及学术界，一部分学术依然在旧轨道上行进，但革命的浪潮为学术冲出新而深的河道。文学学发生了根本性变革。就在"形式主义学派"狂飙突进之际，与之针锋相对的"社会学派"拉开了阵势，这也是一个有诸多支流的大流脉。

自古以来，绝大多数美学、文学家都自觉或不自觉地承认文学是一种社会现象。文学包含的社会内容是无比丰富、无法穷尽的，它向人们提供了从社会学的各个角度（哲学、经济、文化、民俗、道德、宗教、人文、地理乃至科学）研究文学的可能性和必要性。文学的内容和形式都与社会有着千丝万缕的联系，文学的发展变化更离不开社会的发展变化，只要文学始终是社会这个大系统中的一个子系统，它总是要与社会不断进行信息和能量的交换，保证作为自组织的文学不断从无序到有序，从不平衡到平衡，再从平衡到不平衡，循环往复，永葆活力。20世纪的俄国文论随着整个文学生活的演进经历了相应的变化，也同样在矛盾、反复、起伏之中留下了不容忽视的成果，留下了可供后人借鉴和参照、并促使后人反省和警觉的遗产。1917年十月革命胜利之后，在马克思主义成为执政党指导思想的时代条件下，力图运用马克思主义学说来考察文学现象，是一些文学理论家和批评家共同的努力方向。列宁、托洛茨基、布哈林等政治家、理论家虽日理万机，仍高度关注文学问题，其理论见解与批评活动在马克思主义文论史和批评史上占有重要地位。在这一阶段中，由于文学生活氛围尚较为宽松，多种文学派别和团体能够共存，作家和诗人在创作题材和方法运用上可以自由选择和大胆试验，各种倾向和风格的作品得以同时涌现；在理论批评领域，也曾经是多种学派和主张纷然并立。马克思主义批评、庸俗社会学派、现实主义批评、形式主义理论与批评等，曾一度同时活跃于文坛。

20世纪30年代起，极"左"思潮开始泛滥，个人崇拜风气逐渐盛行，文学发展由此转入低谷时期，各种非官方赞同的文学思潮与流派被迫不再以任何公开的方式存在。文学创作中的"优秀作品率"明显降低，不少作家的命运发生了悲剧性变化。特别是日丹诺夫主义把文学理论和批评变成了推行极"左"路线和政策的工具，使得以扣帽子、打棍子、政治宣判为特点的讨伐性批判在理论批评领域横行，并催生了一批伪现实主义和伪浪漫主义作品。庸俗社会学理论的信奉者以及"拉普"的批评家,也打着马克思主义的旗号,但是他们都把马克思主义庸俗化、教条化了,在理论观点和批评实践上都是离马克思主义越来越远。庸俗社会学派、"无产阶级文化派"、"拉普"的文学观,是十月革命后至 20 年代极左文学思潮的集中的理论表现,又同 30 年代个人崇拜盛行时期把文学创作和文学理论与批评政治化的倾向相联系,成为 30~50 年代初极左文学政策的理论基础。

1934 年 8 月 17 日至 9 月 1 日,在莫斯科召开了第一次苏联作家代表大会。大会章程明确规定:社会主义现实主义是苏联文学批评的基本方法。由此社会主义现实主义创作方法逐步衍变成为一种国际性的文学流派。此后,苏联文学出现一统化,由多声开始走向独白。当社会主义现实主义被确立为苏联文学的基本方法后,社会批评潮流便在苏联文学理论界占据了主导地位,这时的社会批评潮流也就是社会主义现实主义理论独此一家。尽管一些理论家和批评家在批评实践中也明显感到这种"一花独放"的理论存在着严重的不足,并努力加以修正,但由于牵涉政治问题,绝大多数批评家只能在社会主义现实主义的理论框架之内进行某些重新阐释和修订。

社会主义现实主义定义出现之后对文学生活所造成的不良影响,已为 1934 年至 20 世纪 50 年代初期苏联文学的实际进程所证实。在这一时期,由于"个人崇拜"的形成与蔓延,由于文艺指导思想的急剧"左"倾化,由于庸俗社会学没有受到彻底批判,由于肃反扩大化的严重错误,苏联文学事实上进入了它的低潮期。作为"基本方法"的"社会主义现实主义"从一开始事实上就变成了"唯一方法",一大批不符合"社会主义现实主义"要求的作家和诗人遭到了批判,有的被禁止创作发表作品,还有的被流放、镇压、囚禁。一些回避矛盾、粉饰现实、为个人崇拜和极左政策唱赞歌的作品,和一些公式化、概念化、图解政治的作品充斥于文坛。极左文艺政策的全面推行造成了 1934 年以后近 20 年间文学的大面积滑坡,苏联文学的发展遇到了严重的障碍,这一历史的教训无疑是值得记取的。

1954 年 12 月 15 日至 26 日召开了第二次全苏作家代表大会,官方对社会主义现实主义的定义进行了修改,试图为粉饰文学消除理论依据。在

60年代对现实主义问题大讨论的基础上,有的理论家提出了社会主义浪漫主义与社会主义现实主义共存的观点。到了70年代,颇有代表性的社会主义现实主义的开放体系理论被提了出来。所有这些理论探索虽然只是一定程度上的修修补补,没有多少本质上的变化,却反映着一个无法否认的事实,即苏联文学理论界一直在试图打破单一的社会主义现实主义的理论和批评模式。

可以说马克思主义文学批评是贯穿20世纪俄罗斯文学理论批评史的一条红线,这也是20世纪俄罗斯文论与批评不同于西方文学理论与批评的一个重要特点。在几十年的漫长岁月中,洛特曼的文本诗学理论深受马克思主义学说的影响,即使是在苏联解体后的20世纪90年代,我们仍然可以从他们的理论中看到这种影响。洛特曼文本诗学理论产生和发展的环境是在六七十年代勃列日涅夫时期,这一时期后来被称为"停滞时期",当时的文学深受政治的影响,文学界和批评界盛行的是粉饰太平的风气。在这种情况下,洛特曼不为时尚左右,坚持自己独立的研究方法和研究方向,并且取得了令世界瞩目的成就,使当时的人文科学深受影响,并为扭转当时人文学科研究的不正之风做出了不可磨灭的贡献。在今天看来,洛特曼文本诗学理论中最具积极意义,也是最重要的方面也许不在于它的成就,也不在于他卓有成效的方法,而是在于其开放性的学术思想以及充满激情的启蒙主义精神。

洛特曼的文本诗学理论是对早期俄罗斯形式主义学派那些矫枉过正的理论学说的一种克服,同时也是对60年代文学"政治化"倾向的有力回击。洛特曼的文本诗学理论是以社会学维度为基点,从结构、功能和符号三个角度进行建构的。的确,社会学的维度一直以来都是形式主义学派与马克思主义两大阵营争论的焦点之一。有些马克思主义学者对洛特曼的社会学方法表示欢迎,把它看成是形式主义走向马克思主义的一次勇敢尝试,但也有为数不少的马克思主义学者并不愿意认可这种尝试。马克思主义学者认为经济基础决定上层建筑,进而认为文学是社会生活的反映,并且被社会生活所决定。而形式主义学派则否定文学与社会生活的关系,只注重艺术形式自身规律的研究。从这两方面来看,洛特曼的社会学方法显得既不为形式主义学派所容,又为马克思主义学者所诟病,但是,这也从另一个侧面反映出洛特曼文本诗学理论所具有的独特性。

结构主义方法是以承认艺术的自律性为前提的，然而，研究艺术的他律是否也属于结构主义的研究范畴，目前还没有定论。很显然，洛特曼在这方面做了大胆尝试。事实上，当时的苏联学者对此是表示质疑的。纵观洛特曼在这方面的一些探索，我们可以发现，洛特曼对外文本结构所进行的探索完全可以纳入结构主义范畴中，因为他在构建外文本结构理论系统时，完全恪守了艺术自律性这个本位。可以说，在这一点上，洛特曼与俄罗斯形式主义学派的追求是一致的，是符合使文学研究日益成为一门科学的时代需求的。洛特曼在承认艺术自律作为基础和前提的同时，通过对艺术与社会生活关系的考察，进一步阐释了艺术的本质。例如，他在研究文本结构这一问题时，首先承认外文本结构的重要作用，接着进一步论述外文本结构是如何受内文本的主导，从而最终服务于艺术文本结构的总体目标。因此，与其说洛特曼考察了艺术与社会生活之间的关系，不如说他考察了文本系统中不同成分和要素之间的关系，他把文本系统外部要素转化到文本系统内部来进行研究。洛特曼文本诗学理论的社会学方法之所以不被正统马克思主义者所认同，是因为在他们看来，洛特曼否认了社会生活对文学艺术的决定作用。诚然，洛特曼在阐述社会生活与艺术关系时没有承认前者对后者的决定作用，而是从功能角度出发，认为社会生活与文学艺术之间是平等的，只有把二者有机结合起来进行研究，才能达到正确解读艺术文本意义的最终目的，而这一点被马克思主义批评家视为是唯心的。

洛特曼的文本诗学理论不再局限于文学内部，而是拓展到整体的艺术和文化。虽然，洛特曼的文本诗学理论在当时备受争议，有相当多的批评者认为，在洛特曼的文本诗学理论中过分强调文本内部因素，而忽视了对文本外部因素的研究。事实上，洛特曼的文本诗学理论研究没有排斥历史，他只是在文本研究的开始阶段主要从事"共时性"的分析，然后很快就重新转向历时的研究。可以说，洛特曼既克服了形式论学派的单纯注重形式因素，同时又批判了社会学派单一的社会主义现实主义的理论和批评模式。此外，他还把接收者的维度纳入思考中来，使他的文本理论才不再像俄国形式主义那样只强调艺术的内在形式，而是注重艺术内容与形式的有机联系，注重历史地看待文学文本的体系与结构变化。

三 与审美批评学派的对接

对文艺本质的认识由意识形态本质论向审美本质论的转移，轰动了 20 世纪 50 年代中后期至 60 年代的整个苏联文艺理论界。50 年代初期，"解冻文学"开风气之先，此后，俄罗斯文学开始进入一个崭新的时代。文学的基本图像在短短几年时间内即被刷新。特别是 1956 年 2 月举行的苏共二十大前后的宽松气氛，给当时苏联文艺生活的活跃和苏联文艺理论与批评的发展带来了重大的转机。文艺理论界开始对寻找艺术与其他学科共性的做法提出了异议，努力着手于艺术自身特点的探寻。首先尼古拉耶娃、布罗夫、斯托洛维奇等人先后撰文和著书指出了以往忽视艺术特点的问题，旗帜鲜明地提出"艺术的本质特征是审美"的观点。这一观点实际上已涉及一系列文艺理论的关键问题，深刻批判了"意识形态本质论"，为后来对社会主义现实主义的重新认识、对假定性的肯定、对现实主义与反现实主义公式的否定，都产生了积极的影响。苏联文学界的审美学派也从此登上了苏联文学批评的论坛，并成为一股相当重要的学术力量，也使得审美批评潮流成为苏联文学批评的主要潮流之一。也许在理论界会有人否定审美学派的某些观点，但对艺术的审美本质的认识已为大多数理论家所接受，并且这种认识也在不断深化，因此，审美转移是 20 世纪苏联文学批评发展的一个重要特征。

俄国文学批评及其理论的审美化转向开始于 20 世纪 50 至 60 年代美学界那场关于文艺的审美本质问题的大讨论。这一问题确实是当时苏联文艺学界的一个新课题。在此之前，苏联文艺理论界基本上是从探讨文艺与其他社会意识形态的共同点出发的，把"形象地反映现实"视为文艺的主要特征，以揭示文艺的认识功能来确定文艺的本质。这种研究方法的理论基础是源于黑格尔和别林斯基的"意识形态认识的同一性"观点，即"科学内容和艺术内容是一致的，因为它们的认识对象是一个客观的现实生活"。这样一来，就把文艺与哲学、历史学、社会学、政治学等的对象混为一谈，似乎它们之间只有形式和方法上的不同，而在对象和内容上则完全是一样的，根本没有自己的特殊性。如此无视文艺独特的本质，造成了苏联文学界公式化、概念化等严重错误的出现，甚至导致战后苏联文学中"无冲突论"的发生。

审美批评流派批判文艺的意识形态本质论，主张文艺的本质是审美。文艺的审美本质主要表现在两个方面。第一，文艺反映客观存在的审美属性；第二，文艺是艺术家创造性活动的结果，作品的艺术性的高低是衡量它的审美价值的尺度；第三，文艺的特殊性是多方面的，它既表现在形式，也表现在内容、对象、作用、方法等方面。要是否认这种特殊性，就等于否认文艺的认识、审美和教育等功能，使文艺变成简单的宣传和传播工具。① 文艺审美本质的提出，对重新认识社会主义现实主义理论，重新阐释文学的特点，充分肯定文艺表现的假定性原则，彻底否定现实主义与反现实主义的公式，克服苏联文艺学界的教条主义，促进苏联文学创作和批评的繁荣都产生了积极的作用。

洛特曼的文本诗学理论思想在苏联文艺批评的审美转向中也发挥着积极的作用。首先，莫斯科—塔尔图符号学派就是50年代后期苏联意识形态思想解放的产物。该学派的理论家们打破"内容"决定"形式"的文学批评政治化或意识形态化倾向，强调艺术形式、结构与艺术内容的密切关系，强调它们之间的不可分割性。洛特曼从生物学理论中受到启发，把艺术文本看作一个独立的活性物体，而生命是活性物体最独特的功能。洛特曼认为文艺这个活性物体的生命，主要体现在它能以极小的篇幅蕴含惊人的信息量。而文艺研究的根本任务，就是探求这种机制是如何储存、传递、记忆审美信息的。洛特曼、乌斯宾斯基等人与以斯托洛维奇等人为代表的审美学派的共同努力，使得注重艺术审美形式研究的理论学派在苏联文艺学界占有一席之地。如果说苏联审美学派更多是在观念上起作用，那么莫斯科—塔尔图符号学派则主要是在研究手段上推进了审美转移的进程。

第四节 本书解读设想与创新点

一 解读设想

洛特曼的文本诗学研究是一种综合性的理论研究，它的基本特征是科

---

① 邢建昌：《审美文论与文学的审美本质——20世纪80年代以来文学审美本质论的一个反思》，《中国语言文学研究》2015年第11期。

学理性与批判精神的并存与交融，其核心观念是"结构""功能""语言""符号"，在此基础上形成了洛特曼文本诗学的三大理论板块：作为方法论的结构—功能主义、作为语言学概念的文学文本、作为文化符号学概念的文化文本。本书试图根据洛特曼不同时期的理论关注焦点及研究特点，对洛特曼文本诗学理论的发展过程与整体性进行描述，将其学术探索分成六个章节进行分析，分别选择具有代表性的著述作为分析依据，从而厘清洛特曼文本诗学理论思想与方法论的建构轨迹。

第一章主要介绍了洛特曼的生平经历、学术道路的发展历程、国内外研究状况，在此基础上阐述了洛特曼文本诗学思想的理论视角及研究方法，通过洛特曼与形式主义流派、社会批评学派、审美批评学派等的渊源与联系，详细阐述了洛特曼文本诗学理论的发育语境，最后提出本论文的解读构想和创新点。

第二章：结构主义作为方法论。结构分析是洛特曼文本诗学理论的主要核心问题。洛特曼指出，文本结构的复杂性与所传递的信息量成正比。一般说来，艺术文本的符号结构系统要比其他文本的结构系统复杂得多，而且越是艺术性强的文本，其符号结构体系就越复杂，所传递的信息量也就越大。洛特曼在提倡用结构—功能主义的研究方法分析文本的同时，并不是把文本封闭起来，而是把文本结构和外文本结构结合起来进行研究。文学作品以文本形态呈现给读者，而社会现实生活、历史文化背景、政治、哲学、道德等观念则属于外文本系统。外文本系统是一种客观存在的实体。这正像我们在阅读艺术文本时所常常感觉到的那样，作品中所反映的思想并非作者的全部观点，要深刻地了解作品，就要探讨作者的世界观、生活经历、文化素养、艺术观和整个思想体系等外文本系统。在把文本系统与外文本系统有机联系的基础上，文本的文化交际属性被极大复杂化了。洛特曼认为，文本的这一属性可以通过文本的三个功能即信息生成功能、信息传递功能和信息记忆功能来体现。洛特曼深受索绪尔与俄国形式主义学派的影响，在理论探索与批评实践中，他较早地意识到文本语言的重要性，采用结构—功能的分析方法，同时吸收其他学科的研究成果，积极利用新的研究方法，在基本形成文学文本理论雏形的基础上，为后期的文化文本理论思想作了理论与实践上的准备。

第三章：文学文本。本章首先论述了洛特曼文本诗学理论的渊源，在此基础上着重分析了艺术语言的信息熵量及艺术文本的信息交际模式。洛特曼表明，艺术就像语言那样，也是一种人与人之间的交际方法，它完成着艺术创造者与艺术欣赏者之间的信息传递，而艺术信息的传递又是必然要通过艺术文本这个载体来实现的。这样，艺术文本的语言与结构特征就直接关系艺术信息的传达，就如同人的思维能力是与人脑的构造分不开一样。在此基础上进一步阐释了艺术文本意义的构建机制——"对立美学"原则，并运用"对立美学"原则具体分析了诗歌文本和小说文本的意义生成机制。

第四章：文化文本。20世纪70年代以后，洛特曼通过大量的文本分析实践与理论探索，完整阐释了文化文本的理论观点，并积极推动文化符号学理论的迅速发展从而达至顶峰。本章在论述洛特曼文化符号学理论渊源的基础上，进一步阐述文化文本的生存空间——符号域以及文化文本的交际模式——对话机制，最后运用符号域理论和对话交际原则论述了历史文化文本和民族文化文本的意义构建机制及特征。

第五章：洛特曼文本诗学理论的跨文化之旅。本章通过将洛特曼文本诗学理论与形式主义文本观、解构主义文本观、阐释学文本观、接受美学文本观等理论流派的比较研究，进一步凸显洛特曼文本诗学理论的独特性，同时体现了他超越前人所做的贡献与创新。

第六章：中国语境视阈下洛特曼文本诗学理论的价值与意义。本章通过对中俄文论交流的历史回顾，以及对洛特曼文论思想在中国的译介历程的梳理，揭示了洛特曼文本诗学理论对中国文本学理论建设所具有的方法论启示意义。

本书立足于严格的文本细读，厘清洛特曼各个时期代表性著作的论述逻辑、理论观点与方法论，潜心求证和分析其重要理论观点以及方法论的形成，还本清源，在具体文化语境中呈现洛特曼文本诗学理论的观点、原则、文本分析实践的方法论精髓，同时显现洛特曼文本诗学思想的发展与变化，寻找其文本诗学思想的发展脉络。笔者试图通过文本分析，去蔽与还原，呈现洛特曼各种理论观念、方法论的真实而清晰的图景，为我们比较全面地认识洛特曼文本理论思想，正确地理解其认识论与方法论，汲取其精华，尤其是那些对我国现代文化理论的建构具有积极意义的观念、方法和思维方式，为中国学界借鉴洛特曼并加快中国文本学理论建设做出贡献。

二　创新点

（一）整体观照

近年来，多数学者喜欢从结构文艺学或者文化符号学的视角研究洛特曼，就是洛特曼本人也喜欢称自己是文化符号学家，事实上，洛特曼兴趣广泛，其研究理论广泛吸收语言学、俄国形式主义、结构主义、解构主义、接受美学、读者反映批评、马克思主义、新历史主义、文化批评等理论的合理内核，并融文艺学、美学、历史学、社会学、文化学及信息论、生物学、系统论、控制论、数学等为一体。在对这样一种具有动态开放性和广泛包容性的理论体系进行研究时，我们的研究视角也应该是多元的、动态的。仅仅从结构主义、符号学的角度，甚至从俄国形式主义余脉的角度来看待洛特曼，是远远不够的，也是无法理解西方学界给予洛特曼"文学研究中的哥白尼革命"这个评价的。因此本书拟从"文本诗学"的视角对其理论进行整体研究，无论是早期的结构文艺学还是晚期的文化符号学，其核心概念都是"文本"，因此，该书试图通过"文本"这一核心概念，把洛特曼的前后期理论思想有机整合起来，从早期的文学文本理论到后期的文化文本理论逐层深入研究，从而使全书形成一个有机整体。洛特曼文本诗学理论的形成经历了一个漫长的渐进过程，本书着重比较洛特曼前后期文本观点的拓展与变化，并进而揭示文本理论在洛特曼整个文化学术理论中所处的核心地位。

（二）比较视野

目前国内学术界对洛特曼文本诗学理论的研究还缺少从方法论到理论本身，进而与其他理论进行比较系统地探讨，尚未把洛特曼的文本理论放在20世纪西方文论发展的宏观背景上来考察，这样就很难认清洛特曼文本理论的真正价值。本书试图将洛特曼的文本诗学理论置于20世纪整体社会文化语境中，梳理出洛特曼的文本诗学理论与西方文论流派的思想渊源，例如，俄国形式主义、布拉格文论派、结构主义、解构主义、阐释学、接受美学、读者反映批评、新历史主义等理论流派，对洛特曼文本诗学理论的形成与发展都产生了不同程度的影响。此外本书还将洛特曼的文本诗学理论与西方相关的语言学家、符号学家、文化学家的理论进行对比研究，其中涉及索绪尔、皮尔斯、莫里斯、雅各布森、巴赫金、巴尔特、德里达、埃科、伽达默尔、伊瑟尔、利科等理论学家的文本思想，力求在比较的视野中进一步审视洛特曼的文本诗学理论，既能发现一些未经研究的盲点，又为客观地认识与评价洛特曼的学术地位提供更好的参照系。

显然，对某种理论的研究理应立足于弄清理论本身，否则就谈不上更进一步的探讨。洛特曼的文本诗学理论虽然把文本及其结构作为主要研究对象，但是其实际的价值与意义已远远超出了文本研究本身，对当代文艺理论的建设，甚至整个人文社会科学的发展都产生了积极的推动作用。我们应该在了解洛特曼文本诗学理论主要内容的基础上，努力揭示其理论研究方法和批评思维上的创新，从而进一步探求洛特曼的整体学术思想及研究方法，充分认识洛特曼的文本诗学理论带给我们的方法论启示，探索出他对人类文明发展的重要贡献。

（三）为中国文本学的研究推波助澜

纵观西方文论，许多国家都经历了对自身的文本学的建设与发展过程，如俄国形式主义、法国结构主义、英美新批评流派等，它们都为各自国家的文论建设打下了坚实的基础。相比之下，我国的文论研究进程似乎划出一道跃过文本学阶段，直接进入后结构、后现代的轨迹。20世纪初本应是总结文本学传统的时代，但是历史的重任使我们无暇分神；新中国成立后，属于形式研究的文本学乏人问津；新时期以来中国文本理论研究异常活跃，学界采取个案分析和整体梳理相结合的方式考索、探析了许多西方文本理论，像巴尔特、伽达默尔、伊瑟尔、德里达、伊格尔顿、詹姆逊、克里斯蒂娃等20世纪西方理论家的文本思想受到关注，但遗憾的是洛特曼的文本思想却尚未得到整体研究。本书试图通过对洛特曼文本思想的系统研究，串联起20世纪西方各大文论流派，从而进行西方文本理论的综合研究，其研究成果或许可以为我国当下文本学的构建尽绵薄之力。

第二章 结构主义作为方法论

结构主义是 20 世纪具有重要影响的一个思潮流派，它的活动时间大约是 1960 年初至 1970 年底。从地域上划分，结构主义有三个主要活动中心：法国巴黎、爱沙尼亚的塔尔图和俄罗斯的莫斯科。以巴黎为中心的欧洲结构主义强调的是封闭的文本结构，在研究中更重视哲学上的思辨，其主要来源是索绪尔的结构主义语言学、俄国形式主义以及布拉格学派和雅各布森的结构思想。法国学派的代表人物主要有列维-斯特劳斯、罗兰·巴特等，这一派别的结构主义诗学存在的时间并不长，很快便转变成后结构主义。与法国学派相比，俄国结构主义诗学有鲜明的特色，它不像法国结构主义学派那样提倡无所不包的普遍原则，而是根据研究的需要在方法论上不断做着调整。在俄国结构主义诗学流派中，聚集了一批当时国内最优秀的人文科学学者，他们的研究涉及语言学、符号学、文艺学、文化学等方面，从广义而言，他们更多地被认为是开俄国符号学研究先河，因而又被称为莫斯科—塔尔图结构主义符号学派。

洛特曼是莫斯科—塔尔图学派公认的核心和领袖人物。洛特曼指出，无论是早期以结构语言学为理论基础的文学文本还是晚期以文化符号学理论为基础的文化文本都以结构主义诗学作为总的方法论。早期文学文本理论基本上是借助结构主义语言学的方法来分析艺术作品，其理论思想主要得益于索绪尔的结构主义语言学、布拉格学派的音位学，以及苏联结构主义语言学等。洛特曼自始至终把艺术看成一个特殊的语言体系，这一体系尽管是由不同物质材料的词语符号或非词语符号构成，但是，在洛特曼看来，艺术文本的结构始终决定文艺作品的一切方面。洛特曼指出，文学文本是一个结构整体，而这个结构整体又是由各个不同的层次组成，例如，对于诗歌来说，这个结构包括语音层、韵律层、词汇层、句法层、语义层等。结构整体的含义远远超过各个组成部分意义的简单相加，与对各结构层次内部的研究相比，各结构层次之间的关系及结构层次与整体之间的关系有着更为重要的意义。后期，洛特曼提出文化符号学概念，试图运用符号学理论去阐释文化文本意义的生成机制，尤其注重对文本功能的研究。洛特曼明确指出，现实的每一简单现象，仔细分析起来，都是一种结构：它由更简单的结构组成，而它自身又作为一个组成部分进入更为复杂的统一体之中。因此要理解这种现象，只孤立地研究其自身的特性是不够的，必须要确定它在体系中的位置。洛特曼认为，应以功能研究代替名称—形态研究，从孤立地观察、描写事物转向系统分析。文化文本结构研究的特征就在于，它不意味着在要素的独立状态或其机械的结合中审视个别要素，而是确定诸要素相互的关系及它们同结构整体的关系，它与研究系统及各组成部分不可分离。

正如洛特曼指出："如果仅仅限于语言交流的层次来理解艺术文本的内容，那就等于忽略由艺术文本自身的结构所形成的极为复杂的意义系统。"[①] 艺术文本是艺术信息的载体，艺术信息贮存与传递的决定性因素就是艺术文本的结构。文本结构本身就是一种潜在的信息，而在其他类型的文本中，结构都不是信息的载体。洛特曼指出，传统文学观念的错误就在于：在没有弄清艺术文本储存、传送信息机制的情况下，抽象地将文学作品划分为形式和内容。这种文艺观念的直接表现之一就是批评家、学者及其他具有逻辑推理能力的人，都有权指导和告诫作家应当做什么和不能做什么。学生们也在课堂上接受这种文艺观念：几条逻辑推论构成了艺术作品的本质，其余的则不过是次要的"艺术特征"。[②] 为此，洛特曼批判了将"思想内容"与"艺术特征"分离开来的错误做法。一般来说，艺术文本结构越复杂，它所传递的艺术信息就越复杂，反之，艺术信息越复杂，传递它的艺术文本结构也就越复杂。艺术文本结构传递的信息容量是一般语言文本结构不能比拟的。如果艺术文本结构传递的信息量与普通语

---

① 〔苏〕尤·米·洛特曼：《艺术文本的结构》，王坤译，中山大学出版社，2003，第6页。
② 〔苏〕尤·米·洛特曼：《艺术文本的结构》，王坤译，中山大学出版社，2003，第7页。

言传递的信息量等同的话，那么艺术文本就没有存在的意义与价值了。由此可见，特定的艺术信息是无法脱离艺术文本结构而单独存在和传递的。洛特曼非常赞同托尔斯泰的文学创作观点：不能用另外一种语言去复述同一部作品，否则就是将这部作品重写一遍。也就是说，艺术文本的内容和形式是不能彼此分割开来的，文本中的每一要素都负载着信息与意义，即文本中的任何信息与意义也都要通过信息载体来传达。

洛特曼认为，艺术文本是一个有机整体，艺术文本内容与结构的关系，就好比生命与活生物体之间的关系。研究者如果想要把握不依赖作品结构而存在的思想，就相当于把生命从活生物体结构中分离出来。他甚至直截了当地断言：思想不会包含在引语中，哪怕是精心选择的引语，而是由整个艺术结构表达出来。不理解这一点并且在孤立的引语中搜寻思想的研究者，极像这么一种人：他见到一幢按照设计图纸修建起来的房子，就开始动手拆墙，想找到埋藏设计图纸的地方。其实，设计图纸并没有被砌进砖墙里去，而是实现在建筑物的各部分之中。设计图纸就是建筑师的思想，房子的结构便是其思想的实现。① 由此可见，洛特曼对艺术文本结构的分析，不是寻找艺术系统内某一成分与意义之间的直接联系，而是揭示整个艺术系统各成分之间的紧密联系，以及系统和结构对文本意义所具有的决定作用。由此，洛特曼指出，结构是艺术文本信息的主要载体之一。文本的思想同与之对应的文本的特定结构不可分离，以及同艺术的特殊语言不可分离。因此，洛特曼主张由"思想"和"结构"的概念代替传统的"形式"与"内容"。艺术文本没有纯粹的"形式因素"，所有的形式饱含着思想与意义。所谓艺术生命就是可以对艺术文本进行多种解释，如果离开艺术文本则失去了自己的艺术生命。对艺术文本的多种解读，意味着文本意义的丰厚与深刻，也意味着它的永存。

作为一个结构主义者，洛特曼一直把对文本结构的研究作为自己的核心任务。无论是文学文本还是文化文本，都是一个结构复杂的层级系统。其各部分都可作为独立结构而存在，同时又作为整体的构成成分进入大的体系之中，在整个体系中每个单位和其他单位都直接或间接地发生联系，

---

① 〔苏〕尤·米·洛特曼：《艺术文本的结构》，王坤译，中山大学出版社，2003，第8页。

系统内部每一组成部分的变化都会导致其他部分的变化，文本系统内部任何要素均具有意义。这样的文本系统既保证了信息的贮存，也为文本交际奠定了基础。需要强调的是，艺术文本结构具有动态化、不确定性的特征，其主要根源在于外文本结构的存在，文本结构的意义产生于外文本结构要素和内文本结构要素的联系与互动。内部和外部的关系合力生成文本统一系统。洛特曼的艺术文本结构不是一个封闭体系，而是将内文本结构与外文本结构有机联系起来。因此，洛特曼实现了由"语言符号学"向"文化符号学"的转向，并表现出极大的对话性、开放性、经验性、历史性和阐释能力。在这一点上，比西方的"文化哲学"转向早了几十年。洛特曼的这种对批评理论探索是与他独特的文化符号学研究方法紧密相关的。他倡导精确的研究方法，在分析中应用统计学、信息理论、数学、逻辑等方法，并且因此在解读文本中有一些新发现，对深刻挖掘文本的题旨和含义有一定的帮助。

第一节 艺术文本的结构

洛特曼指出，艺术文本结构在非艺术文本基础上进行转换必须符合两个原则：一是艺术文本结构能够贮存信息，成为意义的生成器。非艺术文本结构是一种有序组织，是完全自动化的，接收者的注意力仅集中在信息上，对结构的知觉完全是自动进行的，所以这种结构不能成为信息的载体。而艺术文本结构克服了非艺术文本结构的信息自动传递状态，延长了信息在接收者大脑中存留的时间，进一步加深了接收者审美感受的过程。二是艺术文本结构同时还要具备信息交际功能，这就要求艺术文本的构建必须合乎自然语言的逻辑和语法规则，才能完成信息交际的任务。这两个原则是缺一不可的，如若没有它们，艺术文本的构建将是无法想象的。很显然，这两个原则在艺术文本结构中往往呈对立状态，一个极力让所有的文本要素按照语法规则自动传递信息，保证交际信息的顺利传递；而另一个又极力在破坏这种自动性，使文本结构变成信息的载体。不过，这两个原则又是相互联系的，甚至是相互转化的。这种转化实际上是艺术文本内部附加结构与主要结构之间的相互转化。那些系统性破坏机制其实又是系统的，但是属于另外一种结构。也就是说，在艺术文本结构中，任何"破坏性机制"都属于附加结构，它们通过与主结构的交叉，从而使艺术文本的整体结构的意义更加复杂化。

一　文本结构的转换原则

显然，如何在非文本结构的基础上构建艺术文本结构是艺术文本生成的关键。在艺术文本结构中，内容的任何要素都不能脱离与其他要素的联系，即文本内部的每一个要素除了内在横向组合的结构，都与其他层次要素和子结构处于某种联系中，如果忽视这种联系，孤立地描述和理解其中任何一种要素，文本的意义就会歪曲。在论述艺术文本的转换原则时，洛特曼提出了两种重新解码的情况：第一种情况是内部重新解码，即按照横向组合轴来构建文本；第二种情况是外部重新解码，这是按照纵向聚合轴来构建文本。

（一）内部重新编码

从信息接收者的角度来看，在横向轴线上的一切构建都属于时间序列。信息接收者接收的最原始要素除了自身的意义之外，是确定的代码信号，并早已经存在接收者的意识之中。然而，一旦信息接收者选定了解码系统之后，他立刻就会遇到大量无法用他所选择的解码系统来解码的结构符号。接收者也许会想把它们当作不重要的东西抛开，但是，它们的重复性和内部明显的系统性却不允许他这样做。这样，他就必须建立起第二系统，第二系统是在第一系统的基础之上建立起来的，但是第二系统的建立同时具有了负载信息的功能。例如，古典建筑中的陶立克柱型和托斯卡纳柱型，如我们知道的那样，是上细下粗，并非从柱顶到柱基一样粗细。早在古代，修建在几何学方面完美无缺（至少是近似完美无缺）的圆柱，在技术上已是可能的了。但如果一直以这种方式来修建圆柱，就会令人厌烦，显得毫无生气。实际上，在圆柱从上往下的 1/3 处，稍微有点膨胀，尽管它难以觉察，但肯定能感觉到。正是这种细微的变化使得圆柱具有活力。这样，艺术中的破坏就具有结构意义，这些破坏完全不同于其他模式系统中的破坏。同样道理，假如我们禁止韵律变化的运用（这比在音位中要容易得多），诗歌结构就会立刻失去它的生命力。

洛特曼认为，浪漫主义文学便是艺术第二模式系统的明显例证，在这个系统中，内部重新编码处于支配地位。洛特曼指出，莱蒙托夫的浪漫主义作品就是一个内部重新解码系统的鲜明例子。因为，作为一个浪漫主义作家，意义的解码并不需要超越本系统的界限，在浪漫主义陈旧的意识中，原则上不存在关于任何客观意义的问题，也就是无须用另一种思维语言来阐释某一客观意义。在浪漫主义作家心中"我"的世界是唯一的，它与现实的世界、与其他个人的世界是不相关的。在浪漫主义作家的眼里，自己创作的诗的世界与现实，或者与其他人，比如说是较为平庸的人，所观察到的世界是不可能存在任何等价的。浪漫主义的系统作为一个整体，原则上不可能服从于外部的重新解码。作为一个整体，它是唯一的，是这个诗人的宇宙，因而其意义不可能在另一个系统中得到表达。洛特曼认为，在这样的系统中，意义不是靠确立它的因素和另一个系统中的相应因素的等价性来确定的，而是靠系统自身内在各种因素间的相互联系。比如，在莱蒙托夫的浪漫主义长诗《恶魔》中，女主人公塔玛拉和谐的内心世界是"恶魔"悲剧性的绝望神情的对照，她的善良相对于他的邪恶，她的信仰对应他的无信仰，她的爱对应他的恨，她的美对应他的丑，等等。因此，女主人公塔玛拉的性格和意义是相对于恶魔而存在的。相对于恶魔来说，塔玛拉就成为其形象的补充量值，成为作者笔下的理想化人物。然而，在莱蒙托夫的现实主义作品系统中，其意义的生成是经过对从一种系统到另一种系统转向的可能性的揭示加以实现的。在现实主义系统中，将本系统内的某一概念的意义与其在本系统之外的意义相互联系起来，是最为重要的方法。这就是意义通过外部重新编码而显现出来。

（二）外部重新编码

洛特曼指出，文本本身还不是完整的艺术作品，完整的艺术作品应该建立在文本与外文本两种系统相结合的基础上。文本只有被放置于外文本系统的广阔背景中才能被正确理解与接受。文本与外文本密切联系，不能单独存在。同一文本和不同外文本结构发生关系，就会产生不同的艺术效果。通俗地说，它是对各个文本成分和整个文本结构的一种补充。艺术作品不以文本为界限，脱离外文本背景的文本，就不可能被知觉。巴赫金认为，每一种文学现象（如同任何意识形态现象一样）同时既是从外部、也是从内部被决定的。从内部由文学本身所决定；从外部由社会生活所决定。不过，文学作品在被从内部决定的同时，也被从外部决定，因为决定它的文学本身整个的是由外部决定的。而从外部决定的同时，它也被从内部决定，因为外在的因素正是把它作为具有独特性和同整个文学情况发生联系（而不是在联系之外）的文学作品来决定的。这样，内在的东西原来是外在的，反之亦然。① 艺术文本作为传送信息的工具，是文字符号的总和。文本只有作为外文本结构的代码才有产生与存在的可能，洛特曼指出，外文本结构作为一定层次的结构要素构成艺术作品的有机组成部分。外文本系统是客观存在的实体，主要包括社会现实生活、历史文化背景及文学传统观念等要素。正像我们在阅读艺术文本时常常感觉到的那样，作品中反映的思想并非作者的全部观点，要深刻地了解作品，就要探讨作者的生活经历、时代背景、文化修养及作者的世界观、审美观、艺术观等外文本系统。当然，作为历史文化客体的文学作品不限于文本，它是由文本结构与外文本结构共同组成。文本与外文本结构处于一种矛盾统一、互为依存的关系之中，不能脱离社会文化背景孤立地探讨文本结构，如果脱离外文本结构，从美学意义讲，文本就变成了用外语写的作品。

　　我们一直在强调外文本系统通过其因素的某种重复而显示自己的存在，接收者也把这种重复理解为另一种规律性，而不是理解为偶然性。在艺术文本中问题更加复杂：我们能够指出若干事例，在这些事例中，虽然那些偶然、独特的因素貌似侵犯了文本，对文本意义造成了一定程度的破坏，但是，事实上它们本身却产生许多新的意义。在所有模式系统中，外系统（系统以外）成分已经被"剔除"，而在艺术中，系统成分与非系统成分都传达意义。但是，我们也需要从另一个角度来看问题，在非艺术交流系统中，任何结构层次的语法都必须做到：对全部文本系统地阐明某些不常用的规则，对这些规则的违背只能归因于错误。错误是交流渠道中的噪音，文本抵制那些偶尔的混淆、颠倒，不仅凭借其结构的剩余信息，也凭借其建构的系统性质，相同的文本同时存在两种语法的主从关系在非艺

---

① 周启超：《跨文化视界中的文学文本/作品理论》，中国社会科学出版社，2012，第227页。

术系统中几乎是不可能的。

在非艺术交流系统中，语法是预先就规定好的，信息的传达者和接收者一旦掌握交流系统的语法，语法对他们来说就不再是信息，就变为传送信息的方式，而不是信息的内容。这种类型的结构是具有重要作用的标准模拟系统，它们形成全社会的集体意识，它们是特定系统的载体，而不创立特定的模式。当然，这种系统的结构不突出，而与之相反，艺术模式的结构会显得十分鲜明突出，结构自身一定会承载甚至不少于自然语言所承载的信息。但是实验表明，艺术文本的可预言性要少于表达清晰的非艺术文本。非艺术文本的可预言性在增加时，与读者的知觉力成正比，结果在句子的结尾处，句子结构方式的相当一部分便成为多余的了。在艺术文本中却不是这样：一系列因素中"出乎意料"的程度不是保持近似的相同，就是在结尾处增加（出现在非模仿的作品中）。这全都是艺术文本完整结构的作用。文本系统是具有层次的等级体质，因此，其中每一层次，每一独特的结构除了参与文本内部结构段建构之外，与其他的层次和子结构都有一些联系。对特定层次的作用不能孤立地理解，我们必须重视内部语义，但是也要将属于这一结构层次的因素，借助于另一结构层次予以重新编码。

艺术是非常复杂的，在生活中是外系统（系统以外）的东西，在艺术里就会被描绘为多种系统。我们把两种有规则（结构规则与外结构规则）的特征的交叉，理解为外系统（系统以外）的具体化。由此可见，在艺术中，系统成分与非系统成分的存在都是有意义的，它们都具有传达艺术信息的功能。例如，《安娜·卡列尼娜》中的艺术家密哈罗夫，他对正在画的画像找不到一个合适的风姿，直到油脂的污点帮了他的忙："突然，他微笑了，快活地挥着胳臂：'对啦！对啦！'他说，立刻拿起铅笔来，开始迅速地描绘起来。油脂的污点给予了画中人新的风姿。"[①] 油脂的污点和外来的单词说明了外文本系统干扰的孤立事例，我们使这种孤立的事例成为外文本系统的一部分，外文本系统仅与文本产生一次冲突，一旦再次发生冲突，这个孤立的事实，即物质的一部分或者文本的实体，就

[①] 〔苏〕尤·米·洛特曼：《艺术文本的结构》，王坤译，中山大学出版社，2003，第109页。

会被证明为艺术现实，因为它出现在两个有规律系列的交叉部位上。再如，米洛的断臂维纳斯，正如所有历史遗迹或者因年代久远而黯然失色的油画那样，果断而又过分地"修复"，往往缺乏必要的谨慎与得体，要把不为人知的作品的外貌修复到原来的样子，就必须从中刮掉自它问世以后所有的历史文化积淀成分，这样往往会产生远远超出时间的冲击所导致的熵量。

洛特曼还以"噪音"与艺术信息的关系为例，进一步论述了艺术文本构建中的外部解码原则。洛特曼指出，假如我们一致同意作为特定音位的声音联系的某些声学标准，假如任何人都记住这个标准，并且在发音中总是用它来代替特定的音位，假如我们有意把变化从发音领域中去掉，就像我们把多义解释从定义中去掉那样，例如，为了加强人与计算机之间声音交流的作用，就会提出相同的要求，那么，作为交流系统的语言就不会受到损害了。洛特曼指出，任何无序、熵及紊乱的音响闯进结构和信息的范围都被称之为噪音，所有对传输信息造成破坏与干扰的因素，都被视为信息通道内的噪音。根据公认的法则，任何交流渠道中都包含着耗费信息的噪音。当信息层次与噪音层次相等，信息就等于零。文化功能的一个主要点就是阻止噪音的侵袭。在这里，艺术显示出自己在结构上与生活的亲缘关系，即艺术有能力把噪音转为信息。正如我们所知道的那样，艺术的这种特征，是与艺术能够传达多重意义的复杂结构相联系的。参与艺术文本与外文本背景的新结构，并不抵消旧结构的意义，而是与它们一起参与语义联系。使文本的信息内容丰富起来的结构，不同于破坏性的异类结构，在这种结构中，任何能以某种方式与作者的文本结构相互联系的异类因素都不再是噪音。

通过上述分析我们可以看出，洛特曼的文本诗学理论并没有把文本封闭起来，而是把文本结构和外文本结构有机结合起来进行研究。根据结构主义者的观点，为什么要把作品当作公示的封闭结构来研究呢？为什么对文本的内在分析是必然结果呢？结构主义者不会由此忽视作品中的非审美意义？洛特曼认为，如果有人希望不弄懂写作所用的语言就能知道它的内容，人们肯定会告诉他，这是不可能的。要接收信息就必须掌握承载该信息的语言。他指出，为了掌握这些语言规则，在一定时间内我们应当把它们当作内在的、封闭的知识结构来对待。当然这并不是说，一旦把语言作为内在系统来研究，它就不再容纳具有内容的信息。对于那些试图凭借由自己主观选择的代码去译解作品的读者来说，艺术作品的意义无疑会遭到极大的歪曲。但是，对于那些想要抛开文本与外文本的一切联系去译解作品的读者来说，艺术作品则不会有任何意义。艺术文本与外文本的联系是真实存在的。艺术文本的概念不是孤立的，它是与一系列社会历史文化结构和心理结构紧密相连的。艺术结构的外文本比文本部分更不稳定，更为多变。文本如果不与外文本结构联系，其文本意义就不可能产生和存在，我们也无法正确理解和解读。例如，对于那些在学校里就研究了马雅可夫斯基并且把他的诗作当作审美规范的人士来说，马雅可夫斯基作品的外文本部分具有完全不同的形式，比起它对于作者本人来说，即比起作者最直接的读者来说。就当代读者而言，作品的外文本系统也为当代读者而存在，但与原初相比，已经有很大改变。文本与外文本系统的连接是相当主观的，其中人为因素较多一些。文学批评凭借现有的技巧，恐怕还不能分析出这些特性。其实，这些人为因素的特征也拥有由社会和历史决定的内容，作为结构整体甚至现在就可以研究它们。

二 "文中文"现象

洛特曼将文本视为一种功能，即文本意义的生成机制。如果说传统意义上的文本是某种环绕着特定意义的单一封闭的单位的话，那么艺术文本则是与封闭、自足实体的作品相对立的。在论述艺术文本这一概念时，洛特曼指出，艺术文本是开放的、多义的、不断再生成的、意义不能确定的"可写性文本"。洛特曼文本意义的开放性、多元性与不确定性来源于文本所发生的各种不同的非文本联系，从而体现了一种文本间的互文关系，也是一种文本间的"对话"及"交往"关系。巴赫金认为艺术文本其实是一种表述，是一种言语交际，而表述是无法孤立存在的，它总是要求有先于它的和后于它的表述，没有一个表述能成为第一个或最后一个表述，它是知识链条中的一个环节，无法脱离该言语交际链条中与该文本相联系的其他文本。[①] 法国文学理论家朱丽娅·克里斯蒂娃在重新思考巴赫金

---

① 张凤：《文本分析的符号学视角》，黑龙江人民出版社，2008，第28页。

"文本对话"理论的基础上，构建了自己的学说。在《语言的欲望》（1980）中她提出了"文本间性"（intertextuality）的概念，后来被广泛运用于后结构主义中。她认为，一个"文本"包含着"若干文本变化的排列组合"，表现出"一种文本间性"，"在一个给定文本的空间中，从其他文本中来的几种声音相互交织、中和"。[1] 洛特曼认为文本与文本之间是相互联系的，即"文本间性"，他的文本诗学理论一直将文本置于核心地位，尤其重视文本之间相互关系（即"文中文"现象）的研究。洛特曼指出，文本与文本之间的关系主要包括两种情形：一种情形是文本与文本直接发生联系。他指出，我们必须区别艺术信息层次上的种种外文本联系，他把未完成的结构引入已完成的文本中。他认为，如果将一组诗作为文本进行研究，那么我们需要揭示出这组诗中不同诗篇之间在构造上的一致性。如果我们对这组诗中的某一个诗篇进行研究，那么我们所要揭示的就是这一单独的诗歌文本与这组诗之间的关系。我们也可以把它们之间的关系看作文本与外文本之间的关系，或者说是文本的内部结构与外部结构之间的关系。同样，对于某一个作者在某一特定阶段创作的作品的研究也是如此。比如，莱蒙托夫的代表作《当代英雄》是由五个部分构成的，这五个部分最初是作为单独的故事进行创作的，但是，后来作者把它编成了一部中篇小说，我们可以把整部小说看作一个文本，揭示出其中五个故事之间的系统性，同时我们也可以把其中某一个故事作为一个单独的文本进行研究，揭示它与整部小说之间的联系。洛特曼指出，我们在判断是单个文本还是文本一部分的时候，需要考虑到作家的态度、读者接受的观点以及批评家的看法等。艺术文本的结构是开放性的，它处于复杂的关系系统中，受到诸如社会、文化、民族、时代、流派、风格等关系系统的影响与制约。艺术文本的整体结构和每个细节都同时纳入不同的关系系统中，从而获得多重意义。

"文中文"现象的第二种情形，是在文本阐释过程中体现出文本与文本之间的相互联系，也就是说，一个文本以另一个文本潜台词的形式而存在。如果离开了这个潜台词的文本，那么我们将无法对原来文本的"潜在含义"进行理解。"潜台词"文本的形式是多种多样的，其中最普遍的

---

[1] 周启超：《跨文化视界中的文学文本/作品理论》，中国社会科学出版社，2012，第195页。

一种形式就是对其他文本的引证。此外，文本中一些要素的有意删除、文本空白以及文本中"负技巧"的应用，也都可以看作既定文本意义生成的有机组成部分。科学语言如此，文学文本尤其如此。洛特曼指出，文学作品不是一种语言的物化体，而是多语的、内在矛盾的、并能在新的接触中展现全新意义的结构。往往越是内涵丰富的文本，它的不确定成分就越大，读者对文本的意义进行阐释的自由度也就越大。正是这种包容不同符号系统的双重属性，使文本具有了可供发掘的潜力和非凡的创造新义的能力。这样的文本为实现创新功能提供了便利的条件。与文本涵义的不确定性相联系的，还有文本的多义现象。例如洛特曼所说的隐含文本（这里首先是文学文本），这种文本内部并存着不同的符号语言，在统一结构中形成语义对立关系，比如同时有表面的语言、明显的本义，又有个深层的语言、隐藏或影射的转义。这样，不仅使艺术文本的构成要素具有了多重意义，而且使整个艺术文本结构也成为信息的载体。文学作品不是实在客体，而是一个再造体，它完全是由语言构建的，而一部文学作品的语词、语句终究有限，不可能无所不及，面面俱到，因此，必然出现一些"照顾不周"的"空白"或"不确定的空地"。此外，在文本意义层次，很多词汇也隐含着潜在的意义。也就是说，文学作品尚具有未完成性。此在阅读时，每个读者必须根据作品的上下文，凭借自己的阅读经验和艺术修养对空白进行填充，从而将作品现实化。而被个别的阅读行为现实化或具体化的作品，自然各不相同。此外，由于填充了未定域和图式，被读者具体化了的作品，自然也可能超过作者原本的创作意图，易言之，它可能多于、高于原先的作品。读者的阅读和具体化，不是模仿，而是创造，因为没有两种完全相似的具体化。英加登总结道："再现客体的这种图式结构在任何一部完整的文学作品中都不能排除，在一部作品中会不断有一些新的未确定的位置被填充，然后由于客体补充了新的正面表现出来的属性，那些未确定的位置被消除了。可以说，每一部文学作品对于确定其中的再现客体，在原则上是没有准备的，它总是要求不断地得到补充，而这单借助于文本是永远也不够的。"[①] 如果"单借助于文本是永远也不够的"，那

[①] 〔波兰〕英加登：《论文学作品》，张振辉译，河南大学出版社，2008，第248页。

还要借助于什么呢？借助于对文本的阅读，以及读者的阅读经验与审美想象。文本的不确定信息通过读者的阅读与想象确定下来，文本的未定域通过读者的阅读与想象将不复存在。因此说，对于同一部文学作品，不同的读者就会有不同的理解，即"仁者见仁，智者见智"，"诗无达诂"。由此可见，阅读行为往往为文学作品增添许多新东西，一件文学作品固然是同一个灵魂，在具体化中却戴着形形色色的面具出现，经过具体化了的文学作品，在每一个层次上都与文学作品本身有所不同。因为文学作品只有在读者的"积极阅读"和创造性阅读中，才能使潜在的审美价值充分地、完整地显现出来。

洛特曼把诗歌文本看作一个层级结构模式。传统诗学研究方法把艺术文本看作是一系列艺术"技巧"的机械总和，并且把文本的艺术特点与思想内容割裂开来进行分析。洛特曼批判了这种研究艺术文本的方法。他主张运用结构主义的方法对诗歌文本进行研究与分析。"技巧"的艺术效果体现为一种联系，如它与文本情节结构的联系、与时代审美规范的联系，或者与读者阅读期待的联系，等等，离开了这些联系，艺术技巧简直不可能产生艺术影响，因此，在进行文本分析时，单纯的列举艺术技巧毫无意义。文本中相同的结构要素在参与不同的整体建构时，必然会产生不同的，甚至是相反的意义，这一点在文本"负技巧"的使用过程中显得最为清楚。洛特曼以普希金的《我又造访了》为例来说明这种方法，如果根据传统诗学的方法，这首诗简直无法分析，因为在这首诗里面没有形容词，没有隐喻，没有韵脚，没有受到强调的韵律，没有任何其他"艺术技巧"，对于这样的文本我们只能采用结构主义的分析方法。根据结构分析的观点，艺术技巧不是物质因素，而是联系，因此洛特曼指出，韵脚是诗歌文本的最显著特征之一，而没有韵脚就可以被认为是"负韵脚"的存在。因此，《我又造访了》这首诗的艺术系统表面上来看毫无"技巧"可言，但事实上它却体现了技巧的最大量饱和，当然这些都是"负技巧"的存在。于是，对于文本的艺术"技巧"分析就理应由"结构要素及其功能"这个富于辩证的概念代替。

洛特曼把整个文化视为文本组成的系统，不同文本之间互相包容、互相影响，从而形成不断的运动，而文化就是文本间相互联系的整体。洛特曼的文本诗学理论就是这种"互文"与"对话"的范式：即非结构主义文本理论的封闭式研究。"这种封闭式的研究易由于缺乏开放的视野而显得呆板；也非解构主义的解构式批评：这种研究由于颠覆了结构主义所有的理性逻辑并丧失了对文本的尊重而失去了意义生成的基本立足点。"[①]洛特曼将文本视为内容与形式高度融合统一的艺术符号系统，力图通过不同文本之间的对话探求文本意义的生成机制，反对文本意义的终极性与确定性，从而实现对传统封闭、静态的文本观的超越。

第二节　文本功能

艺术模式是一种审美模式，基于艺术在社会生活中所具有的独特作用，将审美模式与伦理的、哲学的、政治的和宗教的等诸多模式联系起来的努力，一直没有停止过。洛特曼借助功能视角，以辩证思维方式思考文本结构的复杂性，将文学视为自律与他律辩证互动的产物，既能有效解释艺术背离规范的革新作用，又能广泛吸纳社会、历史、文化等多维度，对文学的解读超越了结构语言学。洛特曼认为，艺术文本的交际过程主要包括三种情况。

第一种情况，艺术文本的语言不是单一的，而是由两种或两种以上的语言进行建构，因此艺术文本的意义就是多重的，从而使整个艺术文本结构成为信息不断增殖的载体。

第二种情况，读者不会立即理解作者构建艺术文本时所选择使用的语言，这就导致读者在解读艺术文本时与作者的想法有所不同，读者在阅读过程中会不断更新解码手段，读者解码手段的选择性越多，艺术文本的信息量增殖空间就越大，艺术价值也就越强。

第三种情况，任何一类型的文化都是以一定的功能积累为特征的，它们由相应的物质文化客体、思想观念和文本等组成。艺术文本的机制随着社会文化历史的变迁不断更新，其艺术积累的功能也在不断得到丰富和扩

[①] 康澄：《文化及其生存与发展的空间——洛特曼文化符号学理论研究》，河海大学出版社，2006，第185页。

大，甚至常常违背常规的结构功能，获取陌生化的艺术效果。

在洛特曼看来，艺术文本的交际过程其实就是读者和作者之间展开的一场斗争。读者在理解了文本的某个部分之后，便在头脑中构造起整个文本。作者的"下一步"证实他的这种猜测，并使以后的阅读变得乏味，或者是推翻这种猜测，要求读者有新的构建。但是，作者的再"下一步"又重新推动了这两种可能性。这样，直到作者战胜以前的艺术经验、审美标准和读者的偏见后，他才将自己对世界的认识模式、自己对现实性结构的理解，在读者的整个审美阅读过程中，逐渐地影响读者，让读者接受。这一时刻也就成了艺术作品终结的时刻，它可能比作品本身的结束要早些。

显然，一般说来，无论是怎样的读者，他们的阅读并不是消极的，而是积极的。他们在自觉或不自觉地掌握艺术家的艺术模式时，是极有兴趣的。在这一模式的帮助下，他们渴望能够理解生活和解释世界，并且以此来战胜外在世界和内在世界的某些力量。因此，艺术家的胜利给被战胜了的读者带来了欢乐，这里既有审美的愉悦，也有非美的其他因素。

洛特曼将文本视为一种功能，即艺术文本意义的生成机制，这种机制是不断更新的，并且常常违背常规的结构功能，从而实现陌生化的艺术效果。于是，文本不再是一个仅仅在某一语言中实现了的报道，而是一个包含有各种各样编码的复杂系统，这一系统具有改造已获得信息的能力和产生新的信息的能力，它犹如一个信息发生源，具备智能生物的某些属性。因此，读者与文本之间的关系取代了以往"读者解码文本"，产生了更为准确的提法即"读者与文本相互作用"。"文本的解码过程因此也被大大地复杂化，它已经不再是单向的、具有终点的行为，而是成为人同另一个独立的个体符号学意义上的交际的行为。"[1] 在洛特曼看来，文本的这种社会交际属性可以通过文本的信息生成、信息传递和信息记忆三个功能体现。

---

[1] Ю. М. Лотман：《История и типология русской культуры》，Санкт‐Петербург Искусство‐СПб，Москва，2002г，стр160. 〔苏〕尤·米·洛特曼：《俄罗斯文化的历史和类型学》，圣彼得堡：艺术出版社，2002，第 161 页。

一 信息生成功能

所谓信息生成功能是指文本能够创建某种新信息，从而形成新的文本意义。艺术文本其实是一种多次被代码化了的文本，正是艺术文本的这一特征，我们才可以谈论艺术词语的多义性、诗歌的不可译性。文本不是由一种语言，而是由多种语言同时在表述。在文本中各种不同的子结构之间有对话和游戏的性质，它们之间的复杂关系形成了内在的多语性，进而构成了意义的生成机制。洛特曼将文本的这一功能称为创造性功能。艺术文本的符号系统是一个分层次的复合系统，由从低级到高级的各个层次组成，每一个层次都可以有意义，每个层次上所有的要素都含有变量，这些变量都可以包含意义，这些意义除了词汇意义，还有历史文化、美学、宗教等多层面的意义，不可能用单一的代码进行解读。可以说，在艺术文本的大系统中存在着无数的子系统，它们都对作品的意义发生作用，子系统可能存在于另一个或几个系统之中，或者相互关联，或者相互排斥，对立统一于整个艺术文本内部。每一种艺术模式的要素和它的整个模式是完全同时进入一种以上的行为系统，与此同时在每一个系统中它们都获得了特殊的意义，而且互相不能取代，而是恰恰处于相互的联系之中。所以，对艺术文本的解读就是在艺术整体的模式系统中研究不同系统、不同结构层的各种要素。洛特曼关于"在艺术作品中所有的都是系统的"（一切都不是偶然时，而是有目的），和"所有的又都是对系统的破坏"的观点，正是基于这种认识的一种二律背反的思想。

与文本含义的不确定性相联系的，还有文本的多义现象。例如洛特曼所说的隐含文本（这里首先是文学文本），这种文本内部并存着不同的符号语言，在统一结构中形成语义对立关系，比如同时有表面的语言、明显的本义，又有几个深层的语言、隐藏或影射的转义，这里不仅文本的组成要素具有了双重（或多重）意义，整个文本结构也成为信息的载体。文学作品不是实在客体，它完全是由语言构建的，而一部文学作品的语词、语句终究有限，不可能无所不及，面面俱到，因此，必然出现一些"照顾不周"的"空白"或"不确定的空地"。在这种情况下，再现空间的延续性必须根据作品的上下文，通过想象来加以填充。显然，这种现象只能发生在文学作品中，对于现实空间或实在空间或物理空间是根本不可能的。英加登总结道："再现客体的这种图式结构在任何一部完整的文学作品中都不能排除，在一部作品中会不断有一些新的未确定的位置被填充，然后由于客体补充了新的正面表现出来的属性，那些未确定的位置被消除了。"可以说，每一部文学作品对于确定其中的再现客体，在原则上是没有准备的，它总是要求不断地得到补充，而这单借助于文本是永远不够的。如果单借助于文本是永远不够的，那还要借助于什么呢？借助于对文本的阅读，借助于读者的经验与想象。读者的阅读和想象补充了不确定的位置，使未定域不复存在。

文学作品不是一种语言的物化体，而是多语的、内在矛盾的，并能在新的接触中展现全新意义的结构。往往越是内涵丰富的文本，它的不确定性成分就越大，读者对文本的意义进行阐释的自由度也就越大。正是这种包容不同符号系统的双重属性，使文本具有了可供发掘的潜力和非凡的创造新义的能力，这样的文本为实现创新功能提供了便利的条件，因此，文化文本越有文化价值就越难传递，对它作的解释也就越丰富多样。反复的解读在某种程度上成为作品价值的标志，所以说，作品的不确定性不仅不是它的缺点，而恰恰是它的特点和优点。接受美学的代表人物之一伊瑟尔就认为，艺术文本是信息结构，读者就是要把文本具有的各种各样的解说呼唤出来，召唤性是文学文本最根本的结构特征，成为读者再创造活动的一个基本前提。显而易见，艺术文本的结构特征越复杂，作品的艺术性就越强，读者的审美享受过程就越长，对此，俄国形式主义学派提出了文艺创作的陌生化理论。洛特曼在此基础上进一步生发，作家在实现艺术文本结构复杂化的同时，还要努力做到外文本结构的复杂化。洛特曼的这一独到见解强调了艺术文本结构的开放性，同时也强调了读者的阅读对实现文本意义的重要作用。读者的立场、兴趣、审美能力等因素决定了文本结构与外文本结构的联系程度，当然，这与交际行为的另一端——作者，也有着密切的联系。

总的来说，一般的文艺欣赏者或读者往往希望以最小的代价换取最多的信息量，因此，如果说作家要增加作品的艺术性，就要努力增强代码系统的复杂化，而读者在理解作品的时候，则会千方百计地简化它，最终，作家往往倾心于增加外文本结构的复杂性，这样艺术文本表面上来看简洁明了，其实在读者解码过程中却要联系广阔的外文本文化系统，进而实现文本意义的复杂化。洛特曼强调，文本只是产生作品意义生成的诸要素之一，文学作品的现实意义是建立在文本结构与外文本结构的有机联系中，文本结构与外文本结构既相互依存又彼此对立，二者之间是密不可分的。外文本结构在一定程度上其实就是文本结构的有机部分，它包含着艺术文本意义生成的一切社会、历史、文化的代码总和，如果脱离特定的社会历史文化语境，艺术文本的意义就很难被正确解读。

二　信息传递功能

所谓信息传递功能是指信息发送者将信息传递给信息接收者。在这个过程中，文本的编码与读者解码如果完全一致，那么信息将被准确无误地传递给接收者，但事实上，接受过程体现为一种文本与读者之间的相互作用，它包含着两个主体——作者与读者的参与，也就是两个文本相通、互动的结果，受众起到了积极的作用。读者在已有文本面前并非是消极和被动的，而是与作者的地位平等的能动的创造者，作者在创作艺术文本时所选择的语言，很难被读者完全理解与把握，这就要求读者不断选择并更新解码手段，从而使艺术文本的信息量不断增加。文本意义的形成、确定、显现于作者和读者的交际过程中，正是由于有两个文本的相遇和互动，才可能产生超越二者原有意义的信息增殖。洛特曼把艺术文本信息交际的过程概括为五个环节：作者和读者之间的交流过程；读者群和相应社会文化传统之间的交流过程；读者自我交流的过程；读者与文本之间的交流过程；文本与社会文化语境之间的交流过程。其中，作者的一半已经完成，而读者的一半将随着每一次新的读者的出现，获得一种新的面目，于是，文本本身也就相应地获得一种新的诠释。洛特曼认为，交际中作者文本与读者文本的不对等是意义创新的契机，由于读者生活的时代及社会文化背景不同，他本人的文化修养、知识水平、欣赏趣味以及个人经历等也不同，因此，每一个读者的个性、文化记忆、代码和联想千差万别，也都有别于作者。当文本和读者相接触时，当读者各自的代码系统与文本相遇时，文本像是对话的参与者。既然阅读文本的目的就是为了寻求价值和意义，真正的价值和意义必须通过相互启示和对话才能显现出来。

　　洛特曼从人类思维的特点出发探讨文本如何从无到有，意义如何生成的过程。同时，他认为，如果从文本互动的角度看，必须从文本接受过程来说明如何对已有文本进行补充，或反驳、或产生全新的文本、或导致原有意义的改变。创造性的思维不能在完全隔离、单一结构的和静止的系统中进行，创造性思维是交际行为，是信息交换行为，在这种交换过程中获得新信息，产生新意义。这里首先应说明一点，文本的生成与文本的互动常常是交织伴生、相辅相成的，因为文本生成离不开与前人的对话，离不开与同一主题的其他文本的互动，甚至离不开文本未来受众的影响。比如，文本的发出者为了达到让当时的广大受众或某些社会群体广泛接受的目的，就要用他们愿意或希望接受的语言对已有文本做相应的调整，以适应对象的审美趣味和接受水平；或者，作者希望在某一方面或在某种程度上给受众以启迪或引导；或者，他只是想表达和抒发个人的思想、情绪和对生活的看法；或者，只是记录下某一现象或某一类人的生存状态，他也会自觉不自觉地考虑到受众的（作者同时代的或未来的）思想道德观念、文化素养、接受能力和水平等因素，这是读者在文本产生阶段对作者的影响。文本之间的互动，也离不开主体能动性，离不开主体创造性的思维。我们这里为了突出文本生成和文本接受各自不同的特点，才对它们分别加以阐明，但在实际交际中，二者不可截然分开。巴赫金把二者全归之于对话，他的观点是，必须通过对话才能产生新文本，世上没有一篇新文本不是在接受旧的文本的课程中完成的。洛特曼则从大脑的思维过程和人工智能的角度论证意义的生产机制。此时，对话是来自外部的刺激，很显然，这些只是从不同角度来说明意义生成的机制。

　　文本与读者之间是双向和动态的交际关系，他们自己也不断地发生着变化，两个对话主体不仅沟通、交锋，而且力求整体地把握自己、超越自己，对话、交流、回应，促使双方达到互相补充和彼此交融，新的意义就产生于两个对话主体之间，在两个原有文本及其意义相交的边缘地带，意义也只能在积极的、对应的互相理解过程中产生。因此，就在这对话交际、沟通、理解的过程中，文本的各种意义、丰富的蕴含才有可能逐渐显现和得以实现，同时，读者也才有可能发挥自己的外位超视的优势，并使自己视界逐渐得到拓展，读者在这种条件下往往会创造出一种面目一新的文本，这些都意味着在文化中产生了新信息或新意义。那么，文学文本新意产生的机制是什么呢？要回答这个问题，我们首先应该了解文本生成的过程，了解文本作者的创作步骤，作者可以选择创作使用的语言，也可以选择人物和情节等，创作过程属于不可逆转的过程。洛特曼认为，艺术家在采用模式、艺术地再现客体时，首先对再现客体的整体要有一个综合概念，因此模拟的正是这一整体。他在分析了一些作家的创作过程后指出，一般情况下创作过程是分阶段并具有规则的，第一个阶段是构思阶段，第二个阶段是叙述阶段。创作构思阶段具有象征性、多义性、多维性的特点，而思想表达阶段的特点是准确性，这两个阶段在过渡中会产生非对称的关系，这将导致新意义的生成。洛特曼还强调，这只是个逻辑模式并非真实的创作过程，两个阶段常常是你中有我，我中有你的。自由的、创造性的艺术想象与理性的、准确的表达这两个方面在艺术创造活动中是相辅而行，缺一不可的。

洛特曼的文学文本是一个开放性的系统，在具体文本阅读过程中，作家与作品不是向读者单向灌输思想与意义，也就是说，读者不是被动做出反应的环节，读者会对发出文本重新进行编码，并做出自己的回应。真正的阅读不是一种重复行为，阅读本身是一种创造性行为，文本的意义在阅读中发生了变化，产生了新的意义。作品潜在的意义只有在读者的阅读中逐步显示出来并得到实现。从某种意义上来说，艺术作品在阅读人的意识里宣告完成，艺术是人交流的一种形式，没有读者的审美经验和理解意识，文本的意义结构始终是关闭的，艺术是通过对读者的作用才有意义的。一部艺术作品的历史生命，离不开读者的积极参与，只有通过读者的传递和积极创造，作品才进入连续变化和生生不息的历史之中。经典艺术作品的意义与价值本身，不只是作者所赋予的，或作品本身所潜在的，作品价值也为读者阅读所增补和丰富，这种增补和丰富只有在读者的阐释话语中才能得以体现。因此说，文学艺术的意义和价值系统是随历史环境、接收者等因素的变化而变化，是作者与读者共同参与的交互作用的动态模式。

艺术文本的本质决定了其意义会随时代、随接收者的变化而变化。读者的作用并不只限于消极接受,他们在很大程度上参与了创作。经过作者和读者的一致努力,具体而又虚幻的客体便呈现出来;这个客体就是精神的作品。艺术只为了他人、被他人接受的情况下才存在。阅读似乎确实是感知和创造的一种合成。在作家、作品、读者的相互关系中,读者并不是被动的因素,以及单纯地做出反应的环节。就是说,阅读过程并不是作家与作品单向读者灌输思想与意义,而读者只是被动地领会理解。接收者会对发出文本重新进行编码,并作出自己的回应,常常引出迥然不同的评价和阐释。

洛特曼的作者与读者互动的文本交际理论,为文学文本打开了一扇门户,让阳光、空气、海风、大地的气息都能涌入作品。在文学作品与读者社会之间架起了一道桥梁,让艺术与生活、时代、社会、民族重新建立联系,息息相通。洛特曼认为,尽管经历了不同时代、不同读者的林林总总、形形色色的具体化,艺术作品却依然能够基本保持不变,它确实变得丰富了,可是,它仍然是它。虽然大部分作品一经写成,就成为可以跨越时空的艺术存在,但作品始终是一个历史的、开放的体系,它可以不断地与读者进行对话,甚至可以与未来的读者进行对话。作为艺术交际的一方,作品永远代表着作者的时代思想,其中认知的、道义的和审美的内容都和时代及作者本人的立场有密切的关系。而作为艺术交际另一方的读者,他对作品和作者的理解,即使是纯粹审美的接受,也无法全然摆脱与时代的审美潮流及其本身的审美经验的联系。可见,读者在与文本交流、参与文本创造的过程中不仅获得了新信息,而且通过对话交际使自身发生了变化,提高了自己的认知能力和鉴赏水平。艺术文本总能激起阅读者的无限遐想,增强人的想象力和感受力。

三 信息记忆功能

所谓记忆功能是指文本有保存自己历史文化语境的能力。文本好比一粒种子,这粒种子是由树生成的,种子是运动变化的,它虽然会不断迁移到不同的环境中去,它虽然会发芽、开花、结果,但无论怎样都会永远保留对那棵树的记忆。同样道理,优秀的文学作品就像种子一样,具有保留自己过去的文化系统信息的能力,即文本的记忆能力。比如,《红楼梦》

已不仅仅是曹雪芹的作品了，它容纳了关于这部作品的相关阐释以及一切由这部作品所引发的各种对文化背景、历史事件联想的记忆，正是这种记忆不断赋予《红楼梦》这部作品以新的意义。

文本作为社会集体文化记忆的结果，一方面表现出不断进行自我充实的能力，另一方面也在传达着相应文化特定方面的信息，而对该文化的其他方面的信息予以暂时的、乃至于全部的扬弃。接受美学理论提出了读者中心论，认为读者是能动的创造性力量，他对作品文本的接受是一种阐释，通过填补文本中的"空白"，发掘文本的意义。读者接受作品时，受他的"期待视野"的影响，这是在文化系统、社会环境和个人具体情况影响下，每个人都具有的独特的审美价值取向，是对作品向纵深发展的理解和期待，任何一个读者都可以对作品做出种种不同的解释，读者的接受反应间接地影响到文学的再生产，影响到作家的创作。作家和读者共同创造了作家的地位以及文学作品的价值，作家创作时必须考虑读者的期待视野、作品内涵和读者接受意识的结合程度，以及对文学效果的决定作用。

接受美学理论由于强调处于不同文化中的接收者形成不同的"接受屏幕"，并在此基础上形成不同的"期待视野"，对所接受的文学作品的内容和形式进行了不同程度的过滤和改造，因而它关注读者对文本的记忆功能，实际上就是民族文化的传承功能。文本是文化信息的凝聚，它是在一定的文化背景中，在与其他文本的关联中获得意义，而这个背景以及其他文本要以某种方式沉淀在、体现在该文本之中，文本以此完成着记忆的功能；接收者面对的文本总是说明着一个完整的文化意义，围绕文本形成的意义空间与接收者意识中已有的文化记忆传统会产生碰撞。因此，在整体文化背景中，文本是刺激文化发展的重要因素，文本像种子一样蕴藏着未来发展的蓝图，文本是开放的，它的内在不完全确定性也是它发展的潜力。所谓的文化阐释，就是研究文化文本的含义，获得关于人们文化生活的某种新的信息、新的价值，阐发含义是核心所在，如考察古代遗存，不论是建筑或工具或器物，目的不在于它们的物质实体，而在于它们的历史信息。在文学研究中如果只关注文学文本的语言，把文学作品仅仅视为一个由语言构成的表达体系，这就把符号系统封闭起来，因为作家创作文学作品并公之于众，主要不是为语言学提供分析的材料，作为符号体系的文学及其他艺术，根本功能在于它传达了审美的信息，价值在于它具有探究生活的意义。对一些学术文本的接受，关键也在把握新意，否则它就得不到明确的说明，其价值就得不到应有的体现，因此，阐释文化文本的意义的过程，发掘文本字里行间或整个结构中蕴藏的意义的过程，就是人们获得具有文化价值的新信息的过程。一个文化事实的历史意义也正是在这过程中才得以确定，这就是创造含义的过程。需要指出的是，这里的读者不仅是指那些在直接意义上阅读作品的人，而且也包括通过阅读文本将事件阐释为功能的人，对叙事世界里的事件进行阐释的读者，对自身所处的叙事世界中的事件或另一叙事世界里的事件加以阐释的人物，以及对现实世界中的事件加以阐释的人物。于是，在作者与读者的共同努力下，我们看到文本信息凝聚附着物的同时，也因此具有了记忆的功能。这时的文本表现暨生的属性：它不仅传达着所承载的来自外部的信息，并且在改造着这产生着的新的信息[1]。

在文本与社会语境进行交际的过程中，文本已经不再作为交际过程中的报道，而是报道中平等的参与者和信息交流中的主体，文本与文化语境的关系主要体现为两种：一种是文本代表全部语境，即文本与语境等值；另一种是文本代表部分语境。由于文化语境呈现为一种复杂、多质的现象，同一文本可能会对同一语境不同的层次结构发生不同的联系。最后，文本作为一种相对固定、相对完成的作品，具有从这一种语境过渡至另一种语境的能力，古往今来的艺术作品均表现出这样一种特征。在另一种文化语境的过程中，文本犹如一个进入新的交际情景中的一个信息源，可能显示出其在原符号系统所未曾表现出的某些特征。文本在与宏观文化语境相互适应的过程中，一方面可能会获得超出其自身意义和文化模式的特征，另一方面它又作为一个自在的单位，实现着其独立的记忆信息的功能。

---

[1] Ю. М. Лотман：《История и типология русской культуры》，Санкт - Петербург Искусство - СПб，Москва，2002г，стр160.〔苏〕尤·米·洛特曼：《俄罗斯文化的历史和类型学》，圣彼得堡：艺术出版社，2002，第160页。

第三章 文学文本

众所周知，20世纪以来，特别是第二次世界大战以后，科学技术突飞猛进，经济快速发展，政治、文化的交流形成全球化的趋势，知识信息的生产和传播无论在数量、质量、规模和效率方面都达到了前所未有、令人惊异的高度。"信息"成为人类生存、发展的基本条件之一。可以说，人类社会已经进入名副其实的信息社会。而信息的运行和交流无论采用何种传播手段，都主要是以语言的形态呈现和存在的。因此，法国当代语言学家海然热称这个时代为"语言的时代"。他是这样说的：不管2000年为人类准备的是怎样的未来，其开端倏忽间已经逼近——我们完全可以认为，20世纪最后这些年代堪称实实在在的语言时代，正如说这是一个在宇宙、机器人、原子或遗传学等方面均有重大发现的时代一样。从收录机、电视、无线电广播、新闻和书刊，到借助光缆进行的高峰会议或微不足道的私下闲谈，通信手段的飞速进步、电脑技术的革命和社会接触的无限增加，即所有通过缩减空间达到相对地控制时间的过程，显然都使语言的运用通过口、笔和媒体传播无限地扩大了。20世纪最后25年人类已经没入词句的汪洋大海中。[①]

20世纪的西方哲学和美学在经历了古典哲学的本体论阶段、近代哲学的认识论阶段，而转向了现代哲学的语言学阶段。克罗齐从艺术即直觉、即表现的核心观点出发，走向了美学与语言学的统一；卡西尔提出了"人是符号的动物"的惊世名言；海德格尔将语言上升到本体地位，提出"语言是存在的家园"；苏珊·朗格的符号学，以及60年代法国兴起的结

---

① 海然热：《语言人——论语言学对人文科学的贡献》，张祖建译，生活·读书·新知三联书店，1999，第3~4页。

构主义、叙事学、伽达默尔的阐释学以及德里达的解构主义，无不在语言的舞台上尽情狂舞，演绎神奇莫测的语言游戏，解说和体认各自的美学、文艺学乃至人的世界的观念。

　　文学是语言的艺术，自古以来，研究文学必或多或少涉及语言问题，这本是文艺学、美学的学科范围中应有的论题，不足为怪。但是，进入20世纪以后，事情却发生了重大变化，对文学语言的研究突然成为西方文艺学、美学中最热门、最显要的问题。20世纪初的俄国形式主义自不必说，它一开始就把矛头直指以认识论为特征的传统文论，试图以语言论的诗学来对抗和取代传统文论的权威地位。继起的"新批评"和结构主义文论也紧步其后尘，把文本语言列为它们文学研究的核心议题，即使那些不以文本语言为核心议题的理论派别，诸如现象学、存在主义、阐释学、接受美学，乃至解构主义、女权主义、新历史主义，等等，它们在谈论文学时，也无不给语言问题以优先的地位和特别的关注。可以说，在俄国形式主义以后，西方所出现的任何一个有影响的文艺学、美学流派，虽然理论观点不尽相同，但基本上都凸显了语言论的中心位置。伽达默尔在总结20世纪西方哲学时说："毫无疑问，语言问题已在本世纪的哲学中处于中心地位。"① 法国哲学家利科也认为，当今各种哲学都涉及语言这个共同的研究领域，无论维特根斯坦或者英国语言哲学，无论胡塞尔或者海德格尔，无论结构主义或者精神分析，无不涉及对语言的研究。他指出，"这种对语言的兴趣，是今日哲学最主要的特征之一。"② 20世纪西方哲学领域出现的重要变化就是我们通常所说的"语言论转向"。这种转向促使语言从再现说、表现说的工具论牢笼中挣脱出来，语言学本身的研究对象迅速扩大，同时语言学理论也成为人文学科极为关注的重要对象。这是语言的回归，是向着诗性的本真状态的一种回归，这为关注语言事实本身的文本诗学登上历史舞台打开了大门。

　　洛特曼运用语言学理论与方法来研究艺术文本问题，他的文本诗学理论的基本出发点就是把艺术看作一种语言，从而演绎了语言学转向的实践

---

① 〔德〕伽达默尔：《科学时代的理性》，薛华译，国际文化出版公司，1988，第6页。
② 〔法〕保罗·利科：《哲学主要趋向》，李幼蒸、徐奕春译，商务印书馆，1988，第33页。

探索，在欧美文本诗学研究史上实现了跨越式的发展。他把艺术当作是一个语言符号系统，这一系统内部是由一个个言语系统组成，不同的言语系统相互联系便形成一个个话语，不同话语之间的对话与联系就生成了不同的意义，由于不同读者以各自独特的话语参与解读，所以艺术作品就可以产生多种意义，而且艺术结构的系统越复杂其读者解读的意义就越丰厚，这就是洛特曼建立文本诗学理论的基本语言符号学方法。19世纪末20世纪初西方哲学领域发生了语言学转向，提高了在本体论哲学、认识论哲学中沦为理性之工具的语言的地位，同时语言学理论也成为哲学、诗学、心理学等几乎所有人文学科关注的重要对象。此时，语言学本身的研究对象也迅速扩大，由以某种具体语言为研究对象的具体语言学演化为研究人类所有语言的普通语言学。语言从表现说、再现说的工具论缰绳中挣脱出来，并没有放任不羁，而是自由地演绎诗性的神话。这是语言的一种回归，向其诗性的本真状态的回溯，这为关注语言事实本身的文本诗学登上历史舞台打开了大门。

　　洛特曼运用语言学的方法研究文艺问题。洛特曼的文本诗学理论的基本出发点就是把艺术看作为一种语言。他把艺术当作是一个语言符号系统，并且这一系统内部的每一因素就应该是一个个言语；这些言语的相互联系便形成一个个小系统，也就是一个个话语；话语与话语的对话与交流就构成了整个艺术这个语言系统的意义，由于不同的话语与不同的话语相关联可以形成不同的意义，不同的艺术欣赏者参与艺术创作活动的话语不一样，所以艺术作品就可以产生出许多种意义，而且越复杂的艺术结构就越会形成复杂的意义，甚至是无限的意义。这就是洛特曼建立文本诗学理论的基本语言符号学方法。

　　洛特曼将语言学和文本诗学研究结合起来，演绎了语言学转向的实践探索，在欧美文本诗学研究史上实现了跨越式发展。将文学性的生成限定在语言事实的范围内，致力于探索使日常语言成为特殊的诗性语言的特殊规律。洛特曼的文本诗学历经了从20世纪六七十年代到90年代的漫长岁月，其诗学的产生与发展无不与欧美诗学、语言学有着重要的千丝万缕的关系。同时以洛特曼为代表的塔尔图学派在20世纪欧美诗学理论中也扮演了重要的角色，其直接或间接的影响几乎遍及20世纪欧美各大诗学流派，具有开创之功。

第一节　洛特曼文学文本思想的理论渊源

一　对索绪尔结构语言学的借鉴

索绪尔被尊为现代语言学的奠基人之一，被称为结构主义之父。他出生于瑞士日内瓦的一个法国人家庭，曾在巴黎高等研究院、日内瓦大学授课。传统语言学主要从外部揭示人类的语言现象，侧重于研究其历时性的发展与演变，力求揭示不同语言之间的差异性及其形成根源。索绪尔认为传统的语言学研究方法没有抓住语言的本质，不能有效地揭示语言学的内在规律及其独特性。在他的划时代的著作《普通语言学教程》中声明："语言学唯一而真正的对象，是就语言并为语言而研究的语言。"[①] 为此，他提出了人类言语活动的三个区分：言语与语言、所指与能指、聚合关系与组合关系。此后，对语言学的研究逐渐由历时转向共时，其研究对象由言语转向语言，真正实现了现代语言学的内转向。索绪尔创立了一种新的语言学研究方法，即"必须研究语言本身"的结构主义方法——结构语言学应运而生，正是这种新的观念和方法，奠定了20世纪语言学的研究基调。事实上，索绪尔现代语言学理论的创立已经大大超越语言学的范围，渗透到人文社会学科的广大领域。他的结构语言学理论以及一般符号学的构想被广泛地应用于各种领域：文艺学、美学、文化人类学、社会学、心理学等，并逐渐汇合成一股强大的结构主义思潮，很显然，洛特曼的文本诗学理论也从中汲取了灵感和养分。

（一）语言（Langue）和言语（Parole）

索绪尔是提出语言和言语这一对概念的第一人。所谓的语言是指人们共同遵循的语法规范和词汇系统，它是语言活动的社会性部分，而言语是在具体日常情境中进行的个体语言活动，它是一种个人行为，是

[①] 〔瑞士〕费尔迪南·德·索绪尔：《普通语言学教程》，岑麒祥、叶蜚声、高名凯译，商务印书馆，1980，第37~38页。

"创造的产物"。语言是一种规则，是一个系统，是一个整体；语言支配着言语，但是又要通过具体的言语活动来体现。"语言"和"言语"的关系就如同整体与部分的关系，二者相互依存、彼此联系。索绪尔对言语和语言进行的区分，直接启发了洛特曼关于文本语言与结构的研究。

（二）所指（Signified）和能指（Signifier）

在对语言符号定义方面，索绪尔认为符号由能指和所指两部分组成。所谓的能指就是传递意义的语言符号自身，例如字母、词、声音等。能指是音响形象，所谓的所指就是被传递的概念或意义。能指和所指如同一张纸的正反面不可分割，举例说明，"desk"这一符号由其音响形象或拼写形式 d-e-s-k，和概念"课桌"组成，二者不可分割。同时他认为语言符号的能指和所指的联系是任意的。即能指与所指之间没有必然联系。那么符号的所指意义是怎么产生的呢？索绪尔认为语言符号的能指平面——音响形象，和所指平面——概念，原本上是模模糊糊和不确定的，只有当这两个连续体结合时才产生了概念意义。在这里索绪尔排除了主观世界和外部客观世界对意义产生的影响，认为符号的两个层面是先验存在的封闭的系统结构；语言能够对形式和内容进行自我分割；不同语言切割方式不同，如对于同一片相似的概念区域——"羊、羊肉"，法语里的能指形式是 mouton，而在英语里细分成"sheep"和"mutton"。法语中的"mouton"与英语中"sheep"意义不一样，这是由它们各自语言系统自身切割方式造成的，换句话说，是由它们在各自语言系统中的不同位置决定的。他指出，语言符号的能指和所指是不确定的，只有当二者有机结合在一起才会产生概念意义。由此可见，索绪尔是把语言符号当作先验存在的封闭系统结构进行研究，排除了客观世界和主观世界的影响。索绪尔认为语言符号可以对内容与形式进行自我分割，只是不同的语言其切割方式有所不同，例如同一个概念，英语的能指形式和法语的能指形式会有所不同，这主要是由于英语和法语的不同切割方式造成的，所以索绪尔由此得出结论：符号的意义是由同一系统内其他成分的共同存在或其所处的结构关系决定的，对于一个词，我们要借助在它之外的东西才能真正确定它的内容。索绪尔对能指与所指的界定直接启发了洛特曼关于文本结构与文化符号学理论的研究。

洛特曼认为，文本是一个系统，是一个结构整体，这个结构整体是由不同的层次组成的，文本整体结构的含义远远超过各个组成部分意义的简单相加，因此，不同结构层次之间的关系，以及结构整体与不同层次之间的关系具有重要的意义。但是，洛特曼不赞同索绪尔只注重语言的共时系统研究而排斥语言的历时性研究的做法。在洛特曼看来，历时性与共时性的区分只是抽象逻辑上的，每一个文化系统都有着自己的历史记忆，这实际上就是强调了系统的共时性与历时性的辩证统一。显而易见，索绪尔的所指是一种先验存在的封闭的观念结构，而洛特曼的解释项则是动态的、开放的。索绪尔的所指是一种先验存在的观念世界，等待语言系统自动切分，而不是人去切分，而洛特曼的符号意义则依赖于解释者的主观解释，由此，洛特曼的符号模式中掺进了人文的因素。索绪尔的符号只有能指和所指组成、排除了人的因素和客观世界的干扰，符号系统成了一种自给自足的先验存在。洛特曼的符号模式则避免了这一缺点，他把自己的理论建立在产生符号意义的感性行为基础之上。我们的生活经验告诉我们，在符号之外有一个对象世界，符号与对象世界之间的连接不是一次性的，它需要符号使用者的经常性维护。洛特曼的符号模式合理地把历史和社会因素包容起来。另外索绪尔把符号基本上固定在作为物质存在的能指形式上，即符号通常以某种具体物质形式而存在，如语言符号离不开音响形象或文字。而洛特曼的符号则冲破了物质形式的限制。从他关于后语言符号的描述可以看出，概念本身也可以成为符号。事实上，对洛特曼来说，任何能够被感知，甚至是想象的东西都可以成为符号，只要它指向某一对象，并且能引起解释者的反应倾向；这样一来，符号不仅是有形的，而且包括诸如记忆、梦、概念等抽象的东西。

（三）横组合关系和纵聚合关系

索绪尔从对能指和所指的区分中引发出对"意义"的追求，索绪尔认为，任何符号都具有意义，否则它就不是语言。意义的构成主要由语言的句段关系和联想关系确定。为了获取它，整体与部分、共时与历时等具体的分析方法理所当然地受到重视。生活中能指常常是不变的，但所指则随着时空的变化而变化，正是这种对意义的追求，决定了所有的结构主义者为什么都热衷于共时性的、非线性的、特定时空的研究了。

索绪尔认为，在语言状态中所有的意义都是建立在关系基础之上的，这种关系主要体现为两个向度，即横组合轴关系和纵聚合轴关系。所谓的横组合轴关系是指按照时间的先后顺序来研究文本语言符号的相互关系及意义。所谓的纵聚合轴关系是指从历时角度来研究语言符号的意义，也就是考察特定句段中的词与文本中没有出现的许多相似的词。索绪尔认为语言符号的意义处于一个纵横交织的关系网中，被语言的结构所规定，在语言系统中，任何一项要素的意义与价值都是由于它同其他要素的对立而具有的，所以在语言文本中，每个要素的意义都取决于它与其他要素的差异与对立。

洛特曼接受了索绪尔提出的"二轴说"，他提出的"对立美学"理论就是对索绪尔语言学中的横组合关系和纵聚合关系原理的运用和发挥。洛特曼指出，任何文本都包含两个坐标轴：横组合轴和纵聚合轴。横组合轴的各个要素之间按照时间顺序以邻接关系排列，如书写的从左到右等。纵聚合轴是指这一横组合段中任何一个要素的历时存在背景，是可以取代它的成分。诗歌文本是纵聚合轴占主导地位的文体，在诗歌文本中，诗句的创作是通过不断的选字、炼字，不断进行推敲的过程。例如"春风又绿江南岸"中的"绿"字和"僧敲月下门"中的"敲"字，理论上就完全可以采用其他语音等值词如"到""吹"和"推""开"等来替换，也就是说，在诗歌文本中，横向的组合方式被纵向的聚合方式所替代，等值成为句段的连接手段。而小说文本是以横组合轴为主导特征的文体，在小说文本中，一个事件接着一个事件，一个动词接着一个动词，一系列水平展开的线形活动构成了小说的主体。洛特曼认为，普通言语在时间的顺序中展开，具有一次性的特点，而艺术言语则是在空间中延伸，处在艺术文本的结构中，同前后文处在相互对照、相互补充和相互阐明的关系之中。因此，艺术文本内各个层次上的重复现象以及各个要素的对比、对立成为艺术文本意义增殖的重要机制。后期，洛特曼提出文化符号学概念，由结构语言学扩展为结构符号学理论，洛特曼克服了索绪尔结构语言学的缺陷与弊端，表现出极大的开放性、包容性与对话性等特征。

二 对布拉格学派现代音位学思想的吸纳

布拉格语言小组于 1926 年 10 月宣告成立,也有学者称之为布拉格学派或者布拉格功能学派,代表人物有雅各布森、特鲁别茨柯依、穆卡洛夫斯基等人。布拉格学派对现代结构语言学的发展具有重要作用,他们把语言看作一个系统,主张从共时性角度来对语言进行研究,并确立了音位学研究方法,从"结构—功能"的角度对语言进行阐释。布拉格学派对 20 世纪语言学的发展做出了不可磨灭的贡献,该学派凭借其成员在语言学领域的建树而著称于世。

比利时著名学者布洛克曼曾在其《结构主义:莫斯科—布拉格—巴黎》一书中把俄国形式主义学派、布拉格学派以及法国结构主义形象地比喻为 20 世纪结构主义运动的三个驿站。从文论内容来看,相对于法国结构主义而言,布拉格学派并不逊色,事实上,在 20 世纪结构主义思潮中布拉格学派发挥了重要作用,布拉格学派以结构、功能与符号作为理论核心,其中功能最具特色。同时,布拉格学派的建立、发展深受俄国形式主义学派的影响,也可以说,它是通过对俄国形式主义学派的自觉批判而获得发展,并不断成熟,但是绝不能简单地认为它只是俄国形式主义学派的照搬和延伸。布拉格学派将艺术作品视为一种结构,在索绪尔结构语言学理论基础上对结构概念进行改造,把结构设想为一种动态性整体,并以雅各布森和特鲁别茨柯依的音位学作为基础。洛特曼将布拉格学派原则归纳为三点:一是强调文本结构序列之间的辩证关系;二是强调结构的内在张力;三是强调文本的社会功能。[1] 应该说,洛特曼对布拉格学派的文论思想进行了全面而准确的总结,并且在其文本诗学理论建构中,对布拉格学派的音位学思想进行了借鉴与传承。

我国学者李幼蒸指出,所谓音位学,与传统语音学有着本质的差别,它们代表着两种截然不同的哲学认识论态度:"按照布拉格学派的音位观念,音位即语言系统中意义切分得最小单元,这个单元是由一组声音对立

---

[1] 李薇:《结构—功能的航道:布拉格学派对洛特曼的启示》,《山东艺术学院学报》2012 年第 3 期。

关系体现的，因而是相对性的而非绝对性的。声音只是形成这类对立的物质材料，起意义区分功能作用的却是此声音对立关系本身。同时，各种语言系统各有在声音中具有不同切分意义载体的方式，因此各有不同的音位系统。音位学家的任务是描述和分析各种音位系统。另外，尽管语言社会中每一成员的语言声音特性不同，却都体现了共同的声音对立系统。因而音位原则即表现有关语言全部对立关系的声音区分原则。"[1] 这种源于"结构—功能"理念的音位学成为构建洛特曼文本诗学理论的重要基础。

（一）雅各布森的音位学理论

布拉格学派音位学的创始人是一些俄国语言学家，其直接先驱是俄国语言学家库德内。库德内与索绪尔大约同时创立了语言结构观，并首先提出了结构音位学观念，尽管他的音位概念含有浓厚的心理学色彩，但音位学史家们公认这是现代音位观念的开始。以音位学研究为中心的布拉格学派与索绪尔和库德内保持着双线关系，并在此基础上创造了现代音位学思想。布拉格学派的青年语音学者指出，应当区分语音研究的两大门类，即语音学和音位学，并确定两个领域之间的关系。1928年在首届国际语言学大会上雅克布森和特鲁别茨柯依共同提出了这一学说，后者在回顾时说："1928年三位俄裔学者提出一份简单的纲领，严格区分了有关言语行为的声音理论和有关语言结构的声音理论。"[2] 他们辨析了两种研究的本质差异。

雅各布森是20世纪颇具盛名的俄罗斯语言学家，他的思想对20世纪的许多学科产生了重要影响，如诗学、人类学、神经学、俄罗斯文化史等。雅各布森的名字同20世纪的许多重要术语连在一起：音位、诗功能、对等、语音象征、形式主义、结构主义、符号学……单从这些名词中就可以看出，雅各布森涉猎极其广泛，而其学术研究的重点是围绕语言学和诗学展开的。1920年底，雅各布森前往捷克斯洛伐克，在布尔诺大学任教，其间，他发表了《俄国近代诗歌研究》（1921）、《捷克斯洛伐克诗歌与俄国诗歌的比较》（1923）等论文，并且与他在维也纳结识的另一位俄国语

---

[1] 李幼蒸：《理论符号学导论》，中国人民大学出版社，2006，第179页。
[2] 李幼蒸：《理论符号学导论》，中国人民大学出版社，2006，第176页。

言学家特鲁别茨柯依合作研究音位学,提出了音位的概念,指出这是词的语音组合,尽管音位本身并没有意义,但是其组合在语言中是表义的重要手段,从而引起对语言的语音方面的广泛重视。雅各布森和特鲁别茨柯依在音位学方面的研究极其深入,提出了具有普遍意义的"区别性特征"的概念,并且将音位学原理应用于诗歌语言研究,开了功能研究的先河。实际上正是雅各布森的音位理论为这一学派的成立奠定了基础,因而,该学派被称为"布拉格音位学派",雅各布森本人后来也被尊为布拉格学派之父。雅各布森设定了12组二元对立的音位组,认为它们是语音的共相,对任何一种语言而言都适用。这种二元对立组实际上是结构主义的分析方法,后来被法国人类学家列维-斯特劳斯用来分析神话,从而奠定了法国结构主义的基础。雅各布森同时指出,在格律学中,具有辨义功能的音位起着重要作用,于是音位学作为一种模式来分析诗歌语言的方法成为布拉格学派特有的方法。

雅各布森在1928年大会发言提纲中指出,索绪尔的"语言具有相对价值"的理论观点虽然已被普遍接受,但却并未由此引出充分的结论来。他指出,对语言的共时性音位学的研究往往忽略了声音的作用,大多仅从发声学角度进行描述。这份提纲被认为具有语言学史上划时代的意义,因为它提出了新的方法论观点:语音功能观。他认为语言声音系统只有在考虑到该系统的目的时,才能加以分析,所说的目的和作用即为传达语义,从而为布拉格音位学规定了研究方向。音位即成为语音切分的基本单元,也就是最小的声音意义载体,但此基本单位不是指声音的物质实体,而是由语言系统中语声构成或体现的对立关系。1929年雅各布森发表了经典长文《论相比于其他斯拉夫语言的俄语的音位演化》,对音位和音位系统是这样描述的:"我们称一种语言的音位系统是该语言的存于发声——运动单元观念中的诸意义区分总表,即这样一份由诸对立组成的总表。凡不能再分解为更小的音位学对立的音位对立之一切项目,即称之为音位。"[①]

(二) 特鲁别茨柯依的音位对立原则

布拉格学派认为,音位是语言系统中的最小单位,它是由声音对立关

---

① 李幼蒸:《理论符号学导论》,中国人民大学出版社,2006,第177页。

系构成的，这种对立关系具有意义区分的作用，其中声音是对立关系中的物质材料。不同的语言系统声音切分意义的载体方式有所不同，所以会产生各种不同的音位系统，在布拉格音位理论中最基本的概念就是声音的对立关系概念。按照雅克布森的看法，早在公元前3世纪，印度语法学家帕塔尼亚里已发现了语言对立关系，中世纪的欧洲语言学中也有类似的认识。但是直到结构主义时代，尤其是当其二元对立观作为一种逻辑分析原则逐渐被普遍采用之后，音位对立的普遍原则才被人们发现，对这一普遍音声对立原理的系统论述是由特鲁别茨柯依在其《音位学原理》中完成的。

  特鲁别茨柯依的对立关系说，又是由音声特征在语言结构中的位置决定的，他说，"音位内容即一音位的全部相关特征的总和，也就是那样一些特征，它们为此音位的一切变化所共有，并且此音位与该语言的一切其他的、首先是最相近的音位相区别。"[1] 由此他推论说，"一音位的音位内容的规定，是以其纳入该语言中存在的诸音位对立的系统为前提的。"[2] 这也就是说，一音位的内容是按其在某音位系统中的地位来规定的，在此系统中该音位与系统中其他各音位亦处于对立关系中。特鲁别茨柯依的音位结构分析在语言结构和功能的一般理论探讨上颇有贡献，因此其音位学原理被欧洲学者视为结构主义语言学的经典之一。

  很显然，洛特曼运用"对立美学"理论分析诗歌文本意义的增殖现象无疑继承了布拉格学派音位学思想。洛特曼指出，在诗歌文本中纵聚合轴的意义显然被极大地加强了，这种聚合关系在洛特曼看来，既包括索绪尔语言学意义上的文本内外的使用和落选词语之间的关系，即处于文本以外的同一聚合体内的词语对选入文本内的词语在语义上潜移默化的影响，同时更是指文本内各个层次上所出现的重复现象，例如语音、韵律、节奏、词汇、句法、诗行、语法等单位的各种重复现象。洛特曼认为，诗歌文本结构中没有绝对意义上的重复，那种语音的、语法的、词汇的、句法的反复出现都不是简单的重复，而是通过对比和对照，相互拉近，相互并

---

[1] 李幼蒸：《理论符号学导论》，中国人民大学出版社，2006，第181页。
[2] 李幼蒸：《理论符号学导论》，中国人民大学出版社，2006，第182页。

置，使得词语的空间距离缩短，从而突出文本结构的差异性特征。他进一步指出，重复就是差异，差异产生意义，重复越多，对比就越明显，差异也就越大。因此说，重复不是绝对的，只有差异才是绝对的。

此外，洛特曼在布拉格学派"结构—功能"文论思想的启发下，对形式主义与结构主义的关系提出了自己新的见解。他指出，形式主义不是结构主义的重要来源，也不应该将二者混为一谈。他认为，结构主义对文本进行结构分析，并不意味着像形式主义那样放弃文本之外的一切。从洛特曼对自己研究方法的解释中，我们可以看到，结构主义的方法所强调的，不仅是文本内部封闭的结构，而且注意到结构的功能。洛特曼对于文本功能的研究，无疑为受到局限的文本打开了一条通路，通过对"功能"的研究，洛特曼的文本诗学理论潜入了广阔的社会、历史的空间。所以，洛特曼一直强调，俄国结构主义的思想来源除了形式主义学派之外，还包括其他与之相对立的一些学派，因此，他认为俄国结构主义不同于形式主义，形式主义的研究范围相对狭窄，只专注于文本内部结构的研究，而对于俄国结构主义来说，文本以外的社会、历史、文化、时代、国家等都属于其研究范畴。洛特曼文本诗学理论的研究纠正了俄国结构主义诗学的偏颇，他虽然把研究的焦点集中在艺术文本的内部，试图揭示艺术的自律性原则，但是，这位塔尔图大学的教授并没有像他的前辈俄国形式主义者那样，把内部研究与外部研究割裂开来。他认为，艺术内容与艺术形式是无法分开的，艺术文本的形式也同样具有意义，在艺术文本中，既不存在没有形式的意义，也不可能存在没有意义的形式。不仅如此，洛特曼的文本诗学理论研究已经超越了艺术文本研究的界线，对作者的创作和读者的接受也进行了探究，所以说，洛特曼的文本诗学研究是文本、作者、读者三位一体的，尽管在其中，文本的结构是居于第一位的。洛特曼探讨了读者与作者之间艺术交际的几种情况，他认为，读者不仅可以使用与作者相同的代码来解读文本，而且也可以运用自己的代码和思维来解读文本，甚至可以把自己的主观意识强加给文本。由此可以看出，洛特曼的文本诗学理论与解构主义有某种相似之处，但是洛特曼又不同于解构主义，他始终认为读者的接受，无法完全脱离艺术文本而单独进行，所以说，洛特曼的文本诗学理论介于西方结构主义与解构主义二者之间，它既体现了结构主义文本系统的建构特征，又显示出解构主义文本的多元化解读倾向，它融合了语言学批评与话语批评，而成为一种独特的现代化的符号学批评模式，这也许就是洛特曼文本诗学理论的价值意义之所在。

三　对俄罗斯文本语言学的延展

俄罗斯的文本结构研究主要经历了三个时期，即修辞研究、诗学研究和语言学研究。早期修辞研究的对象以演说术为主，演说术实际上已经涉及文本构造的三个阶段，即选材、确定文体和构思布局。20世纪初文本诗学研究逐渐兴起，1928年苏联文学理论家普罗普的《童话的形态学》问世。普罗普将索绪尔结构主义语言学思想运用于分析叙事文学作品，采用自然科学的方法研究了童话故事的结构和类型，把主人公的行为和行动称为功能，视其为不变项（常项），而人物的动机、名称和属性等均属于变项。普罗普归纳为31种功能，它们均按固定的次序出现在童话故事中，经过对100篇童话故事的分析，普罗普发现童话故事的结构是固定的，变化的仅仅是情节，据此勾勒出童话故事的统一构架。普罗普的功能分析法具有很高的理论价值，促进了西方20世纪60年代叙事文学研究以及70年代西方的话语研究，文本的诗学研究也从单一的叙事文学和诗歌文学扩大到其他文体。洛特曼师承普罗普，在继承普罗普结构功能的分析方法的基础上，创造出自己独特的文本诗学理论，取得了很高的声誉。

20世纪60年代后半期，由于语言学的转向，文本结构语言学在俄罗斯开始形成，并在70年代得到迅速发展。据统计，1948年至1975年俄罗斯发表了700余篇有关文本语言学的论文和著述，进入20世纪80年代以后文本语言学迅速崛起。1981年的《文本是语言学研究的对象》问世，从理论上全面论述了文本语言学研究的对象，其中包括文本的信息性、可切分性、关联性、情态性、连续性、文本语段的意义独立性、文本中的回指和前指、文本的完结性，并且提出文本的整合问题。在《文本语言学》一书中从语音、词汇、形态（词法）等层次对整合做出论述，并且认为不同类型的文本的整合手段迥异，特别是文学文本，日常话语和科学文本各自采用不同的整合手段。这一时期文本语言学研究愈加细化和深入。进入 21 世纪后，俄罗斯又相继出版了不少文本结构研究方面的论著，俄罗斯的文本研究朝着多视角、跨学科方向发展。

洛特曼的《艺术文本的结构》于 1970 年问世，他把文本诗学理论同语言学理论有机结合起来，继承索绪尔的结构语言学思想，运用自然科学理论，对文本诗学理论的发展做出了突出的贡献。洛特曼指出，语言是由许多不同的成分组成的有规则的系统结构，包括语音、文字、语法、句法等特征，作为一种交际符号，具有"能指"意义，可以描述所指物，组织传递信息，从而达到交际的意义。语言交际的主要体现形式——语言文本是由一系列文本元素（词、短语、小句、句组、句段等）构成。这些语言文本构成元素在一个完整的语言文本中呈线性和层级性两种排列结构延伸，相对较小一些的语言文本构成因素组合在一起构成相对较大一些的语言文本组成单位，最后构成最终交际单位——语言文本。这些语言文本组成单位，通过一定的语言文本组织形成一个有机的、语义完整、具有交际意义的统一体，形成形式和语义上的衔接和连贯。

第二节 艺术语言与信息增殖

洛特曼指出艺术文本的首要问题就是意义，信息就是意义，文本是否具有意义取决于其包含的信息量，即语义负载程度。因此含纳信息量的多少就成为评判艺术文本优劣的标准。洛特曼指出，自然语言与艺术语言都是信息的载体，所有类型的文本都是如此。研究艺术文本的特殊性，其实就是探寻艺术语言的奥秘：它何以能够在篇幅极小的文本中聚集大量的信息？而其他类型的文本就做不到呢？对于这个问题，洛特曼是通过研究自然语言和艺术语言的区别来谈的。

一 二级模式系统

（一）作为第一模式系统的自然语言

洛特曼在早期的文本理论研究中将语言划分为两种模式，第一模式系统包括两种语言类型：一是自然语言，例如俄语、法语、捷克语、爱沙尼亚语等。自然语言是最早产生的一种语言，也是社会生活中最基本、最普遍的交流系统，它是人们标记现象和思考生活的元语言，对人类心理以及社会生活的诸多方面具有重要影响。二是人工语言——科学语言、约定俗成的信号语言，如路标等。这种类型语言是人们从事科学研究工作时，用于标明某种物体或现象的记号，因此它是一种科学描述的元语言，比如化学语言、数学语言等。

（二）作为第二模式系统的艺术语言

第二模式系统是建筑在自然语言基础之上，比自然语言复杂得多的交际符号系统。洛特曼认为，人的意识是一种语言意识，所有作为上层建筑建立在意识之上的语言模式类型都属于第二模式系统，比如，神话、宗教、艺术等。但是洛特曼又指出，艺术作为第二模式系统，它是使用自然语言作为材料，并不是说它再造了自然语言的所有特征。因此，这里的艺术不仅包括诗歌、小说等语言艺术，还包括音乐、绘画等非语言艺术。

（三）自然语言与艺术语言的区别

自然语言要求信息的准确性，关注点在于所要传达的信息。其中语音、词法、句法及其他形式不具备独立价值，只是交际手段。实用语追求模式化、习惯方式，对于语音、语词的程式化组合心满意足，遵循的是"省力原则"，目的只是为了交际的方便，因而越是"老生常谈"越可省心省力省时，对方理解得更快，从而交际效果也就更好。而艺术语言则不同，艺术语言的最大特征在于它突出的是其表现价值或功能，而自然语言所突出的是交际功能。作为第二模式系统的艺术语言的主要特征首先是它的偏离规范性，也就是偏离日常实用语言的规范，从而使诗歌语言带上一定的含糊性。其次，在诗歌文本中，语言的用法并不严格与语词的字典意义相吻合，而在语境的整合下有新意义的创造性生发，这也是诗歌语言值得进行专门研究的理由所在。艺术语言是一个具有特殊性质的符号即手法系统；而自然语言则是一个自动化的符号系统。诗歌的内容传达的信息固然重要，诗语本身也具有十分重要的独立的审美价值，其中语音及其他语言要素（如韵律等）的运用已负载着审美信息。不仅不能图方便，相反，诗语遵循的是"阻缓原则"，让读者读到时，由于新奇或由于不能立即理解而放慢阅读速度，从而才会去细细品味其美感所在。因此，诗歌永远要走创新之路，要以自己"陌生"的面目让人去感觉、去领会，模式化和自动化是诗语大忌。

　　艺术文本是由艺术语言构筑而成，艺术语言则是在自然语言基础上产生。自然语言是人类在漫长的历史生活实践中约定俗成的系统。说"头发"，人们就知道是指脑袋上长的毛；说"帽子"，人们就知道是戴在头上的用皮革或布料等缝制的物件；说"啤酒"，人们就知道是冒泡的饮料，等等。在艺术文本中，符号的概念就不同了，原来自然语言中，作为独立符号的词语成了符号成分，艺术文本自身成了符号。这种符号的性质不像自然语言那样约定俗成，一成不变，而是与众不同，独具特色。姑以马致远的《天净沙·秋思》为例：枯藤老树昏鸦，小桥流水人家，古道西风瘦马。夕阳西下，断肠人在天涯。这篇作为艺术符号的诗歌文本描绘出一幅凄凉动人的秋郊夕照图，并且准确地传达出旅人凄苦的心境。文本中自然语言的独立符号如"枯藤""老树""昏鸦""古道""西风""瘦马"等意象在这里已经失去了独立符号的意义，成为诗歌文本的成分而存在，如果离开这篇诗歌文本，这些意象在文本中的符号意义就会丧失。在自然语言中，这些独立符号所指的内容是很明白的，但在这里，如果离开这篇诗歌本文，每个自然语言的单独符号对这篇诗歌就没有任何符号意义了。这就是自然语言变为第二性语言（即艺术语言）的过程。一般地说，自然语言是封闭型的，有故步自封的倾向，而艺术语言则是开放型的，有喜新厌旧的性格。"新"是艺术语言的生命，求新却不可脱离自然语言的基础。那种自以为是、自命不凡、脱离自然语言基础的求新，容易走上生编硬造，甚至胡编乱造别人不懂，自己也不甚了了的奇言怪语的邪路。洛特曼在谈到对艺术创新的评价问题时曾指出，所有艺术创新的作品都建筑在传统材料之上。如果艺术文本脱离传统结构，其创新则无法被人接受。的确，那些充满无序、混乱的熵，故弄玄虚、单纯表现"自我"、晦涩难懂的闭环系统作品就属于此类。这种失去信息交流作用的文本也就丧失了其自身存在的意义，失去了其审美价值。

二　艺术语言的信息熵量

　　信息是现代科学技术发展的三大支柱之一。信息方法是使科学一体化的一般方法论，它对许多传统部门产生了巨大的影响，信息论和信息方法对美学、文学的影响也不亚于一些自然学科,信息论美学思想已在欧美各国和苏联广泛传播,并取得了初步成果。什么是信息?目前还没有统一说法,据统计关于信息的定义目前不下四五十种。在日常生活中,人们一般把信息理解为消息、情报、报道,实际上消息与信息是有区别的。哈特莱曾指出:"消息是代码、符号,它是信息的载体,信息是包含在消息中的抽象量,信息载荷于消息上。"[1] 申农和维纳从数学角度,而且限定在通信方面,对信息做了解释。他们认为信息是用以消除随机不定性的东西,即"两次不定性之差"。

将信息概念应用于美学领域,否认作品是开放的、多义的、含糊的,事实恰恰相反,正是因为每一部艺术作品都有一定的含糊性和多义性,才促成认为信息范畴特别适于研究。信息范畴应用于交流已经是一个被很多研究者接受的事实,从雅各布森到皮亚杰和他的学生,前者将积分学的二进制运用于语言现象,后者和他的学生们把信息概念应用于感知,一直到列维-斯特劳斯,拉康,俄罗斯的符号学者,马克思·本塞,巴西新评论派,等等。既然有如此多学科的人汇聚到这一点上,就显然不只是牵强的时髦或者大胆的推论。一种范畴内的机制显然存在,它像不可缺少的钥匙一样可以打开很多扇门,正是由于每部艺术作品的意义都具有朦胧性和多义性,才促使很多学者试图运用信息学理论来研究这一现象。

(一) 语义与信息的区别

艺术语言的特殊因素主要在于语言的概率秩序被打破了,而打破这种秩序的目的恰恰是为了增加语义的可能性。这种信息被看作所有信息中最典型的艺术信息,它同艺术文本的开放性是一致的。按照维纳的论述,一个信息的语义同它所包含的信息是同义词,这种意见把语义和信息同秩序和概率系统等概念联系起来,同熵和混乱这样的概念对立起来。然而,我们已经看到,信息是加法,所以同它的来源相联系,而非同概率相联系。一个信息越是包含更多的语义,它就越有更大的概率,它的结构中的每一个转化就越是可以预见。很清楚,像"每年春天花儿都要开放"这样一

---

[1] 周桂如:《信息、信息论、信息科学》,载《信息论资料汇编》,北京自然辩证法研究会编印,1982,第19页。

个句子，其语义非常明确，绝对没有什么误会可言，它的语义极清楚，交流的可能性也最大。但是，在我们所知道的含义之外，这个句子没有再告诉我们任何新的信息。那么，我们是不是只能得出这样的结论：信息和语义是两个不同的东西？信息理论在其数学公式（不是它在控制论方面的实际应用）中，向我们谈到了"语义"与"信息"的根本区别。一条信息的语义是同秩序和同惯例，因而是同结构的"超量"成比例的，语义越是清楚，越是不含糊，我们就越是期待于概率规则和预先确定的组织规律，通过可预见因素的重复来复现。因此，结构越是不确定，越是含糊，越是不可预见，越是不规则，信息就越多。所以，信息被理解为交流的可能性，即可能秩序的始动性，在某些交流条件下，追求的是语义、秩序和清晰性。实际应用的交流就属于这种情况，从信件到交通信号灯都是这种情况，这样的交流追求的是被清清楚楚地理解，不可有被误会的可能，不可有个人的特殊理解的可能；在另一类情况下追求的则是信息价值，是可能的语义的丰富，而不是这些语义被缩减，艺术交流和追求美学效果的交流就属于这种情况——从信息方面进行研究才能有助于解释这样的交流，而不是最终使之混乱。

（二）诗的语义和信息

洛特曼指出：在尝试计算艺术文本信息熵量时，我们应当分清两种情况：作者代码的熵量与读者代码的熵量以及代码在不同层次上的熵量。[①]对于这个问题，苏联科尔莫戈罗夫院士运用语言统计学理论对当时苏维埃诗学研究做出了卓越贡献。科尔莫戈罗夫院士通过对诗歌语言中信息熵量的研究指出，语言的熵量由两种成分组成：语义的容量即传送特定篇幅文本中语义信息的语言容量；语言的灵活性即由几种相等手段传送同样内容的可能性。[②] 显而易见，语言的灵活性是诗歌的信息源，凡是语言的灵活性为零时，例如，原则上排除同义可能性的科学人工语言，就不能作为诗歌语言材料使用。同时，他还指出，诗歌语言把一系列限制性因素强加给文本，例如规定节奏、韵脚、词汇及风格规范等。消耗在这些限制性因素

---

① 〔苏〕尤·米·洛特曼：《艺术文本的结构》，王坤译，中山大学出版社，2003，第37页。
② 〔苏〕尤·米·洛特曼：《艺术文本的结构》，王坤译，中山大学出版社，2003，第38页。

中的信息容量不超过语言的灵活性，否则诗歌创造是不可能的。由此可见，任何艺术形式的审美价值都是建立在材料组织的新颖性与灵活性基础之上，因为对于欣赏者来说，只有这样，艺术形式的信息量才会不断增加。例如，当一个诗人说，"黑夜越过天空"，他所追求的思想意图则显然不是以"美的""令人高兴的"的方式来传达人们按照惯例所接受的思想，而是打破这种语言惯例，打破人们通常的思想串联模式，以出乎意料的方式来组织语言和塑造艺术形象，从而给读者一种新的信息，或者是一种丰富的启示，这正是同单义信息交流的语义相对立的语义。现在，我们这里就信息所说的一切涉及的恰恰是也仅仅是艺术交流的这个方面，不涉及信息的其他美学内涵。这里涉及的是，确定这种信息的新颖愿望在多大程度上能同作者与接收者之间的交流可能性相符合，在这里，语义场丰富了，信息向多样的出路开放，信息量大大增加。

在艺术作品中，这种情况极为突出：诗的语汇一般被认为是这样一种东西，它们同发音和概念建立的是绝对的新关系，这些发音和词汇以不平常的方式组成句子，并同一定的语义相结合，传达非同寻常的刺激。这时，语义即使并不很清楚时也会形成刺激。例如，当我们欣赏意大利诗人彼特拉克的爱情诗句：明澈清凉甘甜的河旁/那里曾有她的倩影/那是我心中唯一的女人。这首诗不过十几个词就可以告诉我们，一方面他是在回忆，另一方面他仍然爱着她，他告诉我们，他的爱像他的回忆一样强烈，这样的回忆是用一种呼喊来表达的，给人以在场的强烈视觉效果。接收到这一信息之后，我们会积累起很多关于彼特拉克的爱情的信息，以及一般的爱情的信息。因此，我们正在研究的是传达这样一种信息的可能性，它不是运用约定俗成的语言结构来传达通常意义的"语义"，不是同内部调节其概率规律对立的"语义"。因此，在这种情况下，信息的传达打破了正常的秩序，而是同混乱联系在一起，因此这样的信息的积极的尺度就是熵。

我们在探讨信息在人与人之间传播的问题时，信息的理论变成了交流的理论，问题恰恰是看一看从信息的数量衡量技术借用来的这些概念，在多大程度上能运用于人类交流，运用于信号的实际交流，这些信号被认为是独立于所传达的语义的。信息源处于熵很高、绝对的等量可能的局面，信息的传播涉及的是选择某些信息，是选择一种组织安排方式，进而是选择"语义"。这时，如果运用机器传达与接收信息，那么这时的语义要么是唯一的，要么就体现为噪音。但是，对人传达信息时，就会出现"内涵"现象。每一个符号都是由很多回声和参照符号组成的，规定语音和语义间的转化———一个词一个词的转——的简单规则已经不够了。不仅如此，如果一个信息具有美学目的，那么作者就要遵守正常的规则，尽量采用含糊的方式来组织信息。于是我们面对的就是这样一种信息，它是参照一种法则的，因为——正如前面已经讲过的——它是作为概率系统的秩序，由于它的组织方式，它又否定这种秩序，或者使这种秩序处于危机之中。它既用不同的方式组织语义，又以不同的方式组织语音的具体特性，使接收者处于激动状态和紧张的理解状态，以此来使这种秩序处于危机之中。这样一来，含糊的信息将混乱置于法则之中，也就是，置于秩序之中，这种秩序是被置于最初的等量概率的熵的混乱之上，即置于源的混乱之上。接收者对这一信息的态度就会是，信息不再是交流过程的终点（正如接收者是机器时那样，机器设计为按照一定的程序来接收确切信号组成的信息）。信息成为新的交流链条的源，成了可能的信息源。信息是需要从起初的混乱开始进行过滤的信息源，这种混乱不是绝对的混乱，而是相对于先前的秩序来说的混乱。信息变成了源，因此具有信息的特性，这些特性正是一般信息链的源所具有的特性。很清楚，这时信息这一概念所涉及的范围扩大了，但是，我们认为，这并不是类同，也不是基于相同结构之上的表现为两种不同的状况的进程。信息是一种最初的混乱，它要求对语义进行过滤，以成为一个新的信息。

但正是由于开放作品的存在（每一种艺术都共有的开放性的存在，作为可能的演绎源泉的信息的存在），才要求信息学概念的范围不断扩大。信息理论不是为了使诗的信息合乎理性而诞生，不能应用于内涵语义和外延语义能够进入的进程之中，但同样简单的是，这一证明不会得不到普遍的赞同。正因为信息理论根本不能不加区别地应用于美学现象，所以才有很多学者想方设法让它也能应用于这一领域。这一行动来自这样一种信念：艺术作品可以在信息交流的范畴内进行研究，因此，它的机制应该能同所有交流机制的所有表现相一致，也拥有同内涵语义的符号沿一条渠道简单传播的表现相一致。① 这些拥有内涵语义的符号可以被机器接收，这一机器把这些符号作为指示，以便在预先确定的法则基础上进行下一步活动，这一机器能够在符号和机械或电子的行为间建立起单义的对应关系。信息理论范畴内的机制作为一种方法只有在如下情况下才能有效：只有将它置于一般符号学之中时才能有效（学者只在最近几年才逐步了解这一点）。在拒绝信息学的概念之前，必须在符号学的范畴内对它们进行一番考察，当然，这也正是洛特曼一直为之努力的重要方向之一。

自然语言的结构是一种有序组织，这种结构能够准确而明晰地表达所描述对象的特征，而艺术语言则不同，艺术语言的结构是无序的、复杂的。艺术语言和自然语言都是对客观世界的一种表征符号，但是艺术语言的意义不是自足的，是通过与其他符号形成对立和差异时显现出来的。此外，艺术语言还具有虚构性的特征，在传达意义时必然会体现出模糊性、不确定性，以及与读者的对话性。洛特曼指出，我们在分析语言符号结构性质的过程中，符号结构越复杂，它传递的信息也就越复杂。因此，洛特曼认为，诗歌语言是一种很复杂的结构，它比自然语言要复杂得多，如果诗歌语言中包含的信息量与自然语言所包含的信息量相等，那么艺术语言就会失去其存在的价值与权力了，但事实却并非如此。因此，洛特曼指出，艺术是贮存和传送信息最经济、最简捷的办法，因为艺术是一种很特殊的事物，艺术文本中的任何成分都属于艺术语言，艺术文本中从来没有偶然的因素，艺术文本中的任何成分都传达信息。洛特曼的这种艺术语言观，深化了对文学本质的理解，尤其在信息大爆炸的当今时代，更显其远见卓识。

第三节　文学文本意义构建机制——对立美学

洛特曼把艺术文本交流模式分为两种类型，一类是"接收者和发送者使用同一代码。这种类型的艺术文本是属于'同一美学'类型文本，其文本结构是程式化的，主要遵循一定的艺术原则进行创作，所描写的生

---

① 〔意〕安伯托·艾柯：《开放的作品》，刘儒庭译，新星出版社，2010，第85页。

活现象同读者的经验期待视野完全一致。读者在阅读这类作品时其目的就在于验证文本结构是否与自己的阅读经验期待视野相符，如果违背读者的经验期待视野中的艺术原则，则被认为艺术不够，这种传统的模式化艺术文本在信息交际模式中起着重要作用。

"同一美学"类型艺术文本的构建原则在于，排除生活中的个别现象，促使各种不同的现象同一化，从而揭示生活的共同本质。"同一美学"原则对待不同现象的态度是：A_1、A_2、A_3、……An 都不断重复同一公式，即 A_1 是 A，A_2 是 A，A_3 是 A，An 也是 A。这种重复是绝对的、僵化的、没有复杂的变化。如类型化诗歌，其中的叠句都是简单重复，都用同样的神话开头，同样的套话叙述，常常没有韵脚。"同一美学"的典型表现是：作品中人物、情节的模式化系统同灵活、即兴的艺术创作形式有机结合，如果失去即兴创作的"随意性"，完全按照严格的程式化系统进行创作，那么，艺术作品的创作就成为绝对的重复，也就失去了信息交流的价值与意义。洛特曼强调，"同一美学"的类型的艺术文本为了保持自身的艺术性，为了具有传递信息的作用，必须把极端的不自由（人物、情节的模式化）同极端的自由（灵活、即兴的艺术形式）结合起来。

第二类艺术文本是以"对立美学"原则为基础构建的。洛特曼认为，与"同一美学"相对比，"对立美学"类型艺术文本的信息交流模式是指信息发送者与信息接收者拥有两套不同的代码，在信息传递过程中，由于编码与解码的不对等，因此有意义的结构因素有效增加。他指出读者预先不了解作者使用的代码，所以会尝试运用不同于作者的代码去解读文本，这一点不同于对"同一美学"类型文本的解读。洛特曼认为，"对立美学"模式下进行的艺术交流，作者与读者对文本的感知始终体现为一种斗争过程，也就是说作者与读者的冲突是恒常的。例如，从外部形式特征上看，小说文本比诗歌文本简单随意，但是由于它不受诗歌创作规则的束缚，反而更易于构建复杂的结构。从表面上看，作者似乎无视通常的规范，蓄意要创作一种"没有规则"的作品，事实上并非如此，任何完全脱离结构关系准则的创作都是不可能存在的。"对立美学"文学现象的特点是，对文本结构的破坏在读者意识中已成习惯，但是，这种破坏表面上在艺术文本中没有任何表现。读者力图以较小的努力获取最大量的信息，因此在解读艺术文本时，力图远离自然语言为原则的代码，大量链接外文本结构系统，不断增加代码系统的数目，将人物、情节复杂化。在"对立美学"系统中，正是读者解码系统与作者编码系统的不同，增大了艺术文本传递信息不确定的程度。洛特曼通过考察艺术文本交际模式，尤其关注交际双方视角的差异，对艺术文本的意义生成机制进行了重要论述。

洛特曼认为，结构原则的一致趋势与异化趋势的永恒斗争是形成艺术文本独有张力的原因所在。在艺术文本中，不同结构原则之间的冲突与抵触是永不停息的，他指出"对立美学"文本的生成模式体现了对结构规则的顺从与违背的矛盾冲突。他称，一段艺术文本不只是体现了各种结构规范，也表现了对它们的违背，它在确立次序和破坏次序的追求所组成的双重结构范围内发挥作用。尽管每一种追求都力图控制和破坏对方，但任何一方的胜利对艺术来说其实是不幸的。艺术文本的生命取决于它们彼此之间的张力。[①] 在艺术文本结构中，结构原则与对它的背离，始终在不断地斗争，而且对立双方仅仅只在对立面的联系中才得以存在，其中任何一方获得胜利，就意味着艺术的灭亡。因此，一种趋势对另一种趋势的胜利不是意味着斗争的停止，而是意味着斗争转向另一方面，获胜的趋势在艺术上是行不通的。[②]

一 何谓"对立美学"？

"对立美学"（the aesthetics of contrast and opposition）根据《词源》，关键点在"比较与对立"，《艺术文本的结构》中多处提到这一合成词。洛特曼提及"作为文本单位的对照与对立的结果，相似显现在差异中，差异显现在意义相似中"。[③] 按照英译者所言，洛特曼在此用了两个词"对照、比较"与"对立"的合成词，表达检视文本的可比性原则以及达到的艺术效果。就字面意义，两个词合并出现，体现了洛特曼体系蕴含的辩证法意味。他指出，文本中每一部分并非单独存在，它的全部特性都显

[①] 〔苏〕尤·米·洛特曼：《艺术文本的结构》，王坤译，中山大学出版社，2003，第417页。
[②] 〔苏〕尤·米·洛特曼：《艺术文本的结构》，王坤译，中山大学出版社，2003，第137页。
[③] 〔苏〕尤·米·洛特曼：《艺术文本的结构》，王坤译，中山大学出版社，2003，第112页。

现在与其他部分以及与整个文本的相互联系（比较和对立）中。这种相互联系是一种复杂的辩证关系：把艺术文本的各部分并列起来的同一过程，通常既把各种意义汇聚在一起（比较），又将它们分离开来（对立）。汇聚是为了挑出它们的差异；分离是为了揭示它们的相似。[①] 换言之，"比较和对立"就是一种对话关系，"对立美学"，就是对话美学，是洛特曼文本诗学理论的基本结构原则。

洛特曼揭示同一哲学的思维机制是逻格斯中心主义。假定世界秩序化运作，一切都是系统的，没有偶然成分，每一类事物都有唯一不变的普遍本质，只有一个中心。即使有无数不同的现象，如 A_1、A_2、A_3、……A_n，在形式逻辑和概念逻辑规约下均可归结为预先设定的终极价值、恒定的中心或是不变的真理，纳入共同范畴，以一权多，$A_1 = A$、$A_2 = A$、$A_3 = A$……$A_n = A$。同一美学范畴表征为预设世界总体模式即创世主事先存在，作者是单一的固定叙述中心。作品整体建构符合读者期望。作品与所描写的生活现象完全一致，具有读者事先知道的陈规旧俗，完全按照规则系统发挥作用。作者仅是中介、执行者、模仿员、抄写员，忠实地重复权威，主人公则是作者思想的传声筒。洛特曼指出普希金之前中世纪古典艺术，主客体集中在一个固定焦距。视角固定明确，呈辐射状地集中在单一中心，与永恒的观念、真理的组合和不变性相一致。人物的举止言谈均有一个严格固定的姿态系统。洛特曼认为同一性思维范式起源于欧洲启蒙理性崇拜单一和唯一理智，不承认个体在发表观点时的平等性，宣称只有一个终结性的声音。致命的理论化下人被物化，向无生命物降格。无论是柏拉图的理念还是中世纪的上帝，都是由同一性思维推导而出。同一性是一座精神古堡。20世纪以来，打破同一，张扬差异，成为思想界达成的一致共识。美学、文学理论由审美现代性转移至后现代主义，本质主义过渡至反本质主义。但同时衍生了诸如文学性的蔓延、经典文艺学边缘化、文学理论终结、泛文本主义等问题。如何既不困守于同一性的古堡，又不落入无确定性深渊呢？

同一性思维范式宣称只有一个终结性的声音，它起源于欧洲启蒙理性

---

① 〔苏〕尤·米·洛特曼：《艺术文本的结构》，王坤译，中山大学出版社，2003，第186页。

崇拜的单一性和唯一理智，向无生命物降格，不承认生命个体的平等性。洛特曼认为同一性哲学思维本质就是逻格斯中心主义，在同一性的世界秩序中，只有一个中心，所有事物只有一个永恒不变的唯一本质，即使有无数不同的现象，但是均可纳入共同范畴，归结为一个恒定的中心或是永恒的真理。在"同一美学"范畴中，作者是单一的叙述中心，艺术文本的建构完全符合读者期望。同一性是一座精神古堡，柏拉图的"理念说"和中世纪的"上帝"，都是在同一性思维范式中建构出来的。20 世纪以来，打破同一理念，张扬差异思维，已经成为理论界达成的一致共识。

西方近代"哲学思维方式的基本特点是从主客、心物、灵肉、无有等二元分立出发运用理性来构建形而上学的体系"。[①] 从笛卡尔到黑格尔都属于二元论哲学思想。笛卡尔把世界分为精神和物质两个独立的本原，体现出典型的二元对立哲学思维。黑格尔虽然试图建构辩证的两极矛盾观以取代二元分立，他认为，事物的发展变化都是由于矛盾双方不断斗争的结果，他强调任何事物都是由对立统一的矛盾构成的。黑格尔辩证的两极矛盾观的合理内核在于揭示了事物发展变化的基本规律——矛盾的对立统一和否定之否定规律，但是，辩证的两极矛盾观的基本形态只是"矛盾辩证"，它并不能包容复杂系统形态，揭示多彩世界的真实图景，何况它仍然建立在主客、心物、灵肉、无有二元性的基础上，最终也未能逃出二元分立的樊篱。当主客、心物、灵肉、无有的分裂无法弥合时，黑格尔不得不借助臆造出来的"绝对精神、绝对理念"行使调和统一的神圣职权，在这一点上与笛卡尔"以理性的不同形式（感知、直观、推理、反思等等）去把握与其不同并处于其外的客体"，[②] 强调"我思故我在"的绝对可靠性有异曲同工之效。区别在于，黑格尔是客观唯心主义，而笛卡尔是主观唯心主义，但无论如何，它们都无力改变二元分裂的局面。出于西方二元分立局面的批判立场，洛特曼"对立美学"摒弃普遍主义，解构绝对同一，以异质要素差异共存为核心要义，意在清理传统形而上学，通过主体间的彼此联系，克服二元对立模式，避免各执一端的极性思维。出于

[①] 刘放桐：《新编现代西方哲学》，人民出版社，2000，第 11 页。
[②] 刘放桐：《新编现代西方哲学》，人民出版社，2000，第 7 页。

对文学性的审视，洛特曼"对立美学"使用比较和对立的研究方法，为文本语义分析、艺术模式的建构以及文论思想变迁提供了合理根据，并为"后理论时代"的文学研究和文化研究提供了重要的参考价值。

洛特曼"对立美学"对"后理论时代"的文学研究和文化研究具有重要的参考价值和理论意义。"对立美学"借由艺术文本的结构功能、秩序规则，更新自由人文主义，实现从同一性逻辑范式到差异性对话范式的根本转换。可以说，在解构主义、后现代主义未成主流态势之前，洛特曼"对立美学"便已得风气之先，助益后学开启及文化研究开端。以文论代哲理思考，消弭哲学与文学的鸿沟。打破语言的逻辑模式，综合内部研究和外部研究。"对立美学"，出于反抗"同一美学"，主张多重思想差异共存，以此为名，将之纳入本体论、认识论范畴，代表洛特曼解构绝对同一，重建思维秩序，对现代性做出积极思考。同时以"对立美学"统摄洛特曼美学体系，预示从本体到方法过渡的可能性。出于对文学性的审视，"对立美学"引申出比较和对立的研究方法，自身蕴含着方法论功能，为语义分析、模式建构、文论变迁提供合理根据。

二 "对立美学"的结构原则

"对立美学"是洛特曼对文本语义分析以及模式建构做出的有益尝试。洛特曼认为，"艺术文本建构在两类联系的基础上：相等要素的反复对照和对比，以及不相等要素的对照和对比。"① 重复原则适用于相等要素的对照和对比，可以看作诗歌文本的建构原则，隐喻原则适用于异类要素的对照和对比，可以看作小说文本的建构原则。洛特曼以相等要素以及异类要素的重复与对照，建构艺术文本内部结构的语义系统，这是洛特曼"对立美学"结构原则的主体内容。

（一）重复原则

所谓重复原则是指以相等要素的对照和对比揭示艺术文本的结构差异，以重复反衬差异、凸显差异，进而强化差异。重复次数越多，差异就会越明显。在艺术文本中，没有绝对的重复，重复就是差异，差异是绝对

---

① 〔苏〕尤·米·洛特曼：《艺术文本的结构》，王坤译，中山大学出版社，2003，第112页。

的。"同一美学"文本表现为机械重复,这是绝对的无条件的重复。洛特曼在他的著作《艺术文本的结构》和《诗歌文本结构分析》中,洛特曼把诗歌文本看作一个层级系统,文本意义由系统中相似和对立的结构支配,在文本中,重复与差异本身都是相对而言,它们只有放置在相似和对立的结构关系之中才能被感觉到。

(二) 隐喻原则

所谓隐喻原则是指将两个独立的语义单位结合在一起,提供了异类要素的结合方式,洛特曼将其提炼为"对立美学"原则。洛特曼认为,异类要素的对话关系表现在艺术活动的所有层次上,从宏观角度看,作家创作、读者阅读等艺术环节均需服从隐喻原则,从微观角度看,文本内部艺术情节的布局、词句、语法的结构安排等层面上也在重复隐喻特征。洛特曼指出,艺术文本内部的每一个艺术情节都包含多重意义,不同意义之间处于完全对立状态,彼此之间无法消除、排挤、否定其他意义的存在。洛特曼以小说文本为例解析隐喻原则,他指出"解除关于结构段轴上的成分不能结合的禁令,是散文中最基本的原则。隐喻(在限制意义上)允许语义上不能结合的成分结合起来。"[1]

关于重复原则和隐喻原则的关系,洛特曼借用雅各布森的"将选择轴投射到结合轴"的观点进行阐述,他指出,"隐喻"是出现在结构段轴上的语义连接,"韵律"是出现在相等轴上的语义连接,二者之间的对立不是绝对的,而是彼此依存,互为表里的。洛特曼认为单纯建构在隐喻原则基础上的系统,或者单纯建构在重复原则基础上的系统,都是无法存在的,通常情况下,往往是某一种类型的意义系统处于支配地位。例如,诗歌文本与小说文本在文学史中相互交织,就鲜明体现了艺术作品建构的一般规则。洛特曼通过文本内部要素的比较对立,总结了重复原则和隐喻原则,制定了文本分析策略,解开了艺术文本意义丰富性的谜团,为文学研究提供了参考指南。

---

[1] 〔苏〕尤·米·洛特曼:《艺术文本的结构》,王坤译,中山大学出版社,2003,第113页。

三 "对立美学"与"文学性"

文学性是使文学构成一门独立自主的文学科学的关键所在，是文学研究的唯一对象，是确立文学科学道路的理论原则。1921年雅各布森提出了文学性的概念："文学科学的对象不是文学，而是文学性，亦即能使某一著作成为文学作品的那种东西。然而，迄今为止，文学史家们多半像个警察，他的目的是以防万一，要把住宅中的、甚至偶尔从旁边经过的一切人和物统统抓起来。文学史家就是这样无所不用——将日常生活、心理学、政治、哲学统统囊括起来。故此他们所建立的不是文学科学，而是一些不够格的学科的大杂烩。"① 所以文学性首先必须与非文学的东西相区别，亦即体现出与其他科学的差异性，这种差异性首先表现为以构成文学作品艺术性的成分，能够唤回人对生活的审美体验的东西，即艺术价值。很显然，雅各布森关于文学性的概念的提出是以20世纪初期俄国形式主义的探索为历史语境的，俄国形式主义对文学形式的关注、对文学手法的重视、对语言学的诉求都体现出对文学性生成机制的卓有成效的探索。

但是，俄国形式主义将艺术与生活分离，认为形式决定内容，过分强调"艺术自律性"。形式主义认为文学作品尽管由作家创作出来，不可避免地打上作家情感和个性化的印记，但是一旦它被创作出来，就具有一种独立的存在价值，成为一个独立于作者的独立世界，只受自身的规律支配和运动。形式主义认为"文学与想象和作者的命意无关"，"一部具体作品是和全部文学密切相关的，而与作家的个性是无关的。作家不过是个会写作的人，一个匠人，文学的独立自主的发展工具。"② 在形式主义者那里，作家从文学的主体地位一下子被降至匠人、工具的地位，只不过是一个熟练地驾驭文学语言和艺术程序的工匠。作家的主体性被作品的独立自主性颠覆：作家完全被排除于文学性的视野之外，作品不仅被视为文学性

---

① 〔爱沙尼亚〕扎挪·明茨、伊·切尔诺夫：《俄国形式主义文论选》，王薇生编译，郑州大学出版社，2005，第345页。
② 〔英〕A. 杰弗逊、D. 罗比等：《现代西方文学理论流派》，李广成译，1992，北京大学出版社，第29页。

的载体，而且被尊为形式主义研究的内在根据，即一切从艺术作品出发，不借助任何外在的材料来证明。由此可见，为了突出文学性，强调文学研究的科学性，形式主义排斥主体的干预，摒弃非文学因素，对文本进行绝然净化，违背了文艺学本然含有的人文精神。

俄国形式主义认为，文学性是作家通过精心的艺术处理，能够强化读者审美感受的优秀的艺术作品所具有的审美属性。文学性不同于传统文论所指的作品的审美价值，因为文学性源于形式，而又归于形式，它表现为构成作品艺术性的成分，如反常化、复杂化、变形化等艺术程序，但它又是一种能决定作品整体艺术性质的结构成分，使作品中一切材料催化而凸现出诗意。文学性是俄国形式主义理论大厦的基石，它成为文学科学的主要研究对象，它使文学作品回归到本体研究，它使作家的地位从上帝降为工匠，并引起了文学观念的彻底变革。

"后理论时代"文论界蔓延一种泛化论倾向，文学理论开始走向泛化，文学理论终结论不断冲击学科根基，这种现象严重威胁着文学性的合理化存在。洛特曼文本诗学理论从文本结构入手，重新审视文学性，积极建构文本意义生成模式，对传统的缺乏活力的文艺本质观进行批判与重建。文学性的概念是文学理论的核心概念，是指导文学研究的理论导向及方法论的工具，只要文学尚且存在，关于文学性的理论探究就不会终结，文学在不断发展，不断变化。与时俱变的文学，正呼唤着我们对文学性的特征以及生成机制进行与时俱变的审视与反思。俄国形式主义对文学性的挖掘，可视为对文学的科学性的关注。特尼亚诺夫指出"文学史要最终成为一门科学，必须具备可靠性。"[1] 艾亨鲍姆也曾言"使诗学回到科学地研究事实的道路上来。"[2]

洛特曼"对立美学"原则以文学性为切入口，致力于对文学独立性的追求，促使文学研究的科学化。出于对文学性的审视，"对立美学"承接俄国形式主义倡导的差异论，试图寻求文学与非文学的区别特征，确立

---

[1] 〔荷兰〕佛克马、易布思：《二十世纪文学理论》，林书武等译，生活·读书·新知三联书店，1988，第14页。
[2] 翟厚隆、张捷编《十月革命前后苏联文艺流派》（下编），上海译文出版社，1998，第213页。

文学所独有的独立性和专门性，体现了形式主义文论的变迁延展。洛特曼的"对立美学"与俄国形式主义文论研究的问题有很多相似之处，可以说方法同源，都是致力于对文学性生成机制的研究，但是，洛特曼将文学理论的研究重心设置为艺术文本作为意义生成器的结构上，力图勾画出艺术文本储存、传送信息的独特机制。可以说，对自然语言与艺术语言差异的研究，是洛特曼"对立美学"的研究基点。洛特曼认为，艺术语言与自然语言的本质区别就是能以最小的篇幅含纳最大量的艺术信息，艺术信息越多，作品的审美价值就越高，作品的文学性内涵也就越丰富，但是洛特曼对文学性的考察，已经超越了形式主义范畴，打破了文本结构与外文本结构的界限，并引入语言学、符号学、美学的多重维度。"对立美学"注重文本内部研究与外部研究的结合，重建艺术与生活的关系，关注作者与读者的互动对话。洛特曼指出，艺术文本的一切都是信息，信息即意义，意义即文学性，文本的语义化增殖了，文本的文学性也就无限拓展了。

四 "对立美学"与"陌生化"

"陌生化"理论是俄国形式主义学派的主将之一什克洛夫斯基提出来的。"陌生化"就是一种重新唤起人们对周围世界的兴趣，不断更新人对世界的感受的方法，它要求人们摆脱感受上的惯常化，突破人的实用目的，超越个人的利害关系和种种偏见的限制，带着惊奇的眼光和诗意的感觉去看待事物，由此，原来司空见惯、习以为常而毫不起眼、毫无新鲜可感的东西，就会变得异乎寻常，变得鲜明可感，从而引起人们的新颖之感和注意，使人们归真返璞，重新回到原初感觉的震颤瞬间。[①]为了实现"陌生化"，艺术家借助各种艺术手法、运用各种艺术技巧来构建文本结构，力求给读者耳目一新的感觉。"陌生化"理论是构筑形式主义理论大厦的基石，它鲜明昭示俄国形式主义学派对艺术本质的崭新认识，揭示了艺术生存与发展的自身规律。"陌生化"理论早已超越了俄国形式主义的理论视域，它的提出对 20 世纪整个文论史都产生了不可估量的作用与

---

① 冯毓云：《艺术即陌生化——论俄国形式主义陌生化的审美价值》，《北方论丛》2004 年第 1 期。

影响。

　　什克洛夫斯基将艺术创造的目的分为两类，一类艺术的创造是为了认知事物；另一类艺术创造是为了表现事物。形式主义学派推崇"陌生化"理论就是为了克服认知事物的自动化反映，通过"陌生化"的艺术手法，使事物变得陌生，进而唤醒对事物的重新感知。什克洛夫斯基的"陌生化"理论非常重视方法技巧的运用，所以"陌生化"的变形主要体现在声音、韵律、节奏、形象、情节、结构、各种修辞手法以及叙述视角等形式维度上。他将一直被传统文学批评所忽视的艺术方法推向前台，并上升为文学作品的根本存在，"陌生化"手法的目的就是通过对艺术材料进行"陌生化"处理，使其不同于司空见惯的日常生活，增强艺术作品的表现力，从而吸引读者的眼球。什克洛夫斯基强调文学是由"什么"和"怎么"构成的，反对内容与形式的二分法。他认为，不仅生活对于艺术而言可有可无，"在作品中只是在形式的填满时起作用，还有可能被完全驱逐。"[①] 什克洛夫斯基进一步指出，被忽视的形式才是文学的本体所在，因此"陌生化"的艺术方法尤为重要，我们在欣赏艺术作品时，主要就是对作品中的艺术进行感受，他甚至断言，艺术就是各种方法之和，由此可见，"陌生化"早已超越了艺术手法或曰艺术程序的界阈，而被提升到艺术总原则的高度。

　　洛特曼的文本诗学与俄国形式主义学派具有深厚的理论渊源，他的"对立美学"理论的构建很显然与什克洛夫斯基"陌生化"理论的提出具有承继关系，事实上，洛特曼与什克洛夫斯基一样，都注重文学作品的形式以及艺术手法的研究，都把诗歌语言与实用语言的差异作为各自理论的研究基点。什克洛夫斯基在谈到"陌生化"理论时强调指出，艺术语言是实现"陌生化"的重要保证与条件，或者换句话说，艺术"陌生化"的前提是语言"陌生化"。洛特曼接受了"陌生化"理论，注重延长审美感受过程，但是他不是运用艰涩语言、变形语言，而是通过对比、对照的方式使语言意义增殖。但是洛特曼的"对立美学"与"陌生化"理论具

[①] ШкловскийВ・Б，《Гамбургскийсчёт》，Москва. Изд，Советский писатель，1990 г，стр79.〔俄〕维·什克洛夫斯基：《汉堡积分法》，莫斯科：苏联作家出版社，1990，第79页。

有原则性的不同,洛特曼首先否定了什克洛夫斯基"艺术即方法"的理论观点,他认为,诗歌语言是一种复杂的结构,它能够传送自然语言难以传送的巨大信息量,但是,特定的信息内容既不能脱离诗歌文本结构而存在,更不能脱离诗歌文本结构得到传送。洛特曼的"对立美学"立足于文本系统的整体性,把诗歌文本看作一个层级结构模式。传统诗学研究方法把艺术文本结构看成一系列"艺术技巧"的机械相加,艺术文本分析就是把艺术文本中的艺术手法等因素列举出来。洛特曼批判了这种文本分析方法,他认为,艺术技巧的单纯列举对于艺术文本整体结构的意义阐释没有任何意义,他主张运用结构主义方法对文本进行研究,主张从功能角度把艺术手法当作独立的物质因素进行分析。因为,文本中的各种物质因素,处于不同层次结构时,就会具有不同的含义。

众所周知,什克洛夫斯基在阐释"陌生化"理论时,只简单提出使形式变得艰深化的理论观点,但如何使形式获得艰深化却没有清晰的表述。对于这个问题,洛特曼运用"对立美学"理论进行了重要补充与更高层次上的一种发展。"对立美学"的核心要义就是对比、对立,洛特曼把艺术文本看作等级层次系统,在这个系统中不同等级之间存在着对比、对立的关系,例如,诗歌文本中,存在着音位系统的对比、词汇系统的对比、语法系统的对立;小说文本中存在着人物的对比、时空的对比、文本视角的对比,等等。通过对比,寻求差异,使事物变得新颖,增强作品的艺术表现力,只有这样才能延长读者的审美感受时间,从而达到一种"陌生化"效果。

五 "对立美学"与"审美规范说"

"审美规范说"是布拉格学派创始人之一扬·穆卡若夫斯基的重要理论观点,扬·穆卡若夫斯基是捷克著名的文艺理论家、美学家与哲学家。洛特曼本人非常重视布拉格学派的文论思想,尤其对扬·穆卡若夫斯基的文论思想进行过深入系统的研究,洛特曼亲自编选了俄文版的穆卡若夫斯基文选,并加以注释,因此,穆卡若夫斯基对洛特曼具有重要影响是不争的事实。

洛特曼与穆卡若夫斯基一样,深受俄国形式主义学派的影响。20世纪30年代,形式主义学派在俄国大受鞭挞而许多人对其恶名避之不及的时刻，穆卡若夫斯基对什克洛夫斯基的《散文理论》给予充分肯定，并且在《散文理论》译文序言中提醒人们不应该忘记"形式主义"这一名称乃是一个战斗口号。穆卡若夫斯基和什克洛夫斯基都潜心于"文学性"的探究，什克洛夫斯基的"陌生化"理论主张通过打破规范、违反常规来实现艺术作品的"陌生化"效果，但是什克洛夫斯基对于"规范"没有给予明确地说明。此外，艺术文本中包含多种规范，比如语言规范、技术规范等，那么，艺术文本要想获得审美价值，是违反其中一些规范，还是要违反所有规范？对于这些问题，什克洛夫斯基的回答显然是含糊不清的。从对文学性的命题开掘来看，穆卡若夫斯基的最大创新在于构建了"审美规范说"，他把审美规范与语言规范、法律规范一起进行比较，但是，他强调"审美规范"是一种特殊的规范。在穆卡若夫斯基看来，"审美规范"它在本质上与其说是一种规范，不如说是一种能量，因此，他把规范定义为："一种动力性调节机制"。①

在穆卡若夫斯基提出"审美规范说"20 年后，洛特曼仍然给这一理论以相当高的评价："规范概念的引入，为'语言'系统以及它的'言语'（索绪尔的术语）提供了第三种要素，带来了重大的革新……这一美学范畴的引入，使得对艺术运作的机制本身的认识向前跨越了一大步。"② 洛特曼与穆卡若夫斯基的理论思想都是建立在索绪尔结构语言学，以及雅各布森、特鲁别茨柯依的音位学思想基础上的，所以对于文学性生成机制问题的论述，比俄国形式主义学派更辩证、更系统、更深刻。但是二者在理论思想上也有着本质上的不同。穆卡若夫斯基和俄罗斯形式论学派相同，把诗歌语言和日常语言对立，研究二者的差异。但是他没有像俄国形式主义那样，忽略二者之间的联系。很显然，洛特曼的"对立美学"是建立在穆卡若夫斯基理论基础上的。但是穆卡若夫斯基认为诗歌语言的目的不在于传达，而在于突出表达和语言行为本身，他进一步指出这种突出表达和语言行为本身效果的机制在诗歌语言中的作用主要在于"前

---

① 转引自周启超《跨文化视界中的文学文本/作品理论》，中国社会科学出版社，2012，第 89 页。
② 转引自周启超《跨文化视界中的文学文本/作品理论》，中国社会科学出版社，2012，第 89 页。

推"。"前推是与自动化相对的,也就是非自动化。一个行为的自动化程度越高,有意识的处理就越少,而其前推程度越高,就越成为完全有意识的行为,客观地说,自动化是对事件的程式化,前推意味着违反这个程式。"①

穆卡若夫斯基的"前推"理论,是对俄罗斯形式论学派"陌生化"理论的重要补充,"前推"理论详细阐发了"陌生化"理论中未被明确阐明的"违反"规范的实现方式。穆卡若夫斯基又指出,"一部诗歌作品中各成分的系统前推存在于这些成分间相互关系的不同层次之中,也就是说存在于它们之间的相互依附与被依附关系之中。"② 在这里,穆卡若夫斯基把艺术作品看作一个具有不同层次的、相互联系的有机整体,考察艺术作品中某一成分是否被"前推",必须先对该成分与系统中其他成分之间关系进行考察。洛特曼的"对立美学"思想与穆卡若夫斯基的"前推"理论显然具有异曲同工之妙,穆卡若夫斯基所说的"前推"手法相当于洛特曼"对立美学"思想中的对比、对立手法,即差异手法。而"后推"背景则与"同一美学"具有相似的内涵。但是,洛特曼的"对立美学"与穆卡若夫斯基的"前推"理论又有所不同,"对立美学"不仅认为要突出表达和语言行为本身,同时还要注重诗歌语言的传达功能。由此可以看出,"对立美学"把艺术文本看作是生成、传送信息的一种交际模式,是一个动态的信息生成过程,而不是像穆卡若夫斯基那样基于诗歌语言表达机制的静态研究。

第四节 诗歌文本

对诗歌文本结构的系统分析是洛特曼文本诗学理论的一个基本方面,也是富有成效的一个领域。洛特曼认为,诗歌与散文相比,尽管散文看上去简单,与日常语言很接近,但它在审美上比诗歌复杂。历史上先有诗

---

① 〔捷〕扬·穆卡若夫斯基:《标准语言和诗歌语言》,竺稼译,见赵毅衡编选《符号学论文集》,百花文艺出版社,2004,第18页。
② 〔捷〕扬·穆卡若夫斯基:《标准语言和诗歌语言》,竺稼译,见赵毅衡编选《符号学论文集》,百花文艺出版社,2004,第20页。

歌，而后才出现散文；散文是在"诗歌"的背景下产生的，是对后者的简化，散文的简单是第二级的。因此，以独特方式组织起来的符号结构——诗歌文本首先成为洛特曼的研究对象。

洛特曼的研究表明，一般自然语的文本是由独立符号形成的链条，而诗歌文本为了包含所有可能的语义内涵的意义整体，成为统一的符号意义载体；一般自然语的文本是线性的和离散性的，而诗歌文本则在空间中延伸，处在艺术文本的结构中，同前后文处在相互对照、相互补充和相互阐明的关系之中。洛特曼认为，诗歌结构是一个具有内部自控与循环关系的综合系统。诗歌文本各要素之间、各种关系之间的内涵极为复杂多样，每一个要素构成多层次的关系系列。每一层次上都是含有符号或符号要素的各种关系。由于语音、词素、言词、诗行、韵脚以及整个作品都处于各自的层次，以符号出现，使之有可能产生贯穿纵向各层次的多种结构关系。诸要素构成整体之后产生了一种新的功能，生成新的信息，使诗歌文本成为信息的生成器。

研究诗歌首先应该认清诗歌的特点，诗歌如同一个活的细胞：是一个比较复杂的有机结构，是诸多矛盾的统一体。任何自然语言都有一定的规则，其要素不能随意组合，否则就不能达到交际的目的。而给语言增加限制的同时，会降低语言的信息性。诗歌文本不但受语言规则的制约，还要受另外一些附加的规则（比如节律，韵脚等）的制约。如果，把诗歌看作是普通文本加上更多的规则的话，诗歌的信息量就应该比日常自语还低，然而事实证明诗歌所含的信息量很大，一首短诗所涵盖的信息常常是长篇大论难以言尽的。因此，这似乎与信息论的基本原理不符，这是诗歌的一个根本矛盾之处。那么，其原因何在呢？洛特曼指出，诗歌中言语层的任何要素都可以是有意义的，而且任何在语言中是形式的要素，在诗歌中都能获得附加意义，即具有语义性。诗歌是复杂的意义结构，它的所有要素其实都是意义要素，都表示一定的内容，像节律、韵脚这样的"形式"要素也是如此，比起一般自然语文本，诗歌文本中意义要素的数量增加了。

组合关系和聚合关系是语言符号系统中的两条轴线。语言符号相继出现如一根链条一环扣一环，形成横向关系；组合关系是指构成线性序列的语言成分之间的横向关系，而在组合的言语链条的某一环上能够互相替换的符号具有某种相同的作用，它们自然地聚集成类，彼此之间形成纵向聚合关系。聚合关系是指在一个线性序列中占据某个相同位置的形式之间的纵向关系，是储存在我们记忆中各个成分彼此可以替代的关系；组合关系是指一个词或一个句子里每个成分先后实际出现的关系。所有语言文本都是通过组合轴与聚合轴来实现有序性，从语言学观点来看，话语是按照组合关系而非聚合关系连缀起来。

自然语言中的聚合关系是指文本中出现的要素与系统中蕴藏的诸多形式之间的关系。因此，在自然语言文本中，聚合体存在于说话人和听话人的意识里，文本只体现其中的一种形式，把全部聚合体都一一列举出来是不可能的或极为罕见的。在诗歌文本中，纵聚合轴的意义显然被极大地加强了，这种聚合关系在洛特曼看来，既包括索绪尔语言学意义上的文本内外的使用和落选词语之间的关系，即处于文本以外的同一聚合体内的词语对选入文本内的词语在语义上潜移默化的影响，同时更是指文本结构内部不同层次上的重复现象，例如声音、韵律、节奏、句法、诗行、语法等单位的各种重复现象。诗歌文本内各个层次上的重复现象使各要素的平行对比成为可能，诗中的重复是一种普遍运用的修辞手段，也是诗歌的意义不可言尽的原因之所在。

诗歌文本的重复体现在从语音、韵律、语法、词汇直到诗行、诗节等的各个层次上，它有两种类型：一是非完全重复，即部分相同部分相异；二是在某个或某几个层次上的完全重复。当然，诗歌中的重复从来都不是无意识的，即使是完全的重复也由于所处的空间位置、上下语境的不同而具有不同的审美信息。但是无论是哪种重复，都能使各种要素之间形成对比的关系。这样，诗歌文本通过要素的重复，使音、韵、句子、词汇都在不同层次上构成对比的关系（或对偶、对仗的关系）。在诗歌文本的对称性结构中，每一个词基本上可以与其他词形成对比，成为它的同义词或反义词，由此构成诗歌文本的矛盾统一体。诗歌的意义取决于各要素之间的关系，例如音素与词、词素与词、词与词、词与行、行与行、行与韵脚、韵脚与韵脚、韵脚与各结构部分、各结构部分之间、部分与整体、文本与非文本、单个作品与文学整体，等等，这些关系之间的联系有的是纵向的，有的是横向的，意义就在这种纵横交错之中产生。

洛特曼指出，普通言语在时间的顺序中展开，具有一次性的特点。而艺术言语（尤其是诗歌文本）则在空间中延伸，处在艺术文本的结构中，同前后文处在相互对照、相互补充和相互阐明的关系之中。对立美学原则在诗歌的各个层次上都会有所体现。语音的对立是形成句段构造的原则，语法结构的对立也具重要意义。洛特曼把所有的语法学研究的语法现象都纳入诗学研究的范畴，认为这些语法现象经过诗的组织而在诗篇中呈同义重复或反义对比的对称式分布。根据洛特曼的研究，对立美学是诗歌通用的结构组织原则，同时也是对结构进行分析的操作原则。比如：词、句子和文本在语法结构中分处不同的层次，没有相同的特征，因而也没有可比性；而在诗歌文本结构中它们却是可比的，相互之间是等同与对照的关系，前者突出在相似中的对立，后者突出在看似不同中的共同之处。处于平行对照中的各种成分、要素相互作用，新义迭出。在洛特曼看来，诗歌文本中不存在绝对意义上的重复，那种看似完全重复的语言单位由于占据的空间位置不同，也能焕发出新的意义。根据洛特曼的研究，"对立美学"是诗歌通用的结构组织原则，同时也是对结构进行分析的操作原则。比如：词、句子和文本在语法结构中分处于不同的层次，没有相同的特征，因而也没有可比性；而在诗歌文本结构中它们却是可比的，相互之间是等同与对照的关系，前者突出在相似中的对立，后者突出在看似不同中的共同之处。处于平行对照中的各种成分、要素相互作用，新义迭出。洛特曼认为，诗歌文本结构中语音的、语法的、词汇的、句法的反复出现都不是简单的重复，而是通过对比和对照，相互拉近，相互并置，使得词语的空间距离缩短，从而突出文本结构的差异性特征。他进一步指出，重复就是差异，重复次数的增加会导致更大的差异，而不是一致。相似越多，差异就越大。因此说，没有绝对的重复，只有绝对的差异。正是相同因素的重复包含不同的语义负载，洛特曼在形式相似性的基础之上建立语义上的趋同，并使其融入诗歌的整体语义结构系统之中。

通过洛特曼对诗歌文本的研究，我们看到，在这个层次上洛特曼在理论和实践中所取得的成绩已成为不争的事实，几乎听不到反对的声音。诗歌中的确存在着各个层次（包括语义层次）上的对立，因此将"对立美学"原则作为诗篇的组织原则是极有价值的重要发现。

一 韵律的重复与对照

韵律一词在诗歌文本中作为一个总的概念使用,是包括音位、韵脚、韵式、格律、节奏、诗行、诗节等对诗章的语音组织至为重要的单位。在俄语诗歌中主要存在两种要素:语义的和旋律的。前者常常等同于理性原则,后者则等同于情感原则。传统文学批评把诗歌的音响要素和语义要素分割开来,洛特曼批判了这种做法。对于那些主张诗歌声音脱离诗歌内容的观点,洛特曼指出,无论如何只要试图把声音与内容分隔开来,我们就是在做一项无成功希望的工作。洛特曼认为,诗歌中的音素不仅成为语义区别的要素,也成为词汇意义的载体,即声音具有意义,他认为,诗歌语言的音乐性也是传送信息的一种方式,换句话说,诗歌的节奏和韵律也具有负载语义信息的功能。

我们知道,音乐的基本表现手段有旋律、节奏、和声等,而诗歌音乐性方面的要素为旋律、节奏、韵脚等。作为音乐灵魂的旋律,在诗歌中也是构成语言音韵美的重要因素,它突出表现为语音高低升降的规律性变化以及相同、相近语音成分的重复和再现。也就是说,音位和音韵构成旋律。

(一) 音位

音位重复是诗歌文本的最低结构层次。洛特曼指出,在诗歌文本的有机整体结构中,一定的语音重复或音组重复,可以使原本不具有独立意义的成分语义化。他认为,在诗歌文本中,通过音位重复可以将本不相关的词语在空间距离上拉近,形成对比和对照的关系,从而增强文本结构的语义信息。丘特切夫是俄罗斯 19 世纪的大诗人之一,他在诗歌创作过程中尤其注意到音位的作用,他认为,在诗歌文本中某些音位的重复,不仅可以产生一定的美感作用,还可以同诗歌语义结合,加强、烘托词的概念意义,从而使诗歌文本的语音、语义协调一致。例如在《海上的梦》诗歌文本中,就充分体现了元音重复与辅音重复的交替现象,创造出相似的声音效果,从而形成一种余音绕梁的音乐美感。

　　　　Как сладко дремлет сад темнозеленный，暗绿色的花园在甜蜜地安睡，

　　　　Объятый негой ночи голубой，蓝色的夜温柔地把它拥抱在怀里，

　　　　Сквозь яблони，цветами убеленной，透过花繁叶茂的苹果林，

　　　　как сладко светит месяц золотой，金色的月亮甜蜜地照耀大地，

诗歌文本中元音 e、a 的重复，加强了柔和、令人愉快的感觉。文本中辅音和元音的重复促使特殊的语义对立的形成，花园、夜色、苹果林、月亮是不同语义范围的单词，却成了反义词，这就必须创造特殊的语义建立，于是就在以下的对立中描述这些概念：高与低、近与远、可达到的与不可达到的、人类与非人类。这样，看起来似乎无意义的声音差异改变了语义连接的结构，创立了新的蒙太奇似的意义，如花园、夜、苹果林、月亮其共同的语义特征是感情，在这个系列下，安睡、拥抱与温柔、甜蜜也发生某种语义转移。诗歌的音响与语义交相呼应，达到了水乳交融的程度，再现了月夜中宁静安睡的花园。

（二）重音

俄语不同于汉语的一种独特的现象就是重读音节的存在，俄语中每个词只有一个重音，重音音节在朗读时加重语气，而非重音音节正好相反。重音音节在诗歌文本中的不同排列是形成节奏的最主要因素，重读音节在诗歌文本中的存在代替了相同要素的机械重复，在诗歌文本中通过重读音节的交替出现，可以在诗歌文本结构中形成对照系统，这样既可以在相似中找差异，又可以通过差异发现共同因素，从而使诗歌文本形成一个复杂、辩证的矛盾过程：诗歌文本韵律结构的结果使声音形成彼此对立的系统，从而增强语音系统的语义负载功能，普通俄语中的音素 a、e、y、o 不具有这种性质，因此无法对比。例如：

　　　　Наша масляница годовая，一年一度的马丝连尼察，

　　　　Она гостика дорогая，迎来了人人喜爱的春姑娘，

　　　　Она пешею к нам не ходит，春姑娘驾起快车走万家，

　　　　Всё на комонях разъезжает，给人们送来温暖和欢畅，

> Чтобы коники были вороные, 看她的马匹乌黑发亮，
> Чтобы слуги были молодые. 看她的仆从年轻漂亮。①

在这段诗歌文本中，轻重音节有规律的交替与重复，形成鲜明、欢快、流畅的节奏：在这段诗歌文本中每一诗行都有三个重音，在 1~4 句中前面两行是形容词押韵，中间两行是动词押韵，后面两行又是形容词押韵，读起来朗朗上口，有如音乐般的鲜明的节奏感，构成声音回环流动的美，虽然偶尔有重音脱落和超格律重音出现，但没有对诗歌节奏造成影响。

（三）韵脚

韵脚是指诗行末尾语音的和谐与重复。韵脚一般出现在诗行末尾，强调诗行末尾的停顿。关于韵脚的作用，多是强调语音的和谐，使本来不属于同一诗行、有一定空间距离的词语之间发生关系，谐音或同音会使读者对词义发生兴趣，义不同，则求异中之同；义同，则求同中之异。我们认为，韵脚更重要的意义首先在于对停顿的强调，而诗行的停顿并不总是合乎句法的停顿，这使韵律和句法之间的对立统一更明显。同时，押韵的词所得到的强调，对词语描写形象的过程也会产生影响。

在《韵脚：历史和理论》一书中，日尔蒙斯基也强调了韵脚在诗歌韵律技巧中的作用：在诗歌格律结构中，任何具有组织功能的声音重复，都必须包括韵脚的概念。日尔蒙斯基通过对诗歌韵脚现象的深入研究，进一步指出，韵脚不仅可以促使诗歌文本的韵律和谐，而且对整个诗歌文本的语义生成也具有重要作用，日尔蒙斯基分析了在不同体裁、不同格调的诗歌文本中，韵脚意义不同的情况。"韵脚是指在韵律单位所规定的位置上出现的声音相同而意义不同的单位。"② 洛特曼在《诗歌文本结构的分析》一书中着重分析了韵脚的重复问题，洛特曼认为，韵脚其实就是语音的重复，韵脚在全面观察诗歌文本中韵律重复的性质方面尤其重要。洛

---

① 徐稚芳：《俄罗斯诗歌史》（第二版），北京大学出版社，2002，第 9 页。
② Ю. М. Лотман，《Структура художественного текста》，изд. Искусство，Москва，1970г，стр153. 〔苏〕尤·米·洛特曼：《艺术文本的结构》，王坤译，中山大学出版社，2003，第 170 页。

特曼指出，诗歌文本中包括两种类型的韵脚：同音韵脚和同义韵脚。同音韵脚是指发音相同，但是意义有所不同的韵脚。同义韵脚是指发音相同，意义也相同的韵脚。这两种韵脚的发音虽然相同，但是在音响方面同义韵脚显得较为单调，同音韵脚则较为丰富。然而，无论是哪种韵脚，它们的涵义都并非完全一致。即使是同义韵脚也不会是意义的简单重复，当相同的韵脚被重复时，它们由于占据的结构位置不同，所获得的意义也会有所不同。

洛特曼指出，韵脚的本质就是将不同者拉近，于相同中揭示差异。"韵脚使在此文本外没有任何共同之处的词形成对比，这样的对比能产生出人意料的意义效果。这些词彼此之间在语义、修辞、情态方面的交叉越少，它们相撞的效果越是出人意料，文本建构中使它们结合起来的这一交叉结构层就越重要。"① 同音异义型的韵脚尤能体现韵脚和意义之间的这种辩证关系：当意义不同或差距较大时，韵脚的含义很丰富；但当意义相同时，韵脚给人的印象平淡。洛特曼认为，韵脚的性质就是把各种差异汇集在一起并且在相似中显露差异，即对立中揭示同一和在相似中揭示差异。在诗歌文本中，韵脚具有积极促进节奏形成的作用。早期的俄罗斯民间诗歌与音乐是一体的，节奏鲜明，因此没有韵脚，后来的诗歌文本逐渐与音乐分离，为了增强诗歌的音乐性，诗歌韵脚便成了不可或缺的成分。所谓的押韵，是指相同的音在一定位置上反复出现，语音的这种有规律的重复，加强了诗歌文本的节奏感，并使诗歌音响富有变化的功能。以马雅可夫斯基的诗歌《真是优雅的生活》其中的一段为例。

  Даже 就连
  Мерин сивый 灰色的骟马
  Желает 也想要
  жизнь изящной и красивый 优雅而美丽的生活
  Вертит 轻佻地

---

① Ю. М. Лотман, 《Анализ поэтического текста》, Ленинград, Просвещение, 1972г, стр62.〔苏〕尤·米·洛特曼：《诗歌文本分析》，圣彼得堡：艺术出版社，1996，第102页。

Игриво 摇摆着
хвостом и гривой 尾巴和毛鬃
Вертит всегда 它总是在摇
Но особо пылко—— 但有时特别热情
Если 如果
Навстречу 迎面走来
особа——кобылка 某一匹母马

洛特曼指出，这段诗歌有三组押韵的词："сивый – красивый，Игриво – и гривой，особо пылко – особа——кобылка"。由于押韵，使诗句富有节奏感，不仅和谐动听，而且增加了诗歌的音乐美质，此外通过韵脚的平行对照，使不同词组间形成了语义对立，从而把人的世界与马的世界连接起来，引起读者的对照与思考，诗歌借马讽人的寓意也就一目了然了。正如马雅可夫斯基所说："没有韵脚……诗歌就会分散，韵脚能使你回到上一行，使你回想起前一行，使叙述一个思想的所有诗行都能发挥作用。"[1] 洛特曼指出，诗歌文本中的"声音"主要是借助语音的重复、节奏和韵律的对立对文本"语义"进行改造。洛特曼分析了韵律和语义的关系，他指出诗歌文本所有层次上的重复都能体现出类似韵脚的辩证的特质。洛特曼细致的研究使我们有理由确信，要建立真正科学的诗歌理论，不能不研究语言学，而且语音学的研究尤为重要。由此可见，将语言学方法引入文本诗学，很显然为文本诗学理论研究注入了新的活力，并开启了新的视野和研究思路。

（四）节奏

诗歌的特点就是节奏鲜明、朗朗上口，因此说，节奏也是诗歌文本重要的表现手段之一。俄语诗歌的节奏主要包括：音步、格律、诗行长短以及各种韵脚等因素。此外，重音音节的不同排列也是形成节奏的重要因素，音位是节奏的基本单位。所谓节奏，指的是具体的诗篇中形成节奏感的具体方法，它的存在必须依赖格律，因为是在格律模式的基础上进行调

---

[1] 转引自郭天相主编《俄罗斯诗学研究》，河南大学出版社，1999，第61页。

整。关于格律和节奏，B. 日尔蒙斯基是这样定义的："格律，这是诗中控制重音和弱音交替的理想规律，而节奏是言语材料的自然属性与格律规律相互作用产生的现实的重音和弱音的交替。"① 格律和节奏的辩证关系所具有的重要意义不仅在于造成语音组织的丰富多彩，而且对诗歌的意义组织有影响。超格律重音或在重位失重音，在格律模式的背景下都会引起对处于该位置的词语的关注，而词语既是韵律组织的物质材料，也是形象组织和意义组织的重要单位，其语调的变化对整个诗歌的形象世界来说，自然是有所影响的。俄罗斯很多诗学研究名家都指出了格律和节奏关系的重要性，例如，A. 别雷、Б. 塔马舍夫斯基、B. 日尔蒙斯基、M. 加斯帕罗夫、Ю. 洛特曼等。

事实上，构成诗歌语言的主导要素就是节奏，诗歌文本整体上无不受到节奏的统辖和支配。节奏一旦在具体诗歌文本中形成，便会把它的力量发挥到无以复加的地步，而成为诗歌文本语音上的组织者——节奏自身是一种纯形式要素，如同它在音乐中那样。但在语境的作用下，这种纯形式要素却可以内容化和意义化，使得被它整合的语言本身发生奇妙的异化和诗化，节奏因而成为诗歌文本的沉潜结构，诗歌文本因为有了它，才具有神奇的诗的魔力。

在诗歌文本中，格律是构成语言音韵美的重要因素。俄罗斯诗歌格律主要包括双音节格律和三音节格律两种。双音节格律包括两种常见类型：抑扬格（Ｊ—）和扬抑格（—Ｊ）；三音节格律包括三种常见类型：抑抑扬格（ＪＪ—）、扬抑抑格〔—ＪＪ）和抑扬抑格（Ｊ—Ｊ）。我们以普希金著名的爱情诗《致凯恩》（К А. П. Керн)② 为例来阐述这个问题。

> Я помню чудное мгновень，　我记得那美妙的一瞬，
> Передо мной явилась ты，　　在我的眼前出现了你，
> Как мимолетное виденье，　　有如昙花一现的幻影，
> Как гений чистой красоты. 有如纯洁之美的精灵。

---

① 〔苏〕尤·米·洛特曼：《艺术文本的结构》，王坤译，中山大学出版社，2003，第 170 页。
② 〔俄〕普希金：《普希金爱情诗选》，汤毓强译，花城出版社，1984，第 165 页。

在这段诗歌文本中，四行一节，每个诗节都有一对交韵，韵律的重复以及前后诗行的重复使诗歌具有鲜明的节奏感。在诗歌文本中，柔和的轻辅音与凝重的浊辅音和颤音，交互使用，节奏急促，富于音乐美，很受读者欢迎。

洛特曼认为诗歌节奏也是不同意义区别的元素，各种元素一旦进入诗歌文本的节奏结构中，便拥有普通语言文本中所不具有的含义特征。诗歌文本的节奏将不同元素置于相互比较的位置，在相同中寻找差异，在不同中揭示相同。例如马尔蒂诺夫的诗歌《О, земля моя》，由于节奏的作用，使естественно与торжественны相互对立，因此естественно"朴素"的含义凸显出来，在这里，节奏因素成为诗歌文本语义的生成器。洛特曼指出，语词一旦被诗歌的节奏语境整合便会发生奇妙的变化。最常见的醒目的变化，是它的语义完全不同于它的字典语义，而且常常背离其本意而带有它原本不具有而由诗歌文本的整体功能赋予它的创新性语义。实际上，形式上和语义学上完全不同的语词，往往会被诗歌文本强行"拉"进来，进行一种类似于"拉郎配"式的组合，诗歌因此成为一种新的语义的发生器，能如云霭一般飘浮在文本中，幻化为一种仿佛既源于现实，而又与现实截然不同的诗的意境。诗歌之所以具有那么大的魅力，就在于这种高于现实的意境，而诗歌之所以常常带有歧异性、多意性，原因也在于此。诗无定解，而且也不必有定解，解诗，需要采用诗特有的"语法"，不如此，便永远走不进诗的殿堂。

二 词汇的重复与对照

基于对诗歌韵律的研究经验，洛特曼通过大量的具体的实例分析，展示了诗歌文本中各个层次的重复现象，他指出，诗歌文本中不仅韵律层次具有辩证的特质，在词汇、句子等更高层次上的重复同样具有辩证的特质。诗歌文本中不同类型的重复都具有极其丰富的意义，从而体现了诗歌文本是一种具有高度浓缩思想的特殊文本。

词汇是诗歌文本结构的最基本单位。为了说明词汇在诗歌文本中的重要作用，洛特曼从语义学的角度提出"主要义素"的概念，"主要义素"这个术语是洛特曼根据特鲁别茨柯依的"主要音素"创造的，用来确定在词汇——语义的对立中包括所有共同要素的意义单位。洛特曼指出，"主要义素"包括两个方面：它标明语义对立中的共同特征，同时又在对立成分中区分不同的因素。在诗歌文本里，"主要义素"是作为词汇概念的基础结构，参与对立并且揭示它们内容的比较和对立，例如：北方—南方，北方和南方具有相同的义素"方向"，因此可以成为构成语义对比的要素。在诗歌文本中，这种语义对立的要素比比皆是，然而一旦脱离开诗歌文本的结构，那么词语间就无法进行对比了，对比的内容更无从揭示。洛特曼指出，词汇是作为复杂的语义功能在诗歌文本结构中发挥重要作用，因此不能把词汇作为单独的语义单位孤立起来理解，为了更好地说明这个问题，我们以安德烈沃·兹涅先斯基的诗作《我是戈雅》[①]为例说明。

    Гойя 戈雅

    Я—Гойя！我是戈雅！

    Глазницы воронок мневыклевал ворог   敌人落在光秃的田地上
слетая на поле нагое. 为我啄出弹坑的眼窝。

    Я—Горе. 我是痛苦。

    Я—голос 我是声音

    Войны, городов головни   战争的声音，是1941年雪地上
наснегу сорок первого года.   城市中烧焦的木头的声音。

    Я—голод. 我是饥饿。

    Я—горло 我是喉咙

    Повешенной бабы, чье тело, как колокол, 那像钟一般挂在空旷的广场上

    било над площадью голой…身子遭殴打的、被吊死的女人的喉咙……

在这段诗歌文本中：起始代词 я 在文本结构中显然具有重要作用，

[①] 〔苏〕尤·米·洛特曼：《艺术文本的结构》，王坤译，中山大学出版社，2003，第207页。

它的存在使所有诗节形成对比成分，在此基础上 Гойя，горе，голод 等彼此拉近，从而产生对比关系。而且，Гойя，горе，голод 包含相同的语音重复（ro），而且在诗节中处于同一位置，这就更强化了诗节对比关系的形成。此外，三个诗行的句法结构基本一致，Гойя，горе，голод 三个词语在诗句中所起到的作用也相同，所以，在这个诗歌文本中，语音的重复和诗句的平行对照，使文本语义相互对比，进而凸显共同的语义核"战争的苦难"（архисема），进一步丰富和深化了诗歌文本的深层含义。

三　诗行的重复与对照

诗行和诗节也是构成诗的基本节律单位，它们的重要意义主要体现在同诗章的句法结构之间的关系上。诗行和诗节是韵律的概念，而句子是语法的概念。在俄语诗中，诗行可以和句子相吻合，也可以是半个或两个、更多的句子；诗节也同样，常常一个诗节是句法上的一个完整句子或一组句子，但有时也有跨节的句子。诗行对句法有非常大的影响，分行的方式几乎是诗歌特殊的句法结构形成的最主要的原因，同时诗行是诗歌各个层次上能够经常形成平行结构的基本条件和诗歌的形式标志，不遵从格律也不押韵的自由体诗也受诗行的制约。

对这些类型的诗句进行分析可以看到，诗的句法同它的韵律组织一样，也倾向于对称，究其原因，还在于诗行和诗步的限制。每行均等数量的诗步使得每行都将要表达的意思浓缩成大致相等的短句，而句子一般总要有最主要的主谓成分意思才完整，这在某种程度上决定了每个诗行都是由这几个句子组成，再加上俄语句法本身词序的一般特点（主语在谓语之前，定语在被说明的词之前，补语在谓语之后），使得这些相同的句子成分在诗行中出现的位置也受到约束，经常是对应的，自然形成整体对称的局面。在这个背景下，颠倒词序、省略成分或打破句子等现象所造成的位移和不对应已被看作是有意的行动，成为"反对称"。反对称不等于不对称，这是有意将对称变为不对称，在对称的背景下被接受，自然又具有了不同的意义，此外，诗人还经常通过同样句式的重复或词语的重复为诗章主动营造对称的气氛，使整齐中的变化更为突出。

诗歌的句式灵活多变，但是也遵从一定的规律。俄语诗歌文本在句法安排上常常采用重复的方法来增加语义，相同或相近的句法形式使诗句内容形成互补或相互对比。洛特曼指出，诗歌文本中某一段落的功能主要体现在与其他部分以及整首诗的比较和对立中，因此，相同的要素在功能上并不相同，假如它们处于不同结构位置的话。诗歌文本中的重复是以相同元素揭示文本结构的差异，重复越多，差异就越大。以莱蒙托夫著名的抒情诗《帆》[①]为例。

Парус　帆

Михаил Юрьевич Лермонтов　米哈依尔·尤利耶维奇·莱蒙托夫

Белеет парус одинокий, 蔚蓝的海面雾霭茫茫，

В тумане моря голубом! 孤独的帆儿闪着白光！

Что ищет он в стране далекой? 它到遥远的异地寻找什么？

Что кинул он в краю родном? 它把什么都抛在故乡？

Играют волны—ветер свищет, 呼啸的海风翻卷着波浪，

\ И мачта гнется и скрипит... Увы! 桅杆弓着腰嘎吱作响……

Он счастья не ищет 唉! 它不是要寻找幸福，

И не от счастья бежит! 也不是要逃离幸福的乐疆！

Под ним струя светлей лазури, 下面涌着清澈的碧流，

Над ним луч солнца золотой... 上面洒着金色的阳光……

А он, мятежный, просит бури, 不安分的帆儿却祈求风暴，

Как‐будто в бурях есть покой! 仿佛风暴里有安静之邦！

这首诗的语义组织很有特色。全诗以"帆"为标题，帆的形象贯穿始终，整个语义组织都围绕它展开。第 1 节写海中之帆，这是远看之海帆，用动态的描写、色彩对照和心态探求来塑造帆的形象，并含有寓意象征。在对帆的动态描写中，先是一串最单纯的词象：发白、孤零零（后置而突出）、海等，组合成"帆闪耀白光"，"帆孤零零"。而"蓝色的海

[①] 〔俄〕米哈伊尔·莱蒙托夫：《莱蒙托夫诗选》，余振译，上海译文出版社，1980，第 226 页。

雾"这一词象则更复杂一些,写的实际上是雾之海,这一点在后面会得到证实。即使在此句中,把修饰"雾"的形容词"蓝色的"放在句尾,放在"海"之后,已将雾与海拉近,更何况"蓝色的大海"是固有的意象,海雾之蓝是源自大海之蓝。所以此处的词象不妨认为是蓝雾弥漫的大海。这样,这两行诗就形成了一幅色彩鲜明的动态的画面,白的帆在蓝的海的背景中更加突出。但同时,以蓝雾代蓝海,又为这幅画增加了朦胧、迷茫之感;"发白"这一动态的词象不仅是指白色,而是"发白、闪着白光",是一种运动的形态,为后两行对帆的心像描写做了铺垫。第2节开首的风浪大作的险恶海况,很容易把人引向对它的畏惧,或者对帆的疑问,它不顾风险在干什么?于是想到对幸福的渴望(幻想),而"幸福"对于一般人来说当然不失为一个追求的目标。当我们在想,帆是否是在追求幸福时,接下来两行及时否定了我们心中的答案,阐明了"帆"对于幸福的态度——既不寻求又不逃避——那不是它追求的目标。那么,帆所追求的是什么呢?这里把险象与追求联系了起来。第3节的前两行和后两行形成了语义上的对比。前两行描写了一派风平浪静、艳阳高照的和煦风光。通过放在行尾上下相对的两个颜色词"蔚蓝"和"金黄"的互相映衬,使人们更沉醉于"蔚蓝"和"金黄"的明媚,同时,通过行首两个表示方位的前置词"上面"和"下面"的相衬,包容了帆所处的所有空间——周围的一切都是那样美好!这难道不是人人期盼的"安详"吗?然而……这和后两行"帆"心目中的"安详"真是大相径庭,转折连词"可是"加强了这种对比,从而也使最终的答案更深刻有力。

　　洛特曼认为,诗歌语义的组织在很大程度上靠的是联系,每个词的意义都是在与所有其他词之间的关系中才能确定,这些彼此相关的词或是以组合的方式连在一起而互相补充、互相限制,或是以垂直呼应的方式互相平行对称,从而互相对照、互相阐发,深层义就在这动态的关系网中脱颖而出。通过分析可以看到,这一丰满的帆的形象是由一个个小的意象组合起来,这些小意象在诗中分布非常密集,几乎每一诗行中都有不止一个意象,它们首先组合成一些小的形象,这些小的形象,有些是帆这个大形象本身形成过程中的一个环节,有些虽然并不直接是帆的形象的成分,而是为了和帆的形象形成对比和衬托,它们相互的组合不是简单地相加,而是时时比照，互相映衬，每一次意象的对比都使形象更为丰满。正如上面这首小诗，处处充满了广义的重复（完全的和部分的），有词语的，也有句式的。特别重要的是句式的重复（对称、对照、对偶）往往表现着布局的划分，表现着情节的演化，最终导致意象的并置交汇。在诗中，布局（意义或情节因素的组织）与句法（词语的语法关系）是紧密交织的，虽然，作为话语层的一个方面的句法不能直接影响到意象创造，但透过布局，透过意象的组织，最终服务于形象和主旨。由于诗中句法与布局的上述密切关系，也可以说，对照在很大程度上既是句法的组织原则，亦可看作诗章布局的总原则。所谓对照，可以是完全相同的重复，可以是有同有异的部分重复，也可以是相辅相成的对立。对照在诗章中的形成和表现，主要是靠词语的重复和相同的句法结构安排。其结果是意象互相靠近，处于可比的位置，彼此间形成映衬、互补和对比等各种关系。对照正是诗篇布局特点不同于小说的最集中的体现，正是通过这样的布局，诗意的表达冲破了语言线性拓展的局限，前呼后应，首尾相顾，得以在寥寥数语中布下深邃的意境。

四 语法的重复与对照

我们平时说话或写文章，都要遵从一定的语法规范，否则就会造出有"语病"的句子，或引起歧义，或贻人笑柄。而诗歌在这方面却看似并不苛求，尤其是句法，无论是词序、句序或句与句的衔接，都是灵活而多变化的，不合一般语法之处颇多。但这并不是说诗歌可以不讲语法，从变化中可以找出规律，说明诗歌是遵从自己特殊的语法。再看莱蒙托夫的诗《帆》中的前两行。

Белеет парус одинокий　蔚蓝的海面雾霭茫茫，
В тумане моря голубом　孤独的帆儿闪着白光！

试比较：
Одинокий парус белеет в голубом тумане моря

改动之后的句子显然没有一点诗的韵味了。从句法上看，第一行诗将修饰帆的形容词置后，虽然打破了正常词序，但读起来朗朗上口。第二行将修饰"雾"的"蓝色"一词放在行尾,而且放在"海"后面,因此不仅雾是蓝的,海也是蓝的,雾和海在视觉上是一体的,这种句法上的调整,不仅合于诗律,而且增强了诗歌文本语义上的容量,而改动后的诗句不仅失去韵脚,也不合节奏。

由此可见,诗句法在遵从现成的语法规范的同时也享有充分的自由,但必须顺应抒情主体的感觉印象以及情感逻辑的需要,同时还要遵循诗歌本身的韵律结构。对诗歌句法来说,韵律方面的因素是至关重要的,诗歌句法的调整是以适应诗歌文本整体结构趋向整齐、对应的需要。俄语诗的句法虽不像中国近体诗具有严格的规定,但是在诗歌文本中也是随处可见。此外,相同或相似的句法重复也能带来音韵上的整齐和谐。例如:勃洛克的诗歌《明快的风儿……》

    Утихает светлый ветер, 明快的风儿渐渐沉寂,
    Наступает серый вечер. 灰色的夜晚悄悄来临。

上下两行诗句句法结构完全相同,诗句中的元音都相同,并都带有重音,从而形成节奏、声音效果的完全反复,当然这样完全的对称在俄语诗歌中已属少见,而处于对称位置的词本身的意思又基本是相对的:沉寂——来临,明快——灰色。"风"和"夜"词义本身虽算不上相对,但在其他词的背景下,"风"已然成了"日"的代表,"日"和"夜"又是各据一方,成为相对的两极。

在谈到诗歌文本的语法结构功能时,洛特曼认为文本的语法结构与诗歌文本的整体构建是紧密相连的,因此不能脱离文本的整体结构单独理解语法范畴。具体来说,文本的语法结构具有两种功能:一方面具有补充文本语义的作用,例如,在诗歌文本中,语法本身也可以语义化,语法重复就如同音韵重复一样,能够使诗歌文本结构形成对比和对照的艺术效果。另一方面可以促使语法摆脱语言的自动化状态,从而延长读者的审美感受过程。正如雅各布森指出的那样,语法范畴在诗歌文本中表达联系的意义,正是这些范畴有效地造成诗人想象世界的模式,即主体——客体互相联系的结构。洛特曼也认为,在诗歌文本中,所有的语法类别都具有联系的功能,例如,连接词在诗歌文本中的作用就是极为重要的。

在动荡之中，杂乱和贫乏

时髦的社交界和宫廷中的……

上面两个诗句显然具有相同的语法建构，两个连词"和"居于相似的位置中，彼此的位置比较接近，但是它们有所不同，只是相似，它们的并列仅仅只是凸显它们的差异性。在第一句，连词"和"所连接的概念不仅是异类的，也属于不同的范围，通过强调它们的相似，它有助于挑出共同的语义核，即主要义素。主要义素与这些概念中的每一个单独概念之间形成差异，这些概念本身也给连接词以相反的意义。这种指定会让"杂乱"与"贫乏"之间的联系意义被忽略过去，如果第一个"和"不与第二个"和"相似的话，第二个"和"完全缺少各种细微差别，因而在比较中被特意予以标明。在第二行诗句中，"和"所连接的两个成分极为相似，以致它都失去了作为连接手段的特征。"时髦的社交界和宫廷"混合为一个词语整体，该整体的各个组成部分都丧失了它们的自主性。

为了证明语法要素在诗歌中获得特殊意义的所有语法类别，人们也能举出例子来。于是，语法联系的系统就组成诗歌结构的重要层次。此外，它有机地联系文本的整个建构，因此不能脱离这个建构来理解语法要素。

通过上述分析，我们能够看出诗歌文本是一个建立在语音、节奏、语调、语义、句法五大层次上的有机统一的整体。洛特曼是通过对普希金、马雅可夫斯基、丘特切夫、莱蒙托夫等人的诗歌文本的分析来阐述自己的文本诗学理论。经过洛特曼的分析之后，我们再重新审视这些诗作，的确能够发现以往没有察觉到的深刻含义。洛特曼立足于文本系统的整体性，把诗歌文本看作一个层级式系统，努力创建科学研究的方法论体系，他力求做到对诗歌文本的一个词、一句话、一个段落，不做孤立的、径直的理解，因为这样只能看到词面，而是需要联系全篇，从上下文的影响中来挖掘其中的深意。所以说，对诗歌语义的理解必须采取从整体到局部再到整体的方法，切不可断章取义。诗歌文本的建构造成特殊的语义合并的世界，类似、对比和对立不是与自然语言的语义网一致，而是参与它们的冲突与斗争。这种斗争本身就形成一种独特的艺术效果。诗歌文本就是依靠文本内部各种要素的重复形成聚合关系，构成结构上的对比和对立，进一步深化诗歌主题。由此，洛特曼指出，诗歌文本的重复与对照原则体现在文本结构的各个层次之中，最终生发出诗歌的语义和内容，并统一贯穿于诗歌文本的整体结构之中。

洛特曼认为，诗歌文本结构是由艺术语言与自然语言共同组成的语义网络，它是一个语义上既相互联系，又相互对立的独特世界。他指出，诗歌文本结构是一个具有复杂关系的综合系统，它是由不同层次和各种要素有机构成的一个统一整体，每一层次上都含有各种要素，以及它们之间的各种关系诸要素还可纵向贯穿各个层次，形成各种结构关系。洛特曼认为，诗歌文本结构的任何现象都是特殊的意义荷载，他通过诗歌文本内部要素的重复和对照，制定了诗歌文本分析策略，解开了诗歌文本意义丰富性的谜团，为文本诗学理论研究提供了参考指南。洛特曼的文本诗学理论不是关于诗歌结构中一些孤立要素的诗学，而是关于它们之间关系的诗学。洛特曼对诗歌的特性、诗歌的建构原则等方面的研究，揭示了诗歌不同于其他艺术文本的特质和诗歌语义生成的原因，提出了研究诗歌文本意义的一种有效方法。

第五节　小说文本

随着小说越来越成为20世纪最为重要的文学样式，与此相应，文学理论领域也必然呈现出新的研究趋向。尽管不少小说家十分注重小说创作艺术，但20世纪以前，小说批评理论集中关注作品的社会道德意义，采用的往往是印象式、传记式、历史式的批评方法，把小说简单地看成观察生活的镜子或窗户，而忽略作品的形式技巧。20世纪欧美文论界，不仅小说理论得到了蓬勃发展，理论研究逐渐向纵深方向发展，更扩大为对叙事题材的广泛关注，为20世纪60年代出现的叙事学奠定了坚实的基础。

经典叙事学在20世纪六七十年代兴起于法国，并产生了世界性影响，但对叙事理论的关注却是一个古老的文论课题。对后世影响较大的可以追溯到古希腊亚里士多德的诗学理论，此后，两千余年的叙事理论一直笼罩在其影响之下。19世纪后半期才逐渐反对以亚里士多德为代表的以情节模式为中心的传统叙事理论，开始关注打破固有的模式对叙事作品创作的束缚，努力使用新的题材创作与众不同的小说情节。同时传统对小说等叙事题材的批评多侧重于对思想主题的阐释，20世纪初以来越来越对被传统忽视的叙事形式表示关注。

何谓叙事理论？也许最简便、"精当"的一种回答就是研究叙事作品的理论。但这样大而无当的回答只能产生更多的困惑，到底如何面对这个问题，我们要从这样两个问题入手，第一，什么是叙事作品；第二，用什么方法研究。纵观叙事理论研究史对这两个问题的不同回答，可以看到提出的叙事理论也多种多样。总体而言，叙事作品包括语言类叙事题材、绘画、雕塑、电影等各种艺术类型，但常被人们提起的主要是语言类叙事作品。小说产生之前，叙事作品的主体是史诗和戏剧，直至18世纪，小说才作为一种新的文学类型出现。美国学者伊恩·瓦特认为可以将笛福、理查逊、菲尔丁三位作家称为"小说之父"，因为他们打破传统叙事作品对创作规范的依赖，分别在情节模式、背景、地点、时间观念、人物名字和语言几方面做出大胆的创新。小说兴起后，得到了迅速发展，并在19世纪末20世纪初出现了现代小说，20世纪60年代又出现后现代小说。不拘泥于由亚里士多德制定的叙事作品的创作规范，进一步将叙事作品的创作推向更自由的空间。19世纪以来对叙事理论的研究主要以这种新出现的文学类型——小说为主要研究对象。

用什么方法研究，也是叙事理论一直以来的重要命题，由于对其不同的回答而使叙事理论呈现纷纭的局面，但总体上，20世纪西方叙事理论的发展经历了两次阶段性的转变，也是叙事理论发展的两个巅峰阶段，一次是20世纪60年代法国结构主义叙事学（经典叙事学）的出现，一次是20世纪八九十年代在前者的基础上又向外转，实现了内外研究的有机统一。在这种研究方向转移的过程中，洛特曼的叙事理论起了重要作用，虽然并未产生直接影响，但在研究方法上始终起着风向标的作用，这也凸显了洛特曼理论视野的前瞻性。

在俄罗斯文学史发展过程中，诗歌和小说有规律地轮流居支配地位是一种必然现象。19世纪初诗歌文本获得了强有力的发展，文论界甚至出现把诗歌等同于整体的文学现象，出于对这种诗歌传统的背离，19世纪后半叶小说文本得到了蓬勃发展并一度压倒诗歌，占据主流地位。20世纪初转向又开始发生了，诗歌再一次出现，就像19世纪初那样，诗歌成了文学的象征……为此，托马舍夫斯基指出，人们不能在诗歌和散文之间划出明确的界限：不把韵文与散文当作界限分明的两个领域来看待，而是当作两极，即引力的两个中心来看待。真正的界限，围绕着这个引力历史地安排着，这是越来越自然、越大量发生的事……人们会合法地、或多或少地提到散文现象，以及或多或少地提到诗歌现象。

洛特曼指出，为了解决诗歌文本与小说文本的区别问题，最重要的不是去研究作为现象的界限，而是应该把注意力转向诗歌文本与小说文本最典型、最显著的形式上来。诗歌语言模式以远远大于一般语言模式的复杂性而著名，这已是众所周知的了，但是小说文本的结构是一种比诗歌文本更为复杂的系统。从结构观点来看，小说文本由于基本的建构要素已从文本中去掉，而以"负技巧"的形式来实现，模拟小说文本不知要比模拟诗歌文本困难多少倍，两者简直无法比较。因此，洛特曼认为，作为艺术现象的小说文本，有着比诗歌文本更为复杂的结构。为此，洛特曼指出要以"结构要素及其功能"的分析代替传统"艺术技巧"的分析。对小说文本进行结构功能分析，不仅体现了洛特曼的个人理论兴趣，也反映出文学发展的时代需要，小说文本中叙事的形式技巧问题正是传统批评理论中的主要欠缺，洛特曼对小说文本结构的分析开启了这一新的航程。

同诗歌文本一样，"对立美学"也是小说文本的基本构造原则。小说文本是由诸情节要素构成的语义组织，因而，要分析某一层次诸要素组合体，必须首先研究诸要素的语义关系。同时，由于情节诸要素的区分取决于其主要的对立成分，而对立成分的区分只有在特定的语义范畴之内才有可能做到，也就是说，只有存在同一母系的情况下才有可能把两个相互对立又相互补充的子系区分开来。洛特曼指出，恰当地选择文本的发展导向和设计配置对比关系，有利于艺术文本信息量的增加，例如，一部电影既采用黑白镜头又采用彩色镜头，多色镜头又分为深蓝、浅蓝类，棕褐、黄一类，以及各种色彩交织一类，这样就可产生复杂的对比系统：每一类宁可有双色和多色各种对比。导演用某种色彩来描绘他的主人公，造成类似音乐主题的效果，或者用不同视角，或者用高昂的激情（语调的变化）来阐释一定的色彩，以造成附加效果。对比的诸单体由于不处于同一个系统，这就迫使读者自己去设计一个便于进行对比的补充结构，文本同作者与读者的设计发生联系,从而丰富了语义的内涵。洛特曼认为,小说文本具有多语性,他以"对立美学"超越同一性,在小说文本研究实践上进一步拓展延伸。在小说文本中,"对立美学"理论被广泛地应用于对人物、情节、文本视角、文本空间等各要素的多视角分析。

一 小说文本的时空对照

无论是在自然科学领域还是在人文科学领域中,时空问题一直是人类深刻思考的重要问题。亚里士多德的《物理学》、康德的《纯粹理性批判》、海德格尔的《存在与时间》、萨特的《存在与虚无》等哲学著作都对时空问题进行过深入系统地阐述。文学与电影也对时空交错进行了精彩的演绎,比如,普鲁斯特的《追忆似水年华》、乔伊斯的《尤里西斯》、福克纳的《喧哗与骚动》等。洛特曼对时空问题的强调早在20世纪60年代就表现了出来。洛特曼在时空问题上更为重视空间,他认为,时间是一个独立的范畴,它源于空间。洛特曼把空间看成一种最古老的语言,在某种程度上空间成为模拟某种抽象概念的手段,与爱情、温暖、家、安全等概念联系起来,艺术文本中存在大量用空间模拟世界的现象。洛特曼指出,一方面,空间成为包罗万象的语言,但这种语言并非作为空间被意识到,而是作为模拟某种抽象概念的手段。例如,房屋、家常与安全、温暖、爱情、亲人等的联系;另一方面,当我们用体现空间关系的自然语言模拟空间时,这种语言已经属于第二性结构了,这就好比我们用语言思考语言或是用数学的手段模拟数学一样。艺术文本中用空间语言来模拟世界就是一个极为典型的例子。洛特曼对艺术文本空间模拟机制的认识主要反映在以下几个方面。

(一) 无限与有限

艺术文本具有模拟世界的功能,即艺术文本能够通过自己有限的空间反映文本以外无限的世界。艺术文本的这种功能在空间艺术中表现得十分明显,例如绘画、雕塑等。这些艺术形式能够通过二维的空间表现多维空间,在有限的空间中反映无限的现实世界。艺术文本的结构具有严整性,但文本通过其有限的空间能够传达无限的意义。例如,当我们欣赏雕塑时,表面上看,雕塑的空间是有限的,但是,我们的思维却不会局限于雕塑所属空间本身，而是会延伸到无限的现实空间中去。因此说，艺术文本的空间是有限的，但是它所模拟的现实世界却是无限的，也就是说，我们可以把艺术文本看成是无限世界的一种有限反映模式。由此可以总结出，艺术文本的原则就是通过有限的情节来反映无限与完整，因此，艺术文本永远无法进行复制，而只能进行解读与翻译。艺术文本对现实生活的模拟不仅体现空间性质，而且还能反映世界图景的本质方面，即艺术文本的空间不仅指代现实生活的一部分，也可以囊括整个生活的总和，能够模拟具有普遍意义的生活本质。例如，鲁迅的小说《阿Q正传》，其故事情节主要反映了一个浓缩了的客体：这个客体既体现了20世纪二三十年代中国封建社会某个农民的个性特征，同时也代表了成千上万个农民命运的缩影。

（二）空间对立结构的审美内涵

文化的空间语义结构相似性与人类的认知模式相似有关，地球上的人类尽管所处地域不同，但却具有相同的生理机制，具有对周围世界进行感知和心理反应的能力，正是发挥了这些能力，人类才能认识周围的世界。根据"人类中心说和方位主义"的观点，人类的感知首先源于感知自身、自身的运动和所处的空间环境。人类最初的生活经验就是空间经验，随着认知能力的不断发展和掌握周围世界能力的提高，人类逐渐学会运用各种认知方式，比如隐喻、转喻等，将自我的感知映射到客观物质世界及其运动变化上，并通过各种文化语言表现出来。由于生理、心理机制和认知能力的相似，人的认知心理可以实现古今相通、中外相通。

空间是人整个知觉器官的一个部分，它是我们先天具有的。洛特曼写道，让我们想象某个特别综合性的概念，它完全失去了具体特征，是整体的抽象的概念，并尝试为自己确定一下它的特征。不难发现，对于大多数人来说，这些特征都具有空间的性质。因此，高—低、远—近、左—右、上—下、开放的—封闭的……这些空间关系在艺术文本中都被赋予了一定的文化意义。运用空间关系来反映现实生活的世界图景，这是洛特曼关于文本空间模拟功能的核心观点。虽然不同文化文本都可以用空间元语言进行描写，但体现同一事物的同一文化文本在人们头脑中勾勒出的空间图景并不相同，并且由于不同民族文化的价值观、世界观的取向不同，利用空间元语言展现民族文化的拓扑结构时，往往显示出不同的结构特征。洛特曼运用空间元语言对童话文本、中世纪的象征文本和历史主义文本进行的分析就是一例。从中可以看出，这些文本显示出不同的关系结构：内部空间和外部空间明显不同（童话文本），外部空间在内部空间中得到反映（中世纪的象征主义文本），内部空间是外部空间的一部分（黑格尔历史主义文本中具有的现代科学观）。

在文化文本中所有的元素实质上都是意义的元素，文化文本以其整个结构成为意义的携带者，在纯思维模式层次上，空间关系的语言是认识现实的基本手段之一。洛特曼指出，在文化文本中，道德概念具有地域特征，而地域位置也可以表现一定的道德价值。为此，洛特曼还研究了但丁的巨著《神曲》，他认为，整个《神曲》就是一座宏大的建筑物，作品中的运动总是上升或者下降，它象征着灵魂的提升或是堕落。作品中的人物所处的位置都是作者按照其罪过的轻重故意设置的，罪过越深所处的位置就越低，越往上灵魂越高尚。在文化文本中所有的元素实质上都是意义的元素，文化文本以其整个结构成为意义的携带者，因而，由某种文本或文本组合构成的空间模式也可成为有意义的模式。例如，丘特切夫的抒情诗中，现实的空间概念成为表达各种非空间意义的语言。作品中，除了"善与恶""天与地"等对比之外，又把"黑暗与光明""黑夜与白昼""安静与喧嚣""单调与纷繁""崇高与卑微""永恒与短暂"等加以对照，从而构成纵向结构的独特模式。

艺术文本是一个复杂的系统，它是总体和局部的各种有序层次的组合。界限把文本的整个空间分为并立的两部分。界限的基本特征是不可逾越性。用界限把文本一分为二的方式是文本的主要特征之一。任何事物均可以界限分开，可以划分为自己的与别人的，也可以划分为活的与死的，还可以划分为穷的与富的，等等。主要问题在于把空间划分为两部分的界限必须是不可逾越的，每部分空间的内部结构又必须是不同的。洛特曼指出，艺术文本的基本特征是，它处于双重类似物关系系统之中——既类似它所描述的生活片段（世界的一部分），又类似整个世界。界限在这种情况下成为艺术空间的最重要的类型学特征。此外，戏剧是一种容易分解的文本。剧场演出正可以说明戏剧艺术的一个重要特征是——局部与整体之间处于反常的同拓扑状态。戏剧用自己的语言反映外部世界的一定生活现象，同时，它本身又是一个封闭的世界。这一封闭世界并非同现实的某些部分发生联系，而是同世界整体发生联系。戏剧空间的界限是幕布和布景墙壁。这是反映现实世界的戏剧世界。从这一意义上看，舞台世界的界限异常明确，它使戏剧获得多方面功能，但不容许戏剧提出任何超出舞台之外的问题。戏剧一般要分幕、分场，各场戏各自构成演出文本的要素，同时又是统一在全剧整体空间界线内进行。场下又分景，戏剧文本的每景都有新人物出现，提出新的世界模式，但却在同样空间范畴内实现。场与景把一个戏分成同步的断面，每个断面又以特殊形式把人物分成两个营垒（如果是独角戏，那么，戏里的主人公就填充整个空间世界）。但是，两个营垒的人物在不同场合又常常有不同的组合。为了突出这种类型学特征，以不同方式划定的界限决定各子系不同的分类原则。同时，每个戏剧段落的划分，二元分段的相互重叠还会造成各种类型系列。类型系列模拟各种人物就可形成同文本中其他人物双向对照的、有类型特征的聚合体典型性格。

很多理论家一直把空间问题的研究放在首要位置上，但是洛特曼突出的贡献就在于他在关注空间语言问题的同时，没有剔除时间的因素。他认为，任何一门学科的研究要始于它的发展史，只有弄清楚事情原来的面貌，然后才能做出科学的评价与判断。洛特曼小说文本的空间不是简单的框架结构，我们可以把它看作本质上完全不同的另一种文本类型，这两种文本类型始终处于对话之中，并形成了一种高度紧张的张力场。

二 情节文本和无情节文本

西方古典文论中，亚里士多德对情节理论的论述尤为重要，他既是情节理论的开端，也是情节理论的代表。在《诗学》第六章，亚里士多德提出了悲剧的六个成分：情节、性格、言词、思想、形象、歌曲。在六个成分中，亚里士多德认为情节最重要，它是"悲剧的基础，有似悲剧的灵魂。"[1] 亚里士多德认为，情节是行动的模仿，是对事件的安排。在

---

[1] 〔古希腊〕亚里士多德：《诗学》，罗年生译，人民文学出版社，2002，第19页。

《诗学》中亚里士多德详细阐述了情节的安排方法。他指出，情节有简单与复杂之分，但是只有复杂的情节才是完美的情节，因为只有复杂的情节才能引发人们的恐惧和怜悯之情。很显然，洛特曼深受亚里士多德情节理论的影响，但洛特曼的情节理论又吸收了其他学者关于情节理论的论述。洛特曼师承普罗普，很显然他的情节理论吸收了普罗普人物功能分析的观点，同时俄国民俗学派代表人物维谢洛夫斯基的情节与母题的观点，以及什克洛夫斯基关于情节与本事的论述都不可否认对洛特曼产生了重要影响。

在研究情节的基本特征时，维谢洛夫斯基从它的语义特征着手：情节是叙述的不可划分的基本单位，在外叙述（日常）的层次上与总体事件模式相互联系："就情节而言，我指的是一种显得极为重要或经常得到重复的公式，在其最初阶段，这个公式对回答自然在任何地方提出的问题提供一致性，或者进一步确认那些极为显著的现实印象。情节的标志是它的象征性的、单项的系统性组合。"[①] 维谢洛夫斯基对情节的理解主要是建构在母题概念上，母题来自原始氏族生活，所以不同氏族的母题有相似的可能性。维谢洛夫斯基认为，情节是对两个或多个母题的综合运用，把不同的母题编构在一起，进而形成一定的情节模式。当然，维谢洛夫斯基对情节的理解和论述主要限于集体层面，无论是母题的产生，还是情节的利用，其中时代环境一直起决定性作用，只要时代环境相适应，那么旧的情节仍然会被重新使用。

与维谢洛夫斯基相反，什克洛夫斯基提出了情节与本事这对理论范畴。本事不同于维谢洛夫斯基的母题概念，母题是模仿原始氏族生活的最小叙述单位，而"我们的生活还不是情节，不是利用词语的游戏，而是本事"[②]。事实上，什克洛夫斯基笔下的本事，除了他直接描述的生活本身，还包括所有艺术经验，因为它们都是作家的创作素材。当然，情节与本事并不完全相同，什克洛夫斯基强调，"情节的特点首先是作为独特的

---

① 〔俄〕亚·尼·维谢洛夫斯基：《历史诗学》，刘宁译，百花洲文艺出版社，2003，第588页。
② 维·什克洛夫斯基：《汉堡积分法》，莫斯科：苏联作家出版社，1990，第260页。

运用思想材料的结构形式系列。"① 因此，不要将情节同本事混为一谈，当然也不是所有的本事都能成为情节的材料。

什克洛夫斯基注重情节的塑造方法，主张运用艺术手法塑造情节以增强作品吸引力，这种情节理论显然受到"陌生化"理论的影响。什克洛夫斯基指出："故事、短篇小说、中篇小说是情节的组合；歌曲是文体情节的组合。因而，情节和'情节性'都是形式，正如韵脚那样。"② 实际情况是：什克洛夫斯基他自己并没有像普洛普在《童话形态学》中那样始终如一地遵守这个原则；其实，它并非情节的结构段，而是各种手段的组合，这取决于它的研究基础。总之，情节在什克洛夫斯基前期叙事理论中是方法的体系。后期什克洛夫斯基虽然承认内容的存在，但并不同于传统的唯内容独尊，他同样注重对情节塑造方法的探索。可以看出，什克洛夫斯基后期已经认识到形式与内容二元分化的错误立场，开始追求形式与内容的有机统一。因此说，后期叙事理论是对前期理论的修正、发展和超越。

结构主义叙事学是从语言学中走出去的，如果把叙事学的情节、故事和话语等基本范畴重新放回语言学中进行审视能够发现，很多叙事学家的叙事理论已远远偏离了语言学相关概念的本来面目。如普罗普等学者认为，"情节"是故事的一部分，而传统的情节理论则认为，情节就是故事。如果从语言学的角度来看，普罗普等学者眼中的"情节"概念是文本语义内容的一部分，是语义结构性的，但是，什克洛夫斯基等人却把情节和故事对立起来。他们认为，"情节"是对故事事件的艺术处理和形式上的加工，按照这种说法，情节范畴则属于语用学。从语言学的角度来看，普罗普与俄国形式主义理论出发点的区别，也道出了为什么普罗普还会走向"历史根源"的探讨，拒不承认列维－斯特劳斯将其归入俄国形式主义的行列。

那么什么是情节呢？洛特曼将情节定义为：相互联系的事件总和。事件是情节概念的基础，它是情节的基本构成要素，情节概念的核心是事

---

① 〔古希腊〕亚里士多德：《诗学》，罗年生译，人民文学出版社，2002，第19页。
② 〔俄〕什克洛夫斯基：《散文理论》，刘宗次译，百花洲文艺出版社，1994，第50页。

件。情节与梗概不同，梗概是作品中相互联系的诸事件的总和，情节是对作品中各种事件、各种关系系统矛盾冲突发展变化的陈述。事件是情节结构的组成成分，具有形象、单一特征，包括文字表现与思想内容两个方面。洛特曼认为，事件是人物穿越语义域界限的移位。因此说，事件的概念与界限密切相关，不是任何事情都可以称为事件的，只有违禁的事情（偏离或是破坏规范）才是事件。例如，对那些根据刑事法典的范畴进行思维的人来说，事件就是侵犯他人的行为。依照交通法规，走路不遵守交通规则就是事件。然而事件不是一个绝对的概念，其原因是：同一个事件一些人站在一种立场，从一种角度看认为重要；另一些人站在另一种立场，从另一种角度看则认为不重要，还有人认为这并不算什么事件。从小说角度看，爱情是事件，但从编年史角度看它又不是，编年史只记录重大的国事，绝不会去注意家庭生活（除非它们构成政治事件）。再如，一对夫妻由于对抽象派艺术看法不同而上诉警察局要求判决，警察局办案人员审理后认为，夫妻双方既无相互伤害，也没有违反法律条文的行为，只是口头争议，照章无法立案，这对办案人员来说，不称其为事件。但对于心理学家、伦理学家、社会学家或美学家来说，上述事实就可以称为事件。

  洛特曼将文本分为两种类型：情节文本和无情节文本。如上所述，情节文本是由越界的事件构成的。例如，生活中的普通人是无法穿越生死界限的，但情节文本中的某些特殊人物却能做到，就像但丁《神曲》中的主人公可以穿越炼狱、地狱和天堂三层空间。与情节文本不同，无情节文本具有鲜明的分类特征，它们强调这个世界内部结构的明确次序，从而确定世界的基本结构，例如，日历、电话簿都属于无情节文本。以电话簿为例，电话簿中的名字及其对应的电话号码具有明确的排序，彼此之间是不能随意移动的。基于情节文本和无情节文本的分类，作品中的人物又可分为两类：静态人物与动态人物，静态人物属于基本上无情节类型的结构，只能在特定的空间里而不能越界，动态人物则有权越界。如莎士比亚的悲剧《罗密欧和朱丽叶》中，两个男女主人公为了纯真的爱情都超越了敌对家族的界线，虽然他们的命运以悲剧告终，却使这两个家族终于和解，这就是由情节的移动构成的事件，也就是超越了无情节结构所认定的界线。如果主人公不超越此种界线，而是在他锁定的空间里移动，那就不能称为事件了。事件这一概念的含义取决于文本对空间结构与空间分类的界定，情节的移动犹如基本拓扑界线向其结构空间的移动，在二元反向基础上构建语义界线系统，当然也可能出现超越禁界的移动，或出现某种向情节运动层次展开的次要情节片段的移动。

洛特曼指出，情节文本与无情节文本是相互对立、相互冲突的。无情节文本强调世界的组织次序及结构方式，无情节系统在文本中具有重要作用，它可以独立存在于文本中。而情节系统在文本中居于次要地位，情节文本是对无情节文本的否定，它是在无情节文本的基础上进行建构的。也就是说，在无情节文本中不可变动的东西往往构成了情节文本的内容，因此，情节是革命性因素。例如在《红楼梦》这部作品中，洛特曼所谓的"无情节文本"主要体现为：建功立业的仕途思想、男尊女卑的性别偏见、父母之命媒妁之言的婚姻观念等。而作为情节推进的关键人物——贾宝玉，就是洛特曼笔下敢于"越界"的"动态人物"，贾宝玉冲破一切世俗功利因素，勇敢地追求属于自己的理想与爱情，他在仕途道路、性别观念和婚姻选择等方面的个体取向与家族环境、社会现实产生了强烈的对立和冲突，但是他敢于逾雷池、破禁忌、反世俗：在仕途道路上，他以毫不妥协的态度摒弃世俗功利；在性别观念上，勇于打破"男尊女卑"的偏见；在婚姻理念上，他信守"木石前盟"以抗争"金玉良缘"。

在论及小说的情节设置特点时，洛特曼更注重研究两种对立的情节构成原则在小说叙事中的一体化。洛特曼把读者能够事先预知文本的整体结构作为"同一美学"作品的致命弱点，在论及"对立美学"的情节设置特点时，洛特曼指出："作者安排他自己的、独创性的情节发展结果，与读者所熟知的模拟现实的方法相对立，他相信这才是真正的情节结果。"[①]《红楼梦》的情节安排处处与读者惯常的阅读经验期待形成强烈对立，读者在阅读作品时，经常会感到期待遇挫，正是这种期待遇挫给读者带来了深刻的审美体验。作品开篇：直奔结局，促使阅读感受复杂化；作品中部：打破世俗，穿越界限，直指终极价值的追求；作品结尾：万事皆空，呈现善恶终有报的因果思想。整部作品体现了作者的既定审美规范与读者

[①]〔苏〕尤·米·洛特曼：《艺术文本的结构》，王坤译，中山大学出版社，2003，第409页。

阅读偏见之间的冲突斗争，而斗争结果则是作者将自己的思想理念"强加"于读者，虽然二者未必心随所愿，但却反映出小说情节逻辑发展无法避免的结果。

在消解"同一美学"固定单一结构的同时，洛特曼与彻底的解构主义之间也保持着距离，他坦言："不依赖规则和结构联系的创造是不可能的。这样做会与作为模式和符号的艺术作品发生矛盾，将使得借助艺术的帮助去理解世界、并对读者传达理解的结果成为不可能。"[①] 洛特曼的这种情节理论与后现代主义作品去情节化的倾向、颠倒的时空拼接等特征形成了鲜明的针对性。而《红楼梦》在开头暗示结局、打破"大团圆"的结局模式，既保留了章回小说的结构，又超越了传统通俗小说的叙事套路；既实现了结构中的解构，又坚持了解构中的自成一格。这种独特的小说文本建构竟然与 200 多年后异国文论家洛特曼文本诗学理论思想完全契合。

三　人物性格的对立系统

从亚里士多德开始，情节一直占据首要地位。文艺复兴之后，人文主义兴起，开始重视人的价值和创造力，反映在艺术作品中人的地位提高了，很多作家以塑造人物性格作为自己的使命，通过西方文论史的发展可以看出，不同历史时期对人物性格重视的程度有所不同。有学者谈到形式主义者的人物观时说："形式主义者和结构主义者们是从以前的理论家手中集成到'人物'这一范畴的。像其前辈一样，他们视人物为静态的叙事元素，它们相对于动态的、不断展开的情节过程。"[②] 我国学者申丹把叙事作品主人公划分为"功能性"人物和"心理性"人物两种类型："功能性"人物观认为在叙事文本结构中人物应该从属于情节结构，"情节是首要的，人物是次要的，人物的作用仅仅在于推动情节的发展"。[③] 这种类型的人物观在现代叙事理论中居主导地位。在亚里士多德悲剧理论中，

[①]〔苏〕尤·米·洛特曼：《艺术文本的结构》，王坤译，中山大学出版社，2003，第409页。
[②]〔美〕华莱士·马丁：《当代叙事学》，伍晓明译，北京大学出版社，2005，第116页。
[③] 申丹：《叙述学与小说文体学研究》，北京大学出版社，2004，第55页。

虽然将性格列为悲剧的六个组成部分之一，但是他着重强调的不是人物的性格特征，而是人物作为行动者在悲剧中所起的作用。"心理性"的人物认为，人物性格具有独立价值，将人物提升到作品的首要位置，并重视人物性格的塑造和描写，19世纪以来的传统小说大多属于这种类型。申丹指出，这两种叙事人物类型具有互补的关系，"功能性"人物适用于"以事件为中心"的小说，"心理性"的人物较适用于"重人物塑造"的小说。洛特曼叙事理论的人物观就介于两种类型的人物观之间，洛特曼叙事理论中的人物形象具有横向与纵向的二维特征，而且随着情节的展开不断呈现，尽管人物形象与情节关系密切，但人物的性格特征并没有消解在行动之中。洛特曼不仅重视主人公的情节功能，而且还强调它的独立价值，洛特曼把人物作为构成情节的主要材料之一，让它不断参与到情节的建构中。

在艺术本文中，情节的类型和人物的类型是相互制约的。根据情节文本与无情节文本的分类，洛特曼把人物分为静态人物和动态人物。静态人物严格遵守文本结构规则，只在空间区域里活动；动态人物具有超越界线的能力，可以从一个区域转移到另一个区域，也就是说，可以有一些越轨的特殊行为，他们与周围的人物不同，是唯一具有这种权力的人。所谓"特殊行为"可能是英雄行为、道德行为，也可能是道德沦丧行为、疯狂行为、古怪行为等，与静态人物不同，他们的行为都是不受约束的。一系列文学典型均可为例：瓦斯卡·布斯拉耶夫、唐·吉诃德、哈姆莱特、理查德三世、格里涅夫、乞乞科夫、恰茨基，等等，这些典型人物与环境之间存在着尖锐的、不可避免的矛盾冲突。此外，静态人物和动态人物之间的关系也并非一成不变，以描写骗子的小说（如《漂亮的厨娘》）为例，主人公在一些片段中是动态人物，在另一些片段中又是被欺骗的对象，是另一个骗子发财致富的障碍。文本中同样的一些要素轮流完成不同的情节功能，从而使情节功能与人物同一化，造成了功能转换的可能性，人物与情节的横向与纵向功能在艺术文本结构中起着重要作用。

洛特曼不仅承认人物推动故事情节的功能，而且承认它具有独立价值，即角色特征，它的存在本身对揭示作品的思想内涵具有重要意义。洛特曼主张运用"同一美学"和"对立美学"的原则分析人物角色特征，他指出，小说文本中的人物塑造必须是可以比较的，如果他们彼此对立的话，这样就把他们分解为全部人物与有意对立的各种因素所共有的核心。洛特曼以普希金的戏剧《石客》为例说明小说文本中人物性格是如何建构的：戏剧《石客》的每一场都包含一个独一无二的人物对立系统，例如，唐光的形象总是参与新的对立，即使在一种对立的限制中，文本也分为几个共时部分，每一部分都会体现唐光与其他人物的对立。

第一场中，唐光——莱鲍雷洛。

第二场中，唐光——劳拉；唐光——唐·卡洛斯；唐·卡洛斯——劳拉。

第三场中，唐光——唐娜·安娜。

第四场中，唐光——唐娜·安娜；唐光——少将。

唐光的形象不断进入新的对比之中，即使在一个对比范畴之内，文本分成几个同步段落，但凡唐光所到之处，他的形象都是作为人物聚合体出现的，例如，在唐娜·安娜面前，他开始是一个僧侣，后来是唐·季耶戈，最后才是他自己。不难看出，作为一个聚合体，唐光这一形象是由各种相辅相成的关系构成。只有在对比中才能形成各具特点的典型性格，对比中可以显示出他们之间的共同点（这是比较的前提）和差异。

洛特曼指出，人物性格是"区别性特征的集合"，同时对"同一美学"和"对立美学"处理人物性格的方式加以区分。"同一美学"侧重于"异中求同"，即从每个人身上抽取"一种区别性特征"并将之放大化、单一化，最终压倒其他特征，这种"区别性特征"就成为这个人的标签和类型依据；"对立美学"恰恰相反，它追求"同中存异"，它主张如实地反映人物身上的"一群区别性特征"，同时并不舍弃人物的某一种类别化特征。从具体人物角色的塑造来看，典型人物总是表现为以一种充分明确的个性特征为主导的多样对立统一的性格特征。例如，《三国演义》里有几百个人物形象，每个人物都有自己的立场和自己的个性，每个人物都是无法替代的生命个体，这显然与"同一美学"中抽象化、单面化的人物形象有所不同。再如《红楼梦》人物形象的塑造也鲜明体现了"对立美学"的原则，作品中的很多人物都是在类别化的特征下显示出人物的区别性特征以及独特个性，比如黛玉和晴雯、宝钗和袭人、妙玉和惜春、尤二姐和尤三姐，等等，这些人物由于处境、性格、命运等因素的相似而形成相互对比的关系，从而使这个大家族内部的人物关系更紧密、更富有张力，进而汇聚成一幅恢宏瑰奇的生命群像。

四　多种叙述视角的斗争和共存

　　文本视角在第二模式系统中与文本作者的立场、文本的真实性和个性问题息息相关，视角决定文本主体的发展方向。但在对文本与外文本结构进行一体化考察时，则可将外文本结构的抽象层次看作"世界观类型"、"世界图式"或"文化模式"。每一种文化模式都有自己判断价值与判断真伪、高低的标准，如果把某种文化的"世界图式"理解为某个抽象层次的文本，那么这一模式的价值标准就会反映在文本的视角之中，从而产生了文化模式视角同某一具体文本视角之间的对比关系。"视角与文本"的关系通常是"创造者与被创造者"的关系。在文学文本中，就是作者的立场同"抒情主人公"的关系；在文化模式中，则是世界的起源等一般综合性哲学问题，这种关系可能完全相符或完全相悖。例如，按照中世纪思维系统，人们认为世界模式早已存在，早已由造物主创造出来了，因而，造物主就是"宗教文本"的创造者，文本的实际作者只不过是执笔者和抄录者而已。在《使徒行传》里，有一个人类历史和人类行为规范的理想模式，这个模式实际上是援用编年史文本，在编年史中，史家所陈述的并非自己的观点，而是传统的是非伦理标准。编年史家认为只有抛开自己的视角才能陈述真理，因而尽量采用神话、民间传说之类被认为具有真理价值的素材。

　　经典叙事理论认为，叙述"视角"不仅是指艺术文本中叙述者的感知角度，而且还隐含着叙述者在艺术文本中的立场观点。当代文艺学一般认为最基本的视角有三种：即全知视角、第三人称视角和第一人称视角，此外，还有由这三种基本视角的变体组成的多种视角。洛特曼对艺术文本视角的分类、视角功能的转换、视角在文本构成中的作用，以及复式多元视角的发展趋势和特殊效果等做了较为深入地探讨，具有一定的美学认识意义。

　　各类小说在评价世界图式时持各种不同标准。古典主义小说以真理为标准，启蒙小说则以本性为标准，而20世纪的某些小说却是以人民为标准，不过有的小说所遵循的标准不大明确，这可能由于作者不愿对世界图式做任何明确的评价所致。在浪漫主义小说中，微观与宏观视角同时存在以作者个人为中心的基础之上，普希金的《叶甫盖尼·奥涅金》是作者在构筑文本时各种主观视角自由转换的范例。洛特曼指出，《叶甫盖尼·奥涅金》中视角复杂化表现得十分明显，在这部诗体小说中，不是几个人物从不同视角谈论同一事物，而是作者用不同风格，采取内部封闭式视角体系来叙述具有不同风格的同一内容。语义修辞断层造成的不是聚合式连续性，而是分散的多元视角。现实主义作品力图超越语义修辞的主体性质而再现客体现实，对于现实主义作品来说，多元型（相邻型、重叠型）结构是十分重要的：每种结构不是取代其他结构，而是同其他结构构成一定关系，从而为文本增添新的内涵，新的意义并不取代旧的意义，而是同旧的意义形成对应关系，这就使艺术模式有可能对现实的重要方面进行再构建。

作为被描述客体模式的艺术空间在文本构建中起着特殊作用，从而使视角在作品中常常获得空间的再现。视角体现着艺术空间的方位，将内部的封闭的（有限的）空间同外部的开放的（无限的）空间加以对比，根据其不同的方位，即可对同样的空间图式做出不同的阐释。如普希金的诗句："幸运儿佼佼者在我们之中寥寥无几"，属于内部封闭式空间视角；布洛克的诗句："我们成千上万。我们很多，很多，很多"，则属外部开放系统，谈话者是在同外部世界对话。由此可见，一种"视角"只有从对应的另一种"视角"汲取力量，才能成为积极的艺术手段。

很显然，艺术视角给文本注入活力，每个视角都有足够的条件证明只有从自己这里才能获得真理，都力图证明自己的优越性。但是，如果一种视角是以消灭对立系统而获胜，那么，实际上在它得到胜利的同时，也就消灭了自己。正如消灭了浪漫主义一方之后，同浪漫主义争论的另一方也就不复存在一样。因而，视角在同对立系统竞争中，既需要战胜对方，又需要保存对方，活跃对方。视角的复式"多声部"结构就是这样产生的。

在洛特曼的小说文本中，艺术视角被理解为艺术结构的一个因素，几种视角之间的联系便成为意义的另一个来源，多视角的对立与斗争加强了文本意义的复杂性。洛特曼认为，"同一美学"文本中的叙述视角简单明了：作者是全知全能的上帝，正面人物的视角绝对正确，情节的发展与读者的期待完全相符，相比之下，"对立美学"的叙述视角则复杂得多，多种叙述视角同时并存并且相互斗争，赋予文本复杂的思想内涵。当然，是否存在多重视角，并不是"同一美学"和"对立美学"文本的评判标准。在"同一美学"文本中也有多重视角的并存与斗争，但最终重视其中一方获得绝对胜利；而在"对立美学"文本中，不同视角对立并存，没有哪一方能获得斗争的绝对胜利。洛特曼将之简称为"视角的复杂'多音'结构"，并将其看作"现代文学的叙述基础"。[1] 几百年来，《红楼梦》之所以一直保持永恒的艺术魅力，就是因为在其文本结构中各种对立因素同时并存并相互斗争从而形成复杂的思想内涵。正如洛特曼概括的那样："在对立的和共同的结构中，文本各因素的这种双重（毋宁说是多重）包含，即结构原则的一致趋势和异化趋势之间的永恒斗争，导致了贯串全部文本艺术结构的信息的永久能动性——交流系统中极为罕见的观象。"[2]

---

[1] 〔苏〕尤·米·洛特曼：《艺术文本的结构》，王坤译，中山大学出版社，2003，第389页。
[2] 〔苏〕尤·米·洛特曼：《艺术文本的结构》，王坤译，中山大学出版社，2003，第394页。

第四章　文化文本

关于洛特曼的结构主义符号学的演变和发展，俄国符号学派的另一位著名学者皮亚季戈尔斯基曾指出："文本使洛特曼从文学研究转向了文化研究，将文化视为符号学的普遍的对象。"① 文化是各种符号体系的总和，文化是一个关系的总和，而且不同符号体系的关系比原来的符号体系更重要。因为整体是关系结合起来的，是按照一定的规律组织起来的一个整体，文化是整体运作的。意大利符号学家乌蒙勃托·艾柯在1990年英文版的《思维世界》序言中说："我认为，洛特曼开始时是从结构主义的角度研究指称和交际现象的，并且到目前为止也没有放弃结构主义的方法，但他并没有局限于此，此书就是证明。一些符号系统在交际过程中（即在时间流程中，是个历史的过程）会发生变化，这是60年代结构主义学派很难解决的理论问题。"② "洛特曼分析文化现象的方法仍是结构主义的，但他知道文化代码比语言代码复杂得多，在研究时非常注意文化的丰富性和多样性问题。"③ 如今，莫斯科—塔尔图学派的研究仍主要是从结构主义符号学的角度，围绕文化符号的活动、文化（首先是俄罗斯文化）符号活动的类型、普通文化类型学等问题展开。他们运用结构主义方法研究文化的结果证明，结构分析的方法对研究符号活动和文化符号系统的运转非常具有启发性，莫斯科—塔尔图学派对当代俄罗斯文化学的形成产生了巨大的影响。

---

① 〔苏〕阿·皮亚季戈尔斯基：《90年代论60年代符号学的笔记》，《文学观察》1993年第3期，第78页。
② 〔苏〕尤·米·洛特曼：《思维的世界》，莫斯科：俄罗斯文化出版社，1999，第408页。
③ 〔苏〕尤·米·洛特曼：《思维的世界》，莫斯科：俄罗斯文化出版社，1999，第408页。

洛特曼在文化研究中独树一帜，从符号学的角度做出了自己的贡献。在文化事实中看出符号现象，并非开始于洛特曼。德国哲学家卡西尔建立了一个独特的符号形式哲学和人类文化哲学体系。他从人类学哲学的角度出发，认为人因为创造了符号，才从自然人变为文化人，符号是人区别于其他动物的根本标志，创造和运用符号是人的基本特征，人是"符号的动物"。人与客观世界的联系是通过符号建立起来的，人通过符号认识世界，符号是人对客观世界认知的成果，同时也是人类文化发展所依赖的条件。因此，对人的研究首要的是对符号的研究，通过对各种符号的认识，人就能逐渐地认识自身。从这个意义上讲，符号学是一种独具一格的认知理论和方法。正是这一点成为洛特曼理论建树的突破口。

既然人类的一切文化现象和精神活动，如语言、神话、艺术和科学，都是在运用符号的方式表达人类的种种经验及人类存在的意义，它们都是符号化的活动，那么文化就是一整套符号体系。于是，关于文化现象具有符号本质并构成符号系统的论断，就成了一个极为重要的出发点。这为研究文化提供了一个独特的观察角度、一种有效的方法，文化符号学由此应运而生。洛特曼与其塔尔图学派创立的文化符号学理论，正是以普通符号学的基本概念为基础，从文化的符号性、文化信息的特点、文化符号系统的复杂结构，以及从这一系统的运作变化等方面对文化进行分析和概括，由此进一步提出了一整套深刻的文化符号学思想。

洛特曼指出，一个人可以是文化的携带者，可以积极参与文化的发展，然而文化的属性像语言一样是社会现象，是群体共有的，文化是人们交际的形式。组成人们群体的结构是共时的，文化是共时的现象。一切服务于社会交际的结构是语言，这意味着，它将组成符号的体系。我们将词汇、图画、物品等叫作符号，而符号有意义，也可以成为传播意思的手段。因而文化也是一个象征的体系。文化作为象征，很少发生在共时中，文化是继承下来的象征，是继承下来的文本，文化也是历时的现象。洛特曼的文化符号学，不是从传统意义上的文化研究中另外开辟出的一个蹊径，而是符号学研究的基本手段和根本的出发点。因为它与文化的属性有机地关联着，文化学首先是文化的符号学。

洛特曼认为，自然语言作为反映世界的模式，是一种最具典型意义的符号体系，我们通过自然语言建构世界、掌握世界，因为自然语言各方面都符合符号的本质规定，体现着符号体系的普遍规律。洛特曼的研究表明，一些基本文化门类作为符号体系，遵守着与自然语言相同的结构规则。因此，可以把文化看作是遵循普遍结构规则的符号体系，而那些在一般符号学中比较富于成效的科学范畴，例如聚合和组合、语言和言语、文本和结构、代码和信息等用于文化研究是顺理成章的。索绪尔就曾说过，研究作为符号系统之一的语言，这不仅使语言学的问题得到阐明，连礼仪和风俗等现象也获得了新的说明。因此，有可能把它们都结合在符号学范围内并用这一学科的方法加以研究，但是文化并不等同于自然语言，文化现象远比自然语言现象复杂，是更高层次上的符号存在。我们知道，无系统、无组织结构的材料不能保存和传递信息，规则系统是实现交际行为的前提。自然语言是最早、最普遍的人类交际系统，是人类认识世界、描绘世界、解释世界最初的符号系统，首先是自然语言勾画出世界的语言图景，使世界模式化，人类运用语言提供的模式进而了解和表现丰富多彩的世界。为此，洛特曼把历史形成的各民族的自然语言称为第一模式化系统；把那些模仿语言的结构建构起来的符号系统称作第二模式化系统，例如神话、文学、音乐、戏剧、电影、绘画等各种艺术门类及各种科学。他指出，自然语言形成的符号系统是原生的、第一性的，它对现实世界的模式化是基础，因此构成第一模式化系统；而文化是在自然语言基础上构筑的第二性的、派生的模式化系统，它把现实中混乱无序的文化现象规范化，以起到教化人、为人服务的作用。比如文学的语言是建立在自然语言基础上的交际结构，它既要受到自然语言规则的制约，又要受到文学规则的制约，因而它比自然语言的结构更加复杂，而文化就是由这些结构更加复杂的第二模式化的系统。故此，洛特曼特别强调，如果把具体的某一群体的文化，把整个人类的文化都当作统一的语言来研究，那么这种研究只能在极为抽象的层面上进行，因为每一群体文化都是多种语言的总和。文化就是借助这些语言来构建现实的模式，而符号系统的结构越复杂，对事物进行描写所建的模式就越多，能传递的文化信息也就越丰富、越深入。从这个意义上说，文化是人类创造的、最完善的、最高级的把握现实的符号系统。

文化作为人类社会生活的重要组成部分，已经越来越受到更多人的关注。学者大都从不同的角度开始对文化进行研究，由此出现了很多文化研究的分支，例如文化符号学、文化哲学、文化人类学、文化社会学等。毋庸置疑，洛特曼的文化符号学理论是对文化学与符号学的整合研究。洛特曼在关注符号学研究的同时，又以符号学作为理论基础，把文艺学、文化学等学科也纳入符号学范畴进行综合性研究，从而形成具有鲜明特色的文化符号学派及其方法论研究。他的研究成果涉及语言文学、历史学、社会学等人文科学范畴，而人文学科从广义上讲，是人类精神文化成果，是文化学研究的对象。对于洛特曼来讲，真的无法将符号学的研究与文化学隔离开来，因此，洛特曼制定了"文化符号学"概念。据此，洛特曼的符号研究完全可以看成文化的符号学。在洛特曼的文化符号学理论中，符号学不仅构成文化学理论的基础，而且被看成是任何文化学研究的方法论。因为，文化学研究是对文化反思的产物和文化的自我描写（即元符号组织）。任何文化现象的阐释都应该从符号分析入手，也就是要从符号的解码开始，因此所谓的文化学就是通过符号研究符号的科学。文化是符号的，符号是以文化为中心的，但又不等同文化。原因有二。第一，对于符号学来说，文化不仅是大量的客体描写，而且是首要的、第一位的对象。符号学的各种分支都与文化符号学密切相关，并依赖于文化符号学而存在，所以说符号学首先就是文化符号学。第二，符号学的描写不意味着这是文化研究可能途径之一，但却表明与文化属性有机联系的一个观点：文化学首先是文化的符号学。

第一节　跨越时空的符号学对话

符号学是一门既古老又年轻的学问，说它古老，是因为人类符号现象的研究源远流长。在西方，古希腊和古罗马的哲学家曾就符号的问题做过很多的论述，这种对符号的关注即使在中世纪经院哲学的"黑暗时"也未曾中断。在中国亦是如此，类似"名实"之争和"含意"之辨的符号学贯穿整个中国古代思想史。然而，人们过去有关符号的论述总是依附于哲学、神学、语言学或者其他某个学科，所以通常被归入"符号学史前史"（pre-story of semiotics）。符号学真正摆脱其侍从地位而成为专门研究符号意指活动的独立学科，还是19世纪末或20世纪初的事情。近几十年，符号学作为一门新兴的学科获得迅速而全面的发展，美国逻辑学家皮尔斯被公认为是现代符号学的创始人，他的理论是在他去世几十年后通过美国哲学家莫里斯得以承认、传播和提升。20世纪60年代，经由雅各布森等人的共同努力，创建了国际性符号学组织，从而使现代符号学理论的研究和发展呈现如今的广度与深度。几乎是与皮尔斯同时，瑞士著名的语言学家索绪尔也创建了自己的符号学理论。索绪尔理论学说的命运同皮尔斯一样，是在他去世后由他的学生将听课笔记整理出版，这样他的学说才得以传承。当代符号学理论体系主要是源于皮尔斯和索绪尔这两位符号学先驱的基础理论。但是索绪尔的符号学理论主要是停留在设想阶段，皮尔斯的符号学理论也只是哲学或逻辑学的附庸，与前两者相比较而言，美国哲学家莫里斯则是最先确定符号学独立学科地位的学者。

苏联符号学被公认为当代符号学领域的三大主要流派之一，其学术成就的突出体现就是文化符号学，洛特曼是苏联以及整个西方最有影响力的文化符号学家，他创造性地将文化学和符号学结合在一起，从而形成独特的文化符号学体系，这既是对文化学的独特贡献，也是对符号学的发展延续。然而，就目前学术界来看，对于洛特曼的研究大多拘泥于文艺学和文化学领域，很少有学者从符号学视角考察其理论贡献。研究洛特曼及其学派的系列论著，可以看出洛特曼的文化符号学主要吸收和继承了索绪尔、皮尔斯和莫里斯的基本理论。欧陆符号学的主要观点来源于索绪尔，而莫里斯则是美洲符号学历史上承上启下的重要符号学家，洛特曼符号学思想既有对索绪尔符号学思想的继承与革新，又体现对莫里斯符号学思想的吸收与借鉴。因此，比较洛特曼与索绪尔、莫里斯符号学思想的异同，同时引借欧陆符号学、英美符号学及俄国本土符号学理论，并深入探究这种隐形对话对现代符号学发展及走向的影响，更有助于深入了解欧美符号学之间的关系，也有助于我们看清洛特曼符号学思想在世界符号学版图中的独特地位。

莫斯科—塔尔图符号学派目前已成为当今世界最大的符号学研究中心之一，洛特曼作为该学派的奠基者及重要代表人物，他的符号学理论在现代符号学发展中具有承上启下的开拓作用及历史贡献。洛特曼符号学思想博大精深，有着内在的逻辑体系及发展演变规律，在他早期学术研究中占重要地位的是文艺符号学。洛特曼努力汲取俄国本土符号学的养分及精华，继承并运用索绪尔结构语言学理论，从功能和关系的角度，对艺术语言及文本结构进行系统研究，并取得丰硕成果；后期，他的研究视野由结构语言学拓展到更为广阔的文化符号学，涉及历史、哲学、文化等具有更广泛意义的符号领域。他把符号学看作人类文化的元语言，认为阐释任何文化现象都要从符号分析开始，符号所表现的不仅是"事物"，而且是它的文化内涵，事物必须通过交际空间赋予其文化底蕴然后才能被认识。符号学不仅是文化学理论的基础，而且是文化学研究的方法论，洛特曼运用符号学理论，同时吸收生物学、信息学、拓扑学、控制论等自然科学方法，对文化现象及发展规律做出了独到阐释，体现出鲜明的跨学科性质和对话精神。研读洛特曼及其学派的理论著作，可以看出洛特曼符号学吸收和借鉴了以索绪尔为代表的欧陆符号学、以皮尔斯和莫里斯为代表的美洲符号学的基本理论。本文试图比较洛特曼与索绪尔、皮尔斯、莫里斯符号学思想的异同，这有助于我们深入了解莫斯科—塔尔图符号学派与欧美符号学之间的关系，同时也为我们客观地认识与评价洛特曼符号学在世界符号学版图的学术地位提供更好的参照体系。

一　对欧陆符号学思想的继承与革新

索绪尔是现代语言学创始人，他开创的欧陆符号学以语言学作为基础，包括人类符号与非人类符号两种类别，但是，索绪尔真正付诸研究的只有语言符号，对非语言符号的研究涉猎不多。洛特曼符号学以索绪尔结构语言学理论作为基础，把符号学视为一门研究所有文化现象的学科，既研究具体的语言符号系统，也分析探究非语言符号系统在人类社会中的实际应用。索绪尔符号学的偏颇之处就是用语言符号取代了人类所有可能出现的符号，并错误地宣称自己为符号的一般科学。洛特曼从索绪尔设想的狭隘的语言符号学视野中挣脱出来，尤其强调非语言符号的研究，大大拓展了符号学的研究视野，使符号与生命等价。洛特曼不希望符号学研究受到束缚，也不想舍弃符号生命的任何部分，他为符号学研究提供了新的理论范式，并且有效避免了欧陆符号学思想的局限性，为人文社会科学与自然科学的相融共生提供了可能性。

在符号定义方面，索绪尔认为符号包括两个部分：能指与所指。所谓能指就是传递概念或意义的载体，即符号自身，如声音、字母、词语等；所谓所指就是被传递事物本身具有的概念或意义。符号的能指与所指就如同一张纸的正反面，不可分割。不存在没有意义的语言符号，也不存在符号形式与符号内容相分离的语言符号。例如单词 apple 的能指是它的发音形式/apple/或拼写形式 a-p-p-l-e，apple 的所指是"苹果"这一概念范畴，二者的结合才构成 apple 这一符号。索绪尔的符号模式是二元的，符号的能指与所指之间没有必然联系，可以任意组合，而且符号可以进行内容与形式的自我分割，比如同一个概念"苹果"，英语的能指形式是 apple，俄语的能指形式却是 яблоко，由于英语与俄语切割方式不同从而导致其能指形式有所差异，索绪尔由此得出结论：在语言状态中，一切都是以关系为基础的。[①] 索绪尔对符号能指与所指的定义直接启发了洛特曼关于符号学思想的研究，但是，与索绪尔有所不同，洛特曼的符号模式是一种多元组合。索绪尔把符号的能指形式固定在具体物质形式上，如符号离不开它的载体文字或声音，而洛特曼的符号能指形式则冲破了物质形式的限制，他认为，概念本身也是符号，或者说任何能够传达意义与信息的事物都可以看作符号，这样一来，符号不仅是有形的物质，也包括诸如想象、梦幻、记忆等抽象概念。索绪尔把符号所指看作一种自给自足的观念世界，排除主体因素和外部客体因素对意义产生的影响，而洛特曼的符号所指不仅强调主体阐释的重要性，还把社会和历史因素吸收进来，具有一定的人文色彩。索绪尔把符号看作一种先验存在的封闭的系统结构，而洛特曼把符号意义看作离不开客观生活经验的一种阐释，因此是一种开放的、动态的符号系统。

索绪尔在构想符号学时提到聋哑人字母、军用信号、礼节形式、象征仪式、戏剧等各种符号系统，但是他把语言符号看作最广泛、最复杂、最特殊的表达系统，虽然他没有明确地对各种符号系统进行分类，但是经过

[①] 索绪尔：《普通语言学教程》，高名凯译，商务印书馆，2001，第 170 页。

分析，我们可以看出他依据符号能指的物质形式已经对符号系统进行大体分类：一种是包括语言在内的以约定俗成为基础的任意性符号，例如人们见面时以握手问好的礼节；第二种是象征符号或称理据性符号，这种符号能指和所指之间不是完全任意的，而是存有一定的联系根基。例如，象征法律的天平就不能随便用别的东西来替代。索绪尔把语言符号看作最典型的表达系统，因为语言符号的任意性程度相对来说最大，而其他符号系统的理据性则相对较强。索绪尔以此为根据，把符号分成语言符号和非语言符号两种类型，并且对语言符号的研究做出巨大贡献。洛特曼符号学超越语言符号的研究疆域，进而包括非语言符号，他跳出物质形式和符号任意性的限制，在分类方法上显示出极大的动态性和兼容性，为我们分析社会生活中各种符号现象提供了一个十分有效的工具。

索绪尔为了实现符号帝国的梦想，试图运用语言学原理来囊括或征服其他学科，因此体现出独白式的语言学霸权主义思想，而洛特曼的全面符号学思想体现出一种学科间的对话精神，他是较早明确提出符号学具有跨学科性质的符号学家，如果运用巴赫金的对话理论来分析，洛特曼的符号学思想是对话性的和多声部的，他偏爱探索新的跨学科联系和阐释实践，在符号不同意指方式及用途之间、不同符号类型及建构方法之间、不同学科及领域之间、不同符号学家之间等都进行了对话性操作，使符号学这门学科真正体现跨学科的精神。在探索各门学科界限的过程中，洛特曼符号学思想体现出鲜明的开放性特点，在他看来，信息学与语言学、心理学与社会科学等，都可以在符号学中找到统一交流的场所。洛特曼的符号学是一门元科学，它可以涵盖所有与符号有关的研究领域，因而表现出极大的包容性、经验性、历史性以及人的阐释能力，大大拓展了符号意义的诠释空间，这与欧陆符号学把自身看作语言学的扩展的做法有很大差异。因此，从某种程度上说，洛特曼的符号学思想克服和弥补了索绪尔符号学的缺憾与不足。

二　与英美符号学理论的殊途同归

索绪尔在欧洲大陆提出符号学构想，几乎与此同时，美国哲学家皮尔斯也从逻辑学角度提出关于符号学的设想。苏联符号学派继承和发展索绪尔的符号学思想，研究重点是符号体系及其意义生成机制，西方结构主义符号学派主要继承和发展皮尔斯和莫里斯的符号学思想，研究孤立的符号本身、符号与意义的关系等。皮尔斯被称为美国实用主义之父，他将实用主义与逻辑学和符号学等同起来，把符号看作包括符号形体、符号对象及符号解释的三元互动关系。"所谓符号形体是指相对于某人来说，能够在某些方面代表某一事物的东西；所谓符号对象是指符号形体所代表的'某个事物'；所谓符号解释是指符号主体对符号形体所传递出来的关于符号对象的相关信息，也即意义。"[①] 皮尔斯这里所说的"符号形体"类似于索绪尔所说的"能指"，而"符号解释"则类似于索绪尔的"所指"，但是不同之处就是皮尔斯的符号所指不同于索绪尔的"概念或意义"，而是符号对象本身。索绪尔认为，语言学的研究对象就是探究"能指与所指"的二元对立关系，而皮尔斯则以人类的行为活动为主要研究对象，并注重对符号化过程的研究，他指出，符号在人类交际活动中，不能主动去代表任何东西，必须通过人的主观意指活动才能代表某物。[②] 他把符号的解释成分看作一种包含新的解释成分的表达形式，这样一来，表述对象始终指向一种解释成分，却永远不能到达事物实体。因此，皮尔斯的符号学思想呈现为一种无限符号化的过程，它不仅容纳了阐释者的推理关系，而且打破了索绪尔封闭先验的语言学体系，如果把索绪尔语言学视为一种机械的意指符号学，那么皮尔斯的符号学则是一种动态的交际符号学。洛特曼吸收皮尔斯把符号与外部现实世界联系起来研究的动态符号学观点，并进一步发展文化符号学的动力模式系统理论。洛特曼吸收欧陆和英美现代符号学两个流派的研究方法，并试图把两个流派的观点融会贯通用于文化现象的分析与解读。洛特曼借鉴皮尔斯符号分类方法，皮尔斯把符号划分为指索符号、图像符号及象征符号三种类型，比较注重符号的形式因素以及逻辑分析，他的这种抽象逻辑分类方法备受后人推崇，不过洛特曼没有完全接受他的符号三分法的观点，而是把形形色色的符号简化为两种类型即离散型符号和连续型符号。比较而言，皮尔斯符号学思想有些

---

① 陈宗明、黄华新：《符号学导论》，河南人民出版社，2004，第3页。
② 翟丽霞、张彩霞：《皮尔斯的语言符号意指观》，《外语学刊》2006年第5期。

零散，他没有完成一般符号学的体系建构，而这一历史任务最终则是由他的后继者莫里斯来实现的。

在逻辑实证主义等思想的影响下，美国哲学家莫里斯创建一般符号学理论体系，他提出符号学有三个构成部分：语形学、语义学和语用学，简单地说，语形学是研究符号之间的各种联合，即彼此之间的形式关系；语义学是研究符号的各种意谓，即符号与所指对象的关系；语用学是研究符号起源、应用与效果以及符号和阐释者之间的关系。① 在行为主义哲学思想影响下，莫里斯对其后期理论进行修正与完善，把符号看成人的一种行为，把整个符号行为称为符号过程，是由阐释者产生的并用以取代同义现象的行为。由此可见，莫斯里的符号理论除了关注符号形式问题，还阐述了符号意义及使用者之间的关系，从这一点来看，莫里斯的符号学思想大大超越了皮尔斯。洛特曼的符号学思想接受莫里斯三元论的符号学理论，并且发展莫里斯把符号过程看作人的一种行为的思想，进而将符号过程与人类文化活动结合起来进行研究，将文化看成具有群体性、交际性、文化记忆功能的符号系统。② 随着莫里斯对符号学理论研究的深入和皮尔斯符号分类方法的被认同，理论界逐渐涌现出除语言符号之外对非语言符号如图像符号、象征符号、代码符号等广义上的文化符号学的研究，这种文化符号学研究与洛特曼的文化符号学理论不谋而合。洛特曼指出，符号学不仅是构成各类文化理论的基础，而且是研究任何文化现象的方法论，因而，它是一种元符号组织系统，在文化中不存在符号前的或符号外的结构，解释任何文化现象都要从它的符号分析、符号解码开始，因而，文化是符号的。作为符号学者，洛特曼把语言概念扩大到文化所使用的一切符号，于是哲学有自己的符号，文学有自己的符号，音乐有自己的符号，建筑也有自己的符号……这些符号不再是一种隐喻，而是体现为实际的物质性载体，负荷着文化的信息。

三 对俄国本土符号学的延续与拓展

20世纪俄国符号学是一个成功的记号研究领域，很早就被纳入世界

---

① 张良林：《莫里斯符号学思想研究》，博士学位论文，南京师范大学，2012，第610页。
② 张良林：《莫里斯符号学思想研究》，博士学位论文，南京师范大学，2012，第329页。

符号学版图之内，俄国符号学思想史上名家甚多，其中最著名的人物有雅各布森、特鲁别茨柯依、普罗普、巴赫金等人。洛特曼师承普罗普，普罗普结构功能语言学分析方法对洛特曼符号学思想产生了直接影响。1928年普罗普《童话的形态学》问世，在作品中，普罗普运用索绪尔结构语言学理论分析童话故事的结构与类型，经过对100篇童话故事的分析，他发现每个童话故事都有固定统一的框架结构，不同的只是情节的变化。他把故事中主人公的行动称为功能，视为常项即不变项，把人物的名称、属性及动机视为变项，为此，普罗普归纳出31种功能，并发现这些功能都按照固定的次序出现在故事里，普罗普的结构功能分析法具有很高的理论价值，有力推动了20世纪60年代西方叙事学研究及70年代话语研究。洛特曼在继承普罗普结构功能语言学理论的基础上，创造出独特的符号学理论，获得很高声誉。

除普罗普之外，雅各布森的符号学思想对洛特曼符号学理论影响最为深刻。雅各布森是20世纪颇负盛名的俄国符号学家，他的学术思想极其深刻而且学术涉猎广泛，对20世纪很多理论家及学科都产生过重要影响。在雅各布森的鼎力支持下，洛特曼创建莫斯科—塔尔图符号学派，其符号学理论的研究也得到进一步拓展和深化。雅各布森立足于语言学，将结构和功能概念引入符号学，提出著名的语言六功能和六要素之说，形成独具特色的信息交际模式理论，这种信息交际模式直接启发了洛特曼文化符号学交际模式的创立。洛特曼指出，艺术语言是一种比自然语言复杂得多的符号系统，它的最大特征就是能够把巨大的信息量高度集中在很小的篇幅内，同时，艺术语言还具有虚构性特点，在传达信息与意义时必然会体现出不确定性、模糊性，以及与读者的对话性，它能够根据不同读者的理解程度，传送不同的信息。洛特曼借鉴索绪尔结构语言学理论中"语言"与"言语"的理论，在信息交流过程中，把"语言"与"言语"的划分等同于"代码"与"信息"的区别。洛特曼认为，如果把语言看作恒定要素的系统和支配这些要素结合的规则，那么雅各布森的观点是正确的。雅各布森认为在信息传达的过程中有两种代码系统在工作：一种是用于传递信息的编码系统，另一种是用于接收信息的解码系统。所谓的编码是指发信人利用某种符号中介建立起文本的意指关系，所谓的解码则是收信人在具体语境中利用自己所掌握的符号进行意义阐释。这样，在传递信息过程中，就会存在两种规则：即发信人的规则和收信人的规则，这也是艺术语言不同于自然语言的本质区别。[①] 1958 年，雅各布森在《语言学与诗学》一文中，提出符号信息交际六要素：发信人、代码、信息、语境、渠道、收信人。这种信息交际模式，不仅关涉语言符号模式，而且涵盖整个符号系统或表意系统。他指出，发信人发送一个信息给收信人，要使信息得以传递并被接收，就需要有个相关的能被收信人所把握的语境，有一种发信人与收信人二者之间完全共有、或至少部分共有的代码，最后，还必须有一种能够使发信人与收信人彼此展开交际的、实际沟通的渠道或心理联系。这样，一次符号信息交际过程中的这六个要素可以用图 4 – 1 表现出来。

$$\begin{array}{c}\text{контеикст}\,(\text{语境})\\\text{сообщенне}\,(\text{信息})\\\text{Адресант}\,(\text{发信人})\,\text{————————}\,\text{адресат}\,(\text{收信人})\\\text{код}\,(\text{代码})\\\text{Канал}\,(\text{渠道})\end{array}$$

图 4 – 1　语言交际模式

洛特曼在分析雅各布森符号信息交际模式时指出，该模式反映的是各种等值信息交际的行为，如图 4 – 2 所示。

$$T_1 \rightleftarrows K \rightarrow T_2$$

图 4 – 2　等值信息交际模式

图 4 – 2 显示符号信息交际系统具有两套符号代码，编码系统（encoding）T_1 与解码系统（decoding）T_2，两套符号代码系统 T_1 与 T_2 通过同一代码 K 进行信息交流与对话，无论信息从 T_1 传到 T_2，还是从 T_2 传到 T_1，两套符号代码系统都应该完全相同，不会有新的符号系统产生。该符号信息交际模式所显示的是理想的符号交际行为，发信人信息准确无误地传递给收信人，但是在符号信息传递的实际过程中，这种等值交际的情况

---

① 高雅古丽：《翻译中的交际互动模式》，转引自王立业主编《洛特曼学术思想研究》，黑龙江人民出版社，2006，第 368 页。

极少出现。洛特曼在雅各布森信息交际模式基础上，论述了符号信息交际过程中创新机制的形成，洛特曼认为，发信人与收信人由于受到现实文化语境的影响，双方在价值观念、文化积淀、自身个性及习惯爱好等方面都处于不对等状态，因此信息在传递过程中不是一一对应传递的，而是错位传递，互为调节，互为补充，从而导致信息增加、减少及变异等多种情况，在这些因素影响下，新的信息系统就会产生，如图 4-3 所示。[①]

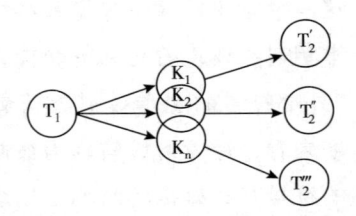

图 4-3 文化符号交际模式

图 4-3 显示符号信息交际系统中两套符号代码 T_1 与 T_2 通过同一代码 K 进行信息传递，但是在信息翻译过程中，同一代码 K 不可避免地会产生不同形态的变化，如 k_1，$k_2 \cdots k_n$，与此相对应，解码 T_2 也会产生不同的形态，如 T_2'，T_2''，T_2'''，假如再将这些代码重新翻译回去，我们所得到的也不会是原来的编码 T_1，而是一个新的编码 T_3。更为实际的情况是，读者在解读或翻译过程中往往运用多种代码 k_1，$k_2 \cdots k_n$ 的总和来解码，其中任何一个代码都具有复杂的多层次等级结构，其结果就会生成无数不同的文本。由此可见，符号为收信人提供自由发挥的空间，发信人与收信人编码与解码的不可能完全等值，使得符号信息交际模式成为文化信息增殖与创新的重要机制。

洛特曼借鉴信息论的成果，把文化视为存储并且传递信息的复杂、有层级的符号系统，它是非遗传性信息的总和，而且包含着人类集体的共同记忆。在一种文化符号域内，不同的符号认知模式互为语境，从而形成对话交流的互动关系，在这种多维的符号域空间中，每个对话者都是一个主体，而且对话的双方都是参照彼此来定位自身，同时，这种对话的空间和语境会一直绵延到无限的过去和无限的未来。洛特曼认为，任何一种思维

---

① 〔苏〕尤·米·洛特曼：《符号域》，圣彼得堡：艺术出版社，2001，第 159 页。

机制都不能单语存在，任何一个符号个体都同样体现着对话理论的精髓："没有一种'单语机制'可以产生新信息（新思想），即它是不能思考的，思维机制应当最少是双语结构（对话的结构）。"① 洛特曼的符号对话交际理论源自巴赫金，同时又发展了巴赫金的对话思想。巴赫金是从哲学高度来分析符号与意义的关系，一方面论证语言的符号学本质，另一方面阐释并确立对话主义作为语言哲学的基础；② 而洛特曼从符号学视角出发，将符号域视为意义系统，这一结论给巴赫金关于文本结构的对话思想赋予了新的内涵。两个符号文本相遇，体现着对话的交锋，成功的对话交锋则表现为一种爆发的效果，"外部符号的文本被引入到文化空间的同时，出现了爆发现象，从这个角度来看，爆发可以解释为彼此相异的符号——正被掌握的符号和已经掌握的符号互相碰撞的时刻，出现了爆发的空间，出现一系列不可预料的情况。"③ 对话交锋中"爆发"现象的出现，在于不同符号结构在相遇那一刻，遭遇异质符号结构和意蕴，从而由相反相悖转向相融相生，产生突变，这是洛特曼研究符号信息交流模式得出的一个重要发现，对话交锋的结果往往是推陈出新，从而形成第三种声音，所以，符号对话模式是文化生存与发展的主要途径及手段，文化要实现自身传递和创新信息的功能，只能通过对话。随着当代文化史研究的不断深入，越来越多的事例说明，不同民族间的对话、古代与现代的对话，都成为文化发展的重要源泉，因此，洛特曼从符号信息交际角度研究文化互动，尤其在当前信息爆炸的时代，更显其远见卓识。

洛特曼毕生从事符号学理论的探索与研究，他的符号学理论成为西方符号学界的先声和主导，本书以符号学为研究视角，通过符号学与欧美符号学跨越时空的对话，不仅揭示出 20 世纪苏联符号学与欧美符号学的密切关联，而且点明"对话性、跨学科性"成为洛特曼符号学屹立于世界符号学版图的关键所在，这不仅指明现代符号学的发展方向，也为 21 世纪符号学理论的研究与发展提供有益的参考和巨大的启示。

---

① 〔苏〕尤·米·洛特曼：《符号域》，圣彼得堡：艺术出版社，2000，第 566 页。
② 郭飞、王振华：《巴赫金语言哲学思想视域中的马丁适用语言学》，《外语学刊》2017 年第 3 期。
③ 〔苏〕尤·米·洛特曼：《符号域》，圣彼得堡：艺术出版社，2000，第 587 页。

第二节 文化文本的存在空间——符号域

洛特曼文化符号学中的一个重要概念就是符号域,这一概念的提出源于维尔纳茨基对生物域的定义:"生物域有着一定的建构体系,对于发生在某体系内部的各类事件,生物域都有决定权……处于自然环境包围下的人,所有的生命有机体,所有有生命物体,都是生物域在一定的时空坐标下发挥一定功能的产物。"[1] 生物域就是生命存在并进行实践活动的前提和保障,它先于生命而存在,并对生命的一切活动施以影响。而在对文化的符号性特质进行考察后,洛特曼发现,文化作为各语言(或说符号)系统的多元而又统一的存在,其作用就像生物域一样,只不过存在于这一领域内的不是生物,而是独立的符号体系,在其专著《思维的世界》中,洛特曼对符号域的问题做了深刻的阐述,洛特曼认为:"任何一个单独的语言都处于一个符号空间内,只是由于和这个空间相互作用,这个语言才能实现其功能。并不是单独的语言,而是属于这一文化的整个符号空间,应当被视为一个符号单位、一个不可分解的运作机制。这一空间我们定义为符号域。"[2] "符号域"被视作文化符号学的核心和理论基础,符号域是一个多层级符号系统的综合体,是同一民族文化领域内不同种类的文化语言符号产生、活动、发展的空间,是文化个体得以存在的根据与支撑,符号域之外既无文化交际,也无文化语言,符号域思想是文化研究的重要理论突破,它是文化研究的新范式、新视角、新尺度。

依据符号域理论,文化不再是个任由充填的空间,它是个实体,是由所有文化文本(即文化事物)整合起来的,整合的机制首先是自然语言和建立在自然语言基础上的多种文化符号系统。众多符号系统合而为民族文化的形态方面,众多文化文本的信息合而为民族文化的意蕴,两相融合构成民族文化的整体。这样一个实体,呈现为文化符号错综交织的空间模式,利用这一空间模式,探索文化整体的结构,观察部分与整体的互动,

---

[1] 〔苏〕尤·米·洛特曼:《符号域》,圣彼得堡:艺术出版社,2001,第251~252页。
[2] 〔苏〕尤·米·洛特曼:《符号域》,圣彼得堡:艺术出版社,2000,第553页。

文化形式与文化意义的复杂关系，追踪文化结构在时间推移中的动态发展，就可能对文化进行宏观的整体的研究，揭示整体性的普遍性的文化规律。

符号域范畴的提出，开辟了一个新的途径，去探索民族文化内部发展和变化的一般规律。符号域被认为是具有不同等级之分的符号空间的复杂系统，洛特曼强调指出，尽管符号域中的子系统各不相同，但这些子系统都由共同的坐标系统组织着：在空间轴上有内部、外部以及二者之间的界限。在时间轴上有过去、现在和未来。符号域体现了历时的纵深，因为它被赋予了复杂的记忆系统，并且没有这一记忆就无法运转。也就是说，一定的文化总是有自己的历史和发展阶段，并存在于一定的区域。在现实的符号域内，不仅同一个结构层的不同成分是不均衡的，而且不同层次之间各有千秋，这些不同层次的积极互动是符号域内部发展变化的源泉之一；同时，文化符号域作为一个整体，区别于其他民族的文化符号域。洛特曼认为，文化不仅形成了各自不同的内部组织结构，对外部的混乱也有各自不同的认定，任何一个文化都会把世界分为内部的（由自己的）和外部的（"他人的"），这种区分是众多文化的共相，而区分的标准取决于文化类型，也就是说，文化有不同的类型，不同的民族文化是认知客观世界的不同模式。

一 符号域边界的移位

符号域的边界是人类的文化生活具有的时空结构特征。民族文化符号域的内部与外部都存在着各种边界，其中外部边界主要是指不同的民族文化领域，例如中国文化、俄罗斯文化、德国文化、美国文化等；而内部边界是指分布于符号域内部的各个亚文化系统所处的领域，例如，如果把文学看作一个亚符号域，那么其中就有古典文学、现代文学、现实主义文学、浪漫主义文学、象征主义文学等。"认为存在着一条可将符号域的内部空间与外部空间分开的边界，这仅是初级的、简单的划分。事实上符号域的整个空间中纵横交错着各层次的边界，个别语言甚至存在文本的边界；同时每一个亚符号域的内部空间，都有某个自己的符号'我'。"[①] 由

[①] 钱钟文主编《巴赫金全集》（第四卷），白春仁等译，河北教育出版社，1998，第379页。

此可见，由于民族文化符号域边界的普遍存在，从而导致处于不同边界的符号体系有所不同，进而阻碍了彼此之间文化的沟通，因而往往造成跨文化交际的困难。

符号域边界不仅可以区分文化，同时也具有联系文化的作用。"边界的概念有两重意义：一方面，它区分不同事物，另一方面将它们联系起来。"① 符号域的边界就如同地理边界一样，既可以有效地将两个不同的符号域隔离开，又可以成为它们之间相互联系的"中介"。符号域的边界又与地理边界有所不同，地理边界是固定不变的，而符号域边界是不断变化的。当多个符号域彼此之间发生联系时，就会出现符号域的多个边界不断互动的情况，从而使符号域边界体现出复杂与多语性的特征。

符号域的"边界是双语和多语的"，② 即边界是一个多语共存的地方，不仅本民族的语言与其他民族的语言共同存在，而且本民族符号域内部不同子域之间的语言也会同时并存。因此，在一定条件下，处于不同符号域的语言具备了彼此互译的可能性时，处于他人文化符号域中的文本与自己的文本就可以进行互译。在这种互译过程中，他人文化文本可以部分地保留其异质的成分，但又逐渐融入本民族的符号域中。由此可见，整个民族文化符号域由于边界的移位而不断变化更新，并始终处于动态的张力之中。边界的多语性对于不同文化文本之间的互动具有重要意义，因为它体现了处于不同符号域中文本的差异，从而保证了不同文化文本在边界内外进行穿越。这"不是相似或近似……而是差异是促进互动的因素"③，但是也有另一种情况，就是当两个符号域在边界上的语言无法互译，那么处于两个符号域中的文化文本就不能交流。因为，存在着特殊和绝对差别时，对话也不可能进行。④ 因此说，文化间的差异和共性是保障文化互动的重要因素。

"边界是双语和多语的，是把外来文化文本翻译为'我'的语言的机

---

① 钱钟文主编《巴赫金全集》（第四卷），白春仁等译，河北教育出版社，1998，第 380 页。
② 钱钟文主编《巴赫金全集》（第四卷），白春仁等译，河北教育出版社，1998，第 391~392 页。
③ 〔苏〕尤·米·洛特曼：《符号域》，圣彼得堡：艺术出版社，2000，第 604 页。
④ 〔苏〕尤·米·洛特曼：《思维的世界》，莫斯科：俄罗斯文化出版社，1999，第 193 页。

制,是把'外部的'转变为'我的'地方;它对外来的文本进行过滤使之与内部协调但同时又保留了外来的特征。"① 边界同时属于符号域内部和外部两个空间,既可以把符号域内部信息传递到符号域外部,也可以把符号域外部信息传达给符号域的内部,所以,边界具有双语互译的作用。因此,整个文化空间被不同领域、不同层次的边界渗透,大量边界的存在使不同领域、不同层次的信息面临着多次被翻译、被易改的情况,不同的符号系统在这里互动、碰撞、融合,进而形成新的符号系统以及产生出新的信息。边界是符号域不可或缺的一部分,活跃的边界为文化文本的交汇提供了最适宜的空间,边界上的不同文化文本之间进行互动,从而导致文化创新机制的生成。当边缘文化转移到符号域的核心区域,就会促使核心文化发生演变,反之亦然。因此说,不同文化文本之间的互动与文化内在机制的发展是合二为一的,我们既不能低估异质文化的互动,也不能忽视文化内部的创新机制。洛特曼讲得好,区分文化互动和文化内在发展只能是抽象的,在现实中这是统一过程中的辩证相连并且互相转换的两个方面。②

二 "核心"与"边缘"的互动

符号域是个多层级、复杂交错的结构,从某个角度看是核心,从另一个角度看可能就会成为边缘。在洛特曼看来,符号域的核心是由最发达的和组织最严密的语言构成,因此也是文化中最有序、最稳定、最规则的部分。当然,这不仅是指整个文化域,还包括每个文化门类,在一个时期内总有一个稳定的规范的核心部分是最主要的,我们在研究文化时通常也是描述这一核心部分,它体现了整合后的世界图景,是对世界的模式化,例如,每个社会的主导文化和主流文化。

但洛特曼对此的分析是一分为二的,在承认文化核心价值的同时,又看到了其限制之处。他看到,文化空间的中心在达到了自我调节的高度的同时却丧失了活力和产生不确定因素的潜力,变得不灵活,不适应发展。

---

① 〔苏〕尤·米·洛特曼:《思维的世界》,莫斯科:俄罗斯文化出版社,1999,第 183 页。
② 〔苏〕尤·米·洛特曼:《符号域》,圣彼得堡:艺术出版社,2000,第 617 页。

最经常的表现是缺乏活力和创新力，不容易反映新的和边缘的东西，相反往往排斥新出现的事物，时间久了，容易因循守旧。文化系统具有严格的层级结构，在符号域内部，某些文化现象被奉为典范，而不符合自我描写规范的文本，则被看成是"系统外的""非文化的"文本。因此，在符号域内部经常会出现将"系统外的""非文化的"文本从文化记忆中大量剔除，或将其移到文化符号域边缘的情况。如20世纪苏联重要的思想家巴赫金及其作品，曾一度被置于边缘文化地带，直至20世纪60年代才再次为人们所重视。

由于边缘文化具有灵活、易变动的性质，在动态发展中遇到的阻力较小，形成加速符号活动的区域，往往会移向符号域的中心。"更为灵活的机制有利于积累结构形式，这些结构形式在一定历史阶段上将居于主导地位，并且转移到系统的核心，核心和边缘的经常互换构成了结构动态的机制之一。"[①] 整个民族文化符号域始终处于极富张力的状态中，因此符号域核心文化与边缘文化具备了文化互动的条件。符号域是一个多维的、不对称的结构系统，在内部空间的不同层面上、各文本之中都被相互交错的界线所分隔。这样，当我们把文化作为一个整体来研究时，它就有自己的边界，就会产生文化域的中心、边缘。我们以边缘文化为例，边缘文化是一种过渡型文化，它产生于文化历史时代、世界观、语言、民族文化等边缘领域。生活在社会边缘领域的文化群体与社会核心文化部分存在着文化规范冲突的问题，因此在交流互动过程中，他们把不同的文化准则纳入自己的世界观中，并将自己的行为举止与之进行比照，在这个过程中，不稳定的、易变的体系易于养成行为和意识的适应能力，从而造就处于边缘文化领域的个人进行创新的先决条件。我们以"移民文化"和由农村进入城市的"民工文化"为例来说明。当社会文化语境发生变化之后，原有文化和移居地文化规范不可避免地发生冲突，为了生存，他们在保留自身原有的文化积淀的同时，必须努力融入新的社会文化语境，因此在他们身上就会体现出超强的适应能力，从而成为社会文化发展过程中最为活跃的一部分，随着时间的推移，他们就会逐渐改变该地区原有的文化形态，进

---

① 〔苏〕尤·米·洛特曼：《思维的世界》，莫斯科：俄罗斯文化出版社，1999，第165页。

而推动该地区文化获得快速发展。

符号域明显地呈现出核心与边缘两部分，但二者之间的关系并非一成不变，边缘经过努力可以变成核心，而核心亦可沦为边缘，核心与边缘不断发生易位，充满了偶然性与不确定性。边缘文化因为发展活跃，自然而然就会向核心区域移动，并将核心文化排挤至边缘区域，这种对流运动在社会动荡或变革时期表现尤为明显。1917年俄国发生十月革命之后，居住于城市郊区的贫民，大批地迁入"资产阶级的公寓"中，把资产阶级赶走或者和他们"挤在一起"。同样道理，新中国建立初期，处于社会底层的贫农和城市平民纷纷起来革命，提出"翻身作主人"的口号，目的就是打倒地主和资本家。当然，核心文化也不会坐以待毙，他们会采取一切措施来维护自己的核心地位，维护整个符号域的完整性和同一性。最典型的就是历史上众多的"语言净化运动"，如17世纪德国的语言和语法净化运动等就是属于此种类型。而我国改革开放以后主导文化曾采取多种措施，目的就是防止西方文化腐朽思想以"糖衣炮弹"的形式渗透进来。最后应该指出的是，核心作为文化符号域中最稳定、最有秩序的部分，决定着整个民族文化的发展方向，而边界文化具有特定的规则和机制，因此在吸收、引介外来文化时也需要严格过滤，无法与其内部文化融为一体的文化即便是进入，最终也会被淘汰出局。因此我们说，强调边缘文化的作用并不意味着否定核心文化的地位，边缘文化与核心文化这两者之间不是非此即彼的关系，而是不断交流互动的过程。

第三节 文化文本的交际模式——对话机制

虽然将文化作为一门学科来研究的时间并不长，但是，多角度、多层面、多种背景下的文化理论却已异常纷繁复杂。在欧洲早自17世纪便开始有了现代意义上的"文化"一词，但到今天人们对文化的理解仍是仁者见仁，智者见智，给"文化"下的定义可谓数不胜数，而首开先河者，普遍认为是英国人类学家泰勒。据美国文化学家克罗伯和克拉克洪的统计，从1871年至1950年关于文化的定义大约有160个，而这以后的数十年里人们更是热情不减，执着探索。有学者指出，现在文化的定义已经是数以千计了。为什么文化拥有数量如此众多的定义呢？首先，文化表现着人类存在的全部深度和广度。人有多么复杂、多么神秘，文化就有多么奥妙、多么难以把握。文化作为人类社会的现实存在，具有与人类自身同样长久的历史。一部人类史就是人的文化史。其次，古今中外不同的研究者，关注重点不尽相同，研究方法也日新月异。文化学家、哲学家、社会学家、历史学家、人类学家等纷纷以各自的视角观察文化，并以各自的方法对它进行分析和研究，从而使文化得到了不同的阐释。

　　洛特曼把文化作为符号系统与人类的思想联系起来，由符号观进而提出含义问题，即人的思维和人的思想。符号之所以成为意义的浓缩形式，是由多种意义确定的联想，一个简单的符号可能只表达一个简单的意思，而一个复杂的符号则可能承载着非常复杂的信息，因而有限的符号同它们表达的意义形成无限组合，构成了有层级的符号系统，同一符号在各个层级上通过不同方式显现出来。而在系统的各个层级上同一表达又有不同的内容。符号系统的有机性使得该系统所包含的信息量远远大于该系统中每个符号所包含的信息的总和。文化就是信息。

　　洛特曼强调，文化不仅包括了各种符号系统，还包括历史上一切使用这些语言（文本）所传递的信息内容。这就是说，文本是完整意义的载体，或称信息的载体，文化表现为蕴藏着各种含义的纷繁多样的文本。人类的生存状态、生活方式和生活诉求中处处都贯穿着人的思想和精神，传递着人类认知活动和创造活动的成果，全面反映着人的价值取向。简言之，文化是含义的载体，是人类后天获得的各种观念、价值的有机整体，文化蕴藏着价值和意义。这里特别强调的是：并非凡有意义而包容信息的文字或实物都是文化文本，文化文本的信息必须是对人与社会的存在具有价值的信息，是体现人们价值判断的信息，是体现人生经验、原则、规范的信息。文化作为存储民族集体的和整个人类的信息的一种机制，并非把一切都收入囊中，而是以独特的方式（符号语言）形成一个自己认可的优化领域，它凸显在非文化的背景上且与非文化因素处于矛盾转化的关系之中，是与"非文化"相对而言的。这就意味着并非什么都是文化，文化是有选择的，文化是选择的结果。把同一个文本转变为不同的符号系统，使不同的文本具有同质，变更文化文本和非文化文本之间的边界，这构成了文化把握现实的机制。把某块现实转换为某种文化语言，把它变为一个文本即变为以某种形式记录下来的信息，并把这一信息纳入群体的记忆之中——这就是日复一日的文化活动（这里的记忆即指文化信息的传承）。比如，同一历史事件可以转换为不同类型的艺术作品：小说、雕塑、电影等。考证不同物品的价值，可以鉴定出它们蕴含的同类的文化意义，如同属某种伦理、教义、风格等。传统文化的某些文本被淘汰出界，界外的事物有的被提升而进入文化。透过信息及其价值这一角度揭示出的文化，形成丰富、变化的图景，足以说明文化事实只有被纳入符号系统获得价值才能成为人类记忆的内容，而任何对文化的破坏，都表现为消除群体记忆、销毁文化文本、阉割和歪曲价值。

洛特曼借鉴了信息论的成果，把文化视为集体保存和加工信息的机制，认为文化是由人所创造的、把熵转化为信息的最完善的机制，是应当存储并且传递信息的机制，与此同时又在不断地扩大着信息的规模。这说明，文化本身具有储存和传递非遗传性信息的功能，文化保存信息，为此不断编制最有效、最紧凑的方法，得到新的信息，对信息进行编码和解码，把它们从一个符号系统传译到另外一个符号系统中，因此，信息在传递前后的变化过程，就成了洛特曼甚为关注的焦点。

洛特曼指出，文化是人创造的、是能够存储并且传递信息的最完善的机制。比如，一件生产工具，一方面，它有着实际的用途；另一方面，它也是保存和传递信息的载体，我们不仅可以从中关注生产过程的信息，而且还可以获取关于家庭和其他早已经消失了的人体组织形式的信息，这些信息就是文化，但文化不是信息库，而是特殊组织机制。文化就是这样一个层级的、能够保存人类集体记忆的、复杂的符号系统。因此，我们可以说，文化首先是符号，它承载和传递的是信息，符号是信息的物化形式，也就是说，符号的内容附着于形式上，符号的所指附着于符号的能指上，信息附着于载体上。文化为了保存信息，不断进行符号系统的转换，不断对信息进行编码和解码。在洛特曼看来，文化是作为人类所有非遗传信息以及组织保存这些信息的手段的总和，其内在的发展动力，或者说其意义的创新机制正是得益于这两种符号认知模式的存在与互动。正是在它们的推动下，文化发展成为由异质同晶的多个子系统构成的多元化的母系统，而异质同晶的结构则成为系统间信息的交流有效保证。

洛特曼的"对话机制"之说源自巴赫金。巴赫金把文本理解看作一种动态的对话运动,他认为:"文本的每一个词语(每一个符号)都引导人走出文本的范围。任何的理解都要把该文本与其他文本联系起来。"①"文本只是在与其他文本(语境)的相互关联中才有生命。只有在诸文本间的这一接触点上,才能迸发出火花,它会烛照过去和未来,使该文本进入对话之中。"② 由此可以看出,在文化符号域内,不同的文化文本互为主体,从而形成对话关系,而且在这种多维的对话空间中,对话双方是互为参照体系的。同时,这种对话具有无限性的特征,即文本的过去含义与现在含义永远处于对话过程中,永远不断发生变化。"在对话发展的任何时刻,都存在着无穷数量的被遗忘的含义;但在对话进一步发展的特定时刻里,它们随着对话的发展会重新被人忆起,并以更新了的面貌(在新语境中)获得新生。"③

洛特曼接受并发展了巴赫金的对话思想,他指出,任何思维的机制都能体现对话的精神:"没有一种'单语机制'可以产生新信息(新思想),即它是不能思考的。思维机制应当最少是双语结构(对话的结构)。"④ 这一结论给巴赫金关于对话文本的结构的思想赋予了新的涵义。也就是说,对于单个个体而言,仍然存在两种语言的转换机制,由于这两种语言形态不同,于是在对话中就会产生新的信息。例如,在文学文本中,不同体裁样式可以相互融合,虽然每种体裁仍然会保留着对原有体裁系统的记忆,但是在融合过程中不可避免地会产生创新意义。因此说,对话在人类社会生活中无处不在,文化文本要实现传递信息、记忆信息和创新信息的功能,只有通过对话。文化文本的对话不仅意味着对自我的理解,同时也意味着对他者的理解,对话双方的存在特性只有在对话过程中才能得到真正揭示。

文化互动,文化间的交流和作用是洛特曼的重要学术思想之一。该思

---

① 〔苏〕尤·米·洛特曼:《思维的世界》,莫斯科:俄罗斯文化出版社,1999,第185页。
② 〔苏〕尤·米·洛特曼:《思维的世界》,莫斯科:俄罗斯文化出版社,1999,第183页。
③ 〔苏〕尤·米·洛特曼:《思维的世界》,莫斯科:俄罗斯文化出版社,1999,第183页。
④ 〔苏〕尤·米·洛特曼:《思维的世界》,莫斯科:俄罗斯文化出版社,1999,第186页。

想集中且较为明确地体现在其后期的文章,如《关于建有文化互动的理论》(1983)、《对话机制》(1999)、《关于文化的动态性》(1992)、《内部结构和外部影响》(1992)中。在其他多部(篇)学术著作和论文中,如《文化的符号研究提纲》(1973)、《自我交际:作为收信人的"我"和"他人"》(1990)、《间断与不间断》(1992)也是对这一问题的论述。从动态上说,文化就是思考,是交际,是对话。从静态上说,文化是思维的成果,是思想观念、文化语言、思维方式。洛特曼文本诗学思想便是交际论和信息论。在他那里,文化首先是人类思想的相互交流,交往对话是文化的存在状态,也是文化发展的途径。当代的俄国文化受到巴赫金理论的影响,不仅把对话论当作文化观的基石,更认为文化学就存在着文化的多元互动。可见,对洛特曼符号学和俄国文化学加以比较研究,促进不同民族文化的对话与互补,本来就是题中之义。

一 文本的交锋

两个文本相遇,意味着对话的交流与交锋,成功的对话表现为一种爆发的效果,这是洛特曼研究文本对话的重要发现。他说,"外部语言的文本被引入文化的空间的同时,出现了爆发现象。从这个角度来看,爆发可以解释为彼此相异的语言——正被掌握的语言和掌握的语言互相碰撞的时刻:出现了爆发的空间,出现一系列不可预料的情况。"[①] 对话的交锋主要发生于不同符号结构、不同文化语言相遇的那一刻,作为异质结构的两种文化文本,由相反相悖转向相容相生,进而产生突变。不同类型的文本之间的对话实际就意味着进行文本和信息的交换,即进行着一种类似翻译的活动。当然,真正准确的翻译需要进行交流的两个文本主体具有完全相同的代码,但事实上,具体的翻译活动并非如此,两个进行交流的文本主体不具有共同的代码,因此双方往往不能够准确地理解对方传达的信息,从而出现了不等值翻译的情况,"在这种情况下出现的不是准确的翻译,而是近似的并且由两个系统共同的文化——心理和语义语境决定的等价物。类似不合规律的和不准确的,但从某种意义上讲等值的翻译,构成了

[①] 〔苏〕尤·米·洛特曼:《符号域》,圣彼得堡:艺术出版社,2000,第566页。

任何创造性思想的重要因素之一。正是这些不合规律的近似,道出了出现新的思想联系和原则上的新文本的原因。"[①] 这种不等值翻译往往运用的是隐喻型修辞机制,使看似不相关、无联系的事物之间建立起一种新的联系。文本的相同之处,成为它们彼此联系和互译的基础,而不同之处则是创新意义之所在。

当两个不同的文本相遇时,它们的异质结构与意蕴相互发生作用,结果会出现三种情况:其中一方居于主导地位,而另一方居于次要地位,或者两者居于平等地位。在不同文本交锋时时刻存在着上述多种可能,每一种可能相对于原来的文本而言都是产生意义的新因素。因此,不同文本系统的遇合、交锋与碰撞会极大地提高整个文化文本系统运动的不可预测性,亦即偶然性。两个不同的文本代码各不相同,在这不同层面的重新编码(翻译)过程中,意义便必然地发生转换。可译性与不可译性在各种程度上的组合,为现实文本的创新功能开拓了空间。

二 文本对话的未完成性

文化文本意义的生成,是一个不断变化的过程。文本意义的阐释由于失去了一次性和终结性,因此具有了无限阐释的可能。但和解构主义不同的是,洛特曼始终立足于初始文本,读者无限的阐释一直围绕着一个意义常量。信息发送者和信息接收者的个性结构越复杂,在信息传递过程中,编码和解码系统就越有个性,从而信息增殖的空间就越大。文本再也不是消极的意义载体,而是一种动态的、矛盾的现象。只要有文化存在的世界,就是一个充满喧嚣生命的世界,不同文化的异同会作为刺激因素促进新信息的产生,并且会引发新一轮交流和互动。无论何种原因引发的文化互动和对话,事实上都是在寻求所谓的终极真理,寻找客观世界的本源,而客观世界永远没有终结,因此,认识只能通过交往加深理解,却无法穷其一切,寻求真理的对话永不停息。

文化文本作为一个模式化体系,模拟并使客观世界有序化,这本身说明文化文本富有交际性,并且模拟本身说明文化文本是一个信息体系。此

---

① 〔苏〕尤·米·洛特曼:《思维的世界》,莫斯科:俄罗斯文化出版社,1999,第47页。

外，这种模式化功能使文本具有一套相对客观世界而言更可操作的符号体系，这为它传达信息创造了有利条件。文化文本作为一个结构体系，具有严整性、独立性，这使它能够有效地集中信息并作为独立个体传达信息；文化文本作为一个信息体系，不仅包含丰富的信息，而且其各个结构层面也具有贮存、生成信息的能力。这揭示了文化文本动态性的特点，并进一步证明了文化文本具备了交际、互动的条件。这一切都说明，文化文本是一个能够行使交际功能的符号文本。文化文本如果孤立存在，不与其他文本接触，它就不能产生新的文本或信息。创新需要文化文本之间的彼此互动和对话。对话是"获得新信息的机制，这些信息在对话之前尚不存在，而是出现在对话过程中"①。

　　洛特曼成功地总结出一个文化文本的概念，进而解剖了多种文本，例如诗、小说、电影、肖像画，以至史学论著的结构，分析梳理出它们独特的建构原则、层级框架、布局组织、意义构成。通过令人信服的实例分析，更得力于独创性的理论把握，围绕文化文本的结构与功能逐步完成了一套系统而严密的理论。文本之论一出，文化符号学研究文化遂有了脚踏实地的起点，文化既是模式化的结果，也是模式化的过程。就认知观来说，文化过程就是交际过程，因为一切文化活动和行为都是在人与人、人与社会之间进行的，而文化交际归根结底要落实在文化文本的交际上。洛特曼发展了结构主义思想，通过分析文化文本的交际模式，总结出文本的主要运作机制。文化交际论由自然语言交际理论脱胎而来，又远比后者复杂，却发扬光大了后者的基本精神，那就是相辅相成的对话精神。创建者新构文本，接收者解读文本，此文本遇合彼文本，无不体现两个声音、两种立场、两种意见的交锋。交锋的结果往往是推陈出新，形成第三个声音，交际的目的也正在于此。所以，对话是文化运作与发展的手段和途径，又是文化的生存状态和生存条件。文化赖以生存的对话精神和对话机制，首先展露在一种文化的内部，随着文化史研究的深入，越来越多的事例说明，不同民族间的文化对话同样是文化发展的重要源泉，因此，从文

---

① 〔苏〕尤·米·洛特曼：《俄罗斯文化的历史和类型学》，圣彼得堡：艺术出版社，2002，第155页。

本交际的角度研究文化互动,作用是显而易见的。

第四节 风俗礼仪文化文本

　　洛特曼的学术研究以学识渊博、思想严谨而著称。几十年的精心钻研使他掌握了包罗甚广的文学、文化、历史资料,尤其对十八九世纪俄罗斯历史文化他情有独钟,材料积累极为丰富。《漫谈俄罗斯文化》就以这个时期为切入点,全面展现了五彩缤纷的俄罗斯上层社会生活画面,深入揭示了其内在的文化规律、文化心态和文化符号互动机制。

　　苏联时期的文化研究主要集中于艺术、教育、文物保护、民间文艺等领域,其中所谓"高雅文化"是重中之重,而日常生活则是文化含量较少的"低俗"话题,几乎无人涉足。在《漫谈俄罗斯文化》中,洛特曼避开文学、艺术、宗教思想等通常作为文化研究对象的这些问题,有意选择了日常生活这一论题作为论述重点,体现了他勇于打破陈规的学术胆识与开拓精神。洛特曼指出:"科学不一定要到天涯海角去寻找不为人们知晓的事物,而往往要把人们感觉中似乎简单明了的事物作为对象,去揭示其中难以理解的复杂内涵。"[①] 日常生活就是这样,表面上习以为常、司空见惯的事物实际却蕴含着丰富多彩的文化内涵。所谓的日常文化,主要包括日常风土人情、礼仪习惯、休闲方式、游戏消遣等生活内容,与人的行为密切相关,同时也与周围的物质世界紧紧相连,因此日常文化与同符号世界是无法分割的。例如,我们在生活中看到幼时的照片,就会让我们联想起童年的回忆,这个照片就相当于一个文化文本,对我们的生活与情感具有重要意义,因此也起到了符号作用。洛特曼指出,这种现象体现了日常生活文化具有双重特点,它既属于现实生活的符号,也属于符号领域中的现实,日常生活文化的这种双重性正是人类意识双重性的再现。日常生活文化中的人与物存在着相互作用、相互影响的互动关系。物质世界的变化改变着人们的生活习惯、行为举止,乃至心理状态和思想观念。例

[①] 〔苏〕尤·米·洛特曼:《人与符号》,《心灵修养》(论文集),圣彼得堡:艺术出版社,2003,第108页。

如，俄罗斯人对酒怀有一种特殊的情结。女士们一般喜欢喝香槟酒和果酒，而伏特加则是男士们的至爱。俄罗斯人喜欢喝纯粹的白酒，并喜欢大杯大杯地豪饮。这是他们豪爽浪漫、不拘小节性格的反映。

洛特曼注重研究日常生活文化中人的行为模式体现出来的心理特征。他把人的行为模式分为两种类型。第一种是高度仪式化的行为，如国家、教会等机构组织具有的严格规范的仪式化行为。这种礼仪有清晰的规则，具有突出的符号意义，需要人们有意识地学习才能掌握。第二种是普通日常生活行为。它在潜移默化中不自觉地被人们熟悉并掌握，而不需要专门训练学习。为此，很多人忽略了日常生活所具有的文化意义与内涵，其实则不然，日常生活就是这样，表面上平淡无奇，但是仔细琢磨、研究才会发现其中蕴含的丰富的思想文化内涵。

一 游戏

游戏是人类日常生活文化必不可少的内容。洛特曼指出："游戏是日常生活的主要形式之一，恰恰是这种形式非常突出地反映了整个时代及其精神实质。"① 透过日常生活现象的表层，挖掘社会文化心理因素，从而揭示深刻的历史内涵，这是洛特曼研究日常生活文化文本始终坚持的方向。洛特曼指出，娱乐性和赌博性两种类型的游戏其性质截然不同。娱乐性游戏多以家庭为场地，是茶余饭后的消遣，代表了人们淳朴简单的生活方式，有利于调整心情、去除杂念、振奋精神、开发智力、增进友谊、联络感情，还能克服孤独。此外，比如打牌，既有趣味，又是门技巧活，具有明显的益智健脑、强身作用。而赌博性游戏则与决斗、犯罪、疯狂等词语相连，是人们狂热、阴暗的情感得以爆发和发泄之地。俄罗斯许多文学作品也都生动地描绘了打牌赌博的场面。如普希金的《黑桃皇后》《射击》，莱蒙托夫的《宿命论者》，陀思妥耶夫斯基的《赌徒》，托尔斯泰的《战争与和平》等。很多文人甚至嗜赌成癖，难以救治。这些现象都成为洛特曼用作日常生活文化文本分析的材料。

18～19世纪初是浪漫主义思潮弥漫盛行的时代，纸牌赌博象征着人

---

① 〔苏〕尤·米·洛特曼：《漫谈俄罗斯文化》，圣彼得堡：艺术出版社，1994，第15页。

与非理性势力的一种搏斗，它是意外走运、福气从天降的一种象征，可以不顾社会地位的差异，给人一种在运气面前人人平等的假象。因此，很多贵族青年把纸牌赌博当作一种快速发财机遇，幻想通过赌博来实现奇迹。喜爱冒险一直是俄罗斯民族性格的显著特点，与牌桌上的对峙与决斗有许多相似之处，同样需要冷静、胆识、临危不惧等品质，因此很多贵族青年迷恋赌博，体现出他们以冒险为荣、以决斗为乐的心理。坐庄的态度是听天由命，押赌的态度是冒险取胜。坐庄者与押赌者都可以建构现实的关系与情感。坐庄者在押赌者的眼里是一种未知因素，既是命运的化身，又是随意操纵他人情绪的恶魔。在《战争与和平》中多洛霍夫在赌桌上故意制造神秘、威严的气氛，企图让情敌罗斯托夫望而生畏。由此可见，浪漫主义文学作品中的人物形象在特殊历史情境下已然成为某种特定社会角色的样板，同时，纸牌游戏中的人物角色也随之披上了浪漫主义色彩。

二 礼物

自古以来人们认为礼物是感情的物化，也是连接感情的纽带，是礼仪文化的组成元素。俄罗斯有用面包和盐迎接贵客的习惯。用面包和盐接待客人，是因为盐在历史上是很昂贵的，沿袭至今，表示对贵客的友好和尊重。送鲜花是最佳的礼物，可一定要记住，送花一定要送单数。巧克力则是万能的礼物，但价格不必太高，正所谓"礼轻情义重"。比较常见的礼物还有俄罗斯套娃，是由小到大一层一层套起来的。套娃是俄罗斯最典型、最普及的民间工艺品之一，用彩色油漆加以描绘，其形象大多穿着传统的俄罗斯民间服饰，包着头巾，提着小花篮，煞是鲜艳可爱。此外，大披肩、木雕制品、军服、军用水壶、纪念章、水晶制品，以及望远镜，夜视仪等也是上好的礼物。

俄罗斯民间也流行许许多多的迷信与禁忌。例如不能送钟表，因为钟表和时间的概念紧密相连，时间不断的流逝提醒着人们衰老和死亡的逼近，所以把钟表作为礼物，被认为是和流逝相联系，自然是不吉利的，如果在婚礼上送这样的礼物，那也就说明新婚夫妇的幸福时光会匆匆流逝且十分有限；不能送刀子或者带刺的东西，剪刀、叉子等物品代表着与家人"切断"关系，或者帮助"摆脱"别人，这样的礼物不会给别人带来幸福；不能送珍珠，珍珠虽然美丽，但是在俄罗斯珍珠象征着眼泪和痛苦，所以不要把珍珠送给别人，也不建议单身女孩佩戴珍珠类制品，这样的饰品是会带来不幸和泪水的；不能送手帕，在俄罗斯手帕象征着麻烦和悲伤，送给别人就相当于把烦恼带给了对方，这也是不太好的，所以不建议送手帕给别人，尤其是给自己的亲人；不能送镜子，在俄罗斯镜子意味着连接着两个世界的端点，不要把它送给你喜欢的人，以免带来不幸，尤其是老镜子，预示着你已经看够了这一切，暗示着悲伤与死亡；不能送空钱包，空钱包被认为是一文不名，一贫如洗，所以，如果送钱包，一定要象征性地在里面放一点钱，表示祝愿对方永远有钱。

三 风俗礼仪

世界上每一个民族都有自己的民俗文化和传统礼节，它扎根于民族心理之中。俄罗斯被称为礼仪之邦，其民族在长达千余年的历史变迁和发展中，形成了自己独特的文化传统和民族习惯。

俄罗斯人大都讲究仪表，注重服饰。男子多穿西服，戴呢帽，冬天则罩长外衣，戴皮帽。女子穿连衣裙，西服上衣或西服裙，已婚妇女必须戴头巾，并以白色的为主。未婚姑娘则不戴头巾，但常戴帽子。前去拜访俄罗斯人时，进门之后务请立即自觉地脱下外套、手套和帽子，并且摘下墨镜；在人际交往中，俄罗斯人热情好客，初次会面习惯行握手礼，对于比较熟悉的人，大多要与对方热情拥抱。俄罗斯人非常看重社会地位，在正式场合，他们会用"先生""小姐""夫人"之类的称呼，但是，对于有职务、学衔、军衔的人，会以其职务、学衔、军衔相称。俄罗斯人对妇女颇为尊敬，"女士优先"在俄罗斯是衡量一个人素质高、修养好的标志。在公共场合，男士往往自觉地充当"护花使者"，为女士开门、让座、让行乃至披外衣等。不尊重妇女，到处都会遭到白眼。

在饮食习惯上，俄罗斯人讲究量大实惠，油大味厚。他们喜欢酸、辣、咸味，偏爱炸、煎、烤、炒的食物，尤其爱吃冷菜。总的讲，他们的食物在制作上较为粗糙一些。一般而论，俄罗斯以面食为主，他们很爱吃用黑麦烤制的黑面包。除黑面包之外，俄罗斯人大名远扬的特色食品还有鱼子酱、酸黄瓜、酸牛奶，等等。吃水果时，他们多不削皮。在饮料方面，俄罗斯人很能喝冷饮。具有该国特色的烈酒伏特加，是他们最爱喝的酒。此外，他们还喜欢喝一种叫"格瓦斯"的饮料。用餐之时，俄罗斯人多用刀叉。他们忌讳用餐发出声响，并且不能用匙直接饮茶，或让其直立于杯中。通常，他们吃饭时只用盘子，而不用碗。参加俄罗斯人的宴请时，宜对其菜肴加以称道，并且尽量多吃一些，俄罗斯人将手放在喉部，一般表示已经吃饱。

在居住方面，俄式传统民宅多为木屋，木屋四周用木栅栏围着，院内有菜园。屋内有炉子、条凳和上座，炉子很高大，既可供暖，又可烤东西和烧饭，炉台上面还可以躺人。条凳固定在墙边，供数人合坐，上座是农舍里最重要的地方，专供贵客使用；它的上面是供圣像之处。随着时代的发展，现在大部分农民住进了2~4户的2层住宅，并配有公共设施，每户居民有一片宅边地，可以种植瓜果蔬菜。而城市居民多居住在12~19层以上的高层小区，小区配有食品店、邮电部、储蓄所、幼儿园、学校、电影院等公共服务设施。此外，别墅也是俄罗斯人经常居住的地方。俄式别墅多为木结构的房屋，一般内部陈设简单，方便搬动。外部涂着鲜艳夺目的色彩，饰有各种图案。每逢周末，俄罗斯人习惯去别墅度假，以轻松、悠闲的别墅生活来缓解快节奏城市生活带来的紧张和不适。

在婚嫁方面，俄罗斯民族崇尚自由恋爱、婚姻自由，但讲究门当户对，结婚要征得父母同意，允许与其他民族通婚。俄罗斯传统的婚姻习俗比较繁多，说媒日期要选择单日，而且忌讳星期三、星期五和每月的12日。相亲的日子需要祷告，而且还要绕着桌子走三圈。订婚的名堂也很多，比如，有喝糖水定终身的说法。由牧师主持订婚仪式后，双方才可以举办订婚舞会、准备婚礼等事务。婚礼要在教堂举行，新婚夫妇要各掰下一块面包蘸盐后敬献给自己的父母，以谢养育之恩，同父母吻别的时候，女伴们唱忧伤的送别曲。在教堂里，神父为他们念祷文、唱赞美诗，新娘新郎互换结婚戒指。仪式完毕，宾主一起来到新郎家，新郎新娘下了彩车，踩着撒满各色鲜花的地毯徐徐走来，大家向他们身上抛撒象征生活富裕的金色麦粒，祝愿他们今后的生活道路能像地毯一样平坦，周围开满鲜花，生活富足美满。按照俄罗斯习俗，新婚夫妇在婚宴上不能多吃食物，象征着以后能够成为一个很好的家庭主人。宴会上还会有让新郎劈木柴和生火的内容，这是考验新郎是否会持家，火光同时也象征着爱情，给新人带来温暖和光明。婚宴上新娘新郎要三吻双亲，亲朋好友频频举杯祝福，人们时而高歌，时而起舞，新娘新郎不断亲吻，婚礼上充满着喜庆祥和的热闹气氛。这种婚宴一般要持续到深夜，有时甚至通宵达旦。在俄罗斯，不同的民族都有本民族的特殊婚礼习俗。

此外，俄罗斯几乎是世界上节日最多的国家，一年四季中，大大小小的节日有上百个之多，他们的节日主要包括四种类型：苏联节日、传统节日、东正教节日、俄联邦新节日。俄罗斯人几乎是逢节必过，并逐渐形成自己独特的节日传统。

洛特曼的文化文本思想至今是学界吸取养分的肥沃土壤。洛特曼强调："不了解普通生活，不了解看上去似乎是生活小节的问题，就不可能了解历史。"① 目前，日常生活文化已成为国外史学界的热门课题，过去被忽视的广阔天地经研究者辛勤耕耘，今已开花结果。目前，不少人热心于茶文化、酒文化、沐浴文化等与日常生活相关的课题研究，但是，如果只停留在物化层面，忽视与之相关的人的行为、心理活动、思维方式、思想境界等精神内涵，这种研究就无法深入下去，也就无法揭示文化实质。

洛特曼曾强调，对文化文本的理解不是一次性的、一劳永逸的认知行为，也不代表永恒的真理。每一个历史时期都会对文化文本进行反复解读和重新译码，确定适合自己的理解；每一次新的解读又都会丰富文本的文化内涵，为下一代人提供更多的文化积累。作为符号学理论家的洛特曼为我们提供了用文化符号学视角观察研究各种现象的范例，而我们这一代人如何去解读各种新老文本，需要靠我们自己努力。

第五节　历史文化文本

所谓历史文本，从符号学观点看可能有两种理解：其一是指用非自然语言创作的并且被人们纳入历史视野继而被当作历史事实、历史事件而存在的文本，此时的历史文本是以非自然语言为基础的第二性模式化系统，

---

① 〔苏〕尤·米·洛特曼：《漫谈俄罗斯文化》，圣彼得堡：艺术出版社，1994，第13页。

例如一座旧城废墟、一件古物、一种古代仪式均属此类；其二是指用自然语言创作的历史典籍著述，是人们对历史事实的描述和分析，例如《史记》，这是语言的文本，与前一类相比它属于以自然语言为基础的第二性模式化系统。只要文本创建者认为它们承载了历史信息，体现了历史原貌，就可以被当作一个历史文本，因此历史文本虽然主要是语言文本，但也可能是艺术文本、仪式文本等，这也意味历史文本中映射出艺术、语言、仪式等认知语言的影子。与艺术文本不同的是，历史文本创建者不理会这些语言体系在文本内的互动，而只承认历史语言的存在。换句话说，艺术文本、语言文本在进入历史文本创建者的视野后，发生了变形，淡化了自己的艺术性质、仪式性质，只呈现为历史生活中的某个片段。

那么，到底应该如何言说历史文化文本呢？依据洛特曼文化符号学的观点，对文本意义的挖掘离不开对文本形式或者结构的分析，具体说就是对文本内部各符号体系的组合与聚合关系的分析。我们说，是历史思维的特性决定了历史文本所处的符号交际环境，以历史认知语言为主，而其他语言人为缺失，这种符号存在与缺失的对比和依存决定历史文本所创历史世界的模式化特性和文本自身形成的主观价值判定，同时也肯定历史文本借助特定符号体系传达和贮存历史信息的语言特质。洛特曼对此的形容尤为贴切："历史学家的处境犹如剧场里的观众，他从同一视角第二次来看演出，他知道哪出戏将怎样结尾，对他来说已经没有未预料到的情节发生。那戏对他是以过去时形式存在的，他从中汲取有关情节的知识，但他同时又以观众的目光来观看戏，这时他处在现在时之中并再次体验'未知'的情感——那是一种戏未结束前的'未知'。这两种互相排斥的体验以惊人的方式融会成为某种同时态的感觉。"[1] 为此我们可以看出，当我们借助历史文本"声称某种事实时，必定意味着我们提供了某种特定描述框架以及对于实在的某种特定看法"[2]。换句话说，就是我们使用特定的符号表达体系表达了对前人所建历史文本的看法，但出于历史坚持拥有同一客观历史世界的科学性特质，我们将对应于这同一客观历史世界的两

---

[1] 陈启能、倪为国主编《书写历史》，上海三联书店，2003，第70~71页。
[2] 陈启能、倪为国主编《书写历史》，上海三联书店，2003，第89页。

个文本的符号体系的建构原则也视为同一，但其实是双方的对话和互译，是历史思维的特点掩盖了这一实际上的交际行为。由此我们说，历史文本的意义是在前人和后人各自所掌握的符号体系实现互动的前提下才得以形成的，而意义源于对话。

一　历史文本的客体存在

在传统史学研究中，历史话语是直接代表客观现实的，而符号学理论则把历史现实世界与文本世界加以区分，并仅以历史文本作为研究对象。的确，由于史学家不可能回归到历史现实生活中去探察一切因果的细节，因此不得不运用虚构的艺术手法去丰富历史叙事，从而使历史文本成为具有可读性的作品。但是这里需要强调的是，对每一部历史文本而言，既有可靠的史料文献可供参考，也有相关的外在观察的"硬性"部分存在，同时还需要有源于附加想象的"软性"部分。文献史料和外在观察中不足之处需要借助想象加以补充。史学家需要实际的和技术性的知识，从而克服在寻求历史现实真理过程中遇到的技术性障碍，因此，经验地界定的历史认识论与哲学认识论是有区别的。但是在历史理论中，经常会发生这样的现象：将形而上真理和经验实证真理加以混淆，例如，理查·罗蒂说："真理不可能就在那里，不可能如是般现成存在。世界是这样存在着的，但对世界的描述却不是。只有我们对世界的描述才可能是真的或伪的。世界本身——如果无人类描述活动之助——则不可能是真的或伪的。"[1] 因此，对一事件描述的不可能性和该事件的客观存在不能同日而语。就如同我们无法知晓某个清晨全国同胞餐桌上的细节，但是我们会合情合理地推断这些早餐。这里，我们所需要的只是依据日常生活经验所进行的归纳推理，而不需要上升到哲学层次上去探究。在史学话语中，"客观的"一词是在实践经验层次上界定的，而在此层次上我们通常使用的归纳推理方法就已经能够有效地组织我们对于历史理论的推理。在史学领域里，源于实践经验的精确性会比表面上较严格的哲学的精确性更为"精确"，当然前提是后者没有被置于相关的论述语境。

---

[1] 〔美〕理查德·罗蒂：《偶然、反讽与团结》，徐文瑞译，商务印书馆，2003，第5页。

如果说由于存在多种视角，使我们无法达到"真的"现实，那么日常生活经验也是如此，而重点在于我们并不需要提供"绝对的"或"完全的"真理。相反，我们只需要提供在历史语境中可以接受的、具有合理性的真理即可。当然，我们并不是否定历史事件的客观存在性，史学家有权利和义务追求原初的即客观的、真实的历史事件，不管他以何种成效达此目的。由于史学知识的相对性，我们不可能达到"最终真理"，但是在现实生活中我们真的需要达到此绝对真理吗？事实上，我们只是在适切的程度上探索真理，同样道理，我们也只能在适切的程度上检验真理达到的"深度"。

海登·怀特说："……选择一种历史视角而不是选择另一种历史视角的最佳理由最终是美学性的或道德的，而非认识论的。"[1] 这一论断体现了诸多含混意义。首先，任何史学话语的实体部分都是建立在历史文献资料和被记载的历史现实基础之上的，这种史学话语本身就具有认识论性质。在历史文本的建构中，写作策略中的任何选择都必须基于某些"硬性的"、先在的、历史事实的记载记录，诸如历史事件的日期，参与的双方等，这些都是史学家必须尊重的事实，而不能任意篡改。虽然任何一种历史事件的描述都是由史学家的主观选择和客观材料的运用共同构成的，这里一定会出现不同史家共同接受的"客观"部分，因此与文学文本的建构有所不同，史学家必须假定历史事件的客观存在。可以说，任何一种理论话语的深度都是相对而言的，是由其适切语境和运作程序来衡量的。史学家在建构历史文本时，他所运用的写作策略和修辞学的自由不能否定历史文献资料中"硬性"内核的存在。正是这一点，使其历史文本本质上区别于艺术文本，无论两者在美学和修辞学方面采用多少共同手法。无论海登·怀特指出19世纪历史文本中含有多少主观创作成分，这一事实也不能否定历史事实的客观存在本身。

二 历史学家的主体言说

用阐释学的术语来说，历史文本解读是一个对话与交流的事件和过程，可以说正是依据接收者与历史文本的这种创造性的对话关系，才有接

---

[1] 〔美〕海登·怀特：《元史学》，陈新译，译林出版社，2009，第7页。

受美学对文学效应和影响的研究，从而拓展了文学研究的新维度。历史文本的接受过程中，阐释者并不是一个被动的接收者，他始终是一个具有能动性和创造性的参与者，阐释者总是以自己的前理解和先见进入历史文本的解读中，并从自我理解出发去阐释文本，因此阐释者的接受活动中始终是一种创造性的转换。历史作为科学，志在求真，因此它希望自己的文本就是真理的显现，再现的是历史的真实原貌。但实际上创建主体的历史观并不同，加之史学家手中握有的关于过去的信息全是他人的文本，是他人认识的结果，所以无论是创建文本还是解读文本都需要通过编码体系的翻译转换，也必然是一场观点、见解的对话，这些就决定和影响着历史文本的编码和意义特点。在历史学家眼里，历史文本再现的就是实际的历史现实，而不是艺术化、仪式化了的现实，以往的历史科学一直以恢复本真的历史面貌为己任，以为自己对历史事件的描绘能够与历史事件的原貌完全吻合，但历史的发展是众多的力的相互作用、集聚、竞争、融合和分离形成的结果。史学家作为力场中的一个因素，根本跳不出力场的束缚来客观把握历史的发展，因此他对历史只能是主观的认知，这一主观认知进入其他力场中，会随之发生变化。

新历史主义与传统历史观的不同之处就在于它否定了历史的客观性，而坚持认为历史只是历史学家描写过去事情的方式，因此，从这个意义上来说，历史其实只是一个文本，而与真正发生的事情不能直接等同，其中包含了历史学家的主观意图与编撰策略，渗透着他们的理解与阐释。新历史主义的代表海登·怀特说："不论历史事件还可能是别的什么，它们都是实际上发生过的事件，或者被认为实际上已发生过的事件，作为这样的事件，为了构成反映的客体，它们必须被描述出来，并且以某种自然或专门的语言描述出来。后来对这些事件提供的分析或解释，不论是自然逻辑推理的还是叙事主义的，都永远是对先前所描述的事件的分析解释。描述是语言的凝聚、置换、象征和对这些作两度修改并宣告文本产生的一些过程的产物。但凭这一点，人们就有理由说历史是一个文本。"[①] 因此，"历

---

① 〔美〕海登·怀特：《新历史主义：一则评论》，《最新西方文论选》，王逢振、盛宁编译，漓江出版社，1999，第496~504页。

史"不仅是我们能够研究的对象以及我们对它的研究,而且是,甚至首先是指借助一类特别的写作方式与话语而达到的与"过去"的某种联系。这里所说的"特别的写作方式"其实就是"历史叙述"或"历史编撰",它不仅记录了众多历史事件,而且还将不同的历史事件联结成为一个有机整体,我们通常所看到的富有意义的历史故事主要就是通过这种"特别的写作方式"创作出来的。对于历史学家来说,历史事件只是作为故事的因素,事件通过描写策略的选择、个性人物的塑造以及主体的重复等然后才能成为故事。可见,新历史主义不仅将历史文本化,而且还认为叙述是历史的形成方式。

洛特曼与海登·怀特关于历史的看法十分接近,他们眼中的"历史"不再是真正发生的历史事实,而是知识、文化或话语,它与文学作品一样具有一定的虚构性、普遍性和典型性。洛特曼指出,只要文本创建者认为它们承载了历史信息,体现了历史原貌,就可以被当作是一个历史文本。洛特曼把历史文本看作是一门符号科学,认为它所展示的就是描述历史的人眼中的历史,而非物质世界的客观进程。同一历史事件,不同的人会有不同的认识和价值评定。洛特曼进一步指出,历史事件一旦进入历史文本创建者视野,就已成为历史文本的组成部分,与外部世界脱离了联系。而当历史事件借由符号表达体系固定成为历史文本,这种脱离就变得更为彻底。因为此时的历史事件不仅服从符号体系的规范,更要遵守文本的构建原则。举例来说,十字军东征,在当时的史学家看来,它是动摇了社会秩序;现在的史学家却从中看到它对欧洲商业、金融业乃至经济意识的影响。这种差异,正是将十字军东征这样一个历史事件纳入不同史学家视野的结果,由此它成为不同的模式化世界的组成部分。符号体系指的是像自然语、科学语体、现实主义、理性主义之类的编码体系,它是历史文本得以形成的物质依托,而文本规则则是我们在语言交际中就已提到的文本在结构和意义上的连贯性和统一性,具体到历史文本中,就是历史事件应遵循一定的时序和因果联系。这样,现实中原本是浑然无序的历史现象,到了历史文本中呈现为线型的凸显情节发展的一系列事件的集合,因此历史文本也是不同编码体系的融合互动的产物。例如一座旧城遗址,其中累积了前人的建筑语言、历史语言和现代史学家的历史认知，因此在历史与现代人的眼中它就是模式化符号，而不是客观的历史现实，也因此历史文本中累积了文化主体的各个层次的形象，这也正是历史思维特性的体现。

历史文本的意义源于创建它的历史学家，它具有主观认定的特质，而之前一直坚持的针对历史文本产生的类似信仰的真理感，更突出了历史文本意义的价值判断和主观性质。历史文本的真理并不是现成的、无师自明的恒常存在，如果没有人的参与，真理就无处涌现和生成，历史文本的意义也就无法传承和延续。历史文本的真理和意义的发生及展开是一个密切与人的生存相关联的永不止息、永不封闭的过程。

三　历史文本的价值阐释

洛特曼主张将历史文本置于广阔的文化学术系统环境中进行考察。历史文本主要是将历史文论话语看作某种整体性文化观念的特殊表现形式。很显然，对历史文本的整体文化阐释存在一个层次与程度的问题，对于处于不同层次的历史文本应采取不同的阐释态度。就历史文本而言，主要包括三个层次：知识、意义、价值。作为知识层次的历史文本话语很显然具有一定的客观性，这一点与自然科学并无根本区别。因此，对于该层次的历史文本的阐释也要求客观性，不允许主观因素的存在。阐释就等于发现，而主观就意味着虚假。作为意义层次的历史文本话语主要诉诸主体的知识结构与趣味，对意义的阐释本质上就是理解，因此对该层次的历史文本的阐释活动不可避免地会具有一定的主观色彩。但是，这并不意味着主体与历史文本之间的阐释关系完全是任意的，事实上，人们对于历史文本的理解总会体现出大体上的一致性，即客观性因素明显大于主观性因素，差异只是在一定范围内存在的。因此，洛特曼指出，历史文本意义的完成决定于文本创建者和文本接收者之间的符号交际行为。由于历史文本是处于特定描述框架下的众多符号体系相互作用的结果，那么我们对它的解读必然涉及修辞规则和文学评论的因素，但同时历史文本的科学性特质又要求我们必须采用科学哲学的方法来分析，这就意味着历史文本自身承担了对事件的解释和对事件的描述两种功能。相应的，历史文本的阐释也就表现为两种功能的交叉，是选择对类似信仰的真理感的认同还是选择对意义主观价值的判定，取决于阐释者。如果我们在阐释历史文本时能够把知识层次与意义层次有机结合起来，那么我们就与历史达成了真正的沟通。"效果历史"就产生了，历史的意义也成为我们的意义，而这才是任何人文社会学科研究的真正价值所在。

最麻烦的当然是价值阐释。作为价值层次的历史文本话语，其价值取向不仅取决于历史文本创建者的生存方式，而且也要受到整个历史文化语境的价值取向的制约。因此，对于该层次的历史文本的阐释具有鲜明的主观性，甚至可以说阐释的主观性居于阐释活动的主导地位。由于阐释者所处的文化语境与历史文本生成的文化语境不完全一致，所以就导致了价值阐释的主观化与相对性。但是这种阐释的主观性不是纯粹的个人好恶，而是文化语境的差异造成的。然而也正是由于历史文本具有价值阐释的这种特点，才会使其有可能进入当代文论的建构中去。历史只是人们认知周围世界的一种手段，它依据历史文本将这一认知成果加以再现和传承，因此突出历史文本的主观创造性更易于揭示历史的人文性，可以说这两者是相辅相成的关系。由此我们说，分析历史文本意义的构成和再现形式既源于历史的人文思维机制又是对后者的一个更好的补充。

与新历史主义的产生背景一样，洛特曼的文本思想也是对英美新批评文本观的反拨，二者都想摆脱单个文学文本的狭窄视野，企图从多个文本之间的关联上来阐释文学的意义，因而，他们首先将历史文本化，然后寻找历史文本与文学文本存在的共同的叙事结构，最后打破文学与历史之间的界限，这样，历史与文学一样成为人类文化的一部分。这既可以为文学研究在20世纪七八十年代衰退之际再生活力，又能为文学批评的跨学科研究提供理论支持。洛特曼与新历史主义者一样体现出鲜明的跨学科研究性，他们都是以反对形式主义、解构主义、旧历史主义挑战者姿态出场的文化批评理论家，勇于跨越不同学科之间的界限，对各种相互矛盾对立的观点进行梳理，倡导综合研究的理论思维模式。此外，究其二者抹杀文学与历史之间界限的实质，其实都是为了恢复人类文化的整体性。20世纪80年代，新历史主义提出"文化诗学"的理论观点，其目的是为了试图恢复各种文化文本之间的关联。新历史主义的研究领域非常广泛，并不单单局限在文学领域内，它从文学文本出发，却最终指向整个文化的研究。

洛特曼的文本诗学充分体现了这一总体目标，他以文学文本为起点，将语言学、符号学、美学、宗教、哲学、历史等人类文化加以整体化，从而为我们对文化与自身的认识提供一个更加广阔的视野。洛特曼文本诗学理论注重从本国丰厚的历史主义传统中积极摄取养分，在现代性与后现代性的交错格局中，力求超越历时线性束缚，率先开辟新历史主义路线，既接轨西方解构思潮，又力避一味颠覆的极端思维，特别是当下后现代进入全面反思时期，洛特曼的文本诗学对后现代文论发展格局起到了一定的纠偏作用，体现出一种积极的、肯定性的建设力量。

历史文本的科学性与人文性兼具的特质，决定了历史文本的创建者应遵从一贯的标准，即严格遵守对文本结构中因果、时间的链条，在表达手段上要求遵循科学的表达规范。历史文本一方面希望受者承认自身的真理性，另一方面又允许接收者对真理性予以置疑，并且允许创新，但此创新只是对时间、因果关系界定的创新。例如，我们将前人遗留的文物、遗址、刻有甲骨文的龟片、史书、绳结视作历史文本时，必须承认，这些文本承载着其他认知语言，包括了前人文本编码体系，并且，我们还应看到，这些编码体系与我们编码体系之间存在着差异。我们应承认，我们对这些文本的历史解读，并不等同于它们在自己所处时代的认知意义，而它们对当时历史的记载，也并不等于历史现实本身。无论是符号，还是实物，只要被人类拿来当文本，就已失去现实的物理意义，而成为人的主观意志的代言人。

总之，任何理解和解释都有其自身的诠释学处境，任何理解和解释都是具有历史性和有限性的，任何理解和解释因而也都具有未完成性和开放性，哲学阐释学赋予历史文本的理论洞见，毫无疑问地也有其自身的阐释学处境，它必须在与其他文学理论的对话中创造性地丰富和发展自身。阐释学理论认为，无论是历史文本创建者自己还是历史文本自身都不能使意义自然而然地呈现出来，文本创建者已经脱离了他的文本，而文本一旦创作出来，就已经不是创建者独有的东西，就已经交付给了接收者，进入了与接收者的关系之中。因此，只有通过接收者的解读与阐释活动，历史文本才能使其潜在的意义现实化。把阐释学的任务描述为与文本的对话，便是对本来就属于（对话辩证法）的一种追忆。这种解释是由言说的语言表现的，并不意味着它被置于陌生的手段中，毋宁说它把原始意义交往重新转换成言说的语言。"当文本被解释时，书写的传统便从它自身的异化中分离出来，而且进入了活生生的现时性的对话中，这种对话从根本上说就是在提问和回答中得到实现的。"① 同样，在历史文本解读活动过程中，接收者与文本的关系并不是被动的关系，而是在一种问与答的相互关系中进行的对话与交流。

第六节 民族文化文本

　　民族不同是区别不同文化的首要和重要的标志。作为一个历史的、恒定的、血缘的概念，每一个民族所拥有的语言和文化是独特的，不同文化间的互动、交流首先在跨民族的范围内进行。一个人的思想做不到自给自足，思想求发展就得同别人交流、切磋、对话。一个民族的思想同样不会是自给自足的，它的局限性得由他民族文化的建树来弥补，文化互动于是应运而生，成为人类生活中一道奇特的风景。从文化符号学的视角来看，一切人类文化现象如文字典籍、器用、规制都是用符号的方式表达人类的经验，表达其存在的意义等有价值的文化信息，因此文化是一整套符号体系的总和。同一民族文化中各类文化符号产生、存在、活动、发展不可或缺的空间就形成了该民族文化符号域，它是众多模式化体系的总和，相当于我们通常所说的文化背景和文化环境等概念。民族文化符号域的中心主要是指能够代表该民族思想传统和价值观念的那部分文学艺术和生活习俗等。不同民族的文化符号域既有相通的部分，也有不同的部分，因为，每一民族的文化都是该民族群体社会经验的共同体现，这种群体社会经验会通过该民族的文化艺术、生活习俗、审美风格等方面充分表现出来。此外，各民族在其各自独特的人文环境影响下也会形成自己独特的民族性格、风俗习惯等，这些因素也会通过各种符号体系直接或间接地表达出来，从而形成该民族独特的文化符号域，因此，任何一种符号行为都深深地刻上了民族文化的印迹。

---

　　① 〔德〕伽达默尔：《真理与方法》，洪汉鼎译，商务印书馆，2010，第368页。

不同文化中的人们，不同的个体，由于其所处的环境、个人经历、兴趣、爱好、动机、经验不同，因而客观世界被认知后，反映在其头脑中的世界图景就有所区别。这些差别体现在其头脑中的词汇语法系统、思想观念网络及目的、意义、倾向等方面。但处于同一符号域中的个体，其世界图景中有许多共性的因素，因而在文化上有共性的一面。并且由于具有对信息的认识、运作、产出的能力，某一文化个体才可以与其他文化个体"互动"，以接收信息、加工信息、输出信息、施加影响，亦即成为跨文化交际的主体。信息认知、加工的鲜明的动态性，凸显了个体的能动作用，民族文化中众多个体成员具有共同的民族文化特点，这使我们有理由将民族文化视为一个整体，视为一个统一的交际主体。将个体之间交流各自民族的文化信息，视为两个民族文化彼此间的交流，正是从这个角度出发的。民族文化由此亦可理解为是保存和加工信息的集体机制，洛特曼认为，"任何民族文化的历史可以从两个视点观察：首先是作为内在的发展进程，其次是作为各种外部影响的结果"。① "体系外的文本通常构成了建构未来体系的资源，在体系与外体系之间的作用形成了文化发展机制的基础。"② 引入外来文本后，民族文化对其进行加工改造，以适应民族文化发展的需要，外来文本通过内化进程进一步与民族文化文本相融合，成为民族文化的要素。

一 民族文化文本的互动

（一）民族文本的内部互动

我们在论述符号域时提到，民族文化文本相互间存在着各种各样的联系，它们彼此作用、相互牵制，既有合作，又有竞争，彼此独立又相互包容，一方的存在不能脱离于另一方的存在，相互间共同形成一个不可分割的整体，即统一的民族文化符号域。洛特曼曾指出不同民族文本互动的一种情况，即现在的民族文化文本同过去的各种不同结构的民族文本之间进行着积极的文化对话。此外，在民族文化符号域内，同一时代的文本之间

---

① 〔苏〕尤·米·洛特曼：《符号域》，圣彼得堡：艺术出版社，2000，第565页。
② 〔苏〕尤·米·洛特曼：《符号域》，圣彼得堡：艺术出版社，2000，第565页。

也在不断地进行着互动与对话,这种交往对话发生在文化各个层面上,即某一文化因素或文化结构同其他文化因素或文化结构的交流,某一文化因素或文化结构内部各亚系统之间的交流。正如洛特曼所说,"任何文化在符号上都不是同质的,并且不仅在某个符号结构内部,而且在自身属性不同的各个结构之间经常地交换文本。整个交换文本的系统可以在广义上定义为以各种形式组织起来、但处于联系中的文本生发器之间的对话。"①由此可见,同一民族符号域中的文本处于相互作用之中。这种相互作用既体现在不同符号类型(浑成性符号、离散性符号)的互动,又体现在它们所传达的内容、信息的彼此互动中。

(二)民族文本与外来文本的互动

外来文本进入本民族符号域后,不是静止不动的,而是与民族内部文本相互影响和作用,这一过程,是它们彼此穿越对方的一个个边界,积极对话的过程。民族文本与外来文本在对话的过程中自己会发生变化,外来文本也会发生转变,两者相互作用的结果是产生新的文本。

被内化的外来文本,是经民族文化符号域的边界过滤后的文本,一般来说是消除了不解和误解,对符号个体来讲是最大限度地保持了其原貌的外来文本。内化的过程可以看作外来文本与本民族文化文本第一次互动的过程,这一过程与第二次互动过程的显著区别,就在于不时出现因民族文化不同而造成的差错和误解。②"独立的符号系统,尽管具有内在的组织结构,但它们只有在整体中彼此依赖,才能发挥作用。没有一个符号系统具有能够保障它独立发挥作用的钳制。"③ 由于这种相互作用和联系,当某一外来文化文本进入民族文化的某一领域时,它往往会随之进入文化符号域里相互关联的其他领域中。原因在于,民族文化符号域如同文化个体一样,是一种智能的结构,某一领域一方的变化,必然引起与其相关联的另一符号领域的变化,同时多种文本往往不是通过一个,而是通过符号域的多个中心传递。

这种联系可以从两个角度观察。一是各类文化符号体系,如文学、艺

---

① 〔苏〕尤·米·洛特曼:《符号域》,圣彼得堡:艺术出版社,2000,第615页。
② 〔苏〕尤·米·洛特曼:《思维的世界》,莫斯科:俄罗斯文化出版社,1999,第167页。
③ 〔苏〕尤·米·洛特曼:《符号域》,圣彼得堡:艺术出版社,2000,第504页。

术、哲学、历史、宗教、法律等相互间存在的联系，这是民族文化符号域中各子域彼此间的关联，这种关联表现为横向面上的铺张。产生这种联系的根本原因在于，民族文化是人类生活的反映，它们分别从不同侧面勾勒出人类活动的画面，因此相互之间有许多互渗和多维的意义链的交叉，如文学、音乐、绘画、建筑、舞蹈等符号体系之间可以用古典主义、浪漫主义、现代主义等特点将它们联系起来。因而，当民族文化符号域中的某一文本变化时，往往会引起"牵一发而动全身"的效果，表现出一种整体性的行为，正是民族文化符号域自身的这种彼此相关的成分结构，决定了外来文本渗入民族文化符号域时，民族文化的多维变化与发展。

洛特曼对一系列文化对话、互动的事实进行分析后，提出了外来文本与民族文本的互动模式，这是一个新的研究视角。民族文化文本的交际以语言符号的运作为基础，以文化信息的创造和传递为目标，在时空的推移中生动具体地展现文化跨民族互动的真实景象。洛特曼这一思想的形成，经历了一个不断完善、发展的过程。洛特曼写作了一系列这方面的论文，主要论述俄罗斯与西欧许多国家的文化联系。洛特曼后期对文化互动问题的深刻认识，是建立在深厚学术背景上的理论贡献，我们根据相关文章、著述首先对洛特曼的民族文化文本思想，从整体上加以把握，指出其要义所在：第一种情况，外来文本保持其原有的符号形式，以其本来的面貌为人们所接受。这种外来文本多半被认为是文化价值较高的；第二种情况，一方面大量翻译、改编和改写外来文本，另一方面外来文本及其代码进入民族文化的基本领域中，即外来文本与本民族文化文本互相融合互相改变；第三种情况，外来文本完全融合于本民族文化文本中，随后这一文化自身开始产生大量的新文本，这些文本所用的文化代码曾受外来文本的影响，但现已具有新的、独特的结构模式；第四种情况，文化接收者转变为文化传播者，成为向符号域边缘输送文本的源头。

在这里，洛特曼基本上归纳了欧洲文化与其他文化互动的历程和特点。下面，我们选取几个实例看一看东方文化与其他文化彼此互动的情况，尝试探明文化互动进程的普遍模式。

俄罗斯同域外文化的互动鲜明体现了洛特曼的民族文化互动模式。18世纪开始，彼得一世积极地进行改革，大量吸收国外先进的科学技术与文化习俗，促使国内落后的政治、经济、文化得到极大的发展。在国外先进文化思想引入的过程中，国内有一大部分人很快受到了外来文化思想的启蒙与同化，但是也有一部分人在理解掌握外来文化思想的同时，仍然坚守与维护本民族传统文化的特点，这样国内就形成了两个相互对立的文化阵营，即俄罗斯本土文化与欧洲文化的碰撞与融合。在两种文化交际与互动的过程中，一方面促进了本国文化的发展，另一方面也导致了民族文化冲突的发生。例如，当时，法语在俄罗斯社会中得到普遍推广，许多人能够阅读法语原著，特别是普通民众开始了解法国的文学和艺术。但是，彼得一世以后，特别是法国大革命、拿破仑战争以后，人们对法国文化开始持否定态度，主要原因就是，俄罗斯贵族阶级在接受法国文化思想的同时竟然忘记本民族的文化思想与信仰，此后，俄罗斯文化开始有意识地摆脱外来文化，强调本民族文化发展的个性。19世纪俄罗斯文学的发展产生了巨大的飞跃，这种现象很显然是由两种文化相互碰撞、融合的结果。一直到十月革命前，俄国的文化精英都鲜明体现了本土文化和欧洲文化的完美结合。从普希金到托尔斯泰，从莱蒙托夫到陀思妥耶夫斯基，俄罗斯许多经典文学作品都以贵族生活为题材，要想真正理解作品的思想意图，就必须了解俄罗斯贵族社会，包括当时的风俗习惯、行为规则礼仪、时尚和由此产生的各种观念和社会心态。长期以来，"贵族"是"剥削阶级"的同义词，带有贬义色彩。但是，不应忘记，"成为全民族文化、孕育了冯维辛、杰尔查文、拉季舍夫、诺维科夫、普希金和十二月党人、莱蒙托夫和恰达耶夫，并为果戈理、赫尔岑、斯拉夫派、托尔斯泰和丘特切夫提供了基础的伟大的俄罗斯文化原本是贵族文化"。[1] 随着文化的积累，俄罗斯文化不断推出一系列新作，而且从普希金开始转入文化向外传播的阶段，托尔斯泰、陀思托耶夫斯基作品的输出是这一阶段的高峰。[2]

  下面我们再通过中国文化与外来文化的互动实例来继续阐释洛特曼的民族文化互动模式。传统的东方式的思维与西方式的思维存在着很大的差异，综合、整理就是两个不同类型机制的互动。中国传统的思维模式强调

---

[1] 〔苏〕尤·米·洛特曼：《漫谈俄罗斯文化》，圣彼得堡：艺术出版社，1994，第15页。
[2] 〔苏〕尤·米·洛特曼：《思维的世界》，莫斯科：俄罗斯文化出版社，1999，第204页。

整体，推崇直觉，属于浑成型，而西方思维模式最主要表现形式就是重理性，重逻辑推理，偏离散型。从整体上来看待人类思维，中西方不同的思维习惯对不同思维方式的注重和偏颇形成了双方互补的必要条件，使双方的交流和融合成为一种必须。在中国的文化发展史上，中国文化与外来文化有三次大的交锋：第一次是公元 1 世纪印度佛教文化传入中国；第二次是 16～17 世纪基督教在中国大规模地传播；第三次是五四运动后外来文化的涌入。我们不妨以佛教传入中国这一文化交流为例。佛教自汉代经中亚传入中原，吸收了中国本土道教的一些思想和教义，经过多年的发展，最终形成了既保留佛教本原基础又适于中国人接受的中国佛教，而核心部分仍旧保持了佛教的教义，类似的还有东正教在俄罗斯的传播，等等。

洛特曼通过对外来文本与本民族文本交际互动模式的深入探究，总结出两种不同民族文化模式在相互作用时主要的规律和特点。但是由于文化的复杂性与多样性，两种不同文化的交际互动模式会有不同的表现和变体，有待于我们进行深入研究，以发掘其核心和本质的东西。

二 民族文化文本的意义创新

首先，民族文化由各类文化文本构成，文本体现着多种文化语言（符号体系）的交叉融汇，多个层次的上下贯通，这构成了民族文化多维性的一个方面；其次，处于民族文化中的这些文化文本在符号形态、符号内涵和意义价值上，处于多维的关系中：中心与边缘、组合与聚合、历时与共时、可译和不可译、相对静止和相对运动、相对平衡与相对不平衡、相对稳定和相对变化等。这样，民族文化符号域就成了一个多维的关系网，各种成分错综复杂地交织在一起。复杂的多维层级结构和关系结构"使信息高度集中，并且创造了形成新意义的不尽资源"。[①] 文化互动中，当一个多维、多义的文本进入另一个多维、多义的文化空间边界时，各种不同的意义、不同的结构、不同的关系就会相互作用，就会获得多种新的意义、结构和关系维度。对民族文化来讲，它显然具有区别于其他文化的特点，否则不能称之为"民族的"。每个民族文化都具有自己独

---

① 〔苏〕尤·米·洛特曼：《符号域》，圣彼得堡：艺术出版社，2000，第 586 页。

特的符号系统、世界观、价值观、风俗习惯、历史传统等。由于文化互动因素的独特性，文化互动就有了创新的功能，互不相同的因素彼此作用，或者相互融合，或者相互补充，或者相互阐释等，形成了新的意义和文本。

洛特曼认为，文化意义的生成不可能在一个孤立静止的空间中完成，要实现意义的创新，就需要进入交际环境，为一个文本引入另一个不同的文本，两个文本之间进行直译和互换信息，并在这一过程中原有的信息转变为新信息。用洛特曼的话来说，信息的交换就是意义创新。所以创造性活动无法在完全孤立的、单一结构的和静止的系统中完成。民族文化的发展遇到外文本的介入时，创新的文本，往往在符号结构上变得更加复杂，含义上更加不确定。因为此刻实现信息交换行为的伙伴是具有不同意识、不同编码系统和内在不确定性的"他者"，他带来了另一符号体系的特点，其结果文本既有内在发展的特征，又有外部文化的影响。

一个民族的文化文本，如哲学艺术、文学等，首先也是直接地描绘出文化状态，在深层又体现了不同民族的文化传统、民族精神的内涵、价值取向、审美趣味等，反映了一个民族的世界观和宇宙观，以及对生活和自然的看法。不同文化文本的对话与交流，反映了不同文化之间的差异，这一过程有效地扩充了双方的视界，并丰富了双方认知世界的方法。在文化领域，我们也往往是在认识他人的过程中，在异质文化这个外在参照物的映照之下，才能更好地认识自己。所以不同民族文化应该互相对话和相互补充，才能对事物有全面的认识，只有双方都能更清楚地认识自我和认识他人，才有助于解决人类文化共同面临的问题。

一种文化内部不论看起来多么稳固，也毕竟是在不断地变化，但基于内部的文本互动，一般不易做出重大的创新。文化发生重大变化的原因多半是由于强大的异质文化的介入，致使传统思维定式被打破，促使人们能够以新的方式看待事物。属于同一民族文化的人，很难体察他所赖以生存的文化的特征，只有换一种视角才能重新认识自己，只有参照异质文化、了解到别人看问题的方法和角度，用他人的眼光来重新审视自己，才能更清楚地发现本民族文化的长处和不足。本民族文化文本在接受外来文化文本时，首先会套用本民族的需求去理解和阐释，从而发现文本中新的意义，使文本获得新的生命。

最主要的是，外来文化引起的本民族文化的变化，不是来自文化传统，也不是来自个人的独创，而是受益于一种新的思想资源。因此，不同文化文本的交流和对话，是一个民族文化取得创新的重要机制。如果过分强调本民族文化的完善性，进而排斥其他民族文化，那么本民族文化就难以有持久发展的后劲，不同文化的交流是文化创造力的来源。任何一种文化的发展均离不开对其他文化的开放和吸纳，离不开新观念的冲击。实践证明，人们越致力于发展自己的文化，就会越坦然地接受他人的文化，这一点是顺应社会发展的，只有在接受他人文化的基础上才能有效地发展自己的文化，才能真正实现文化的多样性和统一性的有机结合。近年来诸多交叉学科的出现，正是不同学科在各自边界部分不断接触、碰撞而产生的，它们对于原来学科的发展同样起到了扩展和深化的作用。

第五章　洛特曼文本诗学理论的
　　　　跨文化之旅

　　跨文化交流学作为一门新兴的独立学科于20世纪50年代在美国兴起。许多学者把1959年爱德华·霍尔的《无声的语言》看作是跨文化交流学的奠基之作。在这部书中霍尔首次使用"跨文化交流"一词，并从文化人类学的角度，研究了具有不同文化背景的人因对时空感知的不同而引起的文化上的误解。继霍尔《无声的语言》之后，跨文化交流学迅速发展起来。跨文化的文本交际理论是洛特曼学术遗产中十分重要的思想之一，这一思想的产生得益于洛氏之前的比较文学研究。比较文学理论跨越民族的界限，通过各种文学现象的对比，探究各民族文学及文化的共性和个性。洛特曼在前人研究的基础上指出，跨文化交际中存在着一系列至关重要的制约因素，整合这些要素可建构跨文化交际理论，洛特曼在其众多理论著述中都涉及相关的思想，《关于建构文化互动的理论》一文是这一思想的集中体现。如果将洛特曼的文本诗学理论视为一个文本，那么，这一文本理论被传播、被解读、被接受、被运用的过程，就是一个生动有趣的跨文化的交际过程，因此，检阅洛特曼文本诗学理论的跨文化之旅，梳理"理论旅行"这一文本的建构过程，很显然具有重要的意义与价值。

第一节　洛特曼与什克洛夫斯基在俄国形式主义上的对话

　　洛特曼与什克洛夫斯基是苏俄两位享有世界声誉、极具创新意识的文艺理论家，什克洛夫斯基是俄国形式主义彼得堡学派的奠基者，洛特曼作为其继承者，虽然二人在研究领域以及研究方法上有所不同，但就其理论渊源来看，他们之间的诗学理论必然充满很有意思的对话关系。综观当下学术界，学者更多关注的是对洛特曼与俄国形式主义关系的探究，对于洛特曼与什克洛夫斯基诗学理论的比较研究则鲜有涉及。基于此，本书试图立足于俄国形式主义的背景，深入细致地剖析两位大家诗学理论的渊源及异同并深入剖析这种隐形对话关系产生的深层次原因。

1917年十月革命前夕，以什克洛夫斯基和雅各布森为首的一群年轻大学生在文学艺术领域发动了一场声势浩大的文学革命，他们关于"艺术形式"独树一帜的创新研究为20世纪西方文论的发展带来了新气象，引领了新的研究方向，这就是俄国形式主义学派，它不仅成为西方现代形式主义批评的源头，而且被称为20世纪世界文论史上最著名的批评流派。初期形式主义学派主要包括两个分支：莫斯科"语言学小组"和彼得堡"诗歌语言研究会"，莫斯科"语言学小组"解散以后，彼得堡的"诗歌语言研究会"就逐渐成为整个俄国形式主义的代名词。洛特曼作为莫斯科—塔尔图符号学派的奠基人，他的出生和受教育地都是在列宁格勒（今天的圣彼得堡），在那里，活跃着一大批文艺理论家，文学理论研究异常繁荣、活跃。很显然，俄国形式主义学者什克洛夫斯基、雅各布森、艾亨鲍姆以及日尔蒙斯基等人的思想和学术观点对洛特曼诗学理论的形成产生了至关重要的影响。

一　科学的诉求

俄国形式主义认为，文学性质是由它特有的内部规律所决定的，而不是取决于非文学的外部因素。因此，返回文学本身，构建一门独特的文学科学，就成为俄国形式主义学者为之努力奋斗的目标。在这种理论背景下，雅各布森于1921年提出文学性概念："文学科学的研究对象不是文学，而是文学性，即能够使文学成为文学的那种东西。"[①] 文学性是使文学能够成为一门独立自主的文学科学的关键所在，它是文学研究的唯一对象，同时也是确立文学科学道路的一项重要原则。形式主义的出发点是把

[①]〔爱沙尼亚〕扎挪·明茨、伊·切尔诺夫：《俄国形式主义文论选》，王薇生编译，郑州大学出版社，2005，第345页。

文学文本与非文学文本区分开来，因此，他们主张将文学从社会学、政治学、文化学、历史学等非文学领域中分离出来，提倡进行纯文学研究，从而确定文学研究对象的独立性与科学性。也就是说，所谓文学性就是体现文学与其他科学的差异性，而这种差异性正是能够使读者获得审美体验的东西，是构成文本艺术性的成分，即艺术价值。正如托马舍夫斯基指出的那样："有艺术价值的文学是诗学的研究对象。"[1] 为此，俄国形式主义对诗学的复活、对语言学的探求、对艺术形式及技巧手法的推重都体现了对文学性生成机制的努力探索。"文学理论从事的是有关文学内部规律的研究，如果拿工厂生产来比喻的话，那么我所关心的不是世界棉花市场的形势，也不是那些托拉斯的政策，而是棉纱的标号以及它的纺织方法。所以，这本书的全部内容都是关于文学形式变化问题的研究。"[2] 可以说，什克洛夫斯基确立了一条与传统文学研究完全对立的理论原则和突出文学本体性的研究方法，它表明文学研究的唯一对象就是文学性，为此，他彻底实施了"中止判断"的艺术手法，他把文本看作一个独立自足的封闭体，为了取得文本分析的客观性与科学性，他开辟了从文本形式到文本程序再到文本语言研究的蹊径，其研究方法就是对文学现象进行描述、分类及阐释。因此，他的诗学研究以"形式主义"色彩而独树一帜。

什克洛夫斯基的科学实证主义思想及研究方法对后来的洛特曼诗学理论产生了深刻影响，洛特曼在《文艺学应当成为一门科学》一文中明确指出，要科学地认识艺术特性，建立一套行之有效的理论范畴，进而实现文学研究的科学化。[3] 洛特曼诗学理论是以文学性为切入口，终极诉求就是建立一门超意识形态的、不取决于个人趣味的、以严格的科学原则作为基础的文学科学模式。关于文学性的研究，洛特曼接受了什克洛夫斯基倡导的"差异论"思想，在学科定位上，试图确立文学不同于其他学科所具有的独立性与专门性。洛特曼诗学理论体现了什克洛夫斯基诗学的变迁与延展，从固守语言形式逐渐转入话语实践，凸显文学自身生存与发展的

---

[1] 〔俄〕什克洛夫斯基等：《俄国形式主义文论选》，方珊等译，生活·读书·新知三联书店，1989，第76页。
[2] 〔苏〕维·什克洛夫斯基：《散文理论》，刘宗次译，百花洲文艺出版社，1994，第3页。
[3] 〔苏〕尤·米·洛特曼：《文艺学应当成为一门科学》，《文化与诗学》2010年第1期。

规律，深化文学理论学科的建设，对文学与主体关系建构提供了有益的启示。

文学性作为构成俄国形式主义理论大厦的基石，主要表现为构成作品艺术性的各种形式要素：如修辞手法、艺术技巧及陌生化的艺术程序。什克洛夫斯基认为，文学作品虽然是由作家创作出来的，不可避免地要打上作家个体化的印记，但是当作品创作完成之后，它就具有独立的存在价值，完全脱离作者，只受文本自身规律的支配。什克洛夫斯基完全摒弃非文学因素，将文学科学锁定在自身内部规律之中，促使文学作品回归到文学研究的本体地位，从而带来了文学性质观念的彻底革命。但是什克洛夫斯基排斥主体的干预，以期对文本进行绝然净化的研究，使作家从创作主体降至能够熟练驾驭语言和艺术程序的工匠，甚至被排除于文学性视野之外，作家主体地位遭到颠覆，显然未免偏激。后期什克洛夫斯基诗学理论进行了修正与完善，虽然仍保有前期的理论精髓，但理论视野已经有了很大拓展。

洛特曼与什克洛夫斯基一致，均致力于对文学性生成机制的探究，但是二者在"如何评价作品艺术价值"问题理解上却表现出很大差异：什克洛夫斯基认为，作品的艺术价值要通过艺术创造来实现，而衡量作品艺术价值的唯一标准就是人能否"诗意地栖居"。那么如何实现"诗意地栖居"呢？什克洛夫斯基认为，主体能否摆脱日常自动化生活，使心灵感受到"诗意"，进而实现对本真世界的向往与追求。由此可见，什克洛夫斯基的诗学思想具有浓厚的人文主义气息，而与此相反，洛特曼诗学理论则表现出鲜明的科学主义倾向。何谓"科学主义"倾向呢？"遵照自然科学的原则与方法来探求世界的哲学理论，它把人类一切精神文化现象的认识论根源都归结为自然科学，强调研究的客观性、精确性和科学性。"[①] 洛特曼成功地将自然科学方法移植于文学研究，并取得了丰硕的研究成果。洛特曼借鉴美国申农的信息学理论，探究艺术文本生成信息、储存信息、传递信息的独特机制。洛特曼指出，由于艺术语言的多义性，信息发送者与信息接收者在编码时出现了信息传送的不可逆过程，即使信息发送

---

① 朱立元主编《当代西方文艺理论》，华东师范大学出版社，2006，第 2 页。

者与信息接收者使用同样的符号代码进行传送，他们获得的仍然是两个或多个不同文本，即艺术文本在信息传送过程中包括两套代码系统，即编码与解码。两套符号系统分别代表信息发送者与信息接收者两个主体之间的对话与交流，文本为信息接收者提供了充满个性与自由的解读空间，其原因就是构成信息发送者与信息接收者双方个人意识内容的符号代码具有差异性，即二者的生活环境、知识储备、文化传统以及对语言的认知都有所不同，所以，二者对于符号系统的任何解读，都不可能完全一致。因此，正是由于文本信息在传送过程中出现缺损或者增生，新的文本才会产生，文本信息才会出现增殖，文本创新机制才得以形成。在此基础上，洛特曼从生物学家维尔纳茨基提出的"生物域"概念得到启发，他把艺术文本看作有生命的活生物体，艺术文本的生命就在于它能以极小的篇幅集中惊人的信息量，这是其他类型文本所无法比拟的。艺术文本的形式要素如语言与结构都是信息的载体，艺术文本向读者提供的信息是无穷无尽的，信息就是意义，文本蕴藏的信息量越多，思想意义就越丰厚，审美价值就越高。此外，洛特曼对人脑智能、物理学、数学、控制论、系统论、拓扑学、耗散理论的深耕和借鉴，也为文本结构诗学研究提供了全新视角。①

洛特曼在《文艺学应当成为一门科学》一文中，给我们描绘了他心目中理想的文艺学家形象，他认为新时代的文艺学家不仅应该在语言学方面具有杰出的成就，而且在心理学方面也应该有很高的造诣，同时还应该具备数学家的素养；真正优秀的文艺学家不仅应该掌握广泛的经验材料，还要具有有机结合及独立获取的能力，同时还要具备精细缜密的科学思维。这样的文艺学家具有持久、独立思考问题的能力，不断磨砺自身，不视熟知为真知，在学术思想上能够永不止步。关于文艺学如何借鉴其他学科，如何有效整合并运用科学成果等题域，洛特曼的诗学理论为我们提供了切实可行的实践路径；在具体社会文化语境中，在努力追求科学化的进程中，如何保留文艺学的人文内涵，如何实现文艺学从单一学科到跨学科的理论变迁，如何将经典文艺学研究推向新阶段，洛特曼的诗学理论为当代文本诗学理论的发展提供了重要的参照坐标。

---

① 〔苏〕尤·米·洛特曼：《符号域》，圣彼得堡：艺术出版社，2001，第159页。

二 诗语的难化

20世纪现代语言学理论的发展对俄国形式主义运动起到了推波助澜的作用，索绪尔被尊为现代语言学的重要奠基人，他在批判传统语言学的同时提出了一种迥然有别的新的语言观念，即"必须研究语言本身"[①] 的结构主义方法，这种研究方法真正实现了现代语言学由外部研究向内部研究的革命性转换，即由言语转向语言，由历时转向共时，从而为整个20世纪的语言学发展确定了基调。索绪尔是提出语言和言语这一对概念的第一人，语言支配并超越着言语，同时又通过言语获得存在，语言是一个整体，一个系统，而言语则是个别性的存在，语言和言语的关系就如同整体与部分的关系。很显然，索绪尔对语言与言语的区分以及一分为二的辩证法对什克洛夫斯基和洛特曼诗学理论都产生了重要影响。但是值得一提的是，什克洛夫斯基语言学基础还受到他的老师库尔德内社会—心理语言学的影响，为此，他在诗语中实现了共时与历时的统一，而且，他尤重历时性研究，这一点体现出与索绪尔语言学理论的区别。什克洛夫斯基指出，诗歌语言与日常生活语言的主要区别，就是读者能否获得陌生感与新鲜感，为此，他提出著名的"陌生化"理论，"艺术的目的在于使人们对事物的感受成为可观的，而非认知的。艺术方法就是对艺术材料进行陌生化处理，使司空见惯的事物变得新颖的方法，即吸引读者的注意，增强作品感受难度，延长审美感受时间，使艺术形式难化，增强作品的表现力的方法。"[②] "陌生化"理论是俄国形式主义在艺术本质、文学创作、审美心理等诸多方面对传统文论观的颠覆，它画龙点睛地揭示出俄国形式主义对艺术本质的全新认识，迅速获得文艺学同人的青睐，实现了现代文论对传统文论的开创性突围。事实上，"陌生化"理论早已超越艺术手法及艺术程序的形式主义界阈，而提升到艺术总原则的高度。

什克洛夫斯基的"陌生化"理论，主要指诗歌语言的转义变形，什克洛夫斯基认为，要想克服认知事物的自动化反映，就必须使事物改头换

---

① 〔瑞士〕费尔迪南·德·索绪尔：《普通语言学教程》，岑麒祥、叶蜚声、高名凯译，商务印书馆，1980，第56页。
② 〔俄〕维·什克洛夫斯基：《散文理论》，莫斯科：苏联作家出版社，1983，第15页。

面，变得陌生，刺激感觉重新变得敏锐。他指出："正是为了恢复对生活的体验，感觉到事物的存在，为了使石头变为石头，才存在所谓的艺术。"① 什克洛夫斯基尤其注重对艺术方法与技巧的运用，它甚至将作品的艺术魅力归功于陌生化艺术程序所体现出来的鲜明的形式化特点。所谓"陌生化"变形主要通过语言的节奏与韵律、文本形象与情节、叙事视角，及各种隐喻、反讽等修辞手法来体现，什克洛夫斯基将传统文论中忽视的艺术方法推向前台，并将其视为艺术发展的根本动力，他指出，艺术就是方法本身，并且是各种方法之和，我们对作品的欣赏主要就是感受其艺术方法与技巧的运用。为此，艺术家千方百计运用各种修辞手法，通过各种艺术程序来实现语义的重组与转换，目的就是给读者耳目一新的感觉。

洛特曼诗学理论继承了索绪尔现代语言学思想，索绪尔关于语言和言语的区分，直接启发了洛特曼文本结构诗学的理论研究。洛特曼把语言分为自然语言和艺术语言两种模式，他认为，艺术语言是建立在自然语言基础之上的第二模拟系统，因此属于第二性语言，显然，这与什克洛夫斯基关于"日常语言是艺术语言的直接来源"的观点很相似。但是，关于艺术语言与日常生活语言的本质区别，什克洛夫斯基并没有从诗歌语言本身进行深刻的思索和论述，在什克洛夫斯基诗学理论中，诗歌语言的声音要素与语义要素往往是分离的，而洛特曼却认为诗歌语言的声音要素负有传递信息（语义或内容）的功能，因此它与其他要素的信息传递是不可能彼此分离的，相反，诗歌的声音要素与语义要素是紧密相连的，二者相互依存、互为前提、缺一不可。洛特曼主张把诗歌语言的音乐性与日常生活语言系统中的语音语调区别开来，因为，诗歌语言的音乐性与其中所蕴含的信息量和语义负荷密切相关，或者说，诗歌语言的音乐性是产生于语言结构的最高水平。

洛特曼接受了什克洛夫斯基的"陌生化"理论，把诗歌语言看作最具有艺术性的语言，并注重艺术语言的陌生化效果。什克洛夫斯基把文本看作艺术技巧与艺术手法的简单相加，所谓"艺术分析"就是列举文本中发现的诗歌因素，并以此去评价文本的思想内涵及艺术风格。与"陌

---

① 〔俄〕什克洛夫斯基：《散文理论》，刘宗次译，百花洲文艺出版社，1994，第10页。

生化"的理论方法有所不同，洛特曼也强调文学创作要注重艺术技巧与手法的运用，但是否定"艺术即方法"的观点，而且不主张作家在创作过程中一味使用艰涩难懂的阻拒性语言，而是提倡通过文本结构要素采用对比对照的方式促使文本意义增殖。什克洛夫斯基在阐释"陌生化"理论时，只简单提出要使艺术形式变得艰深化，但是，如何使艺术形式变得艰深化这一说法有点含糊不清，从形式主义学者后来的文学实践中可以看出，诗歌中的"陌生化"主要是通过违反日常生活语言规范来实现的，而小说中的"陌生化"主要是通过对本事的违反来实现的，可是对规范进行违反的方式是怎样进行的呢？什克洛夫斯基对此却很少论述。关于这个问题，洛特曼诗学理论给予了重要补充，也可以说是在更高层次上的一种发展。洛特曼比什克洛夫斯基更加重视诗歌的文本结构及内部各要素之间的关系，他把诗歌语言看作一种复杂的艺术结构，它能够传送日常生活语言所不能传送的巨大信息量，而这种特定的信息内容只能借助诗歌文本结构来传送，如果脱离文本结构，这种信息将无从产生也无法传送。洛特曼把艺术文本看作复杂的等级结构系统，在这个系统中不同要素之间存在着对比对立的关系，例如，在小说文本中，有时空的对比，有不同人物的对比，有叙事视角的对比，等等；在诗歌文本中，有音位的对比、词语的对比、句子的对比、段落的对比，以及语法系统的对比，等等。通过对这些对比要素的分析，找寻其中存在的差异，差异即意义，这样就会增加读者感受作品的难度、延长读者审美享受的时间，增强作品的艺术魅力，从而达到陌生化效果。洛特曼把什克洛夫斯基对文本结构与形式的认识又向前推进了一步，即看到了诗歌文本结构各要素之间的相互关联，互相映衬，共同构成诗篇的整体结构。当然，这一理论创新也主要得益于20世纪五六十年代信息论、系统论等自然科学的发展，正是借用了更先进的理论武器，洛特曼发现了什克洛夫斯基尚未发现的奥秘。

三　内容与形式的整合

在西方文论史上，"形式"一直是文论家关注与探讨的重要因素，传统诗学把内容与形式看作彼此对立的两个要素，主张内容决定形式、形式是为内容服务的工具。20世纪初俄国形式主义破壁而立，颠覆了传统诗学观。什克洛夫斯基指出，与其说"作品中的一切都是内容"，还不如说"艺术中的一切都是形式"。① 什克洛夫斯基反对将艺术沦为社会学的附庸，力争确立艺术的独立地位，因此对形式要素格外重视。与陌生化理论相对应，什克洛夫斯基赋予"形式"以本体性地位，它涵括作品的各个方面，甚至就是作品本身，读者欣赏所获得的也只有"形式"；同时，什克洛夫斯基对内容体现出"悬置"态度，它可以存在，但不属于自己的研究范畴，因而对内容避而不谈。虽然什克洛夫斯基前期表现出鲜明的反内容倾向，但是我们应该对此进行全面而正确的评判，应该更多地关注他的贡献。20 世纪初在俄国文艺学越来越失去独立价值的语境下，什克洛夫斯基运用"形式"要素代替艺术的极端做法，尽管有所偏失，但事实上起到唤醒人们对艺术独立品格的高度重视，正如穆卡洛夫斯基谈到的那样："就问题的实质而言，什克洛夫斯基的著作是克服形式主义的第一步，而这部著作表面上所体现的片面性则是源于它的论战性质：对于无条件侧重'内容'的做法，当时必须有一个侧重'形式'的反题与之进行对抗，进而达到两者的综合——即结构主义。"② 强调形式的重要性，凸显语言艺术的独特性，是俄国形式主义做出的重要贡献。在传统文论中，作家的生活与作品的内容居于主导地位，俄国形式主义对此进行了头足倒立的颠覆，把作家的生活与作品的内容从文学的核心位置驱除出去，取而代之的是作品的艺术形式，这鲜明体现出俄国形式主义的坚定立场和理论勇气。但是，一味贬低作家，甚至将思想与语言的关系本末倒置则不免失于偏颇，值得警醒。

俄国形式主义于 20 世纪 20 年代末被迫中断，直到五六十年代，文论界又燃起对形式主义关注的热情，此时的什克洛夫斯基的诗学探索较前期具有更多的理性精神。什克洛夫斯基一路探索，不断自我否定与更新，后期他很少使用"形式"一词，多用"结构"来取代，甚至有时还使用"范型"一词。前期的"形式"主要指各种艺术方法和艺术技巧的总和，后期对这个问题有了更深刻的思考，认识到艺术作品不只是各种方法的简

---

① 转引自方珊《形式主义文论》，山东教育出版社，1999，第 82~83 页。
② 〔俄〕波利亚科夫：《结构—符号学文艺学：方法论体系和论争》，佟景韩译，文化艺术出版社，1994，第 32 页。

单相加，而是一个有机的艺术整体，艺术作品是比方法的总和复杂得多的层级系统，如果胡乱拆分就会毁坏作品。读者在欣赏艺术作品时不仅为了获得形式，还要感受其思想，而思想要通过形式来体现，因此，无法区分思想与形式孰轻孰重，因为二者共同作用于读者的审美感官，无法分割。当然，与洛特曼诗学思想有所不同，什克洛夫斯基诗学是指向人类未来，试图实现对全人类的关怀，作家需要借助艺术形式产生美感进而实现思想上的升华，从而达到"诗意地栖居"，并由个体疗愈上升为对全社会、全人类的拯救。

在内容与形式的关系认知上，洛特曼超越了什克洛夫斯基，也超越了俄国形式主义。格里戈里耶夫在《洛特曼论艺术》中指出，应该没有人能像洛特曼一样做到克服文学理论中"内容"与"形式"这对令人烦恼的矛盾了，洛特曼把思维的辩证法原则引入了整个研究之中。① 洛特曼反对文学批评把思想内容与艺术形式截然分开的做法，他主张通过对艺术文本结构的研究来实现作品内容与形式的统一。将文本视为一种结构，是洛特曼诗学思想的基本理念，文本作为意义的生成器，具有生成、贮存与传递信息的功能，如果单纯从语言层次来解读文本，就会忽略文本结构所构成的复杂意义系统。一般来说，艺术文本结构越复杂，它所蕴含与传递的信息量就会越丰厚，并且信息量越丰厚，负载它的艺术文本结构就会越复杂，艺术信息的贮存与传递无法脱离艺术文本结构而单独存在，也就是说，艺术文本的内容与形式是有机统一，相辅相成，无法分割的。传统文论的错误之处在于，在没有真正弄清楚艺术文本结构具有负载与传递信息功能的情况下，抽象地将艺术文本分为内容与形式两个要素，其直接表现就是文论家与学者都有权指导和告诫作家应该如何进行创作，以至于学生们在课堂上也接受了：几条逻辑推理就构成了艺术文本的本质特征，而其余的要素都被看作文本的次要的艺术特征。为此，洛特曼尤其反对中学教学中把"思想内容"与"艺术特色"分开讲解的做法，他认为，这种教学和研究方法很容易引导读者形成一种错误的文学认识，即把文学创作看

---

① 〔苏〕格里戈里耶夫：《洛特曼的独到见解》，载《洛特曼论艺术》，圣彼得堡：艺术出版社，1998，第6页。

作在用一种冗长华丽的叙述来取代本来可以简要说明的主要思想内容的写作方法，假如这样，托尔斯泰的长篇小说《安娜·卡列尼娜》只需要两页纸就能够叙述完，读者只需要阅读一些简单的教科书，而不再需要花那么长时间去阅读长篇巨著了。洛特曼把文本内容与形式的关系比作生命与生物体的关系，二者互为前提、彼此依存，因此，正确的做法就是把文本内容与艺术形式有机统一起来，因为，艺术形式本身也具有意义，例如，文本结构、语言等形式要素都负有承载与传递语义信息的重要功能，都是构成文本内容的重要成分。艺术形式如果发生变化，文本内容也会随之变化，读者获取的意义也会有所不同。

四　文本与外文本的有机统一

自古以来，大多数文论家会承认文学是一种社会现象。例如美国当代学者韦勒克和沃伦在《文学理论》中专门论述了文学的外部研究："文学作为一种社会性实践……文学具有'再现'生活的功能，而生活在广义上理解就是一种社会现实，甚至包括自然界和个人的主观世界……诗人是社会中的一员，拥有特定的社会地位……的确，文学的产生总是会与某些特殊的社会实践密切关联……文学研究中的大多数问题都是社会问题……"[①] 基于这种认识，他们得出这样的结论："文学无论如何都离不开以下三个方面的问题：作家的社会学、作品所反映的社会生活以及作品对社会产生的影响。"[②] 文学作品的内容与形式都不可避免地要和社会生活发生密切关联，文学的发展变化主要源于社会生活的发展变化，文学作为一个子系统，总是要与社会生活这个大系统不断地进行能量与信息的交换，循环往复，永葆生机。19世纪末20世纪初的俄国文坛，传统文论派的文学批评仍然占据主导地位，尤其是学院派理论侧重从社会、心理、神话等角度研究文学艺术，这样，文艺的本质特征完全被淹没于文化价值之中，更有甚者，把文学史等同于文化史，由此，人们失去的不仅是文学，而且是心灵栖居之所。面对这种糟糕局面，什克洛夫斯基为了恢复艺术本

---

① 转引自《文学与马克思主义》第一分册，莫斯科出版社，1928，第121页。
② 〔美〕韦勒克、沃伦：《文学理论》，刘象愚等译，生活·读书·新知三联书店，1984，第42页。

性，突显艺术自身的独特性，提出重振文艺的口号："艺术永远不受生活束缚，它的色彩绝不反映在城堡上空飘扬的旗帜的色彩。"① 什克洛夫斯基以离经叛道的姿态，坚定地扛起反对传统批评的"形式主义"大旗，真正实现了对传统批评思想的突围。什克洛夫斯基的诗学理论犹如一匹"黑马"从深山狂奔出来，给欧美诗学领域带来了新气象，不仅具有开创之功，而且引领了新的研究方向。什克洛夫斯基认为，文学理论所探究的不是文学是"什么"的问题，而是文学是"怎样"的问题，即文学艺术所特有的本质问题。什克洛夫斯基把艺术技巧看作一切艺术创造活动的本质，艺术素材只有通过艺术技巧的加工创造，才能变成使人倾倒的艺术作品，艺术价值也是通过艺术技巧、陌生化手法带来文学性。什克洛夫斯基认为，文学研究的立足点就是文学性，不需要考察作家所处的社会历史文化语境，不需要关注作家的生平经历等外部因素，为此，他将艺术与生活完全割裂开来，否定一切对外部因素的研究，因此，他的研究范围越来越狭隘，最后陷入形式的牢笼而无法自拔。

洛特曼的诗学思想发生于 20 世纪六七十年代，当时正处于传统文论学派开始衰落，形式主义学派正面临重新被评定的时期，因此，洛特曼的诗学理论从诞生之日起就受到传统文论学派与形式主义学派的双重影响。洛特曼努力摄取俄国本土诗学的灵感与养分，对传统文论观念做出实事求是而又切中要害的扬弃，同时在传统理论平台上嫁接新思想，促使不同的文论思想异质共生。事实上，以洛特曼为代表的莫斯科—塔尔图符号学派在俄国文论思想由政治化倾向转为以审美倾向为主导的历史进程中，发挥了积极的推动作用。值得注意的是，洛特曼诗学研究方法是一种结构主义社会学方法，它以承认艺术的自律性为前提，但是，在此之前没有人进行过相关尝试。很显然，洛特曼诗学研究做了大胆尝试。洛特曼坚守艺术的自律性，这一点与什克洛夫斯基的追求是一致的，并且符合文学研究逐渐科学化的时代要求，但是，洛特曼在坚守艺术自律的基础上，又进一步考察了艺术与社会生活的关系，因此说，洛特曼的诗学理论没有局限于文学

---

① 〔俄〕什克洛夫斯基等：《俄国形式主义文论选》，方珊等译，生活·读书·新知三联书店，1989，第 11 页。

内部，而是把文学与整体的艺术和文化有机连为一体。当时，洛特曼诗学理论受到很大争议，甚至遭到排斥，有部分学者认为，洛特曼诗学理论忽视对文本外部因素的研究，过分强调文本内部因素，其实这种说法是偏执的，洛特曼诗学理论研究没有排斥社会历史文化等外部因素，只是在理论产生初期必然要经历"共时性"分析，之后很快就转向"历时性"研究，与此同时，他还把读者纳入诗学思考范畴，因此说，洛特曼不仅克服了什克洛夫斯基单纯注重形式因素的弊端，而且批判了传统文论学派单一的社会学批评模式。

从结构主义视角研究文本形式特征，是洛特曼和什克洛夫斯基的共同之处，但是什克洛夫斯基把文学作品看作封闭结构，而洛特曼在注重文本内部形式要素研究基础上，又将目光拓展到外文本结构。他把艺术文本看作一个包含不同层级系统的有机整体，艺术文本整体结构所承载的信息量远远大于该文本各子系统结构要素信息量的总和，在这个整体结构中，某一子系统结构要素的意义只有通过与其他结构要素的联系才能获得，单独的某一子系统结构要素则没有意义。为此，洛特曼执着地考察文本结构与外文本结构的相融共生，从而探究文本意义的建构过程。他指出，艺术文本只有通过与非艺术文本进行对比，然后才能更好地被读者所理解，艺术作品之所以具有巨大的信息量与审美价值，其根源就在于外文本的存在，当然，这里所谓的外文本指的就是艺术作品产生的社会历史文化语境，如经济、政治、历史、文化、道德、宗教等多种因素。如果抛开文本与外文本的这种联系，艺术文本的意义将无从产生，也无法得到阐释与解读。"洛特曼的研究方法不仅分析文学文本的内部结构，还分析文本和社会—文化语境的外部关系。既避免了外部研究的缺憾，又跳出了内部研究的窠臼，成功地将文本的内部机制与外部客观世界有机联系起来，并加以理论化，从而为填平文艺的外部研究与内部研究之间的鸿沟，迈出了坚实的一步，这的确是文学研究中的一场哥白尼革命。"① 洛特曼新型文本结构分析方法的建构，引起了世界文坛的广泛关注。

---

① 〔荷兰〕佛克马、易布斯：《二十世纪文学理论》，林叔武、陈圣生等译，生活·读书·新知三联书店，1988，第50页。

在洛特曼看来，文本不是一个独立自足的封闭体系，而是内文本与外文本的有机统一，因此，只有把文本放置于广阔的社会文化语境中才能得到正确解读。如果把文本比作一个艺术大厦，那么形式主义学者只懂得如何布局安排，却不知道如何进行建构，很显然，这是用砌砖问题替换了建构问题。洛特曼反对把文学与社会生活割裂开来，应该说，这是洛特曼比什克洛夫斯基更为高明的地方。值得一提的是，什克洛夫斯基诗学理论后期对待时代、生活的态度发生了根本性改变，众所周知，他前期完全割裂文艺活动与社会生活之间的联系，直至20世纪50年代中期，俄国整个社会文化语境不断发生变化，什克洛夫斯基个人对自己的诗学思想不断进行修正，他对文学与社会生活的关系较前期有了新的理解和感悟，他认为文艺创作是无法脱离社会生活的，作家所处的时代生活背景以及个人生活经历与累积起来的整个人类经验相比微乎其微，而整个人类经验可以拓宽作家的艺术视野，并增强其艺术表现力，因此，后期什克洛夫斯基与洛特曼一样，开始主张形式与思想的有机统一。洛特曼诗学理论所应用的概念范畴、分析方法和什克洛夫斯基有很多相似之处，但是在整个发展过程中，洛特曼还是体现了自己独特的理论建树。什克洛夫斯基诗学思想更多的是静态的，而洛特曼则是动态的；什克洛夫斯基更多的是封闭的，而洛特曼则是开放的。洛特曼把艺术文本看作一个动态的意义生成器，它里面的一切，都不是静态的，而是一个各类意义交叉互相辉映的文本语义场，艺术文本的生命来自它们彼此之间的张力，而这种张力更多来自自身要素的对立、冲突与斗争。洛特曼的诗学思想充满了构成和谐之充足的必不和谐因素（如声音、词语、语法、篇章等），只有经历不和谐，才能达到最终的和谐。所以，洛特曼的诗学理论不仅克服了传统诗学忽视文本形式价值的缺点，又有力地批判了形式主义学派忽视思想价值的偏颇之处，促使文学研究更加全面和清晰起来。可见，洛特曼诗学理论观点与其说是形式主义学派的对立面，倒不如说是对形式主义学派诗学理论的重要修正和补充。

后期，洛特曼把整个文化看作文本间相互联系而构成的整体系统，文本与文本之间互相影响、互相包容，从而形成不断的运动，文本包括内外两种因素，同时还呈现出一种向他文本、历史文本的潜开放性。俄国形式主义学派在把文本纳入视野以后，把读者与作者统统摈弃在研究视域以外，洛特曼则不然，他把文本看作是一种动态的、发展的、历史的过程，反对文本意义的封闭性、确定性与终极性；把文本视为内容与形式高度融合的复杂的艺术符号活动，通过文本与其他文本的对话积极构建文本意义的生成机制，从而实现对传统封闭、静态的诗学观念的超越。洛特曼诗学理论是一个融合了文学史与文化史的宏大观念，只有把握了这一点，我们才能真正理解洛特曼诗学的理论精髓。

什克洛夫斯基和洛特曼基于形式主义的潜在对话，对20世纪西方文论的整体走向与发展影响深远，它不仅揭示了以洛特曼为代表的莫斯科—塔尔图符号学派与俄国形式主义学派的密切关联，而且点明"对话性"成为洛特曼诗学理论跻身于20世纪西方现代诗学的关键所在，这不仅为当代文艺理论的建设提供了方法论的启示，而且对把握人文社会科学的发展与走向具有重要参考价值。

第二节　跨文化视界下洛特曼文本诗学比较研究

当代文本理论是在跨学科之中发育的，是在跨文化之中传播的。洛特曼的文学文本理论实现了跨国界跨文化的传播与解读。因此，以文本观为切入点，在比较的视野中去审视洛特曼文本诗学理论，可以发现，洛特曼对许多文本问题的关注与思考，对解构主义文本观、阐释学的文本观、接受美学文本观等的生成提供了许多启示。目前洛特曼研究正在逐年升温，洛特曼理论的价值日益凸显，学者开阔的学术视野，使众多学科与之对话，哲学阐释学家利科（Paul Ricoeur）、新历史主义代表人物格林布拉特（Stephen Greenblatt）、符号学家艾柯、接受美学理论家伊瑟尔（Wolfgang Iser）、女权主义者克里斯蒂娃等，均创造性地借鉴了他的概念。

一　洛特曼文本思想与解构主义文本观

20世纪60年代至70年代，西方文艺理论界经历了由结构主义向解构主义的历史过渡。解构主义从读者接受的角度，既宣布了"作者的死亡"，又否定了文本的"神学意义"，还提出了"语言的表征危机"。解构主义认为，作者并不能够完全主宰作品，作品一旦写成，就已不再受作者的控制，文本的意义存在于作品与读者的交流之中。由于批评视角的转换，解构主义者不再把文本的意义视为单一、确定和完成的，而是看成多元、不确定和未完成的。这样一来，意义不仅无真理性、客观性可言，而且永远处在差异和流变之中。

洛特曼与解构主义一样对文本的固定意义产生了怀疑，主张从多重角度、多个层面对文本的意义进行阐述，彻底打破意义的终结性和一次性。在这一点上，洛特曼的文本思想带上了解构主义的色彩，但是洛特曼并没有走到解构主义的道路上去，洛特曼的文本观与解构主义文本观之间存在着相通与差异，由此反映出他独特的思维方法。与解构主义文本观相比，洛特曼没有让文本的阐释走向玄而又玄的虚无主义，而是强调文本与作者、读者之间存在的张力关系，反对读者在文本阐释中的权力意志，始终关注"人"的存在与价值。同时，洛特曼从不将自己的思想局限于某一种理论框架中，他的理论研究始终以对文学作品、文化现象的分析为基础，并将之作为自己理论创新的源泉。

（一）文本多元意义的建构

解构主义之前有文字记载的文学批评基本上采用逻辑学思维范式，或者说是运用科学思维的范式来探讨文学现象的。解构主义在现象学思维范式的影响下，确实与前人的研究方法有所不同，解构主义对文本的地位、状态与构成有了新的认识，他们注重在文本中发现导致其自我瓦解的因素，利用它来颠覆文本的单一意义，以此焕发文本的多重内涵。在这一点上，洛特曼与解构主义在精神上是契合的，对文本的固定意义产生了怀疑，企图对文本做多层次的阐释。

1968年的"五月风暴"，导致了法国知识界对结构主义的普遍不信任，巴尔特等结构主义者纷纷倒戈转向解构主义，把语言意义的不确定性推到首要地位，从根本上动摇了纯粹探求作品封闭的内在结构和共时性模式的结构主义文论基础。巴尔特认为不存在决定作品终极意义的"深层结构"，文本是一个没有中心的能指场，它由多层意义系统包裹而成，对文本的诠释便是一层一层地展开这些意义系统并观察其交互反应。在1969年"文学风格研讨会"上所做的题为《文体及其意象》的演讲中，巴尔特指出："直到现在，我们还把一个文本视为带有果核的水果（比如说，一枚杏子）；文本的形式是果肉，文本的内容是果核。不过，最好还是把文本看作一颗洋葱，有许多层洋葱皮构成（或者说，由很多层次或系统构成）。洋葱的身体最终并没有核心、秘密、不可削减的原则。除了包裹着它的一层层洋葱皮，便不再有别的东西，洋葱皮裹住的，正是洋葱头自身表层的统一性。"①巴尔特通过洋葱这个意象，表达了解构主义文本的基本理念：不存在终极意义，但存在片段的、分散的意义：在一个多层的球体或多层的书写中，每一表层均有其单独意义。文本的阅读和写作，如同剥洋葱皮，乃是一种过程性的行为。这种反对文本单一内涵的看法确实使文学文本从唯一的"深层结构"或"固定意义"中解放出来，为我们解读文学文本展现了新的研究视角。

巴尔特从"作品"走向"文本"，又走向"文本间性"，不断推进文学文本研究，围绕文本构建"科学"而"客观"的纯粹形式批评方法。在解构主义阶段主要探讨以读者为中心的阅读理论，提出"可写性文本""文本愉悦"等，鼓励读者进行"写作性"阅读，进入文本，获得阅读的快感。同时，他大胆尝试用"絮语"与"断片"的新文本形式颠覆文本整体性与秩序性。巴尔特强调读者对文本的参与，他认为，读者的阅读，能够使文本的意义得以凸显。在这个意义上，读者是一种文本生产者，而"作者"在某种意义上只是读者的代笔人，替读者参与文本的编织。读者在阅读过程中，继续编织文本，增殖能指，生产文本的复数性。阅读是一种语言的劳作，阅读即发现意义，发现意义即命名意义。

在传统批评家看来，文本具有整一性和连贯性，重复阅读可以发掘文本深层蕴涵。巴尔特认为，由于阅读经验的不可逆性，每次阅读都产生无法重复的体验，他所提倡的"重复阅读"并非为了发掘文本的深层内涵，而是为了看到文本的不同侧面。重复阅读可使文本意义增殖，也可根据读者每次阅读理解的不同，相应调整文本内在顺序，他指出，重读只是作为游戏，不是为了获得意义的终极所指，而是为了能指的增殖。文本本身是各种文本的交织，文本永远是复数的，倒读不仅参与文本意义的生产，而且可使文本出现相互交织的联想。巴尔特在对阅读单元的阐释中，实现了

---

① 转引自陈平《罗兰·巴特的絮语》，《国外文学研究》2001 年第 1 期。

文本意义的"增殖"与"繁衍",演绎了文本的多元意义生成。

巴尔特解除了作者与文本之间的父子关系,从而颠覆了传统文本中作者的地位。洛特曼没有全然抹杀作者,而是将文本看作意义的发生器,通过引入读者维度,主张通过读者的阅读使文本意义具体化。两人的共同之处就是,都有意识地将读者引入文本,文本意义由于读者的介入始终处于当下时态,并且不断获得增殖。就理论立场而言,巴尔特与洛特曼都继承了索绪尔的结构语言学理论,并且都以符号学作为切入点对文本意义的生成进行探索,同时阐释了文本多元意义的生成。但是在具体实践上两者有所不同,巴尔特通过对作者权威地位的颠覆,以交互主体性解放结构,凸显了人的价值。洛特曼则强调文本的交际功能,一方面通过解构主义的开放性来克服结构的封闭性,另一方面又通过结构的完整统一性有效地避免了解构的无边性。

洛特曼的文本不是封闭的客体,而是具有不断产生意义的功能。洛特曼指出,文本是读者与作者之间进行的一场永恒的斗争,为此,他强调文本的信息交际功能,他把视线主要集中在作者与读者的交叉地带,重视信息两端的发送者与接收者。同时,他又力图揭示世界、文本、读者、作者多种要素之间的关系,进而扩展了文学性的内涵与外延。洛特曼认为,由于作者编码和读者解码存在差异,因此读者事先无法预知意义,读者阅读就意味着文本再次进行编码,生成新的信息,而经过读者重新编码的文本,总是会留下未被翻译的剩余物。洛特曼指出,不同性质的文本可以在同一层面或者不同层面进行一次或多次对话与交流,读者的解码过程极其复杂,失去了一次性和终结性,在解码过程中新的意义不断产生,就如同雪崩一般,能够迸发出巨大的信息能量。

此外,还需指明的是巴尔特与洛特曼虽然都将文本视为意义源泉,但是,巴尔特切断历史的当下意义,更重视文本的共时态意义,而洛特曼能够辩证地处理读者、作者、文本、世界之间的多维关系,更善于从丰厚的历史文化中汲取营养,充分发扬对话精神。

(二)反对意义虚无

为了反对逻各斯中心主义,为了反对形而上学,为了打破一切僵化封闭的体系,解构主义运动着重宣扬消解主体、能指自由、意义延异等理论观点。换句话说，解构主义尤其重视文本和语言的自由嬉戏，即使这种自由只是一支"戴着镣铐的舞蹈"。解构主义的代表人物法国哲学家德里达在其作品《符号、结构和人文学科的嬉戏》中，提出不能把作为符号的"文字"与"书"看作完全同一的整体，它们之间体现了意义的差异和不确定性。他认为，"书"是一个物质实体，它拥有完整的、封闭的结构，由有限的文字构成，而文字一直以来被看作"书"中"总体性观念"的一种体现。德里达对"文字"与"书"进行区分，目的在于彻底颠覆"书"所代表的形而上的不朽精神。为此，他创立了"延异"的概念，"延异"不具有存在性，它不"在"，它不是"在场"，它可以指向"不是"（非存在），也因而可以指向一切东西。它没有本质，它也因此不是任何东西的源头。它只是对某种过程的参与，是纯粹的游戏。解构主义认为语言中只有"延异"，它表明了符号意义是不确定的，文本意义是语言符号推延的效果，因此，语言之外不存在确定的意义，那么，对于文本的理解也就成为一个不断移置、增补的语言文字的游戏过程，所以，文本不具有稳定的单一意义，而是呈现多重内涵。

解构主义对文本固定意义的怀疑，对文本多元性的追踪，最终颠覆了文本的终极意义，致使对文本意义的阐释陷入了虚无主义的怪圈，对此，艾布拉姆斯对解构主义进行了指控，他在《解构的天使》一文中说道："如此一来我们得出前述的结论。德里达的文本之室是一个封闭了的回音室，其中诸多意义被降格为某种无休止的言语模仿，变成某种由符号到符号的横七竖八的反弹回响，它们如不在场的幽灵，不是由某种声音发出，不具有任何意向，不指向任何事物，只是真空中的一团混响。"[①]

与德里达忽略文本的内在结构与深层结构不同，洛特曼极其尊重原文本的存在，他指出文本的阅读绝不意味着我们可以去随心所欲地重新书写、替换。他把文本复杂的内在结构看作意义的发生器。洛特曼认为，文本具有传递、记忆和产生意义的完整功能，与德里达不同，洛特曼指出，意义产生于异质文本的翻译过程中。他指出，文本使信息发出者和信息接

---

① 〔美〕艾布拉姆斯、大卫·洛奇编《解构的天使》，《当代批评与理论读本》，朗曼书屋，1988，第270页。

收者之间建立联系,在信息交际过程中,信息接收者会发生变化,从而导致文本意义也发生变化。而德里达则提出阅读文本实际上是读和写的"双重活动","读就是写"。读者有权读进自己的一些东西,可以引入其他人的东西,从而和原作者一块儿创作。文本向阅读开放,它不是固定的、封闭的,它是全面开放的,这就是德里达所说的阅读中的嫁接方式。德里达将文本当作一块松软的土地,可以自由地播撒种子。他写道,播撒将文本陷入破烂不堪的境地,揭示文本的杂乱无序、松散重复、既不完全也不完整、瓦解文本符号规定的意义和内容,宣告任何文本都不具备完整性。"[①]

德里达的贡献是不可忽视的,他冲破了形而上学的思想束缚,进入一个相对自由的理想天地,但是德里达的理论也具有明显的弊端,他为了反对几千年来西方一直尊崇的形而上的哲学体系,竭力避免建立体系,可是为了向人们传达一种思想,他又必须借助文本建构一种思想体系,用体系消解体系,这使德里达的解构主义理论陷入一种两难的尴尬境地。与之相比,洛特曼的文本诗学理论也体现了许多解构主义特征,但是又从根本上不同于解构主义,解构主义虽然对结构主义的封闭式研究、个体独特性和差异性的丧失以及普遍性和自律性的理性逻辑进行颠覆,但是却失去了文本意义生成的基本立足点,洛特曼的文本诗学理论在反对意义确定性的同时,又努力构建文本意义的生成机制。洛特曼的文本诗学理论既是动态、多样的,又是求实、科学的。因此,他不可能像解构主义那样,颠覆文本意义的存在,也不会使文本的阐释走向虚无。洛特曼的文本诗学理论被赋予了更宽泛的内涵,他将单个文学文本放置于整个文化体系中进行考察,进而探究文学文本的文化整体内涵,即一种普遍的文化价值,与人类基本的、普遍的需求密切相关。

(三) 反对读者权力至上

解构主义者过于强调读者的权力意志,无视于作者的权力,无视文本的稳定意义。解构主义者把阐释当成一种手段,把文本玩弄于股掌之中,

---

① 〔法〕德里达:《立场》,转引自《西方二十世纪文论史》,张首映译,北京大学出版社,1999,第438页。

把文本解读视为互文性的游戏。解构主义者全然不顾作者的意图,把读者放在至高无上的位置,摒弃语言的指涉性,无视阐释正确与否的标准,最终,文学的解读成为语言游戏,陷入了无底的深渊。与之相比,洛特曼强调文本、作者、读者三者之间的张力关系,没有过分地夸大读者在文本阐释中的地位,洛特曼认为,文学作品乃是作者、读者与文本三要素的合成,文本不是独立自足的,它包含着大量的不确定点,有待于读者去解读,去具体化。文本意义不仅蕴含于文本之中,更孕育在文本之外,文本意义是在作者所写与读者所思中建构出来的。首先,洛特曼没有把作者与文本之间的联系完全割裂,而是主张打破作者的中心地位,将研究视角转移到文本上,同时对文本与作者的关系进行重新阐释。由此可见,洛特曼的文本观是以文本为中心,倡导作者与文本的互动,充分发挥读者的再创造能力。其次,在具体文本阅读中,读者要始终立足于文学作品本身,而不是更多地关注文本注释及其文本评论。此外,在读者与文本可以充分结合的基础上,应该把读者阅读视为一种再创造的活动。由此可以看出,洛特曼总是试图在文本、作者与读者三者之间找到一个最佳平衡点,不至于因为过分强调某一方,而对其他两方造成损害,所以,洛特曼不会像解构主义那样主张"读者至上"。解构主义因为夸大读者权利,倡导"读者中心论",最终导致了文本、作者、读者三者之间关系失衡。洛特曼的文本思想是主客观的有机统一,即强调文本客观性思想的分析,也没有忽视其主观性因素的重要作用,从而使文本融合成一个有机整体。

固然,文学文本的重要特征之一就是文本意义的多样性,但是如果过分强调读者在解读文本时的"权力意识",就会导致对文本意义的阐释陷入虚无,甚至导致脱离文学文本的结果。虽然解构主义仍然把文学文本作为理论研究的重要内容,但他们眼中的"文学文本"只是一块不断创造解构"新词"的试验田,体现永无止境的意义阐释。与此相比,洛特曼的文本诗学理论起于文学文本,终于文化文本,始终以"文本"为核心不断向外扩展,超越了单个文学文本的限制,同时又将视野渗入广阔的文化文本领域,进而发现并阐述二者之间的相互关联及共性。

20世纪的批评理论几乎都是从文化和环境的宏观视角来构建一种能够赋予文学文本相对确定意义的批评理论。这种文化哲学转向和对环境的关注，确实在一定程度上解决了解构主义"自我解构"的问题，为当代西方文学批评理论的发展做出了贡献。然而，"解构"和"建构"又从来就是很难分离的，"解构"的同时往往又伴随着"建构"，任何一种"建构"恐怕也离不开程度不同的"解构"。可以说，"解构"之中蕴含着"建构"，"建构"之中也少不了"解构"。其实，在西方文艺学界，理论的建构一直就没有停止过，即便是在解构主义兴起的 60 年代，"解构"思潮虽然一度席卷欧美文论界，但是不少文学理论家们仍然在进行着理论的"建构"。洛特曼的文本诗学理论深受西方解构主义的影响，他的文本诗学理论的孕育和产生几乎是与解构主义同时期的。因此，如果对洛特曼的文本诗学理论进行深入研究，就可以获得很有价值的理论启示，并且在方法论上能够有助于我们尽快走出解构主义的误区，同时，还有助于我们了解当代西方文艺学界在"解构"的废墟上重新"构建"新型批评理论的意义。洛特曼试图通过系统的内在联系，从而对文艺现象进行相对确定的把握，进而"建构"一种独特的系统化的研究方法和理论。

二 洛特曼文本思想与阐释学文本观

西方阐释学在其发展过程中有三次重大转向。第一次是从特殊阐释学（《圣经》注释学，《罗马法》解释学）到普遍阐释学的转向。这次转向的主要代表人物是施莱尔马赫。施莱尔马赫把阐释学从独断论的教条中解放出来，使之成为一种解释规则体系的普遍阐释学。第二次是从方法论阐释学到本体论阐释学的转向，这次转向的主要代表是狄尔泰、海德格尔和伽达默尔。伽达默尔认为："理解从来就不是一种对于某个所予对象的主观行为，而是属于效果历史，这就是，理解属于被理解东西的存在。"[①]第三次是阐释学实现了从本体论哲学到实践哲学的转向，可以说这是 20 世纪哲学阐释学的最高发展，被视为构成整个人文社会科学认知与理解的基本范式。传统阐释学的研究对象仅被设为狭义的"文本"，随着现代阐释学理论的发展，现代阐释学对文本的定义趋向多元化，正如伽达默尔所说的，阐释学试图探究人类一些理解活动得以实现的基本条件，揭示人的

---

① 〔德〕伽达默尔：《真理与方法》，洪汉鼎译，商务印书馆，2010，第 9 页。

在世和人与世界最基本的状态与关系,从而使阐释学发展成为一种人文科学普遍的研究方法论。

"文本"在阐释学问题中居于核心地位,阐释学家就文本与阐释的关系、文本的意义等问题提出了他们的文本观。与之相比,洛特曼把文本看作一种信息交际模式,从文学文本出发,进而提出文化文本的内涵,并认为,文本的意义源于作者、读者与文本的共存与辩证的关系。据此可见,洛特曼的文本思想与现代阐释学的文本观有着共同的理论旨趣,他们就文本的相关话题做了思考与解答,虽然二者的哲学基础、学科范畴不尽相同,但并不妨碍他们在"文本"这个平台上进行对话与交流。

(一) 文本与阐释的共存

"文本"无论在阐释学那里,还是在洛特曼那里都是一个核心问题。因此,文本与阐释的关系必然成为他们关注的焦点。18世纪末到19世纪初的德国哲学家施莱尔马赫是探索阐释学理论的第一位学者,他所提出的客观主义阐释学建立在主客二分的基础上,即文本的存在源于阐释的需要。也就是说,如果没有阐释,文本就没有存在的必要,文本的意义有待于阐释者揭示出来。对于一部文学作品的理解来说,施莱尔马赫的根本观点是,解读文学作品的目的主要是为了正确理解它所表现的世界,我们对文本的理解都是建立在作家创作基础上的一种再构造,无论是作者,还是文本的阐释者,都可以通过文本进行心灵与心灵之间的沟通,由于这种沟通促使我们能够更正确地理解和阐释文本的意义。后来,真正将阐释学引进哲学之门的另一位德国哲学家威廉·狄尔泰则从认识论的角度提出了主观主义阐释学,他认为,文学和艺术是一种特殊的生命体验形式的表现,是理解者向理解对象的一种移情,是一个人把自己所接受的外部的文化信息移入自己的精神世界使之成为文本创造者的一部分,但生命体验的概念在狄尔泰那里并不仅仅局限于艺术领域,他的理解范围包括所有的历史现象,每一种客观化思想的产品、每一种文化产品,包括个别言语的记载,都必须而且可以当作文本来理解。可见,无论是施莱尔马赫还是狄尔泰,他们都是在主客二分的基础上提出他们各自的阐释学理论,在处理文本与阐释的关系上,将关注点滑向阐释与理解本身,剥夺了"文本"的存在本体。

深受海德格尔存在论影响的现代阐释学的开创者伽达默尔对以上观念进行了辨析与批判，他从本体论的角度将文本界定为"被理解的真正给定之物"①，这表明，伽达默尔反对将文本从理解过程中隔离出来，并认为二者是共时存在的，这样既否定了主客分离的认识论基础，又使文本成为本体性的存在。伽达默尔从本体论的角度强调文本与阐释的共时存在，旨在追求阐释的主观性与文本的客观性之间的相互和谐。与之相比，洛特曼的文本思想则与现代阐释学的文本观有着共同的理论旨趣，在他的文本诗学理论中，文本与作者、读者彼此之间相互依存，共同构成了一个整体，打破了非此即彼、主客二分的思维定式。首先，洛特曼反对以作者为中心的论调，倡导以文本为中心，充分发挥读者创造性。其次，文本与读者共存互参。文本不仅仅是一个特定的客体，更是交流活动的一个阶段。只有在读者的参与下，文本的意义与信息才能得到有效阐释与显现。最后，读者在阅读中的主动性、读者与文本的结合及阅读的具体过程始终是其关注的问题，他充分肯定了读者在阅读与理解文本中的能动性作用。由此可见，洛特曼与伽达默尔一样十分反对将文本与阐释加以分离，认为它们二者处于共存的复杂关系中，正是这种复杂的关系才使文本得以获得独立的地位，文本的意义得以阐释与理解。洛特曼虽然没有将文本抬高到本体论的地位，但他赋予了文本构成文学理论中心的地位，主张在文本与读者、作者三者辩证的关系中展现它的存在。这种文本观不同于传统的作者中心论、文本中心论和读者中心论的文本观，而是以文本为支点向外扩展，兼顾文本与作者、读者、文化的关联，既没有将文本推向客体的极端，又能够与主体保持一种张力关系，最终打破非此即彼的思维模式，以一种综合、辩证、动态的视角来探究文本问题。

（二）文本的对话与交流

探究文本与阐释的关系，其目的还是为了获取文本的意义，对此，狄尔泰提出了"阐释循环说"，所谓阐释的循环是指对于整体文本意义的理解，必须建立在对文本局部词句的理解的基础上，同时，对于文本局部词句的理解又必须建立在对整体文本意义已经获得假定理解的基础上。很显

---

① 〔德〕伽达默尔：《伽达默尔集》，严平编选，上海远东出版社，2003，第59页。

然，这种阐释活动是一个循环论证过程。所谓正确的阐释应该通过文字对作者当时的生活进行重建，进而实现对过去历史现实的阐释，因为只有理解了作者本意才能真正理解作者，理解作者的生活进而理解当时的历史，不过要实现这一目的，阐释者会遇到不可逾越的障碍即阐释的循环。伽达默尔汲取了"阐释循环说"的精华，进一步提出了两个视界，第一个视界是阐释者的个人视界，即由阐释者自身的成见出发而构成的对作品的前理解；第二个视界是历史视界，即作品本身置于其中的历史文化语境，它包括不同历史时期读者对文本的一系列阐释。理解主要就发生在个人视界与历史视界的融合过程中。伽达默尔认为，一部作品的意义并不是作者给定的，而是阐释者给定的，因为只有在阐释者与作品的交流中作品才显示出意义。而且一个文本的意义永远是相对的，不同时代阐释者的视界不同，对作品意义的理解就会不同。这样，伽达默尔将文本意义的方向性与无限性统一起来，使得文本意义的探究处于历史演变与对话交流的过程中。

与此相比，洛特曼提出文本是意义生成器的理论观点，将文本意义放置到整个文化体系中去考察，洛特曼指出，艺术作品能够以有限的文本空间去表现无限的现实世界，为此，洛特曼实现了其文本研究文学文本→艺术文本→文化文本的拓展；其研究视阈实现了文学符号学→艺术符号学→文化符号学的拓展。这样，洛特曼的文本诗学理论可以越过作者与读者，跳出文学文本的界限，使文本呈现更加开放的姿态，一方面弥补了传统阐释学将文本意义追至作者精神世界的不足，另一方面又不至于滑向主观主义的泥潭，真正使文本成为读者眼中独立的客体，进而实现伽达默尔所说的理解过程中的现在与过去、个人与社会之间的视界融合，使这个文本的意义不再局限于单个文本，而是带上了人类普遍的意义与追求。

（三）想象的自由与生命

20世纪哲学阐释理论的另一个重要角色是法国哲学家保罗·利科，他致力于"现象学阐释学"的探求与学科定位。利科的哲学阐释学与上述的观点还存在一定的差别，他试图站在"中间"的立场或者说"调和"的立场来综合阐释学中的客观主义和主观主义。他认为，阐释学除了本体论基础外，也不应该放弃传统的认识论和方法论问题，因此阐释学应该具有本体论，实现认识论和方法论的一体性。利科的阐释学对洛特曼文本诗学的理解同样具有特殊的意义。利科认为，阐释学着手开发的第一个领域就是语言，在海德格尔和伽达默尔那里，语言不是一种工具，一种媒介，而是存在之家。利科承认语言的本体论地位，但是坚持语言具有认识论和方法论层面上的意义。洛特曼与利科的观点不谋而合，洛特曼选择语言作为文本诗学理论的切入点，在他的文本诗学理论中，语言始终处于最重要的地位。他认为，无论人类还是个人，都需要信息，需要语言。"艺术是生命的语言"[①]，洛特曼把文本的意义生成过程看作信息传递与接受的过程，而信息的传递与接受，就是语言的交流功能。

在追寻文本意义的过程中，"文本"其实在文化人背景下呈现了一个"可能的世界"，通过这个"可能的世界"，我们不仅可以理解自我，而且也能够进一步洞悉人类本身的奥秘。对此，保罗·利科指出，文本的意义是需要读者来建构的，因为文本是书写的，它不再由文本作者的意图来决定，文本的自主性把书写转交给读者，并由读者对文本做出解释，文本是一种整体的结构，需要读者对这种整体结构进行把握和判断。利科认为，文本一旦形成，它就与作者最初的创作意图以及创作语境拉开了距离，变成一个独立自足的词语整体，这个过程就是所谓的"远化"。由于"文本"自身具有自我生长的能力，因此它所提供的是一个"可能的世界"，阐释者在这个"可能的世界"中与"文本进行同化"。所谓"同化"，是指阐释者在文本意义探寻的过程中需要不断地扩展自己的意识世界，进而与文本展现的"可能的世界"发生"同化"。由此可见，利科并不是要将无限的理解强加于"文本"，而是要求自我向文本敞开，这个向文本敞开的自我就是文本所展示的"可能世界"。利科对阐释与理解的阐述显然不是主张阐释者放弃自己的成见而恢复作者意图，他吸收了"现象学"的研究方法，将文本放入"远化"与"同化"的双向过程中，极大地提升了文本的意义空间。

洛特曼虽然没有像利科那样对"远化"与"同化"的过程做现象学式的细究与考察，但是二人都将文本看作一个整体结构。洛特曼强调，艺

---

① 〔苏〕尤·米·洛特曼：《艺术文本的结构》，王坤译，中山大学出版社，2003，第7页。

术文本的整体结构是各个层次上不同艺术要素的总和,是文本结构与外文本结构有机结合的关系系统。洛特曼指出,艺术文本的概念并不是绝对的,也不是孤立的,它与一系列的历史文化结构和心理结构紧密相连。同时,二人对于文本意义的生成过程的理解也表现出极大的相似性。洛特曼认为,文本是一个生产意义和信息的空间,艺术文本本身就具有积累信息的功能,作者与读者互为主体参与文本意义的建构,在信息交流过程中,文本在生成、传送和接收过程中都有可能产生新意,从而导致文本意义的增殖。作者在创造文本时处于一定的文化语境中,通过积极认知创造出文本思想,作者创造出文本后,文本以代码形式传递给读者,读者接收信息后,同样需要发挥主观能动性,并联系自己所处的现实生活,对文本进行理解认知,由此在头脑中形成思想,创造出独特的文本。最后,洛特曼在利科扩展文本意义空间的地方做了进一步提升,洛特曼文本诗学通过彰显文本交际活动的交互主体性,突出了对人的关注,可以说,洛特曼以社会、历史、文化为理论根基,执着于对现存世界、现实的人的关注。"想象力的世界"激活了人类的自由意识,这种意识也是一种对生命本真的追求。从这个角度看,洛特曼文本诗学明显带有生命阐释的特点。可以说,"文本阐释最终都应当归属和指向对人的生命的张扬,阐释过程中的时代、社会、文化的种种诠释都不过是迈向这个终极目标的一个个阶梯。一种文学阐释如果忽视当下人的生存状态,如果疏远了人的心灵,不能给那些在艰难中抗争的人们以扶持,不能给在黑暗中摸索的人们以指引,不能给在绝望中沉溺的人们以拯救和鼓舞,那就是背离了文学阐释的宗旨,其阐释的价值是很令人怀疑的。"① 因此,洛特曼从辩证的角度来观照文本与阐释之间的关联性,将文本意义的源头追溯到人类历史与文化,最终的目的还是想在文本展现的"想象的世界"中高扬人类的自由精神与生命意识,可以说,他以这种独有的方式验证了利科所说的"远化"与"同化"的过程。

总体来说,洛特曼的文本思想形成于他对文本意义的探究与阐释的过程中,它没有现代阐释学文本观与生俱来的形而上和本体论色彩,而是从

---

① 邵子华:《生命哲学阐释与文学文本》,《中国社会科学院研究生院学报》2007年第5期。

形而下的角度对文本与阐释的关系、文本的意义等问题做出了应答,理论旨趣的相似与共通为二者的对话与交流奠定了基础。所以,从阐释学的角度来考察洛特曼的文本诗学思想,不仅有助于我们窥见洛特曼文本诗学思想在整个西方文本理论发展脉络中的位置,而且还有利于我们在比较与对话中发现洛特曼的文本诗学思想的当代价值。

三 洛特曼文本思想与接受美学文本观

洛特曼关注读者的地位与作用,强调文本中的隐含读者,以及读者阅读时的先验结构,与接受美学体现出相同的理论旨趣。洛特曼探讨了文本的交际模式、文本的诗歌结构和叙事结构,并将这些纳入历史的维度中加以归纳与总结,为我们谱写了一套文本存在形态演变史。此外,洛特曼发现了文本意义的生成机制、传递机制及传播机制,这可视为是对实践文学接受史的最好的理论贡献。

(一)强调读者主体性

接受美学理论,作为一种文学批评理论产生于 20 世纪 60 年代,代表人物有德国学者姚斯、伊瑟尔等人,并在 70 年代达到高潮。接受美学理论与现象学、存在主义以及俄国形式主义等学派都有一定的渊源,但是它直接起源于阐释学流派,它属于读者反应批评的一个分支。读者反应批评是以读者作为研究中心的一种文学理论与批评,它也专指在德国接受理论影响下产生的英美读者的反应批评。由此可以看出,接受美学理论可以作为读者反应批评的突出代表,接受美学基于阐释学和现象学,完成了文学研究的中心从文本到读者的转移。接受美学理论认为,一个作品,即使印刷成书籍,但是在读者没有阅读之前,也只是半完成状态。接受美学的核心是从受众出发,从接受出发,任何文学文本都具有未完成性,文本意义必须通过读者的阅读才能得以实现和具体化。接受美学理论的最大特征就是把接收者的主体作用置于空前重要的位置,强调读者在文学信息传播与流通过程中的重要性。

基于此点,接受美学提出"第一文本"与"第二文本"的概念,并对二者加以区分,"第一文本"是指作者创作出来的艺术文本,"第二文本"则指经过读者阅读的审美对象。后者不仅包含作为"第一文本"的作品，而且还内含了读者自己的思想情感、艺术趣味，是作者与读者共同创造的新的艺术品。读者的创造性源于文学作品具有"不确定性"和"空白"，波兰现象学美学家罗曼·英加登指出，文学作品的最终完成，必须依靠读者自己去体验、去"填空"。接受美学的代表人物伊瑟尔指出："空白的东西导致了文本的未定性"，"空白暗含着文本各不相同的互相联结"，"空白从相互关系中划分出图式和文本视点，同时触发读者方面的想象活动。"① 正是这些空白，带来了意义的不确定性和多种可能性，从而激发读者发挥想象，用自己的知识、经验和情感来"填补"这些空白。正是在此基础上，伊瑟尔进一步指出，文学文本作为"召唤结构"，它召唤读者对其进行阅读与填空，使不确定的文本意义具体化，充分发挥再创造的才能。

与之相比，洛特曼敏感地发现了传统西方文论中忽略读者与文本关联的不足，在《作者、读者、文本》一文中，洛特曼指出，文本接受过程体现为一种文本与读者之间的相互作用，包含着两个主体——作者与读者的共同参与，在这个过程中读者起到了积极的作用。首先，洛特曼认为文本作为意义生成器，本身具有一种等待读者去欣赏的力量或本能；其次，洛特曼强调读者在阅读中应当充分发挥主观能动性，前提是不能脱离文学文本而妄加评论，读者的阅读是一种再创造的活动，应将文本与读者充分结合，读者在阅读时，必须根据自己的经验和修养对文本空白进行填充，将作品现实化，由于填充了未定域和图式，被读者具体化了的作品，自然也可能超越作者原本的创作意图，总之，它可能多于、高于原先的作品。因此说，读者的阅读和具体化，不是模仿，而是创造。

（二）重写文本形态史

传统文艺学将文学作品看作先于读者而存在的已然客体，读者也被排斥在文学史视野之外。接受美学的主要代表人物姚斯认为读者是一个能动的消费主体，新的文学史应该是文学作品的消费史，从而突出了读者在接受作品中的作用。在《文学史作为向文学理论的挑战》（1967）一文中，

---

① 〔德〕伊瑟尔：《阅读活动——审美反应理论》，金元浦、周宁译，中国社会科学出版社，1991，第220页。

姚斯提出阅读经验期待视野的概念，即文学阅读之前及阅读过程中，作为接受主体的读者，基于个人与社会的复杂原因，心理上往往会有既成的思维指向与观念结构。读者的这种据以阅读文本的既成心理图式被称为阅读经验期待视野。[1] 姚斯通过"阅读经验期待视野"，进而将作者、作品、读者与文学演变和发展历史密切联系起来，姚斯提倡历史与现实的"视界交融"，强调文学作品是动态的、开放的"文本"。洛特曼的文本诗学理论虽然把文本移位到整个文化整体中，但是他始终没有忽视接收者对文本意义生成的重要作用。洛特曼指出，在文本交际过程中，由于作者编码的规则和读者解码的规则有所不同，再加上语境的流动性和易变性，作者和读者交流的信息是不对等的，但是文本意义的最终形成和确定必须通过读者解读才能显示出来。洛特曼和姚斯一样都很注重读者期待视野与文本结构的关系，洛特曼根据文本结构与读者期待视野的关系把文本分为两种类型："同一美学"和"对立美学"。洛特曼认为，当读者的阅读期待视野与文本结构完全吻合时，这样的文本艺术信息较少，属于"同一美学"类型，当读者的阅读期待视野与文本结构相违背时，会引起读者极大的阅读兴趣，同时会使文本的艺术信息增殖，这样的文本属于"对立美学"类型。

　　洛特曼作为一位文本理论家，他身体力行，立足于文学史，通过众多文学文本的解读对文本存在形态的演变作了历史的梳理，可以说，这本身就是一种接受史的书写，同时，洛特曼运用信息交际模式阐述读者具有重要意义的研究方法，很显然为接受美学宣扬新的文学史研究方法提供了许多实践方面的启示，他的所作所为本身就是最好的例证。

（三）开启接受美学新转向

　　洛特曼文本诗学理论的研究与发展得益于多种学科在 20 世纪获得的重大进步，其中，文化人类学是主要的渊源。20 世纪 90 年代后，作为接受美学的另一重要代表人物伊瑟尔企图从文化人类学的视角拓展和深化他的接受理论，这和洛特曼文本诗学理论思想不谋而合。

　　洛特曼与伊瑟尔的文化人类学思想虽然存在许多差异，但他们都没有

---

[1] 童庆炳：《文学理论教程》，高等教育出版社，2010，第 321 页。

忽视对文学文本的关注，所不同的是，洛特曼更倾向探究多个文本之间的互文性。正是由于这种研究，才使洛特曼的文本诗学理论呈现文化人类学的广阔视野，因此也具备了关注人类生存、承袭传统的特点。而伊瑟尔主要是对单个文本内的互文性进行研究。伊瑟尔认为，现实、虚构与想象的有机融合才是文学文本存在的根本基础，人类的虚构化行为本质上是一种疆界的跨越，它受主体的引导和控制，使想象不同于日常生活的胡思乱想，这样，虚构化行为就成为想象与现实生活之间的纽带，经它再造的现实既与现实相关，又能超越现实本身，在虚构与想象的作用下，文学文本与现实社会产生了互文性。可见，洛特曼的文本诗学理论体现的是不同文本之间的互文性，而伊瑟尔的文本理论关注的是单个文本内部的互文机制，假设能够将二者的文本观融合在一起，不仅可以有效丰富文本学理论思想，防止文学理论再次落入封闭的、狭隘的自足体系中，而且对当下文论界所探讨的文学边界、文化研究泛化等问题具有重要的启示意义，能够使文学研究有"本"可依，避免了当下文化研究泛化思想的蔓延。

　　伊瑟尔认为，文学是人学，与人类的情感与体验息息相关。伊瑟尔从人类的基本情感出发，认为虚构与想象是文学自身的构成要素，也是连接文学与人类的纽带，而且体现了人类本性的需要。与之相比，洛特曼则是从信息学角度来探究人类为何需要艺术的问题。洛特曼认为，艺术是富有活力的，"它既不受命于生命的直接需要，也不受命于强制性的社会关系"[1]，因此，传统文艺学对艺术起源问题的见解已经过时了。艺术同社会意识形态密切相关，二者不可分割，作为一般的社会意识形态，艺术与道德、宗教具有共同的社会本质。作为审美意识形态，艺术又具有自己的独特属性，例如，参与艺术活动无须强迫。从这一点来看，艺术不同于道德、宗教等其他意识形态，因为宗教、道德等都具有一定程度的强迫性。可以说，任何社会组织都可以提出一些规定和原则，并要求人们进行遵守，可是对于艺术而言，没有哪个社会制定了必须遵守的准则，自从有文字记载以来，任何社会形态都有艺术的存在，但是这种存在与外在的社会强制性无关。那么，人类为何需要艺术呢？洛特曼认为，人类在进行日常

---

[1] 〔苏〕尤·米·洛特曼：《艺术文本的结构》，王坤译，中山大学出版社，2003，第72页。

生活过程中，时刻都需要获取大量的信息，人的一生就是不断发现、理解、摄取信息的过程。所谓的正常发展，就是能够正常接受、理解来自日常生活的各种信息，信息的传播与接受，实质就是进行语言交流。因此，洛特曼指出，每个人都需要信息、每个人都需要语言，而"艺术是生命的语言"①，所以说，人类社会不可能没有艺术。

由此可见，伊瑟尔所要建立的文化人类学与洛特曼所说的文化人类学根本就是名同实异。伊瑟尔认为，自我呈现与自我超越是人类的一种基本需要，而文学虚构恰恰就是满足这种需要的一种方式，这是文学何以存在、人类何以需要阅读文学的深刻根源。伊瑟尔把文学的人类学本体论意义归结为人类的娱乐本性，由此得出的推论类似于某种艺术游戏观。伊瑟尔的文学人类学虽然具有很强的思辨特征，但是却不适宜指导批评实践，而洛特曼的文学人类学则具有更实际的操作性、践行性特征。

四 洛特曼文本思想与新历史主义文本观

新历史主义是20世纪80年代崛起于西方文坛并在整个西方文化界、思想界形成巨大影响的一个文学批评流派，代表了当今西方文学批评的最新发展趋势。将洛特曼的文本思想与新历史主义的文本观比较，我们发现二者有着相同的历史文本观，它们都承认文学叙事与历史叙事之间存在着相似性。之所以产生相同的历史文本观，一方面是因为它们都是反拨英美新批评的理论成果；另一方面则是缘于它们拥有恢复人类文化整体性的共同目标。为了达到这个总体目标，它们采取了不同的立场与策略，洛特曼的文本思想采用文化视角，更强调不同文本之间的差异性与互文性；新历史主义强调各文本之间的冲突与矛盾，并添加权力、政治、意识形态的视角。这导致了两种不同的结果：洛特曼仍旧坚守文本诗学这个阵地，而新历史主义则滑向文本泛化与膨胀化的危险之境。据此可见，洛特曼仍然保持着文学精英主义的立场，而新历史主义则带上了后现代主义的色彩。

（一）恢复人类文化整体性的诉求

在西方史学界，18世纪以来，以传统历史观为基础的"历史主义"

---

① 〔苏〕尤·米·洛特曼：《艺术文本的结构》，王坤译，中山大学出版社，2003，第7页。

一直占据主导地位，像维柯、伏尔泰、杜尔阁、孔多塞、赫尔德、康德、黑格尔、孔德等都是历史主义者。历史主义者认为历史是一个整体，历史作为一个独立于主体之外的客体，是可以被如实复原、认识、把握的。传统历史观无疑是客观主义、实证主义、可知论的。在这种传统历史观支配下的历史主义批评，无论是维柯的"特定时代、特定方式"说、斯太尔夫人的"民族精神"说，还是泰纳的"种族、环境、时代"说、圣·佩韦的传记批评，基本上都是一种实证性的研究，追求文学与历史之间的某种确切的对应性关系。然而，直到20世纪初随着俄国形式主义于20世纪初的异军突起，在持续长达半个多世纪的形式主义浪潮中，传统的历史主义批评受到了猛烈的攻击，文本被看成是一个自足的语言系统，追索作家的本意被认为是"意图谬误"。当文学批评丧失了历史之维之后，文学作品深厚的社会历史内容随之消失，从而变成了一个可以任意理解的语言游戏。然而，历史终归不会消失，它的深厚存在决定了历史意识也是无法被彻底遗忘的。当20世纪80年代初，形式主义在极尽其语言游戏的狂欢之后，便呈现出衰竭之势。在这种形势下，长久被遗忘的历史开始重新进入文学批评的视野，人们在一种全新的意义上重新审视历史、言说历史，探讨文学与历史的关系，而重新高举"历史主义"大旗的便是"新历史主义"。

新历史主义的文本观对历史的看法体现在两个方面：一是认为文本是历史的存在方式，从而将历史文本化；二是认为叙述是历史的写作方式，历史是由历史学家编撰历史素材而成的。与之相比，洛特曼的文本思想中也包含了相似的历史文本观，在洛特曼看来，历史与文学一样，都是人类创造出来的虚构文本。之所以在历史叙事与文学叙事之间寻找共同性，这不仅因为洛特曼与新历史主义企图跳出英美新批评所界定的封闭的、狭窄的文本观，而且还因为二者都想通过消弭文学与历史之间的界限，恢复人类文化的整体性。

新历史主义与传统历史观的不同之处就在于它否定了历史的客观性，而坚持认为历史只是历史学家描写过去事情的方式，因此，从这个意义上来说，历史其实只是一个文本，与真正发生的事情不能直接等同，它其中包含了历史学家的主观意图与编撰策略，渗透着他们的理解与阐释。历史不仅是我们能够研究的对象，而且是，甚至首先是指借助一类特别的写作方式与话语而达到与"过去"的某种联系。这种历史叙述不仅记录了众多历史事件，而且还将不同的历史事件联系成一个整体。我们所看到的富有意义的历史故事其实就是通过"特别的写作方式"制造而成的。没有任何随意记录下来的历史事件本身可以形成一个故事，对于历史学家来说，历史事件只是故事的因素。事件通过压制和贬低一些因素，以及抬高和重视别的因素，通过个性的塑造、主体的重复、声音和观点的变化、可供选择的描写策略，等等，总而言之，通过所有我们一般在小说或戏剧中的情节编织的技巧才变成了故事。可见，新历史主义不仅将历史文本化，而且还认为叙述是历史的形成方式。

洛特曼与新历史主义学派关于历史的看法十分接近。他们眼中的"历史"不再是真正发生的历史事实，而是知识、文化或话语，它与文学作品一样具有一定的虚构性、普遍性和典型性。洛特曼认为，所谓历史文本，从符号学观点看可能有两种理解。一是指用非自然语创作的，并且被人们纳入历史视野继而被当作历史事实、历史事件而存在的文本，其道理如同说世界是个文本、生活是个文本一样。如果举例，那么一座旧城废墟、一件古物、一种古代仪式均属此类。二是指用自然语创作的历史典籍著述，是人们对历史事实的描述和分析，例如《史记》，这是语言的文本。与洛特曼的文本诗学思想产生的背景一样，新历史主义的产生也是对英美新批评文本观的反拨，二者都想摆脱单个文学文本的狭窄视野，企图从多个文本之间的关联上来阐释文学的意义，因而，他们首先将历史文本化，然后寻找历史文本与文学文本之间存在的共同的叙事结构，最后打破文学与历史之间的界限。这样，历史与文学一样成为人类文化的一部分。这既可以为文学研究在20世纪七八十年代衰退之际再添活力，又能为文学批评的跨学科研究提供理论支持。洛特曼与新历史主义一样体现出鲜明的跨学科研究性，他们都是作为一种以反对形式主义、旧历史主义、解构主义挑战者姿态出场的文化批评理论，大胆跨越历史学、人类学、艺术学、文学等各学科的界限，突破了过于精细的学科思维而提倡综合的思维模式，对各种相互对抗、差别很大的文学批评流派的观点进行梳理综合，寻求人类认知自我与世界的多元途径的意义无疑是巨大的。此外，究其二者消弭文学与历史之间界限的实质，其实都是为了恢复人类文化的整体性。80年代，新历史主义提出"文化诗学"的理论观点，其目的是为了试图恢复各种文化文本之间的关联。新历史主义的研究领域非常广泛，并不单单局限在文学领域内，它从文学文本出发，却最终指向整个文化的研究。洛特曼的文本诗学充分体现了这一总体性目标，他以文学文本为起点，将语言学、符号学、美学、宗教、哲学、历史等人类文化加以整体化，从而为我们对文化与自身的认识提供一个更加广阔的视野。

（二）差异与承继的不同视角

为了恢复人类文化的整体性，洛特曼与新历史主义都强调文化的差异性、互文性，但是二者采取的视角有所不同。新历史主义秉承福柯对文学与历史的考察路径，强调从政治与权利话语的视角来完成人类文化整体性的构建，而洛特曼是通过文化视角来恢复人类文化的整体性。

新历史主义吸收了福柯有关历史话语的相关思想。福柯考察文学和历史的途径，并不预设历史时期文化的连贯性和统一性，而强调其差异性、断裂性和非连续性，主张研究特定话语和社会形态形成的条件，并由此对它进行批判而不是认可。新历史主义的代表人物格林布拉特指出：文学与历史不是反映与被反映的关系，而是各种社会力量在"互文性"基础之上的对话与交流，是各种社会文化力量相互塑造的结果。如果说作者的创作语境、读者的阅读语境与批评语境构成了历史文本的发生形态，那么"互文性"则是联结文学与历史的基本桥梁，在"互文性"的视野中，历史文本与文学文本不再是一个独立的个体，而是被包裹在整个文化框架中，并构成了文化内部的组成部分。通过"互文性"，文学与历史不再发生简单的反映与被反映的单一关系，而是充满了各种文化力量的对话与交流。正是从这个意义上来看，新历史主义眼中的历史文本不再具有线性特征，而充满着差异性、断裂性、非连续性和冲突性。因此，它也必然具有强烈的政治意识形态性，并通过历史文本再现各种文化背后所隐藏的权利冲突与利益冲突。所以，新历史主义发展到后来，开始关注被主流"大历史"压抑的、处于边缘的"小历史"，并揭示这些"小历史"对"大历史"的对抗，从而展现历史进程中各种文化形态的差异性与冲突性。可以肯定的是，展现文化的差异性并不是新历史主义的最终目标，因为它最终还是想恢复人类文化的整体性，从而将文学与历史归于整个文化体系中去。

与新历史主义不同，洛特曼认为，整个文化形成了一个"大文本"，在这个大文化文本中，各种文化形态之间不仅具有差异性，也具有重要的关联性。此外，文化整体并不是静止不变的结构，不仅反映了外在的历史过程，而且还呈现了人类文化发展的过程。至此，洛特曼通过强调差异性与承继性并存的方式恢复人类文化的整体性，从而将人类的创造容纳在他所说的"文本"中，与自然万物协调发展，与人类命运休戚与共。

（三）文本的泛化和文学性的坚守

新历史主义去除了文学与历史之间的界限，强调不同文本之间的互文性，最终却走向文本泛化的不良境地。洛特曼虽提倡大文化文本的概念，但仍旧坚守文学文本这个阵地，坚持以文学文本为中心向外扩展，使文学文本成为文化文本的集中体现。这种不同的结果表明了新历史主义的后现代色彩和洛特曼文本思想中的文学精英主义立场。

洛特曼与新历史主义的批评家共同反拨英美新批评的主张，因为英美新批评更关注于文学文本本身，而与之相关的历史、文化、作者与读者所构成的语境不是其研究的对象，在英美新批评看来，文学文本的意义就在于自足一体的文本本身。而洛特曼与新历史主义批评家则更关注历史、文化及相关因素，因为他们认为文学文本是历史与文化的产物，是一种社会性的文本。这种看法的确有利于揭示英美新批评的不足，为文学文本向文化文本的开放提供必要的理论支持。但与此同时，我们也应该注意这样一个事实，当新历史主义批评家肯定了文学文本的社会性的同时，却又将之推向文本泛化的不良境地，使文学文本的概念膨胀化，成为无所不包的"大文本"概念。这是因为，在新历史主义那里，历史与文化都是由语言建构而成，而语言的内涵又十分广泛，包括各类文字、话语、艺术、社会活动。这样，文学文本与非文学文本在语言这个层面上已经发生了等同。一部文学著作、一个艺术品，就是一个文本，它与其他社会话语一样，在社会文化的互动关系中产生了意义。没有一种话语要优于另外一种话语，所有话语都是被社会所形成、同时也形成社会的必要参与者。这样，本来仅属于文学领域的专门术语"文本"一词的内涵被无限地扩充，20世纪

80年代兴起的文化研究，更将新历史主义的社会性文本推向极致，"文本"成为一个无所不包的范畴，影视、广告、体育、城市、玩具娃娃等和文学一样都被纳入文学研究的视野中。这种文本泛化一方面充分展示了新历史主义的后现代色彩，带有批判性、消解性和颠覆性等后现代主义特征，和德里达所说的"文本之外无他物"的思想有异曲同工之妙。另一方面在这一过程中流失了文学文本的独特性，甚至发展到文化研究领域，文学文本被边缘化，甚至不再被纳入研究的视野中。

与之相比，洛特曼虽然也提倡历史文本化，甚至提出了"大文化文本"的概念，但洛特曼的立足点仍是初始文本，无限的阐释始终围绕意义的常量。文本不是消极的意义载体，而是动态、矛盾的现象，始终还是坚守文学文本这个阵地。具体来说，首先，洛特曼以文学文本为出发点，在他看来，文学文本所包含的叙事结构与形象结构是诸多文化文本的共同之处，是为了给整个西方文化寻找一个具有普遍意义的形式。其次，洛特曼消除了文学与文化文本的界限，其目的是为了从更广阔的文化语境来审视文学，这其实也是向社会文化语境的回归，但这种回归并不同于传统的传记批评、历史批评，而是坚守文学文本这个中心，以向外扩展，在文学文本与其他文本的语境中来研究彼此之间存在的复杂关系。因此从这个意义上说，洛特曼的文本思想并没有像新历史主义那样放逐文学文本，使文学文本无边无际泛化，而是始终坚持以文学为本位的精英立场。

洛特曼文本诗学理论注重从苏俄丰厚的历史主义传统中汲取养分，只唯事实破陈见，不以新说为旨归。在宽广的文化视界，以人为契机，积极从事建构，呈现扬弃式不落边见的中道思维。在现代性与后现代性思维范式几重更迭中，洛特曼文本诗学超越历时线性束缚，率先开辟了新人文主义、新历史主义路线，始终坚守人文维度，弘扬批判精神，呵护人的尊严，关切人的命运。在现代性与后现代交错格局中，既接轨西方解构思潮，瓦解同一，激活差异，又力避不事建构、一味颠覆的极端思维。历史的人文关怀的注入，无疑使具有后现代面向的文本诗学具有切实的思想指向。特别是在目前后现代进入全面反思期，洛特曼文本诗学对后现代起到的有效的纠偏作用，代表了一种肯定性的建设力量。

第六章　中国语境视阈下洛特曼文本诗学理论的价值与意义

对于俄罗斯文化，中国学界一直怀有一种复杂而矛盾的情感，近百年来，俄罗斯文化对于中国学界的影响是巨大的、直接的、深刻的。中国人从中汲取的教益以及获得的教训也是刻骨铭心的，所以，我们在面对俄罗斯文化时所具有的情感是双重的：既有深厚的感情，又存有"警惕"的心理。诚然，作为一种参照体系，俄罗斯文化对于中国学界而言，是其他西方文化所无法替代的，一方面这是由俄罗斯文化自身的特质所决定的；另一方面俄罗斯学者所具有的独特的思维方式和研究方法，对于中国文化具有特殊的意义和重要的启示价值。俗话说，"解铃还需系铃人"，由于中国曾经深受俄罗斯文化的影响，因此与俄罗斯有过相同的社会结构和文化模式，有过相似的社会历史变革过程，有过相近的学术思想体系和研究方法。那么，在世界形势发生巨大变化之后，在各种文化观念日益冲突的当代，中国学者需要重新了解俄罗斯文化的新成果，需要掌握近年来俄罗斯学术思想的新动向，就是在这种情势下，洛特曼文本诗学理论的研究与译介显然具有了特殊意义。它就像一扇新的窗口，透过这扇窗口，我们可以进一步了解新近俄罗斯文化及其学术研究的发展状况。

第一节　洛特曼在中国

一　中俄文论交流的历史回顾

从"五四"时期开始，对中国现代文论影响最大最深的莫过于俄苏文论了，现代中国文论的成就和失误，以及各种文论思潮的争论，在很大程度上都是同俄苏文论的影响息息相关。曾经我们多数人把俄苏文论奉为顶礼膜拜的经典，今天有不少人对俄苏文论全盘否定，很显然这种好走极端的思维定式与做法对于我国文论的健康发展是毫无益处的。既然俄苏文论和中国现代文论有密切的关系，今天为了建设具有中国特色的马克思主义文艺理论，我们有必要采取历史唯物主义的科学态度，对两者的关系，做一番认真的梳理和反思，以期总结出有益的经验和教训。

俄苏的文论思想是随着十月革命的炮声进入中国的，正面的马克思主义文论，负面的无产阶级文化派以及"拉普"文论同时在我国得到传播。在"五四"新文学运动的推动下，研究俄苏文本理论的译著大量出现，这些文论译著内容比较驳杂，但大多遵循"科学的文艺论"的理论思想，主要代表人物有瞿秋白、鲁迅等人，他们主要是对列宁、普列汉诺夫的著作进行翻译介绍，此外还有一部分披着"无产阶级文化"外衣的翻译作品，因此这一时期我国文本理论研究的第一种情况是很大程度上受到了苏联早期"左"的思想的影响。第二种情况是有关文学思潮和作家作品的研究，这方面的理论译著数量众多，总数高达上百种。这时期，中国学者自己撰写的理论著作也大大增多，有20多种，作品内容虽然也较单薄，但是涉及的范围和以前相比更加广泛了，逻辑性、系统性也逐渐增强，有些著作直到今天仍然具有一定的学术价值。在俄苏文论的影响下，中国文学中的马克思主义理论批评逐渐开始形成，而且在文学实践活动中发挥着重要的作用；同时，各种"左"的思想的文论观点以及批评实践也被中国学界的一些人士当作马克思主义文学理论引介进来，无形中强化了中国文学的政治化倾向，为后来学界"左"的思潮的产生埋下了隐患。

新中国成立后的前10年，是中国俄苏文论研究起伏最大的一段时期。前10年，俄苏文论在中国的研究极其热烈，其程度是前几个时期不能比拟的，当时对俄苏文论的研究主要侧重于苏联当代文论，尤其是对社会主义现实主义理论的研究，此外苏共的文艺政策也成为当时关注的重点，主要引介的作家有高尔基、肖洛霍夫等人。这一时期对苏联文论的所谓研究，主要就是不加分辨地全盘照搬，甚至引介具有极左思想倾向的文论和作品，而当时很多优秀的苏联作家及其作品被排除在视野之外。中国文论界主要采取阶级分析的方法，对当时苏联文坛出现的许多应时之作进行研究，很少出现学理性较强的著述。60 年代之后，中国学界对俄苏文论的研究急剧降温，尤其在"文革"时期，基本失去正常的学术研究，只有对"苏修文艺"的批判和鞭笞，"文革"结束后这种现象逐渐发生改变。直到 70 年代末，俄苏文论又重新进入中国，对我国新时期文学的发展起到了一定的影响，从那个时期开始，我国学术界开始不断补充译介 50 年代之后苏联文论界出现的新成果。

20 世纪 80 年代以来，国外各种文学理论纷纷在我国登台亮相，国内对结构主义、俄国形式主义文论的翻译、介绍逐渐增多，视角逐渐扩大，一度在 80 年代出现了"方法论热"，并导致一段时间内"文体学"研究、"修辞论美学""形式美学"研究的兴起和繁荣。可以说，80 年代后期至今的近 30 年，俄苏文论研究呈现繁荣景象，这段时间，中国学界对俄苏文论的研究已经全面展开，取得了丰厚的成果，其成果数量超过前几个时期的总和，尤其出现了一些大型的综合性成果，研究领域的广度和深度大大提高。作为一门独立的学科，中国的俄苏文学学才基本确立。20 世纪 90 年代以来，中国的俄苏文论研究出现了一些新的研究趋向，大中型学术专题会议逐年增加，同时，对俄苏重要文论和文论家的研究逐步深入。以巴赫金为例，从 20 世纪 80 年代初期至今，出版了钱中文主编的六卷本《巴赫金全集》以及八部研究巴赫金理论的著作，以及数百篇发表在报刊上的研究论文。此外，还加强了对俄苏现当代文论的关注，对俄苏文论现象加以文化阐释和哲学阐释等。例如，对俄国形式主义文论、俄国历史诗学、普罗普故事学以及洛特曼文化符号学等的研究，也取得了重要的学术成果。

今天我们如何以马克思主义理论为指导，在继承和发扬中国文学理论批评的优良传统和充分吸收外国进步文学理论优秀成果的基础上，发展具有中国特色的马克思主义文学理论批评仍然是长期和艰巨的任务，面临这一光荣任务，我们对俄苏文论的介绍并没有终结，还必须引向深入。我们首先必须加强系统的研究工作，并且在深入研究的基础上继续大力发扬俄苏文论批评的优良传统，同时以历史的眼光和开阔的视野填补明显的空白和开拓新的领域。这样俄苏文论才会以更加丰富多彩的面貌呈现在我们面前，我们也将从中获取更多的启示和教益。

二 洛特曼文本诗学思想在中国的传播与发展

"洛特曼"这个名字对我国学术界并不陌生，迄今为止，中国学者试图引进洛特曼的学术思想已有二三十年的历史。从总体上看，我国学术界主要从文艺符号学、文化符号学、对洛特曼理论资源的运用等方面逐渐展开深入系统地研究与探讨。这些层面的研究相得益彰，新的成果不断涌现，从而构成了对洛特曼学术理论研究的立体图景。

（一）结构文艺学

20世纪60年代以来，洛特曼在结构文艺学研究领域取得了显著成果，为世界文艺理论界所瞩目。洛特曼早期学术研究是从结构主义诗学和符号学角度阐释艺术文本的结构，他探讨过诗歌、小说、电影、绘画、戏剧、建筑等多种文学艺术范畴。洛特曼的学术思想第一次出现在中国理论界的时间是1979年，即袁可嘉在《结构主义文学理论述评》中将洛特曼译为"劳特曼"，并称其理论为"结构主义诗论"，在作品中，袁可嘉对文本的内部结构给予了重点论述，但是对文本内部结构与文本外部结构的联系很少论及，而且比较排斥文本研究的社会历史意义，这显然违背了洛特曼文本诗学理论的主旨。1986年8月凌继尧被派到莫斯科大学哲学系美学教研室进修，曾与洛特曼、乌斯宾斯基等学者进行过直接对话，因此，他对洛特曼及塔尔图学派的最新学术动向具有比较正确的认识和理解。凌继尧曾先后三次撰文全面引介洛特曼及塔尔图学派的学术思想，他认为，莫斯科—塔尔图学派的研究包括两个特点：一是结构文艺学理论研究；二是文化符号学理论研究。凌继尧认为，洛特曼结构文艺学的逻辑起点是将艺术作为一种语言，他的主要目的是研究艺术语言的结构。同时，凌继尧还把洛特曼与西方结构主义进行对比研究，他指出，西方结构主义把文学文本看成是封闭的、独立自足的绝缘体，从而割裂了文本内部结构与外部结构的联系，而洛特曼实现了文本结构和外文本结构的有机结合，进而阐述了作者与社会文化等多重因素对文本意义生成的重要性，规避了结构主义脱离文本内容进行研究的弊端。吴元迈的观点与凌继尧大致相似，吴元迈在1987年3月撰写的文章《苏联文艺学的历史功能研究和结构符号探讨》中指出，大约与当代法国结构主义的兴起同时，苏联文论界运用独特的角度和方法对结构主义、文化符号学等问题做了广泛探讨。文章对60年代苏联符号学的重新兴起以及在苏联引起的论争情况进行了详细分析，此外，文章从形式与内容的角度，区分了洛特曼与西方符号学家、形式主义的不同之处。吴元迈认为，洛特曼不同于西方学者，始终坚持艺术模型同现实生活的联系，文艺是反映现实世界的模型，这是洛特曼文本诗学思想的基本出发点，也是洛特曼关于文艺本质的主要观点之一，吴元迈的思想观点为后来我国接受、研究洛特曼文本理论思想奠定了良好的基础。同年，花城出版社出版《外国方法纵览》一书，作者介绍了洛特曼符号学成长的学术土壤，并依据洛特曼的两部重要著作《艺术文本的结构》（1970）和《诗歌文本结构的分析》（1972），具体阐述了他的文本诗学思想，从作品中可以看出，作者对洛特曼的符号学理论已经有了较为全面的认识。1988年《外国文学报道》第1期在"当代文论"专栏中刊登了五篇有关洛特曼的文章，这里有我国学者的评述，也有洛特曼的理论文章和具体文本分析。1989年胡经之、张首映主编的《西方二十世纪文论选》在"结构主义"一编中编录了洛特曼的《艺术文本的结构》这部代表性著作的部分内容。《外国文学评论》于1990年第4期发表微周的文章《叙述学概述》，文章对洛特曼的符号学理论进行了论述。张冰于1991年在《苏联文学联刊》第2期发表文章《苏联结构诗学》，比较全面地阐述了苏联结构诗学理论，同时对洛特曼的学术理论进行了详细介绍。1994年张冰在《外国文学评论》第1期发表文章《尤·米·洛特曼和他的结构诗学》，对洛特曼的结构诗学理论进行了深入系统的阐发，同时详细介绍了洛特曼在诗歌文本结构研究时使用的二分法即横聚合轴和纵聚合轴，以及他在诗歌文本结构分析方面取得的成就。王坤于1995年翻译了洛特曼的著作《艺术文本的结构》的第二章，以《艺术文本的意义及其产生与确定》为题刊登在《文艺理论研究》第4期。他指出，洛特曼的符号学理论思想把文本意义问题的研究放在首位，那种认为他对文学作品的结构研究、符号学研究会导致其忽视对内容、意义、社会学价值、伦理学价值的研究的观点是错误的。该译文的前面还简要介绍了洛特曼的生平，并提及了《结构主义诗学讲义》《文化类型学论文集》《诗歌文本结构的分析》《电影符号学和电影美学问题》等著作。为我国进一步研究洛特曼学术理论做出了重要贡献。1999年孙静云在《苏联文艺学学派》中撰写了专章《洛特曼的结构文艺学》，作者对洛特曼的结构文艺学理论及产生的哲学、历史渊源做了深入严谨的分析与研究，是我国研究洛特曼学术理论思想的重要成果。2000年《中国俄语教学》第1期发表了黄玫的文章《洛特曼的结构主义诗学观》，外语教学与研究出版社于2004年12月出版的《结构文艺符号学》（张杰、康澄著）成为我国接受与研究洛特曼结构文艺学思想近20年来的第一部专著。2006年《解放军外国语学院学报》第1期发表了张冰的文章《他山之石：俄国结构诗学》，等等。2005年张冰的著作《陌生化诗学——俄国形式主义研究》和2007年胡经之的《西方文艺理论名著教程》（下卷）两部专著也对洛特曼结构诗学理论进行了简单而概括地描述，尚不完整全面。

（二）文化符号学

洛特曼的研究领域并不局限于结构文艺学，他的研究视野经历了从结构文艺学到更广阔的文化符号学的过渡，可以说，洛特曼后期文化符号学理论是从早期结构文艺学的理论基础上发展起来的，我国学者从90年代中期开始关注他的文化符号学理论。

1996年《外国文学评论》第3期发表了徐贲的文章《尤里·洛特曼的电影符号学和曼纽埃尔·普伊格的〈蜘蛛女之吻〉》，该文对洛特曼的电影符号学展开研究。1999年李幼蒸《理论符号学导论》一书的专章《苏联文化符号学：文化和思想形式研究》对洛特曼的文化符号学给予了评价。2002年《解放军外国语学院学报》第2期发表了李肃的文章《洛特曼文化符号学思想发展概述》，该文涉及洛特曼文化符号学理论的多部著作，对洛特曼的文化符号学理论进行了深刻的研究，并有效拓宽了我国对洛特曼学术理论的研究范围。《外国语》于2003年第1期发表文章《洛特曼文化符号学理论的演变与发展》，该文在简略介绍洛特曼早期结构文艺学的基础上，重点论述了洛特曼后期文化符号学理论及其演变与发展。《中国俄语教学》于2004年第3期发表文章《文化—文本—认知——洛特曼符号学中的文化与人工智能问题》，该文重点论述了洛特曼符号学理论研究中的文化与人工智能问题，大大拓宽了洛特曼文化符号学理论研究的新领域。

为纪念洛特曼诞辰 80 周年，2002 年召开了国际会议"文化符号学：文化机制、边界和个性特征"，在此平台下，构筑了中国学界对洛特曼阐释的新一轮理论立场和话语策略。此阶段研究视角呈现多元化，研究成果较为丰富，研究领域得到进一步拓展，广泛涉及结构诗学、文化学、叙事学、符号学、美学等多个领域。此阶段文化符号学的理论成为关注热点，以北京外国语学院的白春仁教授的解读为代表，白春仁教授较为完整全面地勾画了洛特曼文化符号学的概貌。首先，他主张运用符号学和结构主义理论来分析文化现象，对洛特曼学术思想从方法论视角进行了精辟的总结；继而对洛特曼学术思想的主要理论和思想脉络进行了分析与概括；最后指出洛特曼的研究视角是从文化现象入手，由形态上溯意义，由形而下升入形而上。在白春仁教授的带领下，国内一批年轻博士对洛特曼的文化符号学理论展开了多元、系统、深刻的论述，并取得了丰厚的成果。

（三）洛特曼文本诗学理论被广泛运用于文本分析

孙静云是我国较早研究洛特曼理论的学者，早在 1994 年他在《国外文学》第 2 期发表文章《高尔基的小说〈忏悔〉艺术本文结构分析》，该文成功地运用洛特曼结构诗学方法发掘出这部一直被认为是失败之作的新的价值与意义。1999 年叶嘉莹在《文学遗产》第 1 期发表讲座《从文本之潜能与读者之诠释来谈令词的美感特质》以及 2004 年在《文学遗产》第 5 期发表文章《从李清照到沈祖棻——谈女性词作之美感特质的演进》，这两篇文章都以洛特曼符号学理论作为基点，论述了符码与文化背景的关系。1995 年谭学纯、唐跃在《南方文坛》第 2 期发表文章《小说语言体验的五种》，该文从结构主义角度作的描述主要是依据洛特曼对"模式系统行列中的艺术"的论述。班澜于 1999 年在《内蒙古社会科学》（汉文版）第 1 期发表文章《诗歌语言的张力建构》，该文运用洛特曼等人的理论探讨了诗歌之为诗歌的原因。此外侯玮红运用洛特曼理论对当代俄罗斯"作者小说"进行了分析与研究。还有后现代文学理论及文学批评领域，也分别借鉴洛特曼的理论对作品进行阐释。

以上我们对洛特曼的学术理论在我国的译介以及研究状况进行了详细的梳理，总体而言，国内对洛特曼的理论研究主要体现出两种倾向：结构文艺学和文化符号学。就目前学术界来看，文化符号学已然成为研究热点。纵观洛特曼的整体学术思想，文本诗学是贯穿洛特曼一生的理论，但是至今国内仍然没有人从文本学视角对他的学术思想进行整体的梳理与研究，这不能不说是一种缺憾。本书的创新之处就是立足于洛特曼的文本诗学，进而打通早期结构文艺学与后期文化符号学的整体联系，以期对洛特曼的学术思想进行整体的理论研究和评价。

洛特曼的文本诗学体现出鲜明的跨学科特点，一直是以文本及其结构作为核心研究对象，但其文本诗学理论的研究意义已远远超出文本本身，而是涉及美学、文艺学、符号学、文化学、社会学、自然科学等众多学术领域中的一系列理论问题，在新的时代形势下，在百年学术积淀的基础上，努力探索洛特曼方法论思维上的创新，研讨洛特曼整体学术思想，对于我国文本学理论的建设具有重要的启示意义。随着越来越多年轻的具有理论素养的学者的加入，我国学术界对洛特曼文本诗学理论的研究一定会在新世纪取得更多具有中国特色的新的研究成果，我们期待学界更全面更深入地研究洛特曼的文本诗学理论思想，尤其在当下我国文本学发展较薄弱的情况下，对洛特曼文本诗学理论的研究就更具意义和更加独特而重要。

第二节　我国文本"话语"的缺失与反思

文本学是文学理论中的基础理论，如果没有系统的文本学理论作为基础，文学理论就相当于一座空中楼阁。纵观西方文论界可以发现，很多国家已经完成了自身文本学理论的建设与发展。只有我国的文本学研究几乎还是空白。在国内的学术讨论中，文本学上的常识问题还经常出现错误。例如"文本"与"本文"、"文本"与"故事"、"结构"与"层构"、作者与"叙述者"、"视角"与"聚焦"等概念与问题动辄混为一谈。在这种情况下，我们常常自感底气不足，所以很难与西方文论进行深入的对话与交流。文论建设能否像经济建设那样搞"跳跃式发展"？答案是否定的。历史唯物主义告诉我们，基础性建设阶段是不可或缺的，强行逾越的最终结果就是必须补课。西方有西方的文本学渊源，我国有我国的文本学传统，只想凭借西方文本学的理论成果作支柱来搭建我国的文本学大厦是行不通的。我国的文论建设必须从头做起，从基础性学科抓起，就像伏尔泰所说的先"种好自己的园地"，那么如何种好自己的园地呢？首先我们要对自家的园地有个充分的了解和认识，然后根据实际情况进行播种施肥，只有这样，我们的园地才会结出属于我们自己的丰硕的果实。

一 现当代"文本"话语的缺失

在文本学理论建设方面，西方许多国家都进行了切实的研究与探索，例如俄国形式主义、法国结构主义、英美新批评流派等，它们都为各自国家的文论建设打下了坚实的基础。相比较而言，我国的文论进程似乎没有经历过文本学的建设与发展阶段，直接进入后结构、后现代轨道。20世纪初本应是总结文本学传统的时代，但是历史重任使我们无暇分神；1919年五四新文化运动中，随着文学革命运动的发展，文学的内容发生了突破性的变革，在这种情况下，旧的文学形式已经不足以表现新的思想内容，于是就带来了文学形式上的明显变化，首先，体现为语言方面，试图用"白话文"取代"文言文"。其次，结构体裁也发生了变化，例如诗歌由旧体诗演变为新体诗，小说由章回体变为不分章回体，散文领域也大大拓宽了，出现了报告文学和杂文的形式。实事求是地说，这种文学上的革命运动，在当时所起的作用是功不可没的，在历史上占有相当重要的地位。但是无论思想革命还是语言革命，最终还是把思想和语言或把语言和思想隔离开了，或者说，还是让思想统率了语言，而让语言从属于思想。如果说文言文依赖于"道"之势，那么白话文则依赖于"情感"和"思想"之势，语言本身的独立地位还没有得到确立、承认和尊崇。

20世纪二三十年代，以左联为首倡导与开展了关于文艺大众化问题的热烈讨论，瞿秋白等人把语言的大众化视为实现文学的大众化的重要问题，强调"普洛大众文艺要用现代话来写，要用读出来可以听得懂的话来写，这是普洛大众文艺一切问题的根本问题。"[①] 这个问题不解决，其余的努力大半是要枉费的。通过这次讨论，很多人认识到文学的大众化离

---

① 史特尔（瞿秋白）：《普洛大众文艺的现实问题》，《文学》半月刊，1932年第1卷第1期。

不开语言的大众化，主张语言应当接近口语，是大众能看、能读、能懂、能写的语言。提倡语言大众化就是要求作家所使用的语言要服从于大众的语言、知识、文化和接受水平，要语言被动地去适应、迁就、屈从普通的老百姓大众。这从新民主主义革命的需要来讲应该说是不得已的选择，是值得肯定的。但此后对于中国当代文艺学学术史来说，更多地是受到政治文化的束缚，所以它并没有在学科的知识层面上获得完整充分地发展，文本学也没有作为专门知识范畴受到重视，即便是文艺规律的研究也通常采用政治视角，并接受政治的审视。

随着中华人民共和国的成立，特别是进入20世纪50年代以来，中国当代文学不只是中国现代文学的承续，更主要的是社会主义文学发展的起点，应该有新时代的文学景观。可惜的是在整个50年代，在越来越严重的"左"倾思想的制驭下，文艺界进行了一系列思想斗争和大讨论，但是，对于涉及文艺基本特征规律的问题很少进行探讨，对于文本形式问题，诸如文学的语言问题的研究和讨论就更是很少涉及了。60年代"文革"时期，一方面文学创作基本处于窒息状态，另一方面某些所谓的文学创作使用的语言是大批判的语言，是权极一时的意识形态话语。这个时期，文本学理论不但没有得到应有的发展，反而是出现倒退和倒向权力话语。20世纪80年代以来，随着思想解放运动的开展，文学形式方面的研究出现了一股热潮，文学体裁进一步得到扩展，文本语言也出现很大变化，在语汇、语态、语式、语气等方面较之以前更加丰富了，而且在长达几百字甚至几千字的文学作品没有标点符号，句子可长可短，短则一个词组甚至一个词就是一个句子，等等。针对这种情况，有论者在1986年谨慎地、颇有分寸地指出，中国当代小说已经进入一个语言意识觉醒的时期，事实上，跨入语言意识觉醒时期的不只是小说，诗歌、散文，乃至剧本等也都跨入语言意识的觉醒期了。

通过对现当代文本学发展历程的分析可以看出，我们对于文本学的理论所知甚少，对于文本语言的研究仍处在一种不自觉的阶段，我们还未能完全地面对语言，即使是现在提出面对语言的问题，也还缺乏面对的觉悟、资本、储备和能量。在这种背景下，近几年学术界讨论"大文论"的呼声越来越高，文学的文化研究已经逐渐滑向泛文化批评，文学理论的学科存在面临危机。甚至有些学者开始质疑文论存在的合理性,并不断追问"文论何为";也有些学者指出,文学社会文化功能固然重要,但是不能忘记文学是第一要义;还有些学者开始强调加强文学本体研究的必要性,呼吁文学性的本体回归。

二 当下文本学的理论反思

纵观20世纪我国文论发展史可以看出,我国的文学理论建设经常失去自主性,对于文学作品自身问题的研究总是难以进入我们的文艺学研究视野。"中国现当代文坛,为什么没有自己的理论,没有自己的声音?其根本原因在于我们患上了严重的失语症。我们根本没有一套自己的文论话语,一套自己特有的表达、沟通、解读的学术规则。"[①] 四川大学教授曹顺庆的这段话深刻地指出了当下我国文艺学学科所面临的生存性危机与困境的原因。

从20世纪"五四"时期开始,中西方文化交流一直处于不平等状态。虽然近代洋务派时期,我们提出了"中学为体,西学为用"的口号,但事实上一直到新中国成立前期,我们都是"西学为体,中学为用"。新中国成立后一直到改革开放以前,我国文艺理论主要搬用的是苏联理论模式,而苏联文艺理论坚持的却是欧洲中心论,很少顾及亚洲或者中国的文论传统,直到现在我们还有很多版本的文艺理论教材基本没有超越苏联的模式:例如,在文学本质论部分,认为文学的本质就是用形象来反映生活;在作品论部分,主要讲述的是题材、主题、人物、情节等;在创作论部分,主要内容还是素材的选择、提炼、加工、概括等。很显然,这些理论都是以叙事理论为本位的,以再现为主,属于模仿说,是西方传统文论的思想的体现。而我国古代文论是以抒情为本位,抒情诗是我国文学的正统类型,我国是诗的国度,在哲学、宗教、道德伦理方面表现出来的都是抒情诗的特点。当然,中国古代也出现了戏剧、小说,但这些也都是以抒情为宗旨,不是模仿说而是表现说,由此可见,中西方文化传统的不同导

[①] 曹顺庆:《中外比较文化研究的基本目标与重建中国文论话语》,《中国古代文论的现代转换》,陕西师范大学出版社,1997,第317页。

致了中西文艺理论体系的差异。

以我国文论这几十年来的历程来看,我们似乎已经习惯在"俄苏文论与英美文论"之间寻求理论参照体系,以汲取理论养分。但由于种种原因,"俄苏文论"大体上被简化成"社会学"文论、"庸俗社会学"文论,而"英美文论"则被推举为"俄苏文论"的对立面。以"新批评"而饮誉西方的"英美文论",大体上被确认为是"内在研究",它与"社会学、庸俗社会学"的文论是风马牛不相及,是一种自足自律的审美批评。无论是"俄苏文论"还是"英美文论",显然都拥有各自相对稳定的理论风范,显示出相对独立的文化个性,我们只有在冷静检视它原有的历史全貌这一前提下,才能从中汲取我们文论建设有益的养分,如果只是依据我们自己心中的成见来择定优劣,很可能使我们再度陷入偏食,而导致思维畸形。

新时期以来,我们开始告别主要接受俄苏文论的偏食状态,大量引进美英文论的新思潮新理论,不断吸收欧陆文论新流派新学说,获得了丰硕的成果。但是,对国外其他理论板块则关注不够。许多年来,我国的文学理论总是受制于政治文化语境的影响,总是寄生于社会学、心理学、美学、人类学、文化学等学科。因此,就目前文论理论界来看,文学理论的学科定位问题,文学理论的独立品格问题,文学理论研究是否存在边界问题,文学理论何去何从,等等,都是当今时代我们需要正视和反思的重要议题。

众所周知,任何国家的文论建设都必须重视对本民族文化传统的弘扬,我国文学理论建设也该如此。但是纵观新时期近40年我国文论的建设历程,我们不得不承认研究者的数量和成果数量都是空前巨大的。但是真正优秀的研究者和有质量的成果却不是很多。因此,就目前而言,如何建设具有中国特色的当代马克思主义文论应该成为重中之重。马克思主义理论的确是先进的思想,但是长期以来,我们一直把马克思主义理论当作装在酒精瓶里的标本,没有真正做到把马克思主义理论与中国文艺实践相结合。随着全球化浪潮的全面推进,我们只有坚定不移地坚持马克思主义文艺理论,坚持"中学为体,西学为用"的原则,努力建立一套符合本民族传统,体现本民族特色的文艺理论,只有这样才能使中国的文艺学立于不败之地。

在全球化语境中，我国文本学背负着现代性未竟的事业，在现代性的焦虑和想象中进行大胆的借鉴和创新，虽然，目前我国文论界对于西方文论的引进和研究已经做到大致同步，但是我们对于西方文论的理解与真正消化却并不理想，对于某些理论的引用甚至出现了知识性的错用。我国当代文本学缺乏的是更多的属于自己的有特色的话语，在国际文论讲坛上还没有出现具有影响力的中国当代文论的声音，而这也正是目前我国文本学研究者需要深刻反思的重要问题。

第三节　洛特曼文本诗学理论对中国文论的启示意义

当今世界，全球化不以人的意志为转移已经成为每个人眼前的现实，正在促使文化景观产生深刻的变化。在这一文化语境下，洛特曼及莫斯科—塔尔图符号学派的理论研究超越了当时苏联的意识形态，对这样一个诞生于单一意识形态中的纯学术流派，不仅引起西方学者的极大兴趣，同时也得到了我国学者的广泛关注。当然这种兴趣与关注并不仅仅在于洛特曼及莫斯科—塔尔图符号学派的理论研究与苏联主流意识形态的格格不入，而是在于其理论本身所具有的深刻内涵和学术价值。苏联解体已有十多年的历史了，对洛特曼理论的研究不仅没有降温，反而得到了越来越多的关注。洛特曼文本诗学理论的现代价值与意义主要在于，将文本理论的阐述置于与其密切相关的人文学科的领域，即美学、社会学、文化学、价值哲学、语言学、交往理论、宗教学、神话学等学科之中。其学术视界是动态的，联系的，它虽然定位于"流派之外"，却力图对各家各派"兼容并蓄"，显示出当代文学理论建设者应有的开放包容精神。在跨文化交际中，最重要的不是相似之处，而恰恰在于差异部分，和而不同的要点在于"不同"二字。以洛特曼等人为代表的文本诗学思想，正是中国传统诗论文论可资借鉴的丰富的思想源泉。

一　方法论的启迪

一切理论的探索归根结底是方法的探索。黑格尔就把方法比喻成犁，指出它比结论更重要:"手段是一个比外在合目的性的有限目的更高的东西——犁是比由犁所造成的、作为目的的、直接的享受更尊贵些。工具保存下来,而直接的享受则会消逝并忘却。"① 此处所谓的手段即我们今日所说的方法。在这里我们试图通过总结洛特曼文本诗学的创新思维和研究方法,并从中汲取营养,进而形成对我们有益的理论启示。

就目前我国学术界来看,批评理论中仍然呈现出思想诠释较多,而艺术形式分析较少;思想"材料"说得多,文本"结构"谈得少;对于文本外部研究偏多,而文本"内部研究"偏少。实事求是地讲,当我们对俄国"形式主义""英美新批评"等理论流派进行批判时,是否反思过:我们对于作品形式因素的分析和重视程度远远不及他们?我们是否也该质问一下自己:我们是否已经全面理解了文艺作品所要坚持"美学观点和历史观点"相结合的论述?因此,我们的文论界需要进行深刻的反思,即关于文学规律自觉认识的思考,坚持运用"综合"的理论研究视角,打破传统的"内容与形式"二分的思维定式。在这种情况下,正是引荐洛特曼文本诗学理论的最佳契机,他的文本诗学理论不仅有宏观指导意义,而且在微观的具体批评理论方面也具有很强的实践指导性。洛特曼对文本诗学理论跨学科、跨文化的综合研究的主张、做法及成果,无疑为我国当下的文论研究开辟了一条新路,成为我国文论前进的指路明灯。

(一) 内外兼重的整体论

借鉴洛特曼内外综合的研究眼光对我国当下的文艺学理论研究现状进行重新审视,我们会发现:由于长期以来形式或意义的单向度介入,从而导致对文学现象的理解与评价有失偏颇且缺乏系统性。真正完整的文学批评应该是意义与形式的有机统一,洛特曼的文本诗学理论既注重文本内部结构的研究,同时又把外文本结构研究联系起来,从而有效地填平了内部研究与外部研究不可逾越的鸿沟。无论是外部研究还是内部研究,它们都以揭示文学的本质为己任,它们的优势与弱处形成了较大的互补性。文学活动是极其复杂的精神现象,因此对文学文本意义的理解,应该做多层

---

① 于春玲、闫丛海:《技术实践:哲学的观照及嬗变》,《东北大学学报》(社会科学版) 2013 年第 5 期。

面、多角度的审视，如果只是单面切入，就无法获得总览全局的、持久的审美感受与体验。

　　作为一位学问渊博的世界级大学者，洛特曼的文本诗学理论体现了突出的辩证色彩，作者综合的理论研究眼光、深邃的整体意识，恰恰是他理论思维成熟与科学的表现。恩格斯曾经说过，一个民族的成熟最终应体现在其理论思维的成熟。如果从哲学方法论角度来概括洛特曼的文本诗学思想，我们不得不引用"整体论"的思维来进行审察。所谓的"整体论"是一种综合辩证的思维方式，这种理论方法并不是洛特曼创立的，而是俄苏另一位杰出的文化学家巴赫金通过分析俄苏文论思想及相关的作家作品而构建的文学理论批评观，例如，"复调小说""狂欢化"诗学、对话理论等概念都是在这种"整体性"批评思维指导下形成并获得发展的。"整体性"批评主张把文本的形式和内容结合在一起进行分析，进而实现文本内部研究与外部研究的统一。巴赫金认为，每一种文学现象同时既是从外部、也是从内部决定的。从内部由文学本身所决定，从外部由社会生活的其他领域所决定。不过，文学作品从内部决定的同时，也从外部决定，因为文学本身整个地是由外部决定的。而从外部决定的同时，它也从内部决定，因为外在的因素正是把它作为具有独特性和同整个文学情况发生联系（而不是在联系之外）的文学作品决定的。这样，内在的东西原来是外在的，反之亦然。[①] 由此可以看出，在文本结构分析方面，洛特曼与巴赫金的理论观点具有共同性。这种共同性主要建立于二者对形式主义的反驳与超越上。科学的批评需要全面的观点，只有坚持"整体性"的批评方法，才能对文艺的本质问题做出正确的理解和判断。

　　我国文论界曾一度把政治批评奉为至尊，最后导致文学成为政治的工具和附庸，而一旦警醒之后，又迅速滑向另一个极端，盲目照搬西方文论思想，在短短的二三十年就把西方近百年来的文学思潮重新演练了一遍。中国文论建设的确需要大胆借鉴与创新，但是如果完全忽略本国文学自身发展的规律与特征，最终结果就会适得其反。在 21 世纪语境下，我国文

---

① 〔苏〕巴赫金：《文艺学中的形式主义方法》，李辉凡、张捷译，漓江出版社，1989，第 38 页。

本学的理论建设应该在尽可能的情况下避免狭隘、避免单一，我们提倡把对文学的考察放到整个文化语境之中进行，这不仅是洛特曼文本诗学理论提倡的，而且是我国文本学理论建设的要义所在。正如洛特曼格外重视对文学研究的内外兼修一样，我国的文本理论建设也应该在"自律与关怀"的张力中取得发展，进而实现文学的外部研究与内在剖析的完美结合。从中国文学实践来讲，文学与社会、文化、现实、历史的交融已经成为整个中国文化的一种内在性格，但是我国的文本理论研究如果仅仅关注社会文化语境的细致考察，显然不能对之做出全面的解读。因此，如何加强对文本理论形式要素的探索，例如对文本语言、结构、修辞手法、审美特征等要素进行系统的理论研究，才是全球化语境下我国文学理论建设走出困境，获取新的发展生机的有效途径。这就意味着我国文本学理论建设要重视从文学自身出发，进而反观整体文化，只有这样，我国文本学理论建设才能超越社会学批评，进而不断完善自身。在研究方法中，我国文本学理论建设要兼容并蓄，努力吸取历史的、美学的、心理学的、社会学的等不同学科的观点，真正实现跨学科、跨文化的研究，从而显示比前人更为开阔的研究视野和研究思路。

（二）史论结合

也许是受到俄国形式主义彼得堡学派的影响，洛特曼的文本理论探索始终与文学史的研究紧密相连。从20世纪60年代起，洛特曼倾心研究了18~19世纪之交的文学和社会思潮，尤其是卡拉姆津、拉吉舍夫和俄国共济会、十二月党人和普希金。洛特曼一直坚持将文学现象放在广泛的社会和历史背景中去探讨，发表了多篇史论结合的文章，例如1974年的《果戈理与俄罗斯民族传统中的喜剧和严肃笑文化的关系》，1975年的《作为历史心理学范畴的日常行为》，与戈斯巴洛夫合著的《〈十二个〉一诗中的游戏因素》《19世纪初期俄罗斯文学中的纸牌和纸牌游戏》，1979年的《普希金时代文化习俗中的口语作用》等。

阅读文学文本，尤其是俄国文学作品，我们首先要读出作品中蕴含的丰富的文化内涵，因为这些才是社会与人生最鲜活的形态。没有了这个前提，单纯用时空结构、符号体系剖析人物构成，空侃泛论民族的心理与性格结构，是无法把握文学作品真、善、美的文化品格的，也很难发现关于文学批评建设方面有意义的推进价值。俄罗斯主流文学坚持"历史自觉意识",以历史主义的批评立场作为主导的立场,认为文学具有自己的发展规律,优秀的文学传统一旦形成就会发挥独特的作用。俄国作家把厚重的历史忧患意识顽强地沉淀在他们的审美意识中。文学的研究应该是高度历史主义的,这种高度的历史主义立场不是对历史的简单的还原,而是对历史的一种揭示,揭示现代性语境与经典的人文精神错位形成的寓意性。

20世纪80年代诞生于英美文化和文学界的新历史主义批评认为,文学与历史之间是相互作用、相互影响的。文学是大的文化网络的一部分,它强调文学与文化之间的联系,主张从历史角度进行文学研究。洛特曼的文本诗学理论与新历史主义批评家不谋而合,他们都认为历史与文学一样,都是人类创造出来的虚构文本。洛特曼与新历史主义都企图跳出英美新批评所界定的封闭的、狭窄的文本观,都想通过消弭文学与历史之间的界限,从而恢复人类文化的整体性。洛特曼认为,历史是一门符号科学,它展示的就是描述历史文本创建者眼中的历史,而非物质世界的客观进程,历史文本的意义源于创建它的历史学家,它具有主观认定的特质。洛特曼指出,既然历史文本是处于特定描述框架下的众多符号体系相互作用的结果,那么我们对它的解读必然涉及修辞规则和文学评论的因素,但同时历史文本的科学性特质又要求我们必须采用科学哲学的方法来分析,这就意味着历史文本自身承担了对事件的解释和对事件的描述两种功能。历史文本的科学性与人文性兼具的特质,决定了历史文本的创建者应遵从一贯的标准,即严格遵守对文本结构中因果、时间的链条,在表达手段上要求遵循科学的表达规范。历史文本一方面希望接收者承认自身的真理性,另一方面又允许受者对真理性予以质疑,并且允许创新,但此创新只是对时间、因果关系界定的创新。

显然,以往那种从意识形态立场出发编写的文学史,存在着许多弊端,与现当代文学史的实际面貌相去甚远。意识形态对于文学史本真面貌的遮蔽,并不仅仅存在于现当代文学史领域,在古代文学史中同样存在这种情况。因此,这种重写文学史的活动在现当代文学史领域内开始之后,便逐渐波及古代文学史领域,形成重写整个文学史的运动。重写文学史运动的形成,正是新历史主义的文学观、历史观深入影响下的结果。为恢复文学史的本真面貌，我国文本学理论建设应该重新选取撰写文学史的立场，以民间为本位，给那些为历史所遗忘的作家以重新定位，从而使以往单一的文学史面貌多样化。在新的层面上将文学与历史进行重新融合，打通文史哲的界限，将文学批评从传统历史主义的桎梏中，从形式主义狭窄的文本范围中，重新拉向广阔的社会历史现实，在历史视界内实现新的突破，为我国当代文学批评注入新的活力。

阐释学对于传统的分析给予我们的重要启示在于，古典诗学始终处于不断变动的阐释之中，它是一个不断被赋予新内容的历史存在，所以说，现代意义上的古典阐释是必要的。我们要将古典诗学独特的言说方式置于现代语境下，使古典诗学通过与当代思想进行有效对话，进而实现现代转化，最终达到与西方文论的平等交流。真正流传不朽的艺术，一定是具有鲜明民族独创性的艺术，因此，我们首先要重视并努力发展本民族文化艺术的独创性，进而实现与世界其他民族文化艺术的综合与融合。在全球化语境下，我国文本学理论建设要想获得发展必须充分发掘本民族历史文化文本，历史文本鲜明体现本民族的特色，充分借鉴洛特曼史论结合的研究方法、文本信息交际模式、差异与对话的创新思维，对我国具有丰富底蕴的历史文本进行独具特色的阐释，以期在世界文论界发出独特的声音。我国真正的文化底蕴藏于历史文本之中，例如，道家文本、儒家思想，等等，在历史文本理论研究过程中，应充分借鉴洛特曼对历史文本的解读，这一观点对中国古代文论的现代阐释具有启发意义。

（三）跨学科的交叉视野

洛特曼的文本诗学理论打破了文学批评的自足性和封闭性。他以文本为核心对文学文本和文化文本做出全新的观照，并且他还就文学与符号学、文学与语言、文学与绘画、文学与建筑、文学与音乐等方面进行比较研究。他运用人脑智能、系统论、控制论，信息论以及物理学、拓扑学、生物学、耗散理论等自然科学理论，鲜明地体现自然科学与人文社会科学相互融合的特点。他认为，在人文学科研究中，生搬科学模式是行不通的，人类学者若不尽量从总体上研究自己的课题，那么即使对其中某个具体方面也无法真正地理解。完全可以说，洛特曼的文本诗学理论研究不仅突破了传统文论研究的局限性，而且进入了跨学科跨文化比较这一更为广阔的领域。

然而在中国，不仅自然科学理论与社会科学理论呈现出对峙悖立的局面，就是语言学与文学批评也老死不相往来，批评家普遍忽视语言学的重要性，几乎不了解语言学的理论与方法，这是因为中国的文学批评习惯于一种感悟式的印象主义批评。洛特曼的文本诗学理论在跨学科跨文化的进程中，把文本学置于广阔的社会历史文化语境之中，并始终保持文艺学的人文内涵，进一步将经典文艺学的理论研究推向新的阶段，为我国当代文本学理论的发展提供了重要的参照坐标。在文艺学如何保留自己的特性，同时借鉴其他学科方面，洛特曼的文本诗学提供了具体有效的实践路径。我国文本学理论建设应力求坚持宏大的文化视野，采取跨学科跨文化的方法，从不同学科、不同视角对文学进行全方位地审视，进而探索艺术生命的奥秘。洛特曼的文本诗学理论研究预见了文本学今后的发展方向，我们可以从洛特曼文本诗学理论得到这样的启示：向其他学科大胆敞开，也许才能最终解救文化之困。

二 对中国诗歌研究的启示

在五四新文化运动中，旧格律只能用文言文来写，写白话诗就不得不放弃传统的格律。其实从语言学的观点看，文白之变是渐进的语言演化，绝非异质语言的革命更迭。何以认为写诗律诗就必须用文言文而不能使用白话文呢？因此，传统格律与现代汉语的相悖相契，是个很需要重新思考的问题。传统格律阻碍诗歌的发展，不能表达新的时代思想；自由诗代表着社会的进步，恰能反映新的时代精神，很显然这是一种把学术问题政治化的论调，如今看来已属幼稚可笑，但还潜在地发挥作用。这里有个极具讽刺意味的事实：当中国贬抑传统诗律的同时，苏联学界却反传统树格律为正宗，打压自由体，怀疑它是受资产阶级腐蚀的产物。由此可以看出，意识形态色彩不除，诗律的研究便很难摆脱历史弥漫的阴影。在相当长的时间里，拒绝和否定传统民族文化，俨然成了革命与进步的标志，但是在复兴民族文化蓄势待发的今天，我们对民族的语言传统，对民族的诗艺和诗律，是否应该进行深刻的反思呢？从根本上说，传统诗律陷入今天的尴尬境地，是中国社会在现代化过程中遗弃本民族优秀文化传统的恶果。因此，本论文引入洛特曼诗歌文本理论的研究，以期对我国诗艺和诗律的重新审视起到促进与点拨作用。

（一）结构主义诗学理论

洛特曼结构主义分析方法，来自系统论的思想，把研究对象看作一个整体、一个结构，是由多个成分组成的系统。洛特曼认为，系统内部各成分之间的联系最为重要，决定着整体的性质，因此结构的研究应揭示结构内部复杂的相互关系和它们所体现的深层规律。用在诗歌文本的分析上，首先要构建文本结构的模式，也就是根据对诗歌文本内部情况的认识，设计一个文本的内部组织网络，区分不同层次和不同方面，找出它们之间的相互关联，这种结构模式并非诗歌文本本身，只是人们认识诗歌文本结构的成果，并用抽象的形式概括出来。

诗歌文本的结构模式，中外古今可谓数不胜数，各自凸显着研究者的眼光和策略。洛特曼参照前人成果，又根据自己的研究目标调整思路，提出了普遍适用于诗歌文本的层级结构模式，它包含音韵、句法、形象、语义、作者五个层次，囊括诗歌文本内容与形式的主要方面，由表及里，由浅入深，勾勒出层级递进的关联。这一模式的好处，在于兼顾了整体和重点，重点自然应该在音韵层和意义层的互动关系上，但又不是孤立地抽取这两者的关联，而是放在诗歌文本整体的背景上，放在所有层级的相互联系中。洛特曼运用结构主义的研究方法进行诗歌的语言学分析，发掘诗歌不同于传统诗论的新特点，为我国的诗歌理论研究与鉴赏实践提供了重要启示。我国传统的诗歌理论研究主要是从诗歌的情感或意象角度出发，很少顾及诗歌的形式和结构，我国传统诗论研究的不足，原因之一就是离开全局孤立地看音韵，所得结论难以令人信服，而结构分析的要义，便是立足于系统的整体性，这样在整体的把握中对文本层层剥笋，在层级的联结点上步步为营，深入发掘结构成分的互动机制，进而体察整部诗篇的深厚意蕴。

（二）"对立美学"思想

在探究诗歌文本意义生成机制时，洛特曼提出，诗歌文本的组织建立在"对立美学"的原则上。从语言学角度看，非诗文本的语言是按照组合关系连缀起来的，而诗歌文本中的语言却是根据聚合原则组织起来的。

后来，洛特曼又提出重复与平行对照是建构诗歌文本的根本原则，这是借用修辞学术语来表述诗歌文本中各种成分的规律性复现，笔者以为这是诗歌理论的一个重大发现，在诗歌艺术规律的探索上，它很可能导致某种突破，我们在这一理论见解中可以看到以下几个要点。

第一，"对立"与"重复"之说，是依据诗歌文本的格律原则提出来的，但又不局限于格律，在格律的带动下，诗歌文本中的词语、诗句、语法、形象等无一例外地被纳入重复与平行对照的关系网络中，因此我们说，"对立"与"重复"是诗歌文本整体的建构原则。第二，"对立"与"重复"的成分，由于处于成双对举的位置上而发生联系，从而引起诗歌文本结构意义上的相互作用，一方面通过拉近距离使词语意义形成互补，另一方面通过拉开距离使词语意义造成反衬，一切都遥相呼应，一切都比照互动，在这一过程中新意迭出。第三，"对立"与"重复"的思维，是事物两分、二元对立的普遍规律在诗歌文本中的具体表现，这既是语言艺术的自然之理，又是人类自觉的创造，两相结合使"对立"和"重复"成为诗歌文本结构的一大特色。由此可以联想到我们的汉语格律诗，我们的格律诗学中常讲的对偶、对仗、对称、对应等，所指也就相当于洛特曼所说的"对立"与"重复"，它们同样遍布在诗歌文本的各个层面，同样体现着二元对立、相反相成的规律。由此可以看出，不同民族文化之间在诗歌这样独特奥秘的领域里，竟也暗藏着如此深刻和如此根本的共性。例如，在我国传统诗学方面，有两个范畴很值得深入发掘，并同现代学术热点遥相呼应：一个是比兴，另一个就是对偶。从写诗方法扩大到一般思维机制，同域外洛特曼所说的"对立美学"思想相互阐发。显而易见，利用传统的诗论资源去参与跨文化的学术对话，体现了理论创新的思维。

在世界所有民族的文学史上，诗歌都占有重要地位，或者说，诗歌是每一民族文化的重要组成部分，也是最具民族性的文学体裁，由于它是一个复杂而又普遍存在的文化现象，历来对诗歌的批评与赏析也就显得纷繁多样。我国传统诗论的主流，是强调"诗言志"和"温柔敦厚"，侧重于诗歌的社会内容和功用，虽不排斥形式美的研究，一般却只将其看成作诗的技法，而非诗歌理论。虽然俄汉两种语言的差异较大，语音方面的重复和平行对照也许很难等同，但是在诗句、语法等方面的重复和平行对照，经过努力我们是可以从中发现相似规律的。

在 20 世纪西方文学理论批评家中，很多学者以"专"见长，像洛特曼这样"既博且专"的学者，实属少见。洛特曼学识渊博，其著作引证的丰富、学术思想的深刻、新颖和全面，对读者的正确解读提出了很高的要求。事实上，洛特曼的文学观念、研究方法对我国进行文本学理论的建设具有重要的价值，其启示意义也绝不止于以上几个方面。我们深信，随着文学活动以及观念的不断发展，洛特曼这位大师赋予我们的启示将会更加深刻地被揭示出来，我国的文本学理论建设也一定会在立足本土、吸收借鉴异域文学理论的有机养料中得到快速发展。

参考文献

一　中文资料

（一）国内学者著作

1. 傅修延：《文本学》，北京大学出版社，2004。
2. 张杰、康澄：《结构文艺符号学》，外语教学与研究出版社，2004。
3. 黄玫：《韵律与意义：20世纪俄罗斯诗学理论研究》，人民出版社，2005。
4. 王立业主编《洛特曼学术思想研究》，黑龙江人民出版社，2006。
5. 周启超：《对话与建构》，安徽文艺出版社，2004。
6. 陈晓明：《本文的审美结构》，花山文艺出版社，1993。
7. 吴元迈：《文学作品的存在方式》，海南出版社，2002。
8. 张汝伦：《意义的探究：当代西方释义学》，辽宁人民出版社，1986。
9. 傅道彬、于茀：《文学是什么》，北京大学出版社，2002。
10. 杨大春：《文本的世界：从结构主义到后结构主义》，中国社会科学出版社，1998。
11. 尚杰：《解构的文本读书札记》，中国社会科学出版社，1999。
12. 陆扬：《后现代性的文本阐释：福柯与德里达》，上海三联书店，2000。
13. 冯寿农：《文本语言主题》，厦门大学出版社，2001。
14. 赵志军：《文学文本理论》，中国社会科学出版社，2001。
15. 刘顺利：《文本研究》，延边大学出版社，2003。
16. 蒋荣昌：《消费社会的文学文本》，四川大学出版社，2004。
17. 黄颂杰：《二十世纪哲学经典文本·欧洲大陆哲学卷》，复旦大学出版社，1999。
18. 董希文：《文学文本理论研究》，社会科学文献出版社，2006。

19. 李春青：《在文本与历史之间》，北京大学出版社，2005。
20. 李建盛：《理解事件与文本意义》，上海译文出版社，2002。
21. 黄鸣奋：《超文本诗学》，厦门大学出版社，2001。
22. 孟悦、李航、李以建编著《本文的策略》，花城出版社，1988。
23. 张沛：《隐喻的生命》，北京大学出版社，2004。
24. 李幼蒸：《理论符号学导论》，中国社会科学出版社，1993。
25. 李幼蒸：《历史符号学》，广西师范大学出版社，2003。
26. 陈宗明、黄华新：《符号学导论》，河南人民出版社，2004。
27. 王铭玉：《语言符号学》，高等教育出版社，2004。
28. 顾嘉祖、辛斌主编《符号与符号学新论》，东南大学出版社，2006。
29. 王铭玉、宋尧编《符号语言学》，上海外语教育出版社，2005。
30. 丁尔苏：《语言的符号性》，外语教学与研究出版社，2000。
31. 彭克巽：《苏联文艺学学派》，北京大学出版社，1999。
32. 张杰、汪介之：《20 世纪俄罗斯文学批评史》，译林出版社，2000。
33. 张捷：《20 世纪俄罗斯文学研究》，人民文学出版社，2003。
34. 李辉凡、张捷：《20 世纪俄罗斯文学史》，青岛出版社，2004。
35. 李毓榛：《20 世纪俄罗斯文学史》，北京大学出版社，2000。
36. 杨育乔：《白俄罗斯文学简史》，河南大学出版社，1993。
37. 黎皓智：《20 世纪俄罗斯文学思潮》，北京大学出版社，2006。
38. 任光宣等：《俄罗斯文学史》，北京大学出版社，2003。
39. 凌继尧：《苏联当代美学》，黑龙江人民出版社，1986。
40. 方珊：《形式主义文论》，山东教育出版社，1999。
41. 王建刚：《狂欢诗学：巴赫金文学思想研究》，学林出版社，2001。
42. 沈华柱：《对话的妙悟：巴赫金语言哲学思想研究》，上海三联书店，2005。
43. 董小英：《再登巴比伦塔：巴赫金与对话理论》，生活·读书·新知三联书店，1994。
44. 夏忠宪：《巴赫金狂欢化诗学研究》，北京师范大学出版社，2000。
45. 张冰：《陌生化诗学》，北京师范大学出版社，2000。
46. 方珊：《形式主义文论》，山东教育出版社，1994。

47. 朱立元：《当代西方文艺理论》，华东师范大学出版社，1997。
48. 蒋述卓：《文化诗学：理论与实践》，人民出版社，2005。
49. 胡金旺等：《文化诗学的理论与实践研究》，中国社会科学出版社，2004。
50. 胡经之等：《西方文艺理论名著教程》（下卷），北京大学出版社，2003。
51. 李衍柱：《文艺学范畴论》，山东文艺出版社，1996。
52. 吴晓：《意象符号与情感空间》，中国社会科学出版社，1990。
53. 巫汉祥：《文艺符号新论》，厦门大学出版社，2002。
54. 赵毅衡：《符号学文学论文集》，百花文艺出版社，2004。
55. 徐亮等：《文论的现代性与文学理性》，浙江大学出版社，2005。
56. 王一川：《语言乌托邦》，云南人民出版社，1994。
57. 王雨田：《控制论·信息论·系统科学与哲学》，中国人民大学出版社，1986。
58. 彭兆荣：《文学与仪式：文学人类学的一个文化视野》，北京大学出版社，2004。
59. 朱玲：《文学符号的审美文化阐释》，安徽大学出版社，2002。
60. 章启群：《意义的本体论：哲学诠释学》，上海译文出版社，2002。
61. 张意：《文化与符号权力》，中国社会科学出版社，2005。
62. 姚海：《俄罗斯文化》，上海社会科学出版社，2005。
63. 苟志效、陈创生：《从符号的观点看——一种关于社会文化现象的符号学阐释》，广东人民出版社，2003。
64. 仰海峰：《走向后马克思主义：从生产之镜到符号之镜》，中央编译出版社，2003。
65. 龚鹏程：《文化符号学导论》，北京大学出版社，2005。
66. 龚佩华等：《文化人类学理论方法研究》，广西高等教育出版社，2004。
67. 马广海：《文化人类学》，山东大学出版社，2003。
68. 张旭东：《全球化时代的文化认同》，北京大学出版社，2005。
69. 马海良：《文化政治美学——伊格尔顿批评理论研究》，中国社会科学出版社，2004。
70. 张法：《走向全球化时代的文艺理论》，安徽文艺出版社，2005。
71. 赵一凡：《从胡塞尔到德里达：西方文论讲稿》，生活·读书·新知三联出版社，2007。
72. 汪堂家：《汪堂家讲德里达》，北京大学出版社，2008。
73. 钱中文主编《巴赫金全集》（第一卷），晓河等译，河北教育出版社，1998。
74. 钱中文主编《巴赫金全集》（第二卷），李辉凡等译，河北教育出版社，1998。
75. 钱中文主编《巴赫金全集》（第四卷），白春仁等译，河北教育出版社，1998。
76. 钱中文主编《巴赫金全集》（第六卷），李兆林等译，河北教育出版社，1998。

（二）国外学者著作

1. 〔美〕莫里斯：《指号、语言和行为》，罗兰、周易译，上海人民出版社，1989。
2. 〔法〕罗兰·巴尔特：《符号学原理》，李幼蒸译，生活·读书·新知三联书店，1988。
3. 〔法〕安纳埃诺：《符号学简史》，怀宇译，百花文艺出版社，2005。
4. 〔意〕乌蒙勃托·艾柯：《符号学理论》，卢德平译，中国人民公安大学出版社，1990。
5. 〔瑞士〕索绪尔：《普通语言学教程》，高明凯译，商务印书馆，1985。
6. 〔日〕篠原资明：《埃柯——符号的时空》，徐明岳、俞宜国译，河北教育出版社，2001。
7. 〔意〕埃科：《符号学与语言哲学》，王天清译，百花文艺出版社，2006。
8. 〔法〕托多罗夫：《象征理论》，王国卿译，商务印书馆，2004。
9. 〔法〕吉罗：《符号学概论》，怀宇译，四川人民出版社，1988。
10. 〔美〕罗伯特·肖尔斯：《结构主义与文学》，孙秋秋等译，春风文艺出版社，1988。
11. 〔美〕罗伯特·司格勒斯：《符号学与文学》，谭大立等译，春风文艺出版社，1988。
12. 〔法〕弗朗索瓦·多斯：《从结构到解构》，季广茂译，中央编译出版社，2004。

13. 〔法〕罗兰·巴特:《S/Z》,屠友祥译,上海人民出版社,2000。
14. 〔法〕罗兰·巴尔特:《神话——大众文化诠释》,许蔷蔷等译,上海人民出版社,1999。
15. 〔法〕于贝斯菲尔德:《戏剧符号学》,宫宝荣译,中国戏剧出版社,2003。
16. 〔英〕特伦斯·霍克斯:《结构主义和符号学》,瞿铁鹏译,上海译文出版社,1987。
17. 〔法〕罗兰·巴特:《文之悦》,屠友祥译,上海人民出版社,2002。
18. 〔比〕布洛克曼:《结构主义》,李幼蒸译,商务印书馆,1980。
19. 〔日〕池上嘉彦:《诗学与文化符号学:从语言学透视》,林璋译,译林出版社,1998。
20. 〔日〕池上嘉彦:《符号学入门》,张晓云译,国际文化出版公司,1985。
21. 〔法〕高概:《话语符号学》,王东亮译,北京大学出版社,1997。
22. 〔瑞士〕皮亚杰:《结构主义》,倪连生、王琳译,商务印书馆,1984。
23. 〔英〕约翰·斯特罗克:《结构主义以来:从列维-斯特劳斯到德里达》,渠东等译,辽宁教育出版社,1998。
24. 〔美〕乔纳森·卡勒:《论解构》,陆扬译,中国社会科学出版社,1998。
25. 〔法〕雅克·德里达:《论文字学》,汪堂家译,上海译文出版社,2005。
26. 〔法〕雅克·德里达:《书写与差异》,张宁译,生活·读书·新知三联书店,2001。
27. 〔法〕A. J. 格雷马斯:《论意义》,吴泓缈、冯学俊译,百花文艺出版社,2005。
28. 〔法〕库尔泰:《叙述与话语符号学》,怀宇译,天津社会科学出版社,2001。
29. 〔俄〕维·什克洛夫斯基:《论诗歌和无意义语言》,生活·读书·新知三联书店,1989。
30. 〔俄〕维·什克洛夫斯基:《关于散文的理论》,苏联作家出版社,1984。
31. 〔俄〕维·什克洛夫斯基:《散文理论》,百花洲文艺出版社,1994。
32. 〔俄〕尤里·梯尼亚诺夫:《诗歌中词的意义》,生活·读书·新知三联书店,1989。

参考文献   241

33. 〔俄〕鲍·埃亨鲍姆：《形式方法的理论》，生活·读书·新知三联书店，1989。
34. 〔俄〕维·什克洛夫斯基等：《俄国形式主义文论选》，方珊等译，生活·读书·新知三联书店，1989。
35. 〔法〕茨维坦·托多罗夫：《俄苏形式主义文论》，蔡鸿滨译，中国社会科学出版社，1989。
36. 〔美〕弗里德里克·詹姆逊：《语言的牢笼》，钱佼汝译，百花洲文艺出版社，1997。
37. 〔俄〕维谢洛夫斯基：《历史诗学》，刘宁译，百花文艺出版社，2002。
38. 〔俄〕乌斯宾斯基：《结构诗学》，彭甄译，中国青年出版社，2004。
39. 〔苏〕叶·莫·梅列金斯基：《神话的诗学》，魏庆征译，商务出版社，1990。
40. 〔日〕北冈诚司：《巴赫金：对话与狂欢》，魏炫译，河北教育出版社，2002。
41. 〔法〕托多罗夫：《巴赫金、对话理论及其他》，蒋子华、张萍译，百花文艺出版社，2001。
42. 〔美〕阿恩海姆：《视觉思维：审美直觉心理学》，滕守尧译，四川人民出版社，1998。
43. 〔美〕苏珊·朗格：《艺术问题》，滕守尧译，中国社会科学出版社，1983。
44. 〔美〕苏珊·朗格：《情感与形式》，刘大基等译，中国社会科学出版社，1986。
45. 〔美〕韦勒克·沃伦：《文学理论》，生活·读书·新知三联书店，1984。
46. 〔法〕塔迪埃：《20世纪的文学批评》，百花文艺出版社，1998。
47. 〔意〕艾柯等：《诠释与过度诠释》，王宇根译，生活·读书·新知三联书店，1997。
48. 〔荷兰〕佛克马、易布思：《二十世纪文学理论》，林书武等译，生活·读书·新知三联书店，1988。
49. 〔日〕铃村和成：《巴特：文本的愉悦》，咸印平、黄卫东译，河北教育出版社，2001。

50. 〔古希腊〕亚里士多德：《诗学》，罗念生译，人民文学出版社，2002。
51. 〔俄〕波利亚科夫：《结构—符号学文艺学：方法论体系和论争》，佟景韩译，文化艺术出版社，1994。
52. 〔美〕卡勒：《结构主义诗学》，盛宁译，中国社会科学出版社，1991。
53. 〔美〕海登·怀特：《形式的内容：叙事话语与历史再现》，董立河译，文津出版社，2005。
54. 〔俄〕米哈伊诺夫娜：《文化理论与俄罗斯文化史》，王亚民等译，敦煌出版社，2003。
55. 〔俄〕尼古拉耶芙娜：《文化学》，王亚民等译，敦煌文艺出版社，2003。
56. 〔美〕本尼迪克（Benedict, R.）：《文化模式》，何锡章、黄欢译，华夏出版社，1987。
57. 〔美〕詹姆逊：《文化转向：后现代论文选》，胡亚敏译，中国社会科学出版社，2000。
58. 〔英〕阿雷恩·鲍尔德温等：《文化研究导论》，陶东风等译，高等教育出版社，2004。
59. 〔英〕科恩：《思维世界的语言》，唐韵译，青岛出版社，2000。
60. 〔英〕爱德蒙·利奇：《文化与交流》，郭凡、邹和译，中山大学出版社，1990。
61. 〔英〕泰勒：《人类学：人及其文化研究》，连树声译，广西师范大学出版社，2004。
62. 〔法〕莫里斯·哈布瓦赫：《论集体记忆》，毕然、郭金华译，上海人民出版社，2002。
63. 〔法〕萨莫瓦约：《互文性研究》，邵炜译，天津人民出版社，2002。
64. 〔法〕列维·布留尔：《原始思维》，丁由译，商务印书馆，1981。
65. 〔法〕克劳德·列维－斯特劳斯：《结构人类学：巫术·宗教·艺术·神话》，陆晓禾等译，文化艺术出版社，1989。
66. 〔法〕克洛德·莱维－斯特劳斯：《结构人类学》（第二卷），俞宣孟等译，上海译文出版社，1999。
67. 〔法〕克洛德·列维·斯特劳斯：《野性的思维》，李幼蒸译，商务印书馆，1987。

68. 〔英〕斯图亚特霍尔：《表征》，徐亮等译，商务印书馆，2003。

69. 〔德〕卡西尔：《人论》，甘阳译，上海译文出版社，2004。

70. 〔德〕卡西尔：《符号·神话·文化》，李小兵译，东方出版社，1988。

71. 〔俄〕列夫·谢苗诺维奇·维果茨基：《思维与语言》，李维译，浙江教育出版社，1997。

72. 〔美〕L. A. 怀特：《文化的科学》，沈原等译，山东人民出版社，1988。

73. 〔美〕爱因斯坦：《爱因斯坦论文集》（第一卷），商务印书馆，1977。

74. 〔英〕马克·史密斯：《文化——再造社会组织》，张美川译，吉林人民出版社，2005。

75. 〔德〕卡西尔：《人文科学的逻辑》，关子尹译，上海译文出版社，2004。

76. 〔英〕诺曼·费尔克拉夫：《话语与社会变迁》，殷晓蓉译，华夏出版社，2003 。

77. 〔美〕史蒂芬·李特约翰：《人类传播理论》，史安斌译，清华大学出版社，2004。

78. 〔美〕理查德·沃林：《文化批评的观念》，张国清译，商务印书馆，2000 。

（三）国内外学者论文

1. 〔苏联〕洛特曼等：《电影语言与电影符号学》，远婴译，《世界电影》1992 年第 1 期。

2. 〔苏联〕М. Л. 加斯帕罗夫：《苏联 60 至 90 年代的结构主义诗学研究——关于洛特曼的〈诗歌文本的分析〉一书》，王希悦、赵晓彬译，《俄罗斯文艺》2003 年第 3 期。

3. 〔苏联〕洛特曼：《论艺术文本中的"结尾"和"开端"的模式意义》，方人译，《外国文学报道》1988 年第 1 期。

4. 〔苏联〕洛特曼：《文本的类型学课题》，晓思译，《外国文学报道》1988 年第 1 期。

5. 〔苏联〕洛特曼：《模式系统行列中的艺术》，《外国文学报道》1988 年第 1 期。

6. 陈明娟：《对话与狂欢：巴赫金的人文精神解读》，《湖南农业大学学报》2010 年第 6 期。

7. 张杰：《符号学王国的构建：语言的超越与超越的语言——巴赫金与洛特曼的符号学理论研究》，《南京师大学报》2002 年第 4 期。
8. 胡壮麟：《走近巴赫金的符号王国》，《外语研究》2001 年第 2 期。
9. 胡壮麟：《巴赫金与社会符号学》，《北京大学学报》1994 年第 2 期。
10. 赵晓彬：《洛特曼文化符号学理论的演变与发展》，《俄罗斯文艺》2003 年第 3 期。
11. 穆馨：《洛特曼的生活和创造》，《齐齐哈尔大学学报》2003 年第 4 期。
12. 康澄：《结构与效果：艺术的复杂性与生活的本然性——洛特曼论〈叶甫盖尼·奥涅金〉的本文建构特征》，《俄罗斯文艺》2003 年第 1 期。
13. 王坤：《西方现代美学的终结——塔尔图学派与洛特曼美学思想的价值与意义》，《北京科技大学学报》2003 年第 1 期。
14. 徐贲：《尤里·洛特曼的电影符号学和曼纽埃尔·普伊格的〈蜘蛛女之吻〉》，《外国文学评论》1996 年第 3 期。
15. 凌继尧：《莫斯科—塔尔图学派》，《读书》1987 年第 3 期。
16. 张杰、康澄：《叙事文本的"间离"：陌生化与生活化之间——析洛特曼对〈叶甫盖尼·奥涅金〉的研究》，《外国文学研究》2003 年第 6 期。
17. 王铭玉、陈勇：《俄罗斯符号学研究的历史流变》，《当代语言学》2004 年第 2 期。
18. 钱中文：《论巴赫金的交往美学及其人文科学方法论》，《文艺研究》1998 年第 1 期。
19. 杨利国、周丽艳：《语言符号是人类文化的元语言——有关语言符号功能的再思考》，《内蒙古民族大学学报》2003 年第 6 期。
20. 赵晓斌：《洛特曼与巴赫金》，《外国文学评论》2003 年第 1 期。
21. 白春仁：《文化的符号学透视》，《解放军外国语学院学报》2004 年第 6 期。
22. 王铭玉：《从符号学看语言符号学》，《解放军外国语学院学报》2004

年第 1 期。

23. 陈本益：《俄国形式主义的文学本质论及其美学基础》，《浙江大学学报》，2003 年第 6 期。

24. 顾嘉祖：《走近世界符号学王国》，《南京师范大学文学院学报》2002 年第 3 期。

25. 张冰：《尤米·洛特曼和他的结构诗学》，《外国文学评论》1994 年第 1 期。

26. 赵晓斌：《文化文本认知》，《中国俄语教学》2004 年第 3 期。

27. 郑文东：《符号域：民族文化的载体》，《中国俄语教学》2005 年第 4 期。

28. 郑文东：《符号域的空间结构》，《解放军外国语学院学报》2006 年第 1 期。

29. 康澄：《文化符号学的空间阐释》，《外国文学评论》2006 年第 2 期。

30. 康澄：《文本——洛特曼文化符号学的核心概念》，《当代外国文学》2005 年第 4 期。

31. 黄玫：《洛特曼的结构主义诗学观》，《中国俄语教学》2000 年第 2 期。

32. 耿海英：《接受与研究：洛特曼符号学在中国》，《河南大学学报》2005 年第 11 期。

33. 黄玫：《巴赫金与俄国形式主义的诗学对话》，《俄罗斯文艺》2001 年第 2 期。

34. 李肃：《洛特曼文化符号学思想发展概述》，《解放军外国语学院学报》2002 年第 2 期。

35. 李建盛：《俄国形式主义诗学的理论视野及历史评价》，《俄罗斯文艺》2003 年第 1 期。

36. 黎皓智：《论前苏联结构符号学》，《江西社会科学》1992 年第 3 期。

37. 孙静云：《洛特曼的结构文艺学》，《北京大学学报》1989 年第 5 期。

38. 萧净宇：《洛特曼符号学——审美阐释中艺术文本的特色》，《俄罗斯文艺》2005 年第 2 期。

39. 章国锋：《文学接受活动与作品的内在结构》，《文艺报》1987 年第

9 期。

40. 朱立元：《略论文学作品的召唤结构》，《学术月刊》1988 年第 8 期。

41. 冯寿农：《符号与文本法国文学符号学研究》，《厦门大学学报·外国语言文学专号》，1993 年。

42. 潘知常：《从作品到文本——在阐释中理解当代审美观念》，《江苏社会科学》1999 年第 4 期。

43. 滕守尧：《正本溯源话"本文"——对"道"与"本文"血缘关系的考察》，《北京大学学报》994 年第 5 期。

44. 滕守尧：《关于"文本"的对话》，《外国美学》1995 年第 12 期。

45. 谢晓河：《文学文本的结构与理解》，《外国语》1997 年第 5 期。

46. 张荣翼：《文学史，本文及其它因素的参照作用》，《求是学刊》1997 年第 4 期。

47. 丰林：《语言革命与当代西方本文理论》，《天津社会科学》1998 年第 4 期。

48. 史忠义：《"文本即生产力"：克里斯特瓦文本思想初探》，《外国文学研究》1999 年第 4 期。

49. 周荣胜：《论德里达的本文理论》，《北京社会科学》2000 年第 4 期。

50. 正阳：《现象学与文本物质层面》，《海南大学学报》2002 年第 3 期。

51. 汪正龙、沃尔夫冈：《伊瑟尔的文学虚构理论及其意义》，《文学评论》2005 年第 5 期。

52. 张炜星、罗兰：《巴特的文本理论》，《浙江师范大学学报》2006 年第 1 期。

53. 周启超：《"形式化""语义化""意向化"：现代斯拉夫文论中"文学性"追问不同路径之比较》，《新疆大学学报》2006 年第 3 期。

54. 周宪：《论作品与（超）文本》，《外国文学评论》2008 年第 4 期。

55. 周启超：《试论巴赫金的文本理论》，《江西社会科学》，2009 年第 8 期。

56. 钱翰：《从作品到文本对"文本"概念的梳理》，《甘肃社会科学》2010 年第 1 期。

（四）博士学位论文

1. 李薇：《洛特曼差异美学理论建构及其现代意义》，中山大学，2011。
2. 张海燕：《洛特曼的文化符号诗学理论研究》，山东师范大学，2007。
3. 陈戈：《不同民族文化互动理论的研究——洛特曼文化符号学视角分析》，北京外国语大学，2007。
4. 郑文东：《文化符号域理论研究》，北京外国语大学，2006。
5. 康澄：《文化生存与发展的空间——关于洛特曼文化符号学中符号圈理论的研究》，南京师范大学，2005。
6. 白茜：《文化文本意义的生成》，北京外国语大学，2003。
7. 李肃：《文化创新机制的研究——文化符号学视角的考察》，北京外国语大学，2002。

二 外文文献

（一）俄文文献及译文

1. В. Б. Шкловский, *О теории прозы*, Москва. Изд: Советский писатель, 1983г.（〔苏〕维·什克洛夫斯基：《散文理论》，莫斯科：苏联作家出版社，1983。）
2. Ю. М. Лотман, *Структура художественного текста*, Искусство, Москва, 1970г.（〔苏〕尤·米·洛特曼：《艺术文本的结构》，莫斯科：艺术出版社，1970。）
3. В. Б. Шкловский, *Гамбургский счёт*, Москва, Советский писатель, 1990г.（〔苏〕维·什克洛夫斯基《汉堡积分法》，莫斯科：苏联作家出版社，1990。）
4. Ю. М. лотман, *Ю. М. лотман и тартуско - московская семиотическая школа*, Искусство, Москва, 1994г.（〔苏〕尤·米·洛特曼：《洛特曼和莫斯科—塔尔图学派》，莫斯科：艺术出版社，1994。）
5. Ю. М. Лотман, *Беседы о русской культуре*, Санкт - питерпург, 1994.（〔苏〕尤·米·洛特曼：《俄罗斯文化漫谈》，圣彼得堡：艺术出版社，1994。）
6. Ю. М. Лотман, *Анализ поэтического текста*, Санкт - Петербург:

Искусство - СПб，1996г.（〔苏〕尤·米·洛特曼：《诗歌文本分析》，圣彼得堡：圣彼得堡出版社，1996。）

7. Ю. М. Лотман, *Внутри мыслящих миров*, Москва, Яз. рус. культуры, 1999г.（〔苏〕尤·米·洛特曼：《思维的世界》，莫斯科：俄罗斯文化出版社，1999。）

8. Б. Ф. Егоров, *Жизнь и творчество Ю. М. Лотмана*, М.: Новое литерату - рноеобозрение, 1999.（〔俄〕鲍·叶戈罗夫：《洛特曼的生平与创作》莫斯科：新闻学观察出版社，1999。）

9. Ю. М. Лотман, *Об искусстве*, Санкт - Петербург: скусство - СПб, 2000.（〔苏〕尤·米·洛特曼：《论艺术》，圣彼得堡：艺术出版社，2000 年。）

10. Ю. М. Лотман, *Семиосфера*, Санкт - Петербург Искусство - СП, 2000г.（〔苏〕尤·米·洛特曼：《符号域》，圣彼得堡：艺术出版社，2000。）

11. Ю. М. Лотман, *Семиосфера*, Санкт - Петербург Искусство - СП, 2001г（〔苏〕尤·米·洛特曼：《符号域》，圣彼得堡：艺术出版社，2001。）

12. Ю. М. Лотман, *История и типология русской культуры*, Санкт - Петербург Искусство - СПб, 2002г.（〔苏〕尤·米·洛特曼：《俄罗斯文化的历史和类型学》，圣彼得堡：艺术出版社，2002。）

13. Ю. М. Лотман, *Воспитание души*, Санкт - питерпург, 2003.（〔苏〕尤·里·洛特曼：《心灵的素养》，圣彼得堡：艺术出版社，2003 年。）

（二）英文文献及译文

1. Lee T. Lemon, Marion J. Reis eds. an trans. *Russian Formalist Criticism*: *Four Essays*. Lincoln: University of Nebraska Press, 1965.（莱蒙、雷斯编译《俄国形式主义批评：四篇论文》，林肯：内布拉斯加大学出版社，1965。）

2. Juri M. Lotman. *An Analysis of the Poetic Text*. Johnson, D. B, Eds and Trans. Mich: Ardis, 1967.（〔苏〕尤·米·洛特曼：《诗歌文本分析》，巴尔顿·约翰森编译，密兹：阿尔迪斯出版社，1967。）

3. Julia Kristeva, Josette Rey-Debove, Donna J. Umiker, Eds, *Essays in Semiotics* (*Approaches to Semiotics*, *Vol* 4), Hague: Mouton, 1971. (克里斯蒂娃等编《符号学论文》(符号学入门)，海牙：莫顿书社，1971 年第 4 卷。)

4. Juri M. Lotman, Uspenskij B. A., Ivanov V. V., Toporov V. N., PjatigorskijA. M, *Theses on the semiotic study of cultures In: Eng, Jan van der and Grygar, Mojmir (eds.), Structure of Texts and Semiotics of Culture.* The Hague, Paris: Mouton, 1973. (〔苏〕洛特曼、乌斯宾斯基、伊万诺夫、托波罗夫、皮亚季戈尔斯基：《文化符号学研究纲要》，见杨范德、格赖加尔编《文本结构与文化符号学》，海牙，巴黎：莫顿书社，1973。)

5. Juri M. Lotman. *Different cultures, different codes. Times Literary Supplement*, 1973, Oct. 12, 1213-1215. (〔苏〕尤·米·洛特曼：《不同文化，不同代码》，《泰晤士报文学增刊》1973 年 10 月 12 日。)

6. Juri M. Lotman. *The sign mechanism of culture. Semiotica* 1974, 12 (4): 301-305. (〔苏〕尤·米·洛特曼：《文化的符号机制》，《符号学》1974 年 12 卷第 4 期。)

7. Juri M. Lotman. *On some principal difficulties in the structural description of atext. Linguistics* 1974, 121: 57-63. (〔苏〕尤·米·洛特曼：《论文本结构描述中的主要难点》，《语言学》1974 年第 121 期。)

8. Culler, J. *Structuralist Poetics: Structuralism, Linguistics and the Study of Literature.* London: Routledge and Kegan Paul, 1975. (卡勒：《结构主义诗学：结构主义、语言学和文学研究》，伦敦：罗德里奇、凯根·保罗出版有限公司，1975。)

9. Shukman, A. *Literature and Semiotics: A study of the writings of Yu. M. Lotman.* Amsterdam: North-Holland Pub. Co., 1977. (舒克曼：《文学与符号学——尤·米·洛特曼作品研究》，阿姆斯特丹：北荷兰出版公司，1977。)

10. Juri M. Lotman. *The Structure of the Artistic Text*, Ronald Vroon Trans, Ann Arbor: University of Michigan, 1977. (〔苏〕尤·米·洛特曼：《艺

文本的结构》，罗纳德·弗鲁恩译，安娜堡：密歇根大学出版社，1977。）

11. Terence, H. *Structuralism and Semiotics*. Los Angeles：University of California Press, 1977.（特伦斯·霍克斯：《结构主义和符号学》，洛杉矶：加利福尼亚大学出版社，1977。）

12. Lucid, Daniel P. ed. *Soviet Semiotics*：*An Anthology*. Baltimore & London：Johns Hopkins University Press, 1977.（鲁西德编《苏维埃符号学文集》，巴尔的摩、伦敦：约翰·霍普金斯大学出版社，1977。）

13. Derrida, J. *Writing and Difference*. Alan Bass Trans. London：Routledge & Kegan Paul, 1978.（德里达：《作品与差异》，艾伦·巴斯译，伦敦：罗德里奇、凯根·保罗出版有限公司，1978。）

14. Juri M. Lotman, Uspensky, B. A., Mihaychuk, George. *On the Semiotic Mechanism of Culture*, New Literary History, Vol. 9, No. 2, Soviet Semiotics and Criticism：AnAnthology1978.（〔苏〕洛特曼、乌斯宾斯基、米海查克：《文化的符号学机制》，《苏维埃符号学与批评文选》，1978 年第 9 卷第 2 期。）

15. Eco, U. The Role of the Reader：*Explorations in the Semiotics of Texts*. Bloomington：Indiana University press, 1979.（埃科：《读者的角色：探究文本的符号学意义》，布卢明顿：印第安纳大学出版社，1979。）

16. Erlich, V. *Russian Formalism*：*History – Doctrine*, Hague：Mouton, 1980.（厄利奇：《俄国形式主义：历史——学说》，海牙：莫顿书社，1980。）

17. Young, R Ed. *Untying the Text*：*A Post – Structuralist Reader*. London：Routledge and Kegan Paul, 1981.（杨编《解构文本：一个后结构主义读者》，伦敦：罗德里奇、凯根·保罗出版有限公司，1981。）

18. Steiner, P. ed *The Prague School*：*Selected Writings*, 1929 – 1946, Austin, University of Texas Press, 1982.（斯坦纳编《布拉格学派：1929 – 1946 年作品选集》，奥斯丁：得克萨斯大学出版社，1982。）

19. Shukman, A. *The Semiotics of Russian Culture*. Ann Arbor：Michigan University Press, 1984.（舒克曼：《俄罗斯文化的符号学研究》，安娜堡：密歇根大学出版社，1984。）

20. Morris, C. *Semiosis*: *Semiotic and the History of Culture*. Ann Arbor: Michigan University Press, 1984. (莫里斯:《意指:符号与文化史》,安娜堡:密歇根大学出版社,1984。)

21. Juri M. Lotman, *Lidiia Ia. Ginsburg*, *Uspensky*, *B. A.*, *The Semiotics of Russian cultural history*: *essays*/translated from the Russian ; introduction by Boris Gasparov; edited by Alexander D. Nakhimovsky and Alice Stone Nakhimovsky. Ithaca, N. Y.: Cornell University Press, 1985. (〔苏〕洛特曼、金斯伯格、乌斯宾斯基:《俄国文化历史符号学:论文集》,俄国学者译,加斯帕罗夫引进,亚历山大·D. 纳金莫夫斯基、艾丽丝·斯通·纳金莫夫斯基编,伊萨卡,纽约:康奈尔大学出版社,1985。)

22. Habermas, J. *The Philosophical Discourse of Modernity*. Cambridge: Polity, 1987. (哈贝马斯:《现代性的哲学话语》,剑桥:保利提出版社,1987。)

23. Juri M. Lotman. *Universe of the Mind*: *A Semiotic Theory of Culture*. Shukman, A, Trans. Bloomington: Indiana University Press, 1990. (〔苏〕尤·米·洛特曼:《思维的世界:文化符号学理论》,安·舒克曼译,布卢明顿:印第安纳大学出版社,1990。)

24. Silverman, H. J. *Textualities*: *Between Hermeneutics and Deconstruction*, London: Routledge, 1994. (西尔沃曼:《互文:在解释与解构之间》,伦敦:罗德里奇出版社,1994。)

25. Kristeva, J. *On Yury Lotman*. PMLA 109 (1994): 375–376. (克里斯蒂娃:《关于尤·米·洛特曼》,《美国现代语言学协会会刊》1994年第109期。)

26. Paul, B. *Encyclopedia of Semiotics*. New York: Oxford University Press, 1998. (布义萨克:《符号学大百科》,纽约:牛津大学出版社,1998。)

27. Thomas, A, S. *An Introduction to Semiotics*. Toronto Buffalo London: University of Toronto Press, 2001. (西比奥克:《符号学导论》,多伦多,水牛城,伦敦:多伦多大学出版社,2001。)

28. Nakhimovsky, A, D. *The Semiotics of Russian Cultural History*, N. Y.:

Cornell University Press, 2001. (亚历山大·D. 那金莫夫斯基：《俄国文化史的符号学研究》,纽约：康奈尔大学出版社,2001。)

29. Andrews, E. *Conversation with Lotman*: *Cultural Semiotics in Language, Literature, and Cognition.* University of Toronto Press Incorporated, 2003. (埃德纳·安德鲁斯：《与洛特曼的对话：语言、文学、认知中的文化符号学》多伦多：多伦多大学出版社,2003。)

30. Andreas Schonle. *Lotman and Cultural Studies*: *Encounters and Extensions.* Madison: University of Wisconsin Press , 2006. (安德烈亚斯·松勒：《洛特曼与文化研究：扩展与交锋》,麦迪逊：威斯康星大学出版社,2006。)

31. Juri M. Lotman. *Culture and Explosion.* Grishakova, M, Eds, Clark, M, Trans. Berlin. New York : Mouton de Gruyter, 2009. (〔苏〕尤·米·洛特曼：《文化与爆发》,格里莎科娃编,克拉克译,柏林.纽约：德古力特莫顿出版社,2009。)

附　录
洛特曼年谱

1922年2月28日生于彼得堡（彼得格勒）的一个知识分子家庭。

1939年洛特曼以优异的成绩中学毕业，作为优秀毕业生被免试保送到列宁格勒大学（现彼得堡大学）语文系学习苏联文学。

1940年卫国战争爆发；洛特曼被迫中断学业，应征入伍，在战争中获得了两枚勋章、七枚奖章，战争结束后重回母校继续学业。

1950年洛特曼大学毕业，并获得优秀毕业证书。几经周折，后来在塔尔图大学俄罗斯文学教研室谋得兼职教师之职。

1951年，洛特曼与大学时代便已结识的扎拉·格里高里耶夫娜·明茨结婚，妻子也是一位颇具才华的文艺学家，成为洛特曼学术道路上的忠实伴侣。

1952年洛特曼通过副博士学位论文答辩，并正式进入塔尔图大学俄罗斯文学教研室工作。

1960年洛特曼在列宁格勒大学通过了题为《十二月党人以前的俄国文学发展道路》博士学位论文答辩，成为当时最年轻的文学理论专业的语文学博士，并开始担任塔尔图大学俄罗斯文学教研室主任一职。

1964年洛特曼组织第一期暑期研习班，出版专著《结构主义诗学讲义》，这本书的发表奠定了俄国结构主义诗学的理论基础。

1966年洛特曼组织第二期暑期研习班。

1968年洛特曼组织第三期暑期研习班，并当选为国际符号学会副主席。

1970年洛特曼组织第四期暑期研习班，出版专著《艺术文本的结构》

和《文化类型学论文集》（第一卷），《艺术文本的结构》成为俄国结构主义诗学纲领性著作。

1972 年《诗歌文本结构分析》出版，这本书是洛特曼结构主义诗学理论的代表作。

1973 年洛特曼发表《文化符号学研究纲要》一文，出版专著《电影符号学与电影美学问题》和《文化类型学论文集》（第二卷）。

1973 年在全苏斯拉夫学研究大会上，洛特曼和鲍·乌斯宾斯基、维亚切·伊万诺夫、弗·托波罗夫、阿·皮亚季戈尔斯基首次提出文化符号学概念，发表具有标志性意义的《文化符号学研究纲要》。

1974 年洛特曼组织第五期暑期研习班。

1977 年洛特曼被英国科学院授予外籍院士称号。

1983 年洛特曼出版专著《普希金小说〈叶甫盖尼·奥涅金〉注解》。

1990 年洛特曼出版专著《思维的世界》，这是洛特曼最富有洞见的一本书，令人耳目一新。

1992 年洛特曼出版《文化与爆发》，这是洛特曼生前发表的最后一本书，也是文化符号学的经典之作。洛特曼成为爱沙尼亚科学院院士。

1993 年 10 月 28 日洛特曼逝于塔尔图，享年 71 岁。俄国文坛上一颗巨星陨落。

后　记

　　师者，传道、授业、解惑也。我最为感谢的是我的恩师——于茀教授。于老师的博学，让我知道学海无涯更需努力；于老师的勤奋，让我明白天道酬勤要始终坚持；于老师的严谨，让我知晓治学态度应脚踏实地，以实为本；于老师的朴实，让我懂得善良博爱的人生价值。在生活中，于老师教我真诚做人，踏实做事，每一次的谆谆教导都让我如沐春风，指引我沿着正确的人生道路前行；在学习上，于老师对我悉心指导，不厌其烦，引领我走入神圣的学术殿堂。于老师对我的这些指导和帮助将化为宝贵的精神财富让我珍藏永远。

　　衷心感谢冯毓云教授！冯老师在治学和处世方面给了我许多支持和帮助，并对我的论文提出了许多宝贵意见，使我的研究工作有了目标和方向。冯老师是我今后学习和工作的榜样，在此我要向冯老师表示最诚挚的谢意！衷心感谢傅道斌教授，以其超前的学术视野，循循善诱的教导和不拘一格的思路给予我无尽的启迪；衷心感谢乔焕江教授，以其丰富的专业知识，平易近人的人格魅力对我影响深远；衷心感谢曹俊峰老师，以其精湛的学术造诣，严谨求实的学术风范使我受益匪浅……没有他们的帮助和支持，我是没有办法顺利完成写作的，对他们的无私帮助，我要表示深深的感谢。

　　衷心感谢文艺学教研室的同人，他们辛勤工作，默默奉献，为我的学习和生活提供了许多无私的帮助，为我做的点点滴滴我都将铭记永远。

"路漫漫其修远兮,吾将上下而求索"。学无止境,唯有百折不挠,不遗余力地去追求和探索,才能追寻真理的脚步。前面的道路光明而又美好,在漫漫的学术之路上,无论我走到哪里,最不能忘怀的就是老师和朋友们对我的<u>丝丝关爱</u>。

焦丽梅

图书在版编目(CIP)数据

洛特曼文本诗学理论：跨文化之旅／焦丽梅著．--
北京：社会科学文献出版社，2021.9
（学与思丛书）
ISBN 978 - 7 - 5201 - 8715 - 2

Ⅰ.①洛… Ⅱ.①焦… Ⅲ.①洛特曼 - 诗学 - 研究
Ⅳ.①I512.072

中国版本图书馆 CIP 数据核字（2021）第 146636 号

·学与思丛书·

洛特曼文本诗学理论：跨文化之旅

著　　者／焦丽梅
出　版　人／王利民
责任编辑／崔晓璇
文稿编辑／孙燕生
责任印制／王京美

出　　版／社会科学文献出版社·政法传媒分社（010）59367156
　　　　　　地址：北京市北三环中路甲29号院华龙大厦　邮编：100029
　　　　　　网址：www.ssap.com.cn
发　　行／市场营销中心（010）59367081　59367083
印　　装／唐山玺诚印务有限公司

规　　格／开　本：787mm × 1092mm　1/16
　　　　　　印　张：16.5　字　数：259千字
版　　次／2021年9月第1版　2021年9月第1次印刷
书　　号／ISBN 978 - 7 - 5201 - 8715 - 2
定　　价／85.00元

本书如有印装质量问题，请与读者服务中心（010 - 59367028）联系

▲ 版权所有 翻印必究